福建师范大学文学院国家重点学科资助项目

西方文学与
海外华文文学论稿

高伟光◎著

中国社会科学出版社

图书在版编目（CIP）数据

西方文学与海外华文文学论稿/高伟光著. —北京：中国社会科学
出版社，2017.12
ISBN 978-7-5203-1715-3

Ⅰ.①西… Ⅱ.①高… Ⅲ.①世界文学—文学研究—文集
Ⅳ.①I106-53

中国版本图书馆 CIP 数据核字（2017）第 314139 号

出 版 人	赵剑英
选题策划	熊　瑞
责任编辑	张　湉
责任校对	王　龙
责任印制	戴　宽

出　　版	中国社会科学出版社
社　　址	北京鼓楼西大街甲 158 号
邮　　编	100720
网　　址	http://www.csspw.cn
发 行 部	010-84083685
门 市 部	010-84029450
经　　销	新华书店及其他书店

印　　刷	北京明恒达印务有限公司
装　　订	廊坊市广阳区广增装订厂
版　　次	2017 年 12 月第 1 版
印　　次	2017 年 12 月第 1 次印刷

开　　本	710×1000　1/16
印　　张	19.5
插　　页	2
字　　数	282 千字
定　　价	89.00 元

目　录

目 录

第一部分

西方古代文学

古希腊文学中智慧型英雄的受难原型

古希腊神话是古希腊文学的土壤，它通过隐喻性的方式表达的各种欲望和幻想，成为古希腊诗人反复吟唱的文学原型。我们从古希腊文学的各种范式中，可以清晰地看到他们对智慧型英雄的反复思考与领悟。虽然诗人们由衷地崇尚和赞美智慧型英雄的各种品质和力量，但他们也深深地认识到智慧的双重性给英雄造成的无端厄运和苦难。由于这种对苦难的意识启发了诗人们心灵深处的悲伤与隐痛，从而使他们创造出了一系列震撼人心的悲剧形象。

一 普罗米修斯原型

在人类要求摆脱愚昧、不断向着自我解放的精神历程中，古希腊人展现了人类童年时期最为辉煌的一页，他们在与自然和社会斗争的过程中，产生了一种具有强烈人本意识的价值理念。古希腊哲学家普罗泰戈拉就有句名言："人是万物的尺度。"它既表达出古希腊人在与自然分离的过程中要求摆脱自然力控制的个体意识，又表达了古希腊人在掠夺财富、发动战争和建立父权制为主体的国家制度过程中所体现的自由意识。然而，古希腊人清醒地意识到，要成为自然的主宰和社会生活中的英雄，除了要有过人的体力和勇敢的精神外，最主要的还是要有高超的智慧。在古希腊神话中，智慧女神雅典娜就是作为智慧的人格化身而受到古希腊人的崇敬的。她是智慧、勇敢和技艺之女神，她善于思索，勇于战斗；她既是一个活泼的少女的形象，又代表了希腊神统中国家秩序的正统观念，在个性精神方面崇尚节制、谨慎，同时又表现出积极进取的精神，她由于高超的智慧和勇于战斗的作风赢得了古希腊人的普遍尊敬。

然而，雅典娜代表的是古希腊民族正统的神意，她体现的是希腊民族的个性精神和民族意志。古希腊神话中除了代表着民族正统的神意外，还存在着一种被压抑的神意，这种神意就是以普罗米修斯为代表的为了人类的幸福而殉道的受难者形象。由于普罗米修斯的受难与古希腊普通民众的现实生活紧密相关，他的思想行为体现了古希腊神统中对被统治人群的深切关怀，因而更加受到古希腊人民的普遍崇敬，在古希腊人对智慧问题的思考中成了具有原型意义的文学形象。

普罗米修斯是古希腊奥林匹斯神统中的异端，他作为神界的智慧型英雄，其主要的精力不是在关注神界的事业，而是始终关注着人类的命运和幸福。普罗米修斯不仅是人类的创造者，人类文明的推进者，还是人类技艺的导师。但是，这位造福于人类的神祇却触犯了宙斯的神意，宙斯给普罗米修斯以神界最严厉的惩罚，让他日复一日地被巨鹰叼啄内脏，承受无数次死亡的巨大痛苦。这是人类智慧所能设想的最大苦难。我们知道，凡人只能经受一次死亡，而普罗米修斯却经历了无数次死亡，这表明普罗米修斯对宙斯所施加的死亡惩罚予以冷漠的蔑视。普罗米修斯把最大的苦难当成自己的命运来承受，从而超越了死亡对他的限定。更为重要的是，在他忍受的巨大痛苦中，在他对苦难所施与的蔑视中，却焕发出了一种奇异的精神生命，"精神生命不是逃避死亡，回避毁灭的生命，它忍受死亡并在死亡中忍受自己的存在。只是当他发现自己被撕得粉碎时，它才赢得自己的真谛。它之所以是伟大的力量，不是凭着他是一种逃避否定的肯定……相反，精神之所以是这种力量，完全是因为它勇于面对否定，跟着与否定居住，在否定旁边的这种居住正是将否定转化为存在的魔力"①。黑格尔的这种魔力就是我们平常所说的悲剧力量，而普罗米修斯的悲剧性不仅表现在他勇敢地承受了宙斯给他

---

① ［德］黑格尔：《精神现象学》（上），贺麟译，商务印书馆1980年版，第93页。

的惩罚，更重要的是他在受难过程中产生了一种强大的精神生命，它激发起古希腊人对智慧本质的双重性的深沉思索，因而宙斯对普罗米修斯的惩罚是古希腊人以文学的形式对人类智慧本身的一种警告。与此同时，普罗米修斯凭靠其天神的智慧创造人类并为人类谋幸福的举动是没有违反任何神意的，他遭受惩罚是由于他违反了神圣的统治秩序，由于他的智慧所表现出来的对最高神意的不尊。因此，普罗米修斯虽遭到宙斯的严厉惩罚，但他的受难却显示出了一种巨大的悲剧力量，强烈地震撼了古希腊人的心灵，从而使古希腊人对这位神圣的受难者和殉道者产生由衷的敬意。

二　奥德修斯原型

奥德修斯是荷马史诗中智慧型英雄的典型，他在希腊联军中以足智多谋著称。虽然奥德修斯和其他英雄一样具备武艺高超、勇敢顽强、富有责任感等英雄品格，但他更多的是以智慧取胜。从荷马史诗来看，诗人对智慧型英雄的崇拜要更甚于对勇武型英雄的崇拜。勇武型英雄阿喀琉斯虽然有强壮的体魄、高超的武艺和勇敢的精神等优秀品德和个人魅力，但他也有任性、不顾集体利益等缺点，造成希腊军队的巨大损失。而智慧型英雄奥德修斯更多的是凭借他的智慧来取得勇武型英雄所不能取代的功绩，在希腊联军处于危急时刻时，是他用智慧挽救了希腊军队的命运，甚至在某种程度上说，正是由于奥德修斯的智慧才最终使古希腊人攻下特洛伊城，获得特洛伊战争的最后胜利，这是任何凭武艺和勇敢所不能创造的英雄业绩。因此，智慧在古希腊人的心中具有更为崇高和神圣的地位。

然而，古希腊民族是一个具有深度感的民族，诗人荷马并没有因为智慧的业绩而忘却了对它的深度思考。虽然智慧是人类摆脱愚昧和野蛮、朝向文明大道迈进的必备条件，但它同时也是人类罪恶的根源。尼采也说："智慧，尤其是狄奥尼索斯智慧，是一种违反自然的罪行，并且告诉我们，任何人如果借着知识上的自负而把自然投入深渊的话，他自己也必将尝到自然分裂的苦果。"人类智慧一方面在建造文明，另一方面又给文明社会造成巨大的灾难，智慧在受到文明赞美的同时也受到了诅咒。荷马的这种对智慧本性的思考已超出了他对智慧型英雄品质的诠释，从而在他们身上感受到了智慧所造成的细微而又深刻的痛苦。荷马并不总是把智慧型英雄描述成积极的、乐观向上的正面英雄形象，而更多地意识到他们对人类命运的制约，他们随时随地都可能给人类带来巨大的灾难和痛苦，把人类引向一个充满未知数的两难困境。这种对苦难的意识启发了荷马内心深处的悲伤与隐痛，使他创造出了英雄奥德修斯震撼人心的苦难与荣誉相交织的交响曲。

古希腊人对神意是尊崇的，他们听从神的召唤，顺从命运的安排，但是在具有智慧的人身上，他们却自觉或不自觉地违反了神意安排，这种人与神意的冲突，正是古希腊英雄陷入悲剧命运的根源。奥德修斯作为人世间的智慧型英雄，他以其高超的智慧使希腊联军攻下了特洛伊城，使希腊联军得以凯旋，但最高神祇宙斯却赋予他海上漂流十年的惩罚，这种惩罚与其说是法律意义上的惩罚，不如说是最高神意对智慧本身的惩罚，因为最高神祇在特洛伊战争开始时就已经决定了这场战争的命运——希腊人将取得这场战争的最后胜利。宙斯之所以要惩罚奥德修斯，并不是因为奥德修斯违反了神意，也不是因为他冒犯了天尊，而是对人类智慧所造成的灾难的惩罚，奥德修斯在特洛伊战争中用智慧取得胜利的同时，对特洛伊人来说却是智慧制造的一场灾难，所以他理应受到最高神意的惩罚，这种惩罚在神意方面来说实际上是一种对人类的关爱。

因此，荷马并没有因为智慧所造成的灾难而对智慧本身产生仇视。奥德修斯虽然因遭天神宙斯的惩罚而受难，但他的受难并不是一种因罪行而遭受的苦难，而是一种智慧型受难，是有高超智慧的人所必须承受的一种苦难。因此，受难对有智慧的人来说并不是他必须逃避的命运，而是人生应该经历的考验，唯有经受这种考验，智慧才有可能朝向更有利于人类的方向发展。奥德修斯在海上漂流十年虽然是宙斯给予他的惩罚，但他把它作为一种智慧的历练，这样，他在海上和回家途中依靠自己的智慧克服常人难以想象的困难就不是一个受惩罚的过程，而是一个经受各种苦难而演变成对智慧型英雄进行考验的过程。从阿加门农被其妻子及情人所杀的情节来看，我们相信，奥德修斯通过智慧的受难回到故乡伊塔卡所获得的幸福要比其他凯旋的希腊英雄强烈得多，因为他的幸福是在受难过程中得到的，因而更显得弥足珍贵。奥德修斯在文学上的原型意义就在于，他以智慧的大脑和果敢无畏的行动使他的受难与荣誉在最高神祇宙斯的天平上获得了微妙平衡。

三　俄狄浦斯原型

智慧型英雄的受难在俄狄浦斯王的故事中也有充分的体现。俄狄浦斯是古希腊社会成熟时期智慧型英雄的代表，他是忒拜国伟大、英明、富有责任感的君主，"无所不晓的人"、"最高贵的人"，他拥有最高权力和可以与天神相媲美的智慧，然而他却在毫无犯罪动机、毫无过错的情况下犯下了人类社会最大的罪行，这种罪行是人的智慧所无法认定和把持的。从俄狄浦斯的行为来看，他只是在尽自己的责任，为忒拜人谋求幸福，但是，当俄狄浦斯勇往直前，力排众议，一直走到这条自己闯出的道路尽头时，他才发现，他自始至终都是被自己所玩弄，俄狄浦斯就像是无端的厄运降临在他身上一样，他无法通过自己的智慧和自由意志去战胜或摆脱这可怕的命运。这位具有天神般智慧和高贵的君王由此犯下了人间最不可饶恕的罪行，他在神的眼里成了一个最卑贱、最为人类所不容的人。他由此刺瞎了自己的双眼，为的是此后不再看见自己所造成的罪恶，并主动要求放逐异乡。直到此时，俄狄浦斯才真正认识到命运的巨大威力。当命运的这种不可逆转的必然性呈现在他面前时，俄狄浦斯由智慧所开创的自由意志也走到了终点。诗人以歌队长的独白总结道："忒拜本邦的居民啊，请看，这就是俄狄浦斯，他道破了那著名的谜语，成为最伟大的人；哪一位公民不曾带着羡慕的目光注视他的好运？他现在却落到可怕的灾难的波浪中了！因此，当我们等着瞧那最末的日子的时候，不要说一个凡人是幸福的，在他还没有跨过生命的界限，还没有得到痛苦的解脱之前。"[①] 俄狄浦斯命运的悲剧性就在于无

---

① ［希］索福克勒斯：《俄狄浦斯王》，《外国剧选》（一），上海文艺出版社1979年版，第116—117页。

论人具有多么高超的智慧，他都无法与神秘莫测的命运相对抗，智慧虽然是人类赖以生存的天然禀赋，但在强大而神秘莫测的命运面前，人类的智慧又显得那么渺小。

索福克勒斯虽然认识到这种神秘命运的存在，但他只有关于命运的朦胧意识，缺乏对命运的明确的理性观念。然而，诗人在对俄狄浦斯命运的玩味中，启发了古希腊人内心深处的宗教情感。俄狄浦斯通过对罪行的自我认定，以忏悔的方式表达了他对不可知命运的尊敬，从而获得了神的重新肯定。"然而，这位深刻的诗人告诉我们，一个真正高贵的人是不可能犯有罪恶的，虽然他的行为破坏了所有的法律、所有的自然秩序，也就是整个伦理规范。但是，所有这些行为，将创造意义更为丰富的结果，而这结果就是从旧世界的废墟上建立一个新世界。"① 从人类精神发展史的角度来说，尼采所说的新世界就是古希腊人的智慧所不能企及的信仰世界，因为智慧所及的范围是有限的现象世界，在智慧所不能及的范围之外，只能依靠信仰才能达成，俄狄浦斯的忏悔揭示了智慧型英雄受难的新形式。在这种受难形式中，英雄行动的意义在更高一个层面上被否定了，因为英雄的智慧无法确证这本体的世界的存在，他只能顺从这本体世界中发出的命运安排，因此，在这个层面上英雄的受难并不是肉体的或个体的受难，而是精神性或普遍性的受难。通过俄狄浦斯的忏悔式受难，智慧英雄在现实行动中的罪行被最高神祇宽恕，并在神界重新获得肯定和赞美。这是古希腊诗人对智慧型英雄受难历程的探索而得出的最后结论，这个结论同时也预示着一个以注重信仰为主体的新世界的诞生。

四　结语

古希腊人是一个爱智慧的民族，他们的哲学研究就是运用智慧对自然和人类社会进行的探索。古希腊诗人同样也秉承了这个民族的风尚，他们对智慧型英雄受难的思考和领悟贯穿了整个古希腊文学的发展进

---

① ［德］尼采：《悲剧的诞生》，刘崎译，作家出版社 1986 年版，第 51 页。

程，因而它是古希腊文学中反复出现的原型意象，荣格曾经指出："原型是领悟的典型范式，每当我们面对普遍一致和反复发生的领悟模式，我们就是在与原型打交道。"① 虽然这种思考和领悟带有古希腊人那种特有的童年时期所表现的精神气质，但从他们对真理所表现的执着追寻中，可以看到他们天真的思想中蕴含着凝重，感性中蕴含着理性，充满想象却蕴含着哲理。古希腊社会缺少东方民族那种唯灵主义气质，他们更多的是通过对现实性和世俗性的关怀，用人类智慧本身的力量来认识和诠释自然与人类社会中的各种奥秘，虽然他们的探索无法达到本体世界，但他们从现象界的各种表现中领悟到了古希腊思想中存在的本体性缺陷，而古希腊诗人对智慧型英雄的领悟正是这种本体性缺陷的外在表征，诗人们反复咏唱着智慧型英雄的受难，并通过这种受难而产生的震撼和净化作用引发人们对古希腊民族的这种本体性缺陷的反思。诗人们对智慧型英雄受难问题的深沉思考，使得古希腊的人本主义思想上升到了前所未有的高度，这就为古希腊的人本主义与基督教的唯灵主义融合搭起了一座精神上的桥梁，为两种异质文化在罗马社会末期的交融提供了精神基础。从某种程度上可以说，基督教世界能够比较顺利地与古希腊、罗马社会实现融合，跟古希腊诗人对智慧型英雄受难的深沉思索是分不开的。

---

① 参见冯川等编译《心理学与文学》一书的"译者前言"，生活·读书·新知三联书店1985年版，第5页。

《俄狄浦斯王》与父权制伦理原型

母权制社会伦理是古希腊社会早期形成的基本伦理规范和社会结构运行的基本理念。在这个自足的伦理实体中，它有着安定的组织、平稳的运动与和谐的节奏。但是，随着社会生产力和生产关系的运动变化，这种自足的伦理秩序逐渐遭到破坏，继之发生激烈的社会转型。古希腊社会就发生过母权伦理被父权伦理取代的社会转型，恩格斯也说过："母权制的被推翻，乃是妇女具有历史意义的失败。"此后，以宙斯为最高神统的父权制伦理秩序统治着希腊各城邦。虽然，"父权制的伦理意识本质上是直接趋向法律或法权发展的"，但古希腊各城邦当时还没有形成比较完善的法律体系，因而各城邦国家虽然都建立了相对发达的父权制民主制度，但由于当时父权制民主制度本身的局限性，使得人们对这种制度的合理性产生普遍的怀疑。这种情绪自然会使古希腊人萌生一种企图恢复古老的母权制社会的愿望，但父权制取代母权制，毕竟代表了历史前进的方向。面对这种互相敌对的伦理冲突，索福克勒斯密切关注着雅典城邦民主制度的命运，《俄狄浦斯王》便是他对这一社会重大转型时期伦理关系的细致而深刻思考的结晶，他在这里以文学的方式提出了几种最基本的父权伦理观念，从而为社会转型期间的生命个体适应这种变化提供了心理转换的基本原型。

伦理原型之一：法权观念

雅典是古希腊最为发达的城邦制国家，但雅典这个"高度发达的国家形态、民主共和国，是直接从氏族社会中产生的"①，因而在国家法律体系不完善的情况下，父权伦理并不足以对曾经长期存在的母权伦理进行有效的规范和制约，一旦城邦出现矛盾纷争，人民就会对这种新出现的民主制度的合理性产生怀疑，转而去求助于过去曾长期统治社会的母权伦理。母权制以母系血缘为关系纽带组织和规范氏族部落，这种制度主要依靠血缘关系来统治，其自身也有很高的民主形式，因而有其存在的合理性。当雅典城邦民主制度陷入危机时期，索福克勒斯清楚地意识到法权观念的脆弱。于是，在《俄狄浦斯王》中，作者便以对俄狄浦斯王杀父娶母罪行的先行论定，表现出作者对法权观念至高无上地位的强烈关注。而在母权制社会里，杀父娶母是没有罪的，至少在某种程度上是允许存在的。古希腊神话中的地母盖亚既是乌拉诺斯的母亲，又是他的妻子。乌拉诺斯仇恨自己的子女，盖亚就联合自己的子女反抗丈夫，其子克洛诺斯就是通过与母亲的联盟建立起第二代神统的。这则神话典型地反映了母权制社会中的伦理现实，索福克勒斯对俄狄浦斯罪行的先行论定，意在表明母权制社会依靠母子血缘建立起来的联盟无助于社会的稳定和发展，反而会造成无休止的仇恨和杀戮，严重损害了种族的繁衍和社会的和谐。因此，杀父娶母之所以是严重的罪行，不仅因为它是母权制度下的一种伦理现实，而且严重违背了人的自然天性，并且与人类崇高的法权相违背。

就俄狄浦斯来说，杀父娶母并非是由俄狄浦斯的行为所致，而恰恰是由其父拉伊俄斯造成的。传说拉伊俄斯在年轻时被迫逃离本国，投靠佩洛普斯国王，受到国王的热情款待。但拉伊俄斯却以怨报德，在涅赛亚赛会时劫去佩洛普斯的儿子克勒西波斯，于是，众神决定对拉伊俄斯进行惩罚：他将被自己的儿子杀死，他的王后将成为儿子的妻子。父亲造就的罪恶却要儿子来承担，这不仅对儿子来说是不公平的，而且它也不能作为俄狄浦斯法律意义上罪行的证据，因为当拉伊俄斯得罪神意而受罚时，俄狄浦斯还没有出生。此外，俄狄浦斯杀父娶母并非出于他的

① 《马克思恩格斯选集》第四卷，人民出版社1972年版，第51页。

本意，他离开科任托斯正是要逃离杀父娶母的命运，他在逃往忒拜的路上杀死一个老人是出于正当防卫，他娶忒拜寡后为妻是由于她的智慧而得到的荣誉，他的动机和行动都不能构成法律意义上的罪行。然而，俄狄浦斯"在决意行动时，行为者所昭然明了的一般只是决意的一个方面。但是，决意自在地是一种否定物，因为他本身虽然是有明白认识的，却有一个自己不认识的、异己的、陌生的东西同自己对立着。因此，现实总是隐藏着认识以外的不正当的那一面，不把自己按照其自在自为的本来面目呈现于意识之前，不让儿子意识到他所杀的那个冒犯者即是他的父亲，不让她知道他娶为妻子的那位皇后即是他的母亲"①。俄狄浦斯并没有任何过错，也没有犯下任何罪行，然而神意却在他完成行动之后显示出了令人意想不到的可怕后果。使行动的意义陡然间朝相反的方向转化，杀父娶母的命运得到应验，俄狄浦斯一下子由高贵的人变为令人所不齿的人，一个犯下人类最大罪行的人。这种转换与其说是俄狄浦斯行动的结果，倒不如说命运本身就是一个有罪行的环节。正因为杀父娶母是命运强加给俄狄浦斯的，俄狄浦斯就不应该为这桩罪行承担任何责任，然而，命运正是以它的这种不合理和强蛮显示了其威严和力量，俄狄浦斯自觉或不自觉地感受到了这种力量的强大，尽管他也认识到这种命运的不公正，但他最后还是选择屈服，授受了这桩罪行。

实际上，笼罩在俄狄浦斯头上的命运就是父权制取代母权制的必然性。作为具体承受这一命运的生命个体，俄狄浦斯自然不可能知道他要承受父权制强行施予他的巨大伦理压力，他仅仅是做了历史车轮下的一个无辜牺牲品。因而无论俄狄浦斯怎样有智慧，怎样去逃避、反抗命运给他的惩罚，他都未能摆脱父权制的必然性对他个人悲剧的先行裁定。父权制就是这样通过对俄狄浦斯的惩罚和俄狄浦斯对罪行的自我认定，宣泄着对母权制时代杀父娶母的恐惧，并用俄狄浦斯的巨大伦理罪状宣告了母权制的寿终正寝。

---

① ［德］黑格尔：《精神现象学》（下册），贺麟译，商务印书馆 1979 年版，第 25 页。

伦理观念之二：英雄的双重性

在古希腊神话和史诗中，由英雄创造业绩所孕育而成的对英雄的崇拜一直是诗人们所歌咏的主题。英雄超乎常人的力量和智慧，使他们在社会生活中比一般人所起的作用大，但是，古希腊民族是一个具有深度感的民族，诗人们并不因为英雄人物的光环就无休止地对他们歌功颂德，而是凭借他们的理性来判断英雄的具体贡献。在《荷马史诗》中，荷马就以其充满理性的思考，一方面盛赞阿喀琉斯和其他英雄的勇武精神，另一方面又清醒地看到他们个人主义的严重缺陷，以及他们对集体、民族造成的危害。古希腊人这种对英雄的矛盾态度，使一般民众心中产生了一种对英雄既羡慕又不信任的情绪，因为民众害怕这些地位太高、太成功的英雄人物把他们拖入险境。古希腊的改革家梭伦就说："一个城邦会毁在它太伟大的人手中。"[①] 正因为如此，即便到了城邦制民主时代，雅典人还实行特殊的"陶片放逐法"，清除那些升得太高但民众又害怕他危害城邦的英雄人物，以确保城邦的安全和稳定。

古希腊人在对英雄的深度思考中敏锐地意识到智慧本质的双重性，智慧一方面对人类摆脱愚昧和野蛮做出过杰出贡献，但同时也给自然和人类自身带来无穷的灾难，尼采说："智慧，尤其是狄奥尼索斯智慧，是一种违反自然的罪行，并且告诉我们，任何人如果借知识上的自负而把自然投入深渊的话，他自己也必将尝到自然分裂的苦果。"[②] 正因为如此，智慧型英雄奥德修斯用智慧挽救了希腊军队的命运，但万神之主宙斯却同时给予他在海上漂流十年的惩罚；而神界中的智慧型英雄普罗米修斯虽然创造了人类，并且成为人类文明的推动者和人类技艺的导师，但这一造福人类的神祇却触犯了宙斯的神意，遭到了宙斯给予他的经历无数次死亡的严厉惩罚。而人类只有一次生命，也只能经历一次死亡，这种惩罚实际上是人类所能想象出来的最残酷的刑罚。古希腊人的这种对智慧本性的深度思考，使他们感受到了智慧所造成的细微而深刻

---

① 罗念生等：《古希腊三大悲剧家研究》，中国社会科学出版社1986年版，第522页。
② [德] 尼采：《悲剧的诞生》，刘崎译，作家出版社1986年版，第53页。

的痛苦，启发了古希腊人心灵深处的悲伤与隐痛，使他们创造出了一系列震撼人心的悲剧形象。

俄狄浦斯就是这样一个集勇武和智慧于一身的悲剧英雄。作为人世间的英雄，俄狄浦斯是"无人不晓"、"人上人"、最高贵的人，拥有权力、智慧和财富的人，但是在神的眼里，他却是一个罪犯，一个最坏的、让同类看着害怕的人。俄狄浦斯集高贵和卑贱于一身，在他身上笼罩着谜一般的色彩，但俄狄浦斯又是一个猜谜的高手，他猜出了斯芬克斯最难解的人之谜，并由此赢得了全体忒拜人的崇敬，但他对自己的命运一无所知，"当俄狄浦斯勇往直前，力排众议，一直走到了自己闯开的道路的尽头，这时，他才发现自始至终支配整个事件的他，自始至终被玩弄了"①。他切切实实地做了命运的牺牲品。俄狄浦斯的悲剧命运，表面上看是人与命运的冲突，实质上却体现了他对人的无知。英雄习惯了轰轰烈烈、高高在上、勇往直前的生活，却不明白低贱、平凡也是自己的本质，他不明白英雄既有崇高、美好的一面，又有受苦、低贱、平凡的一面，他同时是一个有缺陷的凡人，如果英雄一味地追求荣耀，追求崇高，追求神圣，那么英雄的灵魂就会逐渐偏离人性，最终丧失人性，同时他们的灵魂又逐渐趋向神性，而最高神意是不会让人类成为神的，他们最终会遭到神意的严厉惩罚。

如果我们进一步细察俄狄浦斯对案情的追查，就更清楚作者对俄狄浦斯智慧的评价了。在《俄狄浦斯王》中，俄狄浦斯杀父娶母的命运是神预先设定的，而这种命运的具体表现则是由一个简单的父母调换和由此产生的误认造成的。早在科任托斯国的时候，就有人告诉俄狄浦斯，他的亲生父亲不是本国国王，他是假冒的儿子，如今忒拜的神示又告诉他是忒拜人，忒瑞希阿斯也告诉他，他可怕的命运已成为现实，但他发现这些说法之间竟出现了无法逃避的联系时，他怎么不反躬自省呢？更有甚者，当俄狄浦斯对伊俄卡斯忒说，"人家预言我会玷污我母亲的床榻，亲手杀死我父亲"时，伊俄卡斯忒当即回答说："人家对我的儿子也

① 罗念生等：《古希腊三大悲剧家研究》，中国社会科学出版社 1986 年版，第 500 页。

是这样预言的。"他们都对自己已经应验了的命运无动于衷。伏尔泰在举出许多实例后认为，主人公这种装聋作哑的行为，"不过是诗人拙劣的技巧罢了"①。而笔者却认为这是俄狄浦斯故意逃避。最有说服力的例子还有，当俄狄浦斯已完全明白他的命运已经应验后，为了逃避或推卸责任，竟然把妻兄（也是母舅）克瑞翁推到前台，想把罪责推到他身上："怎么？你还敢来见我！"他对克瑞翁说："你肯定是杀害拉伊俄斯的凶手，你显然策划好了要夺我的王位，你还敢走进这宫殿！"

事情总是会弄清楚的，当俄狄浦斯走到事件的尽头，命运的惩罚已明明白白地呈现在他面前时，他承认了这桩罪行，尽管时时感到命运的不公，但如果联系当年他因害怕杀父娶母罪应验而逃离科任托斯，就更清楚地看到俄狄浦斯在整个事件的进程中，始终是采取逃避的态度的。在索福克勒斯的眼里，俄狄浦斯并非一个英雄，而是一个罪人，当命运无端地降临在他头上时，他犹如惊弓之鸟，逃之唯恐不及，虽然它是无辜的，他在追查凶手时也尽了一个国王、一个英雄应尽的责任，但俄狄浦斯仍然无法逃脱胆敢违反人性者的严厉惩罚。具有智慧者也只能在可见事物中用计用巧，却不能深入人性的本质，他那天神般的智慧并没有给他带来好运。这就是英雄俄狄浦斯的悲剧，也是一个智者的悲剧。

父权伦理之三：尊崇父系血缘

马克思曾经说过，古希腊人是人类童年时期发育最为健全的儿童，它表明古希腊人从开始就尊崇自己的本性，在社会生活中充分展现每一个人的个性。但是，古希腊人并不能完全理解这种自然的必然性，因而把这种既能发展人的个性又常常会捉弄人的盲目力量称为命运。古希腊人对命运的态度是既顺从又反抗，这种矛盾的态度不断地驱使着他们去摆脱命运的捉弄，而这种强大的意志最终使他们走上了"专制政权（国家）的道路"②。

古希腊人在通向专制政权道路的过程中走的并非是一条光明、通畅

① 罗念生等：《古希腊三大悲剧家研究》，中国社会科学出版社1986年版，第85页。
② 同上书，第153页。

之途。国家作为"伦理观念的现实"（黑格尔语），摆在古希腊人面前的还有更为艰巨的难题，这就是如何调适社会制度转型中人们的伦理观念的变化问题，从而促使人们在伦理行为中对新制度产生心理认同。在雅典城邦的民主制时代，父权制已完全取代了母权制，但这并不表明一种新型的伦理关系——父子关系——能得到普遍的承认，因为它涉及每个具体的家庭，甚至涉及具体的个人关系的细微变化。因此，要使父子关系取代母子关系，父子血缘的正统性和神圣性在全社会获得普遍认同，就必须为这种伦理关系确立神圣感。但是古希腊人在确立父子关系的神圣性过程中，并不像其他民族那样是通过宗教的方式来实现的，而是通过艺术的方式表现出来的。通过艺术，古希腊人为他们所思考的深刻而又细微的伦理转型寻求到了精神的安慰，从而在他们摆脱母系脐带走向父系伦理的过程中重新获得了生命的意义。

在《俄狄浦斯王》中，作者主要是通过神意对俄狄浦斯罪行的预先认定和俄狄浦斯对罪行的自我认定来思考这种新型的父子血缘关系的。这种关系首先表现为一种直接的父子对抗关系，亦即反抗和惩罚的关系。当父权制取代母权制后，由于母亲在家庭生活中的职责和母子血缘的长期存在，父子之间的直接冲突可能不存在了，却以一种潜意识的形式演变成反父意识。这种原型在《俄狄浦斯王》中就体现为拉伊俄斯的惩罚和俄狄浦斯的反抗关系，由于拉伊俄斯得罪了神，于是众神决定惩罚他，但罪行的承受者是俄狄浦斯。在这里，我们清楚地看到，拉伊俄斯是罪行的制造者，此时却担当了惩治罪犯的角色，这显然有悖于神意的初衷，在庄严、神圣的神意面前，拉伊俄斯无权惩治自己的儿子，但实际情况是，拉伊俄斯因害怕被儿子杀死而企图先将儿子置于死地。这种把罪行与惩罚完全对立起来的做法激怒了神，因而遭到了儿子的报复。尽管俄狄浦斯杀父是神的安排，但无疑这一父子相残的悲剧典型地反映了母权制度下残忍落后的遗风。神预先认定俄狄浦斯的罪行，表达了作者对这种落后制度和伦理关系的坚决否定和唾弃。正因为这样，尽管俄狄浦斯犯下了父权制度下的滔天罪行，他也认同了这种罪行，但神并没有给他相应的惩罚。

　　把神意对俄狄浦斯罪行的认定与俄狄浦斯对神性的父亲的忏悔式认同结合起来，表现了索福克勒斯对新型父子伦理更深层次的思考。在作品中，俄狄浦斯对亲情是非常看重的，他对养父波吕波斯（被误认为是亲生父亲）是充满敬意的，但神性的父亲却无端地把杀父娶母的罪行降临到他身上，虽然俄狄浦斯内心深处并不承认这是他犯的罪，但在这样一个神圣的父亲面前，俄狄浦斯仍感到自己罪孽深重，并主动承担了这桩罪行，他为此刺瞎了自己的双眼，要求被放逐异乡流浪，过着自我惩罚的生活。而在冥冥之中无处不在的神性的父亲，俄狄浦斯罪行的设计安排都是出自他之手，正是他把俄狄浦斯放在不仁不义的罪恶处境中。但是我们与其说他的这种行为是对俄狄浦斯罪行的惩罚行为，毋宁说是一种施爱行为，因为神性的父亲正是通过俄狄浦斯罪行的实现才形成父权制的基本理念，并让人们在感受俄狄浦斯罪行的场景中体验到人性中最卑劣的一面。然而，由于俄狄浦斯本身是高贵的，无可指责的，尽管他承受了命运不公正的待遇，但他并没有引起人们对他的鄙弃，反而从他身上感受到了一个被遗弃的儿子却仍然在为神的荣耀而献身的崇高精神，这种精神使得俄狄浦斯与其神性父亲间的关系完全不是那种惩罚与反抗的关系，而是施爱与献身的关系。神性的父亲主动遗弃了自己的儿子，让他在高贵的生活中无端受难，但神性的父亲最后还是原谅了他；而作为受难中的儿子，虽然感受到了父亲惩罚的不公正，但仍然以忏悔的方式表达了他对罪行的自我认定。通过虔诚的忏悔，人中豪杰俄狄浦斯终于获得了神的重新肯定。尼采也说："这位深刻的诗人（指索福克勒斯）告诉我们，一个真正高贵的人是不可能真正犯有罪行的，虽然他的行为破坏了所有的法律，所有的自然秩序，也就是整个的伦理规范。但是，所有这些行为，将创造意义更为丰富的结果，而这些结果是从旧世界的废墟上建立一个新世界。"① 这个新世界就是父权制的最高形态——有信仰的国家。

---

① ［德］尼采：《悲剧的诞生》，刘崎译，作家出版社 1986 年版，第 51 页。

古希腊神秘主义与唯灵主义

　　当古希腊民主政治走向终结的时候，其精神特质也由人本主义转向来世主义和唯灵主义。古希腊人的这种彼岸意识不是空穴来风，而是古希腊悲剧中的人本主义思想走向终极后的必然结果，当古希腊悲剧作家承载着对人生命运的痛苦体验达到无法承受的程度时，他们就再也无法用文学语言来表达灵魂净化和寻求解脱的愿望，转而去追求现实生活之外的彼岸意识和唯灵主义等终极价值。古希腊精神生活的这种转变最早发生在希腊民间的伊流欣奴秘仪、奥尔弗斯神秘祭中，并在古希腊唯心主义哲学土壤中滋生壮大，通过苏格拉底、普洛丁、柏拉图等人的阐述，最终汇入到基督教严密、完整、系统化的宗教形而上学体系中。

　　伊流欣奴秘仪是流行于希腊城邦时期的民间祭祀典礼。他们祭拜的两位女神是得墨忒耳和珀耳塞福涅，这些盛大的宗教祭典在雅典或雅典到伊流欣奴的行程中举行。他们为此准备好丰盛的祭物，在祭物的后面，跟着伊流欣奴祭司、雅典法官、得秘传者和外国的观光团体，主持大秘仪的是这个国家的执政王，而受秘传者是那些经过严格考验的人，他们被选中后随队伍到达广场，但只有进入祭坛深处时，他们才可以得到秘传教义，这个过程的保密规定相当严格。实际上，在秘传教义中，他们并没有任何秘传理论的东西，而是在这种庄严、神秘的仪式中体验激情，并在此过程中接受某些神秘精神的支配。他们在秘仪中往往感受到一种从内心焦虑过渡到精神愉悦的精神状态，并在秘仪结束时感到自己内心发生了变化。此后，在通过与女神们更为紧密的个人关系，受秘传者就成为具有异乎寻常命运的真福者，他们回到家里后，还是在城邦生活，从事他们以前所从事的工作，没有任何改变，但是，他们的心灵却因这秘祭发生改变，并由此保持着他们的内心信仰。他们感到生活是充实的，也相信在冥界会得到光明、狂舞和欢歌。因此，伊流欣奴秘仪是一种关于灵魂和彼岸世界的宗教神秘仪式。这种神秘仪式虽然是以希腊正统神祇的异端而标榜，但它并没有与希腊正统神祇的法权造成对立，甚至在某种程度上是对希腊正统神祇的补充和完善。

古希腊城邦时期，民间还流传着一种与正统的奥林匹斯神统相对立的神秘祭，就是奥尔弗斯神秘祭，这种宗教的主要和原始的仪式是对酒神狄奥尼索斯的崇拜。酒神崇拜是一种既美丽又野蛮的宗教仪式，参加这一仪式的多为妇女，她们头戴常春藤冠，身披兽皮，手持酒神杖，狂欢滥饮，与象征着理性原则的奥林匹斯诸神相对立。狄奥尼索斯代表着遭到压抑的情感和欲念，对他的崇拜或许更具有原始意味，但也更多地包含着超越现实的冲动，它煽动起一股回归混沌的忘我迷狂，使灵魂与肉体一同沉醉于焚毁消散的晕眩和轻扬中。它冲垮了一切法规、禁忌的樊篱，使精神和情感得以绝对自由地宣泄，因而它是精神与肉体的共同放纵，尼采对此评论道："这些庆典之中心观点乃是一种纯粹的性之乱婚，它蹂躏了每一种业已建立的部落宗法，所有这些心中之野性的冲动，在这些机会里都得到解放，一直到他们达于一种欲望与暴戾之感情激发的顶峰。"① 但是，狄奥尼索斯崇拜毕竟是原始而粗野的，在后来的演变发展过程中，这种肉体的迷狂逐渐转化为精神沉醉。纵欲主义让位于禁欲主义，狄奥尼索斯崇拜被奥尔弗斯崇拜所取代。奥尔弗斯是希腊传说中的歌手，他的琴声能感动花草鸟兽。据说他因为拒绝参加酒神的狂欢秘祭而激怒了狄奥尼索斯的女性崇拜者，被狂怒的色雷斯妇女们撕成碎片。奥尔弗斯是一个忧郁悲观的形象，对物质生活采取禁欲主义的态度，他过着纯洁的生活，远离任何污秽，选择素食，同时，他还时时沉湎于他的音乐之中，在音乐中达到的精神欢愉，得到了补偿。梦

---

① ［德］尼采：《悲剧的诞生》，刘崎译，作家出版社1986年版，第27—28页。

幻、冥想、万劫的宁静和灵魂的永生，这就是奥尔弗斯向往的境界。

奥尔弗斯崇拜是古希腊人本主义向唯灵主义过渡的标志，从此古希腊社会开始逐渐告别对现世人生的追求，转而去探寻精神世界的奥秘，体验精神世界给人带来的欢愉，因而奥尔弗斯崇拜已明显具有宗教色彩。其宗教性主要在于：它提出了一种精神与肉体相对立的二元论思想，以及灵魂轮回转世直至永生的观念。现实世界和肉体世界只是束缚灵魂的暂时泥淖，是虚幻和罪恶的源泉。灵魂在几经肉体的锤炼之后将彻底摒弃这有限的定在形式，到达永恒的归宿地。此生的德行将决定来世的生活，苦行的有德者将转世为人，如此循环往复，终至于神。这种灵魂与肉体的二元论使奥尔弗斯教具有了一些形而上学的成分，它是发生在古希腊社会中的一场自发的宗教改革，它构成了希腊神话从希腊哲学明朗直观的感觉主义向深邃玄奥的唯心主义过渡的一个重要环节。

在古希腊哲学中，第一个公开宣扬哲学唯灵主义思想的人就是苏格拉底，苏格拉底因提倡新神而被崇奉奥林匹斯多神教的雅典人处死。苏格拉底所表现出来的宗教殉道精神和对死亡的超然态度，使他成为西方思想史上仅次于耶稣的伟大思想圣徒。古希腊的伟大哲学家亚里士多德曾经这样评价过他："有一种生活，远非人性的尺度可以衡量；人达到这种生活境界，靠的不是人性，而是他心中的一种神圣力量。"① 他之所以能如此勇敢无畏，就在于他信奉着"灵"，而这个"灵"与基督教所宣扬的三位一体的上帝似同出一辙，吉士丁尼也说："鼓舞着苏格拉底的理性，自那时以后便化为人形，托生于耶稣基督，所以基督徒是与苏格拉底及柏拉图崇拜同一个上帝。"②

继苏格拉底之后是古希腊唯心主义哲学家柏拉图，柏拉图是古希腊神秘主义和哲学唯灵主义思想的集大成者，同时也是基督教神学理论的来源。柏拉图哲学思想的基础是实体与现象，理念世界与感觉世界相对立的二元论哲学。柏拉图认为，可感觉的现象世界是虚幻的世界，它只是真实世界的摹本或影子，它与真理隔了三层。按照这种理论，在任何

---

① ［美］伊迪丝·汉密尔顿：《希腊精神》，葛海滨译，华夏出版社 2008 年版，第 271 页。

② 同上书，第 279 页。

感性的具体存在背后，都有一个更真实、更原始的一般存在，前者只是由于摹仿或分有了后者才得以存在。这种理念本体论后来转化为众信徒由于对基督的信仰和分有基督的神性而获救的基督教神学理论。

同时，柏拉图的这种二元论思想必然在神学上宣扬鄙夷肉体的灵魂不朽论。既然感觉世界是不真实的、不可靠的，肉体和现世的物质生活当然也就不值得留恋。灵魂或精神可能达到理念世界，但只有在挣脱了肉体的束缚后才能实现这一目标。肉体具有双重罪恶：它一方面用粗俗的欲望来引诱暂居于它之中的灵魂堕落，另一方面又构成了妨碍灵魂认识真理的"歪曲的媒介"。在柏拉图看来，灵魂若是处在肉体的束缚中就不能获得纯粹的知识，真正的知识只能在死后才能获得。因此，死亡并不是一件痛苦的事情。在灵魂不朽的问题上，他也认为，一个人死后灵魂的归宿由他生前的德行所决定，善者的灵魂升入天国转化为神，恶者的灵魂堕入地狱永受折磨，居中的则进入炼狱以求净化，这种观点则与基督教教义更为接近。

柏拉图的哲学思想是通过普罗提诺的新柏拉图主义而与基督教神学相联系的。普罗提诺生活于公元3世纪的罗马帝国，这时的罗马帝国已经呈现出衰亡的迹象，罗马人开始沉湎于自我享乐，他们已经失去了开疆拓土的野心，转而到物质世界中去寻求快乐。传统的罗马国教摇摇欲坠，基督教却仍然受到官方压抑，面对这种物质主义泛滥成灾，信仰缺失的现实，普罗提诺像一个真正的柏拉图主义者那样，把视野集中在现象背后那唯一真实的理念世界中，集中在恶与善的超越的永恒情感中。普罗提诺的形而上学是建立在太一、奴斯和灵魂这三个概念的神秘统一之上的，三者的关系就如同基督教三位一体的圣父、圣子、圣灵的关系一样。太一是一个比较模糊的概念，它有时被称为"神"，它既是存在的，又是非存在的，太一是包含着有的"无"，它既是一个绝对的肯定词，又是绝对的否定词，太一不是一般的数的意义上的单位，而是绝对的单位，不是一切数中最贫乏的数，而是一切数中最丰富、最完全的，是一切数的源泉。从神学的视角上说，太一是万物终极唯一的最高原理，自身是绝对超越的，是超乎一切之外、之上的，是自我规定的，独一无二的，太一是至善和神，但又是超乎善和神之上的，它是万物的本质，第一原理，诸原因的原因，是万物追求的目的。这种对太一的解释实际上表述了"上帝"这个概念的真实含义，但哲学上的太一比宗教上的上帝更纯粹、更玄奥。因此对于普罗提诺的太一，"沉默无言要比无论什么辞句都有着更多的真理"。

普罗提诺所说的次一等的存在即奴斯，它是对太一进行规定的结果。他认为，奴斯是太一的影子，是具有某一种定性的太一，是太一的规定性，但是，奴斯与太一的先后关系不是时间上的，而是逻辑上的，奴斯并不是太一的派生物或另一种存在，而是太一借以认识自身的某种定在方式。奴斯是体现为一的太一，它是一种整体的精神，一般的精神，当它分化为多时就产生出诸多的世界灵魂，这些世界灵魂居住在它们所创造的物质世界中，每一种生物或微生物都有自己的灵魂，每个灵魂都通过与奴斯的联系而窥见太一或分有太一，众多的灵魂与单一的奴斯相结合就达到了至高无上的不可定义的太一。普罗提诺说："摆脱了自己的身体而升入于自我之中，这时其他一切都成了身外之物而只潜心于自我，于是我便窥见了一种神奇的美，这时候我便愈加确定与最崇高的境界合为一体，体现最崇高的生命，与神明合而为一。一旦达到那种活动之后，我便安心于其中；理智之中凡是小于至高无上者的，无论是什么我都凌越于其上。"①

因此，普罗提诺的三位一体形而上学具有浓厚的哲学思辨色彩，同时也带有明显的宗教神秘主义成分。在一个基督徒看来，普罗提诺的太一就是上帝，奴斯就是圣子基督，灵魂则是渗透每一个信徒的信仰中的圣灵。太一通过自我规定而呈现为奴斯，这就是上帝的道成肉身，奴斯通过分化为灵魂而与太一重新达到合一，这就是基督复活和在信仰中实现灵魂救赎。无怪乎奥古斯丁认为，如果普罗提诺再晚生一点，只需改动几个字句，就是一个基督徒了。

在古希腊唯心主义哲学基督教化的过程中，除了希腊人在做这方面

---

① 转引自［英］罗素《西方哲学史》（上卷），何兆武等译，商务印书馆 1963 年版，第 366 页。

的工作外，还有一个被希腊思想同化了的犹太人也在做这方面的工作，这个人就是亚历山大里亚的斐洛。斐洛生活在公元前30至公元54年之间，是一个深通希腊文化的犹太人。斐洛深切感受到希腊哲学的高深精邃和犹太教的民族狭隘性，决心用希腊哲学来改造犹太教，使它成为一种具有形而上学理论和哲学思辨的宗教。

斐洛对于基督教的重大贡献在于：他提出了基督教教义的基本思想——"道成肉身"——的理论雏形。斐洛从"道"或"逻各斯"的概念出发，认为"道"是唯一先念的上帝与他所创造的世界及人类交往的媒介，是一种世界理性，上帝的创造性和意志都体现于其中，"道"并不是与上帝分离的某种独立实体，而是一种上帝的存在形式或属性。而且，"逻各斯"不仅仅是上帝的一种属性而已。斐洛还将它人格化，称它为"上帝的长子"、"第二个上帝"，上帝和人间的中介和桥梁，把天粮分配给好人的经手者。如摩西等圣者都是具有肉体的"逻各斯"。斐洛自己也说："上帝的肖像和映像就是逻各斯，就是思维的理性，就是支配和统治世界的初生圣子。"① 犹太教的上帝耶和华和各先祖都是直观的。斐洛通过把希腊哲学中的"逻各斯"概念引入其中，从而使犹太教的上帝和先知具有了形而上学的性质。《约翰福音》中说的"太初有道，道与上帝同在，道就是上帝，道成了肉身，住在我们中间，正是父的独生子的荣光"等观念显然是受到斐洛上述思想的影响。

斐洛还提出了其他一些对基督教教义有影响的学说。例如，他用隐喻的方式解释《旧约》时显然包含了"原罪"和"救赎"的思想。亚当的堕落即理性的堕落或道的堕落，只有通过道的重新纯洁才能解救。在基督教中，这种原罪是通过基督的蒙难受苦而得到救赎的，"在亚当里，众人都死了。照样，在基督教里，众人也都要复活"（《新约·哥林多前书》）。斐洛还提到过童贞女受道感应的问题，他说："逻各斯！大祭司，只能娶永不变为妇人的处女为妻子，这是令人难于相信的，可

---

① ［德］黑格尔：《哲学史演讲录》第三卷，贺麟等译，人民文学出版社1980年版，第165页。

是事实相反，在她与丈夫的关系中并没有由少女变为妇人。"① 这种思想与东方原始宗教中关于童贞女受圣灵感应而怀孕的传说共同构成了基督教中圣女玛利亚受圣灵感应而生基督的原型。此外，斐洛还反对犹太教以献祭和牺牲来换取神恩的做法，强调真正的虔诚在于内心的纯洁和信仰。恩格斯称"斐洛为基督教的真正父亲，而罗马斯多亚学派塞内卡可以说是基督教的叔父。在斐洛名下一直流传到现在的许多著作，实际上是讽喻体的唯理论的犹太传说和希腊哲学即斯多亚哲学的混合物"②。从古希腊神秘主义到哲学唯灵主义的精神发展过程中，我们可以清晰地看到古希腊人艰难的精神历程，他们面对现实和人性的复杂性，由神话和悲剧时代所开创的明朗、乐观、自信的精神素质不见了，取而代之的是智慧的无奈和在命运面前的顺从，但是这种顺从并非是灵魂的终止，而是从此生转化成一种彼岸的精神探寻。最终，他们在哲学唯心主义者柏拉图的理念世界，普罗提诺的"太一"和斐洛的"逻各斯"中寻找到了自己智慧和灵魂的栖息地。但是，古希腊人的这种哲学探讨并没有因为他们走进了唯灵主义的世界而失去它的价值，相反，它恰恰构成了早期基督教的思想根源。基督教虽然在礼仪和圣事方面多来源于犹太教，而它的教义和神学却更多地来源于古希腊哲学，因此，基督教的精神基本上是希腊式的，只是更少地具有审慎色彩和理性和谐，更多地具有浪漫倾向和神秘迷狂。甚至可以说，古希腊神秘主义和唯灵主义哲学构成了基督教文化的灵魂。基督教的创立本身就体现为灵魂对肉身的否定和超越，体现为希腊唯灵主义对希伯来仪式主义的改造和革新。

综上所述，古希腊社会作为西方文明的源头，它是一个主要以文学形式体验人本主义和阐释宗教的时代，这种独特的体验和阐释宗教的方式与世界其他民族形成鲜明对比。无论在古希腊神话中，还是在史诗和悲剧作品中，诸神世界既充满着神圣和威严，也充满着人间的七情六

---

① 转引自［法］沙利·安什林《宗教的起源》，杨永等译，生活·读书·新知三联书店1964 年版，第 170 页。

② 《马克思恩格斯全集》第 19 卷，人民出版社 1963 年版，第 328 页。

欲；同时，神的活动与人的活动是融为一体的，它是尘世的一部分，正如法国希腊研究专家让·皮埃尔·韦尔南所说："……诸神生于尘世。"①尽管古希腊文学在承载神圣宗教的使命中经历了严峻的考验，但他们对人性的认识和深入挖掘却使人感受到希腊人在命运面前的抗争和人性本身的无奈与隐痛，最终古希腊人感受到了人性和神性俱在的巨大压力，使他们的精神自然地转向了神秘主义的各种仪式和遁世选择中。不过，古希腊后期的神秘主义宗教也被古希腊伟大的哲学所阐述并掩盖了它的宗教内涵，它同样把命运、苦行和灵魂的净化继承了下来，成为古希腊人文主义精神的有机组成部分。

因此，古希腊时期的文学是自觉地承载了宗教本质的文学，宗教蕴含在丰富多彩的文学形态之中；古希腊时期的宗教也是文学的宗教，人本主义的宗教，宗教与文学相互融合，互为一体，宗教以文学为体验的载体，文学以表现宗教为主要内容，从而使得这个时期的文学充满了宗教的神圣性，而这个时期的宗教又是通过文学来表现的，因而其宗教又充满着人本主义的生机和世俗的魅力。

---

① ［法］让·皮埃尔·韦尔南：《古希腊神话与宗教》，杜小真译，上海三联书店2001年版，第2页。

第二部分

西方启蒙主义文学

乌托邦与启蒙精神的矛盾运动及其当代性反思

乌托邦和启蒙精神都是欧洲在现代化和世俗化进程中出现的精神形态。这两种精神形态虽然有本质的区别，但它们之间也具有内在精神的一致性。乌托邦精神侧重于反抗、对立、破坏和超越，启蒙精神则侧重于启发、照亮和理性的指导。在欧洲现代社会的历史进程中，乌托邦与启蒙精神是在相互矛盾运动中完善自身的。本文试图深入乌托邦与启蒙运动的历史过程，以期对乌托邦与启蒙的概念及其矛盾运动的形态进行深入辨析，并在此基础上对当代社会的发展形态做出反思性评述。

一 作为启蒙精神之根的乌托邦

乌托邦是人类历史上各个时期都会出现的普遍现象，而且每个历史时期的乌托邦都有自己特定的表现形式，但现代意义上的乌托邦是以英国思想家托马斯·莫尔的《乌托邦》为标志的，其后出现的有培根的《新大西岛》、康帕内拉的《太阳城》、哈林顿的《大洋国》，以及空想社会主义者圣西门、傅立叶和欧文等的著作，都具有典型的乌托邦性质。这些著作大多是文学作品，也有一些是纯粹的政治理论著作，它们的思维路径和想象内容虽然各有千秋，但其构想的乌托邦都有以下共同特点：乌托邦在地理上要么是个完全想象的乌有之地，要么就是个遥远的未知岛屿；其间有人类历史上最完美的社会制度；生活在其中的人类具有崇高的道德素养，人与人之间的关系亲密无间；人与自然和谐相处；等等。这种对人类未来社会的构想虽然具有很强的感染力和感召力，但实际上它是以一种与现实社会对立的方式表达出来的虚幻存在，因而其间蕴含着对现存社会的强烈不满和颠覆的精神特质。乌托邦正是以其与现存社会制度的强烈反差积蓄着一股否定和超越现实的精神力量，从而在某个特定时期造成对现存社会秩序的破坏和重组。

第一，西方现代社会在创建资本主义制度时期会产生乌托邦思想并非是一种偶然现象，它与欧洲文艺复兴时期宗教改革的世俗化浪潮密切相关。宗教改革起始于欧洲市民（资产阶级的前身）社会的成熟时期，由于市民阶层的经济地位和自由度得到了较大的改善，其世俗化程度也得到相应的普及，他们开始对基督教所宣扬的宗教教义感到不满，尤其在现代科学技术的影响下，许多基督教传统观念遭到彻底的怀疑和批判。在这种背景下西方社会就产生了马丁·路德、加尔文、闵采尔等人的宗教改革运动。轰轰烈烈的宗教改革运动在清除宗教领域中的落后教义和腐败教权的同时，也动摇了欧洲社会对基督教的普遍信仰，于是，一种试图取代基督教信仰的乌托邦便在宗教信仰的废墟上诞生了。这种转变过程正如马泰·卡林内斯库所描述的那样，"乌托邦不仅在本质上是宗教性的，而且是上帝死后宗教的唯一合法继承人"①，他的意思是乌托邦与宗教存在着内在的血缘关系，是一种世俗化了的宗教。哈贝马斯也分析说："上帝死了，但在他死后他的位置仍在。人类想象中上帝和诸神的所在，在这些假想消失之后，仍是一个阙如的空间。无神论者最终的确理解到，对这一空间的深层测度勾勒了一个未来自由王国的蓝图。"② 因此，乌托邦虽然是现代社会出现的一种带有浓厚文学色彩的未来想象，但它实际上是基督教信仰走向危机的结果；乌托邦虽然是以基督教信仰的对立面出现的，但与基督教本身却具有深刻的精神联系，它是人们在失去宗教信仰后对未来社会规划的一种世俗信仰，它的存在从某种程度上缓解了信仰危机造成的欧洲人精神世界的焦虑。

第二，地理大发现是触发人们的乌托邦幻想的外在原因。欧洲的科

---

① ［美］马泰·卡林内斯库：《现代性的五幅面孔》，顾爱彬等译，商务印书馆2002年版，第73页。

② 同上。

学技术从宗教的桎梏下解放出来以后，人们开始探索与自己息息相关的现实世界的奥秘，轰轰烈烈的海外探险及其地理大发现不仅给人们展示了一个与基督教世界完全不同的地理面貌，而且还激发了资产阶级开疆拓土的梦想，而一个岛屿或一个未被发现的地方，就能在人们的心灵中直接传递一种未来感，并且作为一种世俗信仰为艰苦创业中的资产阶级提供既虚幻又实在的精神寄托，因而乌托邦是向着时间的末端显现出来的一个现实世界图景，是向着未来思考的一幅完美世界图像。

第三，乌托邦还涉及人的本性。宗教信仰丧失的直接后果就是，人从此必须面对赤裸裸的自己。人生的一切苦难、不幸，未来的种种不确定性，以前都可以寄托在上帝身上，而今只能依靠自己，这样人们对自己未知的生存前景必然会产生焦虑。为了缓解这种焦虑，人们就必须创造一个超越现实处境的乌托邦。因此，乌托邦作为人的本性的一部分，它是真实的，"为什么乌托邦是真实的？因为它表现了人的本质、人的深层目的；它显示了人本质上所是的东西"①。因为乌托邦总是指向现实的焦虑，因而它对自己存在的一切方面都有本体论意义上的不满，当这种不满积蓄到一定程度的时候，它就转化为一种破坏现实的强大力量，这种力量成为改造现实世界，实现乌托邦幻想的强大推动力。就乌托邦本身来说，它虽然具有虚假、不实的因素，但"乌托邦是早熟的真理"（赫茨勒语），它同样是可以实现的。正是从这个角度上说，乌托邦成了欧洲启蒙运动的发端，正是由于乌托邦的出现，才激发起欧洲资产阶级自强不息、不畏艰苦创建理性王国的理想、信念和努力。实际上，在西方现代社会的世俗化进程中，许多乌托邦思想家同时也是启蒙思想家，从乌托邦思想家的著作来看，他们的作品既可以看成是乌托邦著作，也可以看作是现代社会的政治理论著作，如培根的乌托邦"萨洛蒙之家"就是他的《新工具论》的一个注脚，哈林顿的《大洋国》就是一部直接为英国君主进行政治改革的思想理论著作，欧文的"空想社会主义"也为英国的社会改革提供了许多有益的思想资源。因此，

---

① ［德］保罗·蒂利希：《政治期望》，徐钧尧译，四川人民出版社 1989 年版，第214页。

现代乌托邦思想家所构建的乌托邦实际上就是欧洲启蒙思想家构建的理性王国的一部分,只不过它是一个早熟的王国。乌托邦是欧洲启蒙精神的源泉,乌托邦精神在内质上与启蒙精神是一致的。

二 启蒙运动对乌托邦的克服和超越

乌托邦虽然是"早熟的真理",涉及人的本性,乌托邦思想家们也试图把乌托邦完美化并作为终极目标去追求,但它毕竟是基督教世界瓦解后出现的人类对未来社会的初步设想,是社会改革的激进式情绪的体现,其幻想性和暂时性显而易见。"如果把那些意义模糊的暂时性的事物和那些意义明确的终极事务混淆起来,那就不可避免地要产生幻灭。"① 如果把乌托邦的这种性质与法国大革命联系起来,我们就会有一个更为清晰的认识和理解。

法国启蒙运动是西方资产阶级成熟时期出现的一场资产阶级思想解放运动,它系统地宣扬了西方资产阶级的思想体系,对维系欧洲千年之久的封建制度和基督教教会进行了猛烈抨击,启蒙思想家们还在这场运动中确立了理性至上的思维尺度,理性成为衡量世间一切的最高准则,因此,启蒙运动实际上为法国大革命准备了思想条件。但是,法国的启蒙思想家们的理性批判活动也是资产阶级思想创造活动的初始阶段,在他们富有激情的表达形式中,体现了优美、机敏、活泼和智慧的一面,也明显地表现出法国式的浮躁和夸张的风格。当他们把基督教世界都斥之为肤浅和欺骗时,他们自己也同样陷入肤浅和无知之中。德国哲学家黑格尔就深刻地指出,宗教作为许多世纪中"千百万人为之而生,为之而死"的东西并不是单纯的毫无意义和不道德。虽然它有暂时的东西和教权的腐败堕落,但它同样包含着永恒性和真理性的成分,"假如一个宗教把暂时的东西和永恒的东西相结合,如果理性只固定地看那暂时的东西,因而大叫那是迷信,那么,应该责备的是理性,它认识得太肤浅,它忽视了永恒的东西"②。因而,从这个角度来说,法国启蒙运

---

① 〔德〕保罗·蒂利希:《政治期望》,徐钧尧译,四川人民出版社 1989 年版,第 214 页。
② 〔德〕黑格尔:《黑格尔早期神学著作》,贺麟译,商务印书馆 1988 年版,第 160 页。

动只不过是整个欧洲启蒙运动的初始阶段，它虽然标榜理性为最高尺度，但它在用理性的标准把上帝拉下神坛的同时，也把自身捧上了神坛，理性成了绝对、神圣的东西，因而其非理性成分和乌托邦成分是非常明显的。正是由于法国启蒙运动的这一特性，使得法国大革命成为人类追求进步事业的灾难性现象，也同样使追求社会进步事业的革命者陷入严重的精神困境。

法国大革命的功过得失，对于刚刚经历过这场革命的康德来说，更具有深刻的体会。他和许多欧洲的进步人士一样，起初都热烈赞成法国大革命，把法国大革命看成是人类道德和社会进步的曙光。他在人们对革命的那种狂热参与的气氛中，充分肯定了人类为自身未来进步进行革命的权利。但当这场革命深入下去时，却演变成了人性丑恶表演的大悲剧，因而他转而坚决反对这场革命。为什么康德起初赞成后来又反对这场革命？主要原因是这场革命仅仅是一场表层的，甚至是非理性的人类追求进步的运动，他深刻地认识到，人类追求自身的进步和完美不是一朝一夕的事情，而是一种从社会制度的表层变革到人性深处的灵魂变革的全面改革运动。虽然法国大革命的方向是正确的，但它这种休克式的激进社会变革不仅无助于人类的进步，而且对于人类道德的基本规范也会造成极大的伤害。而启蒙运动不仅仅是社会制度的改革，更为重要的是人性本身的启蒙。正是在这个意义上，康德在 1784 年写的《对这个问题的回答：什么是启蒙？》中才提出了他对于启蒙的著名定义："启蒙就是人类脱离自我招致的不成熟。不成熟就是不经别人的引导就不能应用自己的理智。如果不成熟的原因不在于缺乏理智，而在于不经别人的引导就缺乏运用自己的理智的决心和勇气，那么，这种不成熟就是自我招致的。敢于知道！要有勇气运用自己的理智！这就是启蒙的座右铭。"① 从康德这一著名的定义中可以看到，启蒙的真正要义在于心灵的革命，在于通过革命要树立"勇气运用自己的理智"。因此，应该是心灵的革命先于制度的革命，而不是制度的变革先于心灵的变革，只有

---

① ［美］詹姆斯·斯密特编：《启蒙运动与现代性》，徐向东等译，上海人民出版社 2005 年版，第 61 页。

健全的理智才能保证社会制度的公正和自由，才能提高人类道德、审美生活的素质，也只有建构起人类高尚的心灵和道德素养，社会制度的变革才能有坚实的基础。

因此，是否可以这样说，法国启蒙运动作为欧洲启蒙运动的初始阶段，它是一场具有乌托邦性质的启蒙运动，法国大革命的实践就是法国启蒙运动乌托邦性的具体表现，不管是启蒙运动还是法国大革命，虽然它们都坚持理性批判一切的标准，但对理性的过分崇拜也同样会把理性陷入乌托邦的境地，法国大革命最终达到的正是这种理性的乌托邦。在法国大革命的具体实践中，当这种理性乌托邦与现实大相径庭时，为了挽救理性乌托邦的幻灭，他们就开始使用恐怖手段以延缓乌托邦幻灭的政治影响。从法国大革命史可以看出，法国大革命既是一部理性乌托邦实践过程中幻灭的历史事件，又是一部人类运用自己的理智使人类进入健康理智的社会进步的反面教材。正是在这个意义上，康德以其理性的批判精神，对法国大革命的功过得失进行了深刻的反思，从而使启蒙运动逐渐摆脱乌托邦的梦魇，进入了理性的进步阶梯。后世的许多启蒙思想家继承的，并不是启蒙运动初期的乌托邦精神，而是继承了经过康德系统批判过了的启蒙精神。

三　乌托邦与启蒙精神矛盾运动

乌托邦与启蒙精神存在着巨大的差异，许多欧洲思想家甚至把启蒙思想家和乌托邦幻想家对立起来，认为启蒙运动就是"对预言家和狂热者的反抗"（曼海姆语），启蒙运动的存在就是为了消除乌托邦对现实社会产生的影响。笔者认为这种观点无助于深刻理解乌托邦与启蒙精神之间的内在联系。实际上，乌托邦精神与启蒙精神在欧洲社会的历史进程中存在着相互融合的现象，乌托邦精神是早期的、不成熟的启蒙精神，而启蒙精神则是成熟了的、内在化了的乌托邦。要准确理解它们之间的内在关联，让我们再深入到世界现代化进程的伟大实践中去考察吧。

经典马克思主义者声称自己不是乌托邦主义者，马克思主义的理论已经克服了乌托邦的虚幻意识，因而是"科学的社会主义"理论。但是，就马克思主义对未来世界进行构想这个角度来说，他们并没有超越乌托邦主义。马克思在创建自己的理论体系时不仅借鉴了空想社会主义理论，而且在早期《手稿》中也仍然用充满激情的语言描述了共产主义的理想图景："共产主义是私有财产即人的自我异化的积极扬弃，因而也是通过人并且为了人而对人的本质的真正占有；它是人作为社会的人即合乎人的本性的人的自身的复归，这种复归是彻底的、自觉的、保存了以往发展全部成果的。这种共产主义，作为完成了的自然主义，等于人本主义，而作为完成了的人本主义，等于自然主义；它是人和自然之间、人和人之间的矛盾的真正解决，是存在和本质、对象和自我确立、自由和别人、个体和类之间的抗争的真正解决。它是历史之谜的解答，而且知道它就是这种解答。"① 我们姑且不论马克思的共产主义是否是乌托邦幻想，单从这种文字的描述中我们也可以看出，它体现出理想和激情的充分释放。而在这种理论引导下的世界早期共产主义运动，如巴黎公社运动，苏联的苏维埃运动，我国 20 世纪初期的苏维埃运动，甚至新中国成立后的"大跃进"运动等，都是人们在对共产主义理想的向往和激情感召中进行的社会实践。这些社会实践无疑具有伟大的进步意义，但它们表现出来的不成熟和乌托邦因素也是明显的。因此，看某种理论是否具有乌托邦性质，不是看这种理论是否完美，而是看它是否具有理性，是否能与社会实践相结合。从某种程度上说，越是完美的事物，其与现实的差距就越大，其虚幻不实的非理性因素也就越大。克服乌托邦的，并不是乌托邦本身，而是理性与社会实践的结合。

是否因为早期马克思主义的乌托邦因素就否定其启蒙的、科学的性质呢？也不能。这是因为，首先，早期马克思主义对资本主义的批判是建立在理性基础上的，马克思主义从资本主义的本质要素资本入手，对资本主义制度的不合理性进行了深刻的揭露和批判。这种批判后来成为人们批判资本主义社会制度的先导。而且从批判的效果来看，到目前为

---

① ［德］马克思：《1844 年经济学哲学手稿》，人民出版社 1979 年版，第 73 页。

止，无论是马克思主义阵营，还是西方资本主义阵营的批评家们，都无出其右者。其次，早期马克思主义还蕴含着浓厚的人道主义因素，早期马克思主义者站在人的本质的高度，对资本主义制度以丧失人性的道德为代价进行片面的经济发展进行了深刻的、理性的揭露和批判，虽然后来的资本主义社会并没有像马克思预言的那样消亡，但资本主义国家正是在吸收马克思主义及西方马克思主义的批判性话语的基础上才得以不断纠正自身的错误，才逐渐取得进步和完善的。美国社会学家海尔布隆纳就说，虽然马克思宣称资本主义社会走向灭亡的论断是完全错误的，但他对资本主义制度内在性质的论断却是正确的，因为他始终警惕着资本主义制度中道德堕落对人性的损害。[①] 因而马克思主义在当代社会仍然具有巨大的道德价值。同时马克思主义的人道主义包含着浓厚的启蒙特征，它对未来社会的启示主要在于，无论社会的进步是以何种方式进行的，都要坚持人的价值尺度和道德标准，即符合人的本质的审美规律来发展。正是从马克思主义经典作家开始，西方现代思想家们持续进行了以坚持人的本质、人的道德和审美为宗旨的审美现代性批判，从而在充满物质主义和情欲泛滥的西方现代社会里映衬出一道新人文主义的亮丽景观。因而，无论从经典马克思主义的理论本身来看，还是从其社会影响来看，马克思主义启蒙意义都是毋庸置疑的。因此，马克思主义是现代社会中最早融合乌托邦和启蒙精神的理论体系，马克思主义的这种理论素养使得人类争取自身进步的活动越来越趋向理性和科学。

随着全球化浪潮的席卷，全球经济和社会一体化趋势越来越明显，不仅社会经济发展模式逐渐趋向同一，对时尚的追求、人们的审美趣味也开始出现趋同化现象，人类正面临着前所未有的无差别社会时代。而这样的时代意味着乌托邦思想的消失。一些思想敏锐的学者已经意识到，一个缺乏乌托邦的时代也面临着深刻的危机，因为这种时代的乌托邦逐渐倾斜于和接近于现实，人们总是生活在一个不断重复过去的世界中，一切都可以复制，这种世界不仅没有任何新事物出现，连人类的意

---

① ［美］罗伯特·L. 海尔布隆纳：《马克思主义：赞成或反对》，马林梅译，东方出版社 2016 年版，第 19 页。

志也开始消退。德国社会学家卡尔·曼海姆指出："乌托邦成分在人类思想和行动中的完全消失，则可能意味着人类的本性和人类的发展会呈现出全新的特性。乌托邦的消失带来事物的静态，在静态中，人本身变成了不过是物。于是我们将面临可以想象的最大的自相矛盾的状态，即：达到了理性支配存在的最高程度的人已没有任何理想，变成了不过是有冲动的生物而已。这样，在经过长期曲折的，但亦是史诗般的发展之后，在意识的最高阶段，当历史不再是盲目的命运，而越来越成为人本身的创造，同时乌托邦已被摒弃时，人便可能丧失其塑造历史的意志，从而丧失其理解历史的能力。"① 曼海姆对当代历史的描述是否完全符合事实，有待进一步观察和探讨，但他提出了一个令人震惊的悖论，这就是人们一直坚持反对的乌托邦，追求启蒙理性和社会进步，到头来却发现乌托邦在现实中消失的同时，人们也"丧失其塑造历史的意志，从而丧失其理解历史的能力"，这是否表明人类进入现代社会一直追求的理性和进步是一种历史性的错误？在这种充满历史悖论的社会状态下，人们是否还需要重新呼唤乌托邦的出现？

对于上述一系列问题，笔者试图作出的回答是，乌托邦作为历史上出现的一种思想和精神现象，它并不是偶然出现的，而是人的本质的外化，因而它涉及人的存在方式，也就是说，乌托邦体现了人的存在的本性。在人类历史上的每一个时期，都存在着与特定历史相关联的乌托邦。根据曼海姆的研究，欧洲历史上存在过宗教千禧年的乌托邦、自由主义与人道主义的乌托邦、保守主义的乌托邦和社会主义与共产主义的乌托邦四种形式；而在中国的历史上，也主要存在过孔子的大同世界乌托邦、老子的小国寡民乌托邦和陶渊明的桃花源乌托邦等，这些乌托邦形式虽然都是人类想象力的结果，但都与当时的社会历史条件密切相关。因此，乌托邦的存在有其历史和人性的必然性，当乌托邦出现在其特定历史环境中时，它与社会现状的对立和它燃起的改变社会现状的巨大热情在对民众产生强大魔力的同时，也不可避免地对社会现状产生冲

---

① ［德］卡尔·曼海姆：《意识形态与乌托邦》，黎鸣等译，商务印书馆 2002 年版，第 268 页。

击和破坏。这就是为什么法国大革命刚爆发时人们欢欣鼓舞而后又痛心疾首。乌托邦的存在成了一个具有悖论性的话题,任何一个赞成乌托邦抑或反对乌托邦的话题都将陷入自相矛盾的境地。

启蒙思想是摆脱乌托邦困境而创新的思想体系。作为欧洲社会世俗化过程中出现的另一种历史现象和文化现象的启蒙运动,它是对早期乌托邦幻想的克服和超越,通过这场运动,使得资产阶级的自由主义、人道主义乌托邦以及社会主义与共产主义乌托邦具有了向现实转化的可能,因为启蒙运动所标榜的理性从理论上就是对乌托邦的幻想性的克服,尽管理性本身也有向乌托邦转化的趋向。但是,启蒙运动却以理性的力量瓦解了乌托邦的幻想,从现实的角度来说,乌托邦已经在现代社会中消失,人们更多地从启蒙思想的角度,而非从乌托邦的角度来讨论社会变革。但是,乌托邦并没有因为启蒙理性的出现而完全湮灭,而是内化成为一种人性之光,作为人类本性的有机组成部分,它已经融入启蒙理性中了。历史并没有因为乌托邦在现实社会中的消失而丧失其前进的方向,人们追求理性和进步的理想也不会因而停止。实际上,任何时代的启蒙也需要有理想和激情,任何时代的启蒙思想家在自主地运用理性时也要有决心和勇气。正是这种决心、勇气和理想,使得人们产生理解历史的能力,萌发塑造历史的意志,为人类的未来创造更加美好的世界。

乌托邦与启蒙精神在更高层次上的融合,还表现在当代世界各种知识创新热潮中。知识创新包括思想创新和科技创新,它是在继承培根有关知识的理念和圣西门的科学家治国理念的基础上发展起来的一种社会发展理念和创新理念,这种社会发展理念摒弃了乌托邦的激进式社会变革和启蒙的纯思想领域变革,以知识创新为切入点,以科学技术的进步为核心,逐步推进社会改革和人类社会制度和审美能力的进步,因而,知识创新理念既要有理想和激情,又要有理性和耐性,它是具有高度智慧和健全理性之人在总结前人经验的基础上所进行的创造性活动,因而其创造过程具有乌托邦成分,其结果又是理性的和现实的。20 世纪 50 年代开始的以计算机科学为代表的创造发明,作为人脑的一种外化形态，体现了人类智慧的极限。它是人与机器的高度融合，同时也是乌托邦与启蒙理性融合的新形态。它以计算机网络为代表的技术革新实现了对现实世界的超越，从而构建起"全球社区"或"网络乌托邦"①。网络乌托邦的普及和推广，极大地改变了人们的工作方式和生活方式，甚至在人类思想的深层次上也悄悄地产生了某种革命性的变革，使人们能够在网络空间里创建一个没有阶级压迫，人人平等的社会形态。这种变革避免了残酷的暴力革命和肤浅的政治生命轮替，深入人们的灵魂深处，创新人们的基本理念，从而达到改变人们的思维方式和生活方式的目的。

综上所述，当代社会以计算机和互联网为代表的知识创新实现的社会变革和思想革新是传统意义上的社会革命所不可想象的，它是人类想象和激情的产物，又是人类合理地运用自身智慧所创造的成果，因而知识创新既克服了乌托邦精神层面中的破坏性因素，又在乌托邦精神层面上克服人们对理性的盲目崇拜。正是高度信息化的网络时代使人类追求进步的历程又到达了一个新的制高点。至于这个时代是否会被新的知识创新成果所超越，答案是肯定的，因为"乌托邦是人的一种存在方式"，它永远活在当下。

---

① ［美］弗雷德·特纳：《数字乌托邦：从反主流文化到赛博文化》，张行舟等译，电子工业出版社 2013 年版，第 270 页。

欧洲启蒙运动与基督教文化

　　继文艺复兴、宗教改革之后，理性主义在思想文化的一切领域，包括宗教领域内继续发展，至 18 世纪进入了一个新阶段，这就是启蒙运动。启蒙运动在其较狭隘的意义上是"一场反宗教的运动"①，启蒙学家们高举着理性的大旗，对专制制度和教会权威进行了猛烈的攻击，其锋芒直指欧洲思想专制和封建制度的根基。他们公开打出战斗的无神论的大旗。把一切宗教看作迷信，公开否定上帝的权威，嘲笑耶稣的作用，从而无情地摧毁了思想领域中天国世界的存在。

　　正如"启蒙"一词所昭示的那样，启蒙运动不仅仅是破坏和否定一切，更重要的是倡导一种新的信念和理想。其主旨就在于使所有的人受教育，用"自然之光"照亮人们心智的黑暗，用理性驱除迷信和愚昧，用康德的话说，就是"启蒙运动就是人类脱离自己所加之于自己的不成熟状态。不成熟状态就是不经别人的引导，就对运用自己的理智无能为力。究其原因不在于缺乏理智，而在于不经别人的引导就缺乏勇气与决心去加以运用时，那么这种不成熟状态就是自己所加之于自己的了，sapere aude! 要有勇气运用你的理智！这就是启蒙运动"②。从这个意义上说，启蒙运动并不是对宗教的全盘否定，而是对它的一种扬弃。他们所针对的是迷信而不是信仰，是教会而不是宗教本身。因而，启蒙

---

　　① ［德］E. 卡西尔：《启蒙哲学》，顾伟铭等译，山东人民出版社 1996 年版，第 165 页。

　　② ［德］康德：《什么是启蒙运动》，转引自《历史理性批判文集》，何兆武译，商务印书馆 1990 年版，第 22 页。

运动更为本质的含义在于它攻击宗教愚昧和迷信的同时，宣布了一种充满激情的改造世界的新信仰，从而在思想领域中开创了现代世界的基本样式。

尽管总体来说，欧洲各国的启蒙运动所体现出的思想文化特质有一种兄弟般的相似性，但同时也呈现出各自的文化品格。正是由于这种文化品格的独特性，才更为丰富和完整地充实了整个启蒙运动的精神，使整个欧洲启蒙运动呈现出既有丰富性又有独特性的生机勃勃的新局面。

一 英国启蒙运动与基督教文化

英国是欧洲近代资本主义经济发展最快的国家。1588 年，英国击败了西班牙的"无敌航队"，垄断了海上霸权，夺取了许多新的世界市场，促进了国内工业的发展。1640 年，英国爆发了资产阶级革命，经过几十年的反复，终于在 1688 年发动"光荣革命"，推翻了复辟王朝，建立了土地贵族和大资产阶级联盟的君主立宪政权。尽管英国的资产阶级革命表现出某种程度的不彻底性，但它实际上已成为欧洲近代第一个资产阶级掌握政权的国家，经济上也成为当时欧洲最为先进的国家，这些都为欧洲启蒙运动准备了充分的条件。

英国是欧洲启蒙运动的发祥地，但由于英国启蒙运动不以准备革命为目的，而主要在思想文化上进行革新与改造，因而与其他国家相比，英国的启蒙运动显得平缓而温和。在对待宗教的态度上英国启蒙运动的最大特点是宗教宽容和信仰自由。在他们看来启蒙运动最大的敌人不是宗教，而是教条主义和不宽容。在社会上提倡宗教宽容、信仰自由的思想风气，就能够让假宗教经受理性和经验的严格检验。宗教真理才能在谬误和偏见中脱颖而出，去争取一个民族的头脑和心灵。在英国，宗教真理与谬误之间的思想冲突最终以 1689 年颁布"宽容法案"而告终。在这种全社会形成的宽容气氛下，人们反而产生一种强烈的愿望想去寻求某种共同的宗教基础。因此，与其说英国启蒙运动是反宗教的，倒不如说它是在新的历史条件下为宗教寻找一个新的根基。

　　这个新的根基就是理性，它成为英国启蒙学家检验宗教问题的基本尺度。在传统的基督教观念中，信仰的基础是启示，随着科学技术的发展，人们对自然及人类自身认识程度的深入，单纯由启示促成的宗教信仰越来越显得荒谬。因而对基督教信仰进行理性的改造就成为当时理论界亟待解决的问题。洛克就是这方面的杰出代表。洛克在《论宗教宽容》中，首先表达了英国启蒙思想在对待宗教信仰上的基本态度，就是宗教宽容和信仰自由。洛克这一主张的意义不在于他容忍各种假宗教和宗教教条偏见的存在，而在于他力图把宗教奠基在人类认识能力即理性的坚实基础上。在《人类理解论》中，洛克就致力于探究人类认识之"原初的确度与范围，以及信念的意见和赞同之根据与程度……"通过对知识的基本构成、来源和限度的考察，洛克认为，真正的宗教知识，是可以凭人类理性发现的。洛克所说的理性能力，不仅仅局限于理性自身，他还在"高于理性"、"违反理性"和"合乎理性"三者之间作了重要区分，认为那些高于理性但并不违反理性的命题，也是人类理性认识的范围。也就是说，启示也可以给人一种真正的认识，尤其是人类理性所不能发现的内容，如死者复活再生，而它一旦被启示，它就会成为人们信仰的内容。但是，洛克对于那些"违反理性"的启示坚决予以拒绝。而洛克所说的"合乎理性"、"高于理性"、"违反理性"对应这样三个命题，即"上帝存在是合乎理性的"、"不是一个上帝存在是违反理性的"、"死者复活是高于理性的"。

　　在洛克的理念中，一方面他坚持人类理性的核心地位，另一方面他也希望保留启示在宗教信仰中的用处，保留神性在信仰中的作用，但洛克的信徒约翰·托兰德却更进一步否定启示的必要，排除一切神秘。托兰德的《基督教并不神秘》显示了洛克思想的影响，但托兰德却从洛克的思想出发，推断出宗教信仰中没有什么违反理性的东西，也没有什么超乎理性的东西。任何通过启示而呈现的神秘、奇迹都必须通过理性的检验和解释，他说："一个东西一旦被启示出来，我们对它便必须像世上任何别的东西一样好好地理解，因为只有当其主题的证据说服我们时，启示为我们通报信息才会有用。"① 启示只有通过理性的理解，才真正合乎上帝的启示，而这样的启示也就必然成为人的认识能力的一部分了。

由于英国启蒙主义者对人类理性的理解总是与科学知识联系在一起，因而导致了他们对理性的狭隘理解，他们认为理性能力只有在科学知识中才能得到最好的体现，而科学的知识则意味着理性具有客观性和必然性，并以此来建立理性的绝对权威。然而，英国启蒙主义者对理性的绝对信赖不仅受到休谟怀疑论的巨大冲击，他们试图在理性的基础上建立宗教的努力也遭到休谟学说的有力怀疑。在休谟看来，启蒙思想家们所推崇的既有客观内容又具有普遍必然性的知识是不可能有的。因为人类的全部知识内容和材料都是从知觉中来的，知觉以外的一切无论是物质实体还是精神实体，都是不可知的。知识不超出知觉的范围，休谟通过对"观念关系"的知识和事实知识的区分和分析，从根本上否定了近代理性主义的知识论基础，从而动摇了人们对理性权威的绝对信赖。

休谟试图在批判启蒙主义者对人性狭隘的理性主义理解的基础上，重新说明人性，并重新解释宗教的基础，休谟在宗教问题上的基本立场，一方面否定超理性的"神迹"，另一方面也反对理性作为宗教的根基。休谟认为宗教的真正根基既不是建立在"神迹"的基础上，也不是建立在理性的基础上，而是建立在人性中的"希望"和"恐惧"这两种深层情感中。经验告诉我们，并不存在一种处处相同的人性，人性的内部是一堆迟钝混乱的本能，人们对人性认识得越深入，描述得越精确，它的合理性和有序性就越是荡然无存，人在最根本点上是不受理性支配的，而是屈服于本能和欲望的威力，使人们接受信仰和保持信仰的是希望和恐惧这两种情感，而不是理性，希望和恐惧才是宗教的真正基础。

休谟对启蒙主义者的批判与其说是对他们思想的反动，倒不如说是

---

① 转引自［美］利文斯顿《现代基督教思想》，何光沪译，四川人民出版社1999年版，第40页。

对他们思想的补充。休谟在总体立场上仍然是站在启蒙主义者一边的，但他却更清醒地看到理性的局限，也更清楚地洞察了宗教的本质。当宗教受到理性的猛烈攻击并企图把宗教的根基纳入理性的根基时，休谟却他对宗教的独特理解移至人性中的情感领域。从此以后，宗教不但不以毁灭人的欲望为旨归，相反，它强化了这种情感，并使之成为灵魂的真正力量的所在。

二　法国启蒙运动与基督教文化

英国虽然是欧洲启蒙运动的发祥地，但真正使启蒙思想得以传播和普及的却是法国。18 世纪的法国是一个封建专制国家，封建统治者为了维护自己的统治，不仅极力强化国家机器，加强对下层人民的剥削和压迫，而且在思想文化上加强对人民的精神控制。在黎世留和马萨林两位红衣主教先后担任法国首相期间，曾经对割据的胡格诺派贵族进行了有力清剿，致使大批胡格诺派教徒流亡国外。这就使天主教在法国取得了绝对统治地位，并且与政治上的专制制度相互扶持、通同作恶，成为法国资本主义经济成长和自由思想发展的主要障碍。

在这种情况下，法国启蒙学家们面临着与天主教的尖锐对立。在英国，社会上存在着宗教宽容、信仰自由的良好气氛，启蒙学家甚至可以和正统国教会之间展开对话，而在法国，天主教会毫不妥协地反对自由思想家，而且还与国家政权一道压制宗教异端。因此，18 世纪的法国启蒙运动所表现出的是一种激越的批判精神。启蒙学家并不是一群专业哲学家，大部分是文学家，他们以好斗的肆意谩骂的笔调，不仅融及天主教会的虚伪、阴险、残暴和教士们的腐败堕落，而且还深入宗教愚昧的思想根源和宗教专制的政治基础。他们以健全的理性和历史事实为武器，揭露了笼罩在基督教信仰之上的神圣光环。将《圣经》和《福音书》中所记载的一切神迹都说成是滑稽可笑、衰败透顶的骗局。伏尔泰一生坚持把基督称为"坏蛋"，他认为所谓基督只不过是一个凡人，基督的画像只不过是难看的裸体男人而已；梅叶在他生前不敢发表的《遗书》中承认自己一直是怀着极大的厌恶心情来敷衍他所承受的宗教职责，而实际上他却把宗教看成是荒谬和虚伪的产物。梅叶还指出教会与专制政府"情投意合，像两个小偷一样，互相庇护支持"，其最终目的不外是欺骗、愚弄、坑害下层人民；霍尔巴赫更是打出无神论的旗号，进一步揭露了基督教愚弄人民的思想根源，他认为一切宗教都是迷信，而迷信的根源则在于对自然力量的无知和恐惧。正是通过这些启蒙学家的无情批判和深刻揭露，法国的知识精英和上流社会掀起了一股无神论的轩然大波，极大地挫败了法国天主教会和封建专制的嚣张气焰，从而为 1789 年的法国大革命作了充分的思想和舆论准备。

然而，如果把法国启蒙运动仅仅理解为一种"铲除运动"，一种只满足于破坏旧的专制的思想秩序，这种理解是片面的。他们的最终目的是试图在理性的基础上确立保障人人自由、平等的新的社会秩序。在法国启蒙学家看来，他们借助科学知识的力量（即理性的力量）就可以摆脱受压制、不自由的状态。他们把自然设想为人的自由的本质，自然的本质就是合乎理性的东西。人们追求自由、个性的解放，就是回归"自然"。回到自己的本性状态中去，科学知识作为对"自然"的真理性的描绘，必然能使人从违反人的本性的状态中解放出来，从而进展到合乎人的本性的自然状态。在启蒙思想家看来，理性与自由是完全一致的，自由就蕴含在理性之中，只要人们充分地应用理性就能迎接一个自由社会的到来。因此，法国启蒙学家们要比其他启蒙学者更为热切地关注现实的社会政治问题。他们不仅把使用人的理性、绝对地信赖科学知识看成思想解放的原则，而且看成实现人类现实自由的力量和途径。

法国启蒙学家企图把人的自由和新社会的秩序建立在理性的根基上，但是他们又同时用理性反对封建专制和教会的精神控制。把理性作为一种普遍必然性予以强调，并且认为人和社会都必须服从这种必然性，这就必然导致否定人的自由，使人成为一种服从外在必然性的奴隶。卢梭是第一个意识到启蒙运动中理性与自由内在矛盾的人，在其一系列的著作中，卢梭把文明状态和自然状态对立起来，认为人的自然状态是平等、自由的，正是文明的进步导致了人类社会的不平等、不自由。在卢梭看来，科学和理性不可能给人类带来自由，因为正是科学和理性败坏了人类的道德、良知和本性。卢梭对意志、良心、情感等非理性因素的强调，使卢梭从法国启蒙运动的阵营中分裂了出来，他不仅拓宽了人们对理性的理解，而且更为重要的是，他为被启蒙学家们批判得体无完肤的上帝寻找到了一个新的栖息地。上帝从外在的必然性的主宰地位被摧毁，但卢梭为他在人性的根基处——人的道德本性和情感领域——找到了立足之地，并成为每个人的道德良心的终极目标和情感生活的最后依据。

卢梭的宗教观集中体现在《爱弥尔》第四卷"信仰自白"中。卢梭以一个萨瓦省的牧师的身份系统地论述了他的宗教感的产生、宗教的基本观念及其对传统宗教的看法。卢梭认为，人的宗教感不是从知识中来的，知识不能把人引向宗教，它只能在肤浅的层次上把握外在世界的局部真理。但是他相信感觉，唯有自己的感觉才是真实可靠的。"因此，我之所以采取多凭感觉而少凭理智这个准则，正是理智本身告诉我这个准则是正确的。"① 由于人有感觉，它不仅能感知人的存在，而且能够发现人与外在世界的联系。这种联系使人能从对自身的感觉扩大到对整个世界的感觉。凭靠感觉的能力，就能够发现一个自发的、自由的、永恒运动着的宇宙，它有意志、有能力、有智慧，它不仅存在于每一个具体的现象中，而且存在于大自然的整体中。它的秩序、它的和谐、它的整一，都表明世界由一个最高的意志统治着。卢梭说："这个有思想和能力的存在、这个能自行活动的存在、这个推动宇宙和安排万物的存在，不管他是谁，我都称他为上帝。"② 因此，上帝是存在的，它的存在不需要论证，也不需要各种外在的宗教仪式来启示，上帝的存在就实实在在地存在于人的感觉中，存在于人的心中。

人之所以需要上帝并不是基于理智的要求，而是基于人的内在情感。即所谓"良心"。良心作为人内心的一种审判意识，实际上它就是人性的一种向善的意志和力量。卢梭说，良心是灵魂的声音，它从来没有欺骗我们，它是人类的真正向导。按良心去做就等于服从自然，在人

---

① ［法］卢梭：《爱弥儿》（下册），李平沤译，商务印书馆1990年版，第386页。
② 同上书，第394—395页。

世间的道德纷扰中，良心都能作出公正无误的审判。虽然坏人得势，好人受苦的现象是存在的，但良心都不会长久地让这种不合灵魂规则的事情存在下去。人类的向善之心终究会营造一个合乎正义和道德的世界。

良心的力量使人不需要任何人为的宗教，一切都可凭个人的内在情感来行动，凭自己去寻找真理。卢梭把寻找真理的场所带向了无限丰富的自然，认为自然是上帝给的最好书本，它以人人都懂的语言为人们呈现着真理，它不需要广博的知识，而是凭着每个人的纯真灵魂就可以明白知晓。因此，它不屈从于人的权威，也不受人类制度的影响，不屈从于国家的偏见，它在纯粹的自然状态中，就可以体验到细微而真挚的宗教情感。这种情感由于有良心在内心作证，因而无须人的见证。如果屈从于上述压力，那势必会导致人为的精神干预，促使人们给罪恶蒙上美德的外衣。因而，真正的敬拜存在于人的心中，只要人的内心对上帝充满敬拜，则无论宗教的形式怎样，上帝都不会拒绝。

卢梭的宗教观念与传统宗教具有本质的差异，他不但排除了传统宗教中一切人为的外在形式，而且从根源上改造了上帝观念本身。卢梭实际上是在倡导一种自然宗教，这种宗教深深地根植于人的道德良知和自由心情之上。卢梭此举成为基督教世界中上帝由外而内、由神向人转化的重要转折点，但真正在理论上系统地完成这一任务的，乃是德国启蒙运动的重要人物——康德。

三　德国启蒙运动与基督教文化

18 世纪以前的德国，是一个政治、经济、文化都相当落后的国家，国家四分五裂，小公国林立，各自割据一方，作为统一的德国民族文化也没有出现，日耳曼民族处于欧洲文化的边缘。但德意志很早就接受了基督教的洗礼，在文化品格上一直保留着神秘主义和唯灵论的特质。马丁·路德的宗教改革客观上促成了相对统一的近代德国民族文化的形成。马丁·路德在继承中世纪日耳曼神秘主义救赎理论的基础上，提出了以"因信称义"为核心的宗教改革学说，他强调人因信仰得救，而非因善功得救，指责天主教会远离基督教原则的内在性，把拯救灵魂的工作变成了一种纯属外在的设施。路德认为每个人都充满了"神圣的精神"，每个人必须自己去完成同上帝调和的工作，天主教会的那种外在性最终必定导致罪恶和腐败，唯一的出路是回到人的内心，回到信仰的精神性和内在性中去，使信仰的对象变为精神自身。马丁·路德的宗教改革对近代德国思想文化产生了持续的影响。德国启蒙运动正是在他的基础上，进一步发展和深化了路德派所确立的精神内在性原则。

德国启蒙运动吸收了英法启蒙学家的思想成果，但其基本性质仍然是德国式的。德国启蒙运动根源于理性主义的莱布尼茨－沃尔夫传统，坚持思想的内在性原则，深信世界具有精神性，精神内在于世界，反对思想与对象、精神与世界的分立，追求和谐、自由和内在的统一。为了抵制另一种压制精神自由的新的迷信、教条的路德新教，法兰克福市的主任牧师斯彭内尔和莱比锡大学的青年教师弗兰克以深化个人的灵性生活为目标，组织了一小批志同道合者研读《圣经》，这种反正统教会的宗教团体被称为"虔敬团"，虔教主义最初是作为德国启蒙运动的先导，后来逐渐成为德国启蒙运动的一支重要力量。虔敬主义的基本特征就是反对信仰的外在化，强调宗教情感，试图将宗教从外在的教条、制度、仪式导向个人的内心信念、虔诚和道德修养的改善，把基督教复活为一种活生生的宗教，使宗教不只是训练有素的神学家的事，而是每个普通人都可以直接采用的精神遗产，鼓励个人在精神的内在世界中直接发现上帝。虔敬主义冲破了在信仰问题上的正统教会的控制，倡导了一种新的个人主义和自由主义。虔敬主义在德国产生了巨大而积极的影响。

莱辛是德国启蒙运动最有代表性和最有影响力的人物。他的思想对现代神学一直有着很大的影响，他以理性主义的姿态对《圣经》作了独特的审视，认为《圣经》的教条并非宗教，在《圣经》产生之前，就已经有了宗教，"这种宗教并不是因为福音书的作者和教徒的传授而成为真实的，恰恰相反，正是因为它是真实的，他们才传授它"[①]。莱

---

① ［美］亨利·查得维克编：《莱辛神学著作》，［美］利文斯顿《现代基督教思想》，四川人民出版社 1988 年版，第 63 页。

辛坚持宗教真理的内在性，强调信仰完全依据个人的自主信念。这种内在的普遍的宗教真理并不是不能被认识的，相反它存在于宗教的历史过程中。真正的宗教乃是在自身中包含了宗教全部历史表现的宗教。在《人类的教育》中，莱辛对历史启示表示了赞赏。因为启示意味着对人类的渐进的教育，因而必然保持着某种先后次序，不同时期的启示是人类接受宗教的普遍内在真理这一历史过程中的不同阶段。这样宗教的内在性就被赋予了历史性内涵。正如卡西尔所说："在《人类教育》中，莱辛创立了历史与真理的新综合。历史不再与理性相对立，毋宁说，历史是实现理性的实在的道路，甚至是唯一可能的场所。莱布尼茨的分析头脑以无与伦比的精确和清晰分离开来的这两个因素，如今趋于调和了。因为在莱辛看来，宗教既不属于必然和永恒的范围，也不属于纯偶然和暂时的范围。它是合二为一的，是无限中的有限，是流变的时间过程中的永恒和合理性的表现。莱辛在《人类教育》中阐发的这一思想，使他达到了启蒙哲学的真正转折点。"①

正如英法启蒙运动所表现出的对理性的狭隘理解一样，莱辛的具有历史主义倾向的理性主义也必然有其历史局限性。正是在这个意义上，康德总结了英法启蒙运动的成果，对德国启蒙运动进行了更为全面而深刻的综合，从而使他既是德国启蒙运动的集大成者，又是德国启蒙运动的超越者。

从宽泛的意义上说，康德始终是个启蒙思想家，无论在他哪个学术时期，他都坚信理性的力量，但是由于康德受到休谟及卢梭的深刻影响，加上各国启蒙运动对理性自身的狭隘理解，康德不得不对理性进行批判的考察。在《纯粹理性批判》中，康德一方面高扬主体的认识能力，另一方面又对理性能力进行了限定，认为人的知识只能认识现象，而对物自体无能为力。但是康德对人的理性的限定，并不是动摇理性本身的信念，而是既限定对理性的滥用，同时又肯定理性的自由本性。其目的就是给信仰留出地盘。在《实践理性批判》中，康德则通过对实

---

① ［德］E. 卡西尔：《启蒙哲学》，顾伟铭译，山东人民出版社 1988 年版，第 189—190 页。

践理性的探讨来确立他的道德神学。康德认为，人的道德行为从根本上说是出于一种责任感，而责任感则具体表现为与某种普遍的道德法则相符合。我们之所以遵从它，是因为它来源于我们自身。同时，对道德的遵从与人的善良意愿必然会导致一个至上的善的存在。但是作为一个理性存在物，能够在理智的生命历程中达到这种善是不可能的，因而在实践上假定一个上帝的存在，在道德上是必然的，人们信仰上帝是道德的基本要求。在传统上道德是以神学为基础的，但康德却打乱了这个秩序，力图证明，宗教的基本信念需要我们道德理性来支持，只有这样，宗教信仰的对象（上帝）才具有实在性，这就是康德在神学上的"哥白尼式的革命"。康德正是通过这种对上帝存在的道德论证，把认识上帝的途径引向了道德良知，从而提出了一种特殊的"道德神学"。通过道德神学，康德扩大了理性的范围，使宗教信仰规范于实践理性的道德要求之下，实践理性成为信仰的内在依据。另外，康德并不认为可以以纯粹状态的道德取消宗教信仰，而是道德必然导致宗教，宗教不能完全还原为道德，纯粹的道德是不存在的。宗教完全有使道德在现实中启示出来的力量，是历史的、非纯粹状态的道德。这样，康德通过对理性能力的限制和他在神学上"哥白尼式的革命"，既否定了上帝的最高权威，坚持理性在人类精神生活中的至高无上性，又能够在实践理性的范围内说明宗教存在的必然性。这说明康德不只是立足于一种纯粹理想的理性主义立场，还立足于一种包容了理性主义的独特的人本主义立场，从而在对理性的理解上（甚至对整个人性的理解上）都超越了启蒙运动。

卢梭与道家精神

启蒙运动时期，欧洲一些思想家或传教士都热情介绍过中国古代的道家思想，这表明欧洲思想家们已经认识到中国古代道家思想对宗教改革后的欧洲所具备的滋养价值，另一方面也表明欧洲思想中出现了与道家思想的内在价值相通的精神内涵，它渴望着与道家思想进行相互交流和沟通。卢梭就是在欧洲启蒙运动中孕育出来的具有中国道家精神特质的思想家。虽然卢梭对中国的文化和风俗是熟悉的，但没有足够的证据表明卢梭直接受到中国道家思想的影响。本文考察卢梭思想中的道家因素，不是寻找他们之间是否存在事实联系，而是把他们放在具有内在关联的同质性思想平台上，从中国的道家视角揭示卢梭对人类文明、人性及社会未来等问题的看法及特征。

一

对于中国读者来说，读卢梭的著作会很自然地联想到中国古代思想家老子，这不仅因为在卢梭的著作里有大量老子式的反抗文明、追求纯朴人性的思想观念，而且在一些思想的表达上都可以找到与老子《道德经》中相似的句子：

> 随着科学和艺术的光芒在我们的地平线上升起，德性也就消失了。①

---

① ［法］卢梭：《科学与艺术》，李瑜青主编《卢梭哲理美文集》，安徽文艺出版社 1997 年版，第 164 页。

人类是邪恶的，假如他们竟然不幸天生还具有知识的话，那么他们就更坏了。①

我们对于聪明才智就滥加奖赏，而对于德行就丝毫不加尊敬，漂亮的文章有千百种奖赏，美好的德行却一种奖赏也没有。②

我们不难从老子的著作中看到与卢梭的这些充满激情的论述相似的句子，如：

为学日益，为道日损。

绝圣弃智，民利百倍，绝仁弃义，民复孝慈；绝巧弃利，盗贼无有。

故大道废，焉有仁义；智慧出，焉有大伪。

从这些论述中，我们很容易看到他们之间内在思想的一致性。他们要表达的都是对人类文明的不满情绪。卢梭和老子都深刻地认识到人类文明进步的背后所带来的消极后果，尤其是认为对人类智慧的无度开发和盲目赞美，是导致人性堕落的根本原因。但是，就卢梭和老子的本意来说，他们并非真的否定智慧，否定人类的文明成果。卢梭之所以敌视科学、艺术，并不是否定科学和艺术本身，而是因为在发展科学和艺术的过程中，人类的邪恶本性也随之滋长起来，结果造成了人性的泛滥成灾。这样，与其说要以毁灭人性为代价来发展科学和艺术，倒不如不发展它为好，因为"要达到真理，又必须经过多少错误啊！这些错误的

---

① ［法］卢梭：《科学与艺术》，李瑜青主编《卢梭哲理美文集》，安徽文艺出版社1997年版，第164页。
② 同上书，第172页。

危险要比真理的用处要大上千百倍"①。而老子反对智慧，也仅仅是反对通过学习得到的知识、技巧、智谋等超越人性限度的内容，而对于通达宇宙人生的大智慧，老子不仅不予以反对，而且极其推崇。虽然卢梭与老子强调智慧的侧重点有所不同，但他们都一致表达了人类智慧对维护人性、保护人类德行的重要性，否则智慧开发得越充分，科学和艺术对人性的破坏就越大。

卢梭还进一步表述了科学、艺术的发展对人类社会结构所产生的消极影响。在《人类不平等的起源和基础》中，卢梭把不平等的产生看成是人类智慧最严重的错误。他认为，人类社会的不平等不是与生俱来的，而是由文明的发展，科学、艺术的进步带来的，卢梭说："每个人都开始注意别人，也愿意别人注意自己，于是，公众的重视具有了一种价值，最善于歌舞的人，最美的人，最有力的人，最灵巧的人或最有天才的人，变成了最受尊敬的人，这就是走向不平等的第一步。"② 人类正是从这美好的愿望开始，逐渐造就了权力、财富和利己之心，并由此导致了人类社会不平等的产生。卢梭长期生活在社会底层，这种生活状况造成了他对社会中富人和穷人之间的不平等极为不满，而对于富人利用损人利己、巧取豪夺穷人而取得的财富更是深恶痛绝，他说："他们好像恶狼一样，尝过了一次人肉之后，便厌弃一切别的食物，而只想吃人肉了。"③ 西方近现代思想家中没有哪个把富人的本性揭露得像卢梭那样深刻了。

同样，在老子的《道德经》中，我们也可以看到与卢梭类似的思想。老子对那些有权势者看到老百姓田野荒芜，仓库空虚，却仍然要修筑大道，建造宫室，穿着华美的衣服，佩带贵重的利剑表现出了极大的愤慨，把他们称作强盗头子；而老百姓之所以贫困、饥饿，乃是"以其食税之多也"，统治阶级的巧取豪夺，是导致老百姓贫困的根本原

---

① ［法］卢梭：《科学与艺术》，李瑜青主编《卢梭哲理美文集》，安徽文艺出版社1997年版，第183页。

② ［法］卢梭：《论人类不平等的起源与基础》，李常山等译，商务印书馆1997年版，第118页。

③ 同上书，第126页。

因。从中可以看出老子对统治阶级本性的揭露也是直击要害的。但是，无论老子对统治阶级的揭露多么深刻，他还是站在一个被推翻了的但仍然想重新掌握国家政权的贵族集团的立场说话的。他对现政权的揭露以及他那套"以弱胜强"战略，都是为这一目的服务的。相比之下，卢梭对统治阶级的批判自始至终都站在下层人民这边。他自己长期生活在社会底层，终生穷困潦倒，却毅然拒绝国王赐予的年金，坚持以抄写乐谱维持生活。他的这种处境和性格，使他对上层阶级有一种本能的敌视。但是，从阶级属性来说，卢梭代表的是小资产阶级的利益，他对统治阶级的批判，目的就是要使新生的资产阶级建立起他们的资产阶级"理性王国"。卢梭的这种敌意并非个人恩怨，而是一个阶级与另一个阶级的仇恨。他虽然游走于富人阶层中，也曾受惠于一些恩主，但他对统治阶级的不信任始终没有改变。卢梭由于对文明的不满和对现存社会的敌意，使他和老子、庄子一样走上了一条回归自然的心灵之路。卢梭对自然及人的自然状态是极其崇敬的，他在《爱弥尔》中曾主张人们扔掉书本，认为自然才是真正的书；据说他在构思《论人类不平等的起源和基础》时，曾跑到大森林去沉思，因而获得了对人的自然状态的真切体验。可以说，卢梭是中世纪以来第一个从自然中思考人性的思想家，虽然他对自然人性的思考是建立在猜测臆想的基础上的，但卢梭构想的人的自然状态也并非要把人拉回到原始的自然状态中去，而是要人们借助回顾原始的自然状态来省察现存社会的缺陷与偏差。对于这一点，德国著名哲学家康德看得非常清楚，他说："完全没有理由把卢梭对那些胆敢放弃自然状态的人类的申斥，看作是一种对返回森林之原始状态的赞许，他的著作……其实没有提出人们应该返回自然状态，而只是认为人们应该从他们目前所达到的水准去回顾它。"因此，卢梭对人类自然状态的真诚向往，并不是号召人们放弃文明社会，重新回到自然状态中去，而是要人们在文明社会里始终关注并重视人类自然状态中简朴、单纯、孤独的生活方式。从这点上看，伏尔泰、狄德罗对卢梭的嘲笑是没有道理的，他们都误解了卢梭。实际上，卢梭思想的核心始终是如何建立一个美好的、富有人性的文明社会，他描述人的自然状态，实际上就是要拿它来与现存社会作对比，指出现存社会过分推崇理性和金钱给社会和人的精神世界造成的空洞贫乏。而一个不重视人的精神世界的社会就是不道德的社会。卢梭正是站在这样的思想高度上，发掘出人的情感世界在人的精神世界和社会生活中的价值。他虽然同属于法国启蒙思想家阵营的行列，但他以对立的方式移动了启蒙运动的重心，从而使启蒙运动能够在新的领域得以进一步深入下去。

二

虽然以老子、庄子为代表的道家思想也是在对文明社会的不满和对现实社会的敌意中返回到自然之路上的，但与卢梭把自然状态仅仅当作他改造现存社会的手段的思路有根本的差异。卢梭与中国道家思想的内在关联由此拉开了距离。老庄对文明社会首先采取的就是坚决拒绝的态度。在老子的理想社会中，他是有"十百人之器而勿用，有舟车无所乘之，有甲兵无所陈之"；庄子也以生动形象的寓言说明了他对机械文明的象征——桔槔的蔑视："有机械者必有机事，有机事者必有机心，机心存于胸中，则纯白不备，纯白不备，则神生不定，神生不定者，道之所不载也。"（《庄子·天地篇》）这些言论都充分说明他们对文明社会的敌意不是手段和过程性的，而是本质性的毅然决绝，而他们与文明的决绝，就是要恢复已失去的本质——人的自然状态。因此，道家思想对于自然状态的构想，不是为了对抗文明社会的权宜之计，而是要真正实现和达到的目标。老子的目标就是小国寡民："甘其食，美其服，乐其俗，安其居，邻国相望，鸡犬之声相闻，民至老死而不相往来。"庄子的理想也与老子相似。而在魏晋时代的道家中，陶渊明也构想出了"桃花源"式的理想社会："土地平旷，屋舍俨然，有良田美池桑竹之属，阡陌交通，鸡犬相闻。其中往来种作，男女衣着悉如外人；黄发垂髫，并怡然自乐。"这些理想社会的状态大同小异，都是纯朴人性的社会体现，而理想社会的实现，一是靠那些爱好道家思想的君主们倡导，如汉文帝、魏文帝等都极力倡导道家的无为而治。二是靠个人的修养，社会的纯朴要依靠具体的个人去实现，道家思想由此也从大到哲学思想，小到具体的修养技巧都作了一系列精美绝伦的论述，其根本目的就是要达到道，而道只可意会不可言传，只有通过"堕肢体，黜聪明"、"离行去知"等一系列自我修养的功夫和"慈"、"俭"、"不敢为天下先"的所谓三宝去提升自己的道德品行，最终达到与道融为一体的境界。

因此，道家的回归自然是一种彻底的人性复归运动，由于要达到自然纯朴人性的完美状态需要艰辛的修炼功夫，高尚的道德品行，始终如一的行动意志，因而像卢梭这样的西方人几乎是无法达到的，因为卢梭在本质上是在寻求个体张扬和价值扩张，他无法收敛起那不断向外发泄的精神欲望。卢梭曾努力在行动上做一个隐居者，然而他的性格中的另一方面又刺激着他去表现，去寻求向外扩张，因此卢梭实际上是一个具有双重性格的人，他对自然的崇敬和热爱，使他在精神上具备了一定的道家性，但性格中的另一方面又造成他烦躁不安、矛盾重重，唯有不断的重压和受虐才能缓解他精神上的不安。正是这种精神在他汹涌澎湃的内心世界中逐渐占据上风，才促使他不能成为一个完全具备道家思维的西方人，而只能在与道家思想的自我体悟和发生的偶然碰撞中发出的一点智慧火花而已。

同时，在刚刚摆脱基督教统治的西方启蒙时代，卢梭面对自然时所作的人性之思仍然受到上帝观念的影响，上帝仍然是他人性之思的最后归宿，从某种程度上说，这也是卢梭最终未能与道家思想完全交融的重要原因。在卢梭的心灵世界中，他虽然有随意改变宗教信仰的经历，但他心目中的上帝观念始终是存在的。因而，正如康德所说，卢梭对自然的情感只是他宗教情感引发的契机，而绝非其来源，宗教情感是卢梭精神世界中根深蒂固的东西。然而在启蒙时代，宗教的神圣性被亵渎了，上帝和耶稣被当作愚弄人们的精神怪物来看待，卢梭目睹人们对精神世界的破坏，他感到极其愤怒，并几次与法国启蒙思想家们如狄德罗发生正面冲突，以此来表明他对上帝的忠诚。诚然，在西方历史上宗教被滥用而腐化堕落的现象是存在的，但这并不损害宗教本身的神圣性。卢梭正是出于对宗教的虔诚，他不是从书本上，而是从大自然中重新发现了上帝的存在："这个有思维和能力的存在，这个能够自行活动的存在，这个推动宇宙和万物的存在，不管它是谁，我都称他为上帝。"① 上帝无处不在，而且世间万物都是由他创造，人作为上帝最优越的创造者，理应成为地球的主宰。卢梭对于人高居于自然万物之上是极其自豪的，"我对上帝给我安排的位置感到满意；除了上帝以外，我认为再也没有比人类更高级的了"②。因此，卢梭无法像道家思想者那样把人和自然万物放在同一个层面上。不仅如此，他甚至把上帝给人类的恩惠自我优越化，把自己从人类中超越出来，用俯视一切的眼光重新审视自然和人类，从中他看到了自然的和谐秩序和匀称，而对于人类他看到的只是混乱、无序和罪恶。此时的卢梭已不再以人类的一员自居，而是作为人类的救世主出现了。因此，从表面看，卢梭对上帝是崇敬的，但在实际的思维逻辑运作中，他却悄悄把自己的人格转移到上帝身上，他虽然处处标榜自己的无知无能，但实际上却是无所不在、无所不能。他就这样从一个自然的崇敬者，演变成为一个站在自然和人类之上的主宰者。

三

从上述分析中可以看出，卢梭的思想是在自然和宗教的双重理念下孕育出来的，他的自然理念使他的思想具有中国道家思想的某些特征，而他的宗教理念又使他从中超越了出来，并梦想成为自然的主宰。在自然理念的支配下，他深深地热爱大自然，追求符合自然本性的简朴、自足的现实生活，他说："善良的人应该为别人树立的榜样之一就是过居家的田园生活，因为这是人类最朴实的生活，是良心没有败坏的人最宁静、最自然和最有乐趣的生活。"③ 卢梭是这样说的，也是这样做的。卢梭过的大部分都是隐居或半隐居式的生活，然而，即使在他隐居乡间最崇敬自然的时刻，他的思想的激情时刻没有停止，他总是把自己放在人类的制高点上，以上帝的代言人自居，用良心、善恶等道德观念来衡

---

① ［法］卢梭：《爱弥尔》（下册），李平沤译，商务印书馆1999年版，第394—395页。
② 同上书，第396页。
③ 同上书，第730页。

量一切，沉湎于现实社会的善恶斗争而不能自拔。由于卢梭在现实生活中的污点，他虽然极力为自己辩护，但他却无法逃避现实社会中道德对他的拷问和追逐，他越是为自己的清白辩护，他就因此陷得越深，最终他在道德的谴责声中贫困潦倒地死去。卢梭作为上帝的代言人和自封的道德审判者，反而陷入被道德审判的尴尬处境中，这表面是因为卢梭的性格所致，实际上是由于西方思想中对人的自然本性存在着两种截然相反的态度所致。对于一些人来说，自然本性是好的、善的，按其自然本性生活，就是按照人的天性生活。而对于另一些人来说，人的自然本性正是要被超越的东西。著名的德国思想家黑格尔就说："人只是一个有生命的东西，这东西诚然具有成为现实的精神的可能性；但是精神并不是属于自然的。因此人的自然本性并不是神的精神生活和居住的地方，人并不是由于自然本性就是他应有的那样，动物由于自然本性就是它应有的那样，而这正是它的不幸，它不能往前走。因此人的自然本性就是恶的，他不应该是自然的。人所做的一切恶事都是出于他的自然冲动，精神首先在于对直接性的否定……"① 对于上述观点，一生最崇拜而又深刻地理解卢梭的康德也对处处以爱己通达爱人为生活原则的卢梭宣布为恶人作出了明确的阐述，他说："当把爱己原则作为我们全部准则的原则时，它事实上就是所有罪恶的来源。"② 卢梭对西方思想中这种对待自然本性的矛盾态度应该是了解的，正因为如此，他一方面坚持自然本性的神圣性，坚持人类感情、欲望等感性世界存在的正当性，另一方面又企图在宗教中为这种存在寻找合适的依据。这样，卢梭在宗教道德问题上就陷入了尴尬的两难困境，因为基督教世界中最基本的道德准则解释是依据人的社会生活是否超越了人的自然属性，是否克服了人性的各种欲望，成为真正的人意味着成为精神的人，而不是自然的人。卢梭之所以遭到西方宗教人士的谴责和人们普遍的敌视，原因就在这里。卢梭对于人类情感世界的强调虽然没有得到西方宗教人士的认可，但他由

---

① ［德］黑格尔：《哲学史演讲录》第三卷，贺麟等译，商务印书馆1981年版，第263—264页。

② ［德］康德：《论性本恶》，选自《康德文集》，改革出版社1997年版，第411页。

此开创了西方人精神生活的新领域，这就是后来的浪漫主义运动。在浪漫主义运动中，人们对情感世界的强调和自然的崇尚成为西方世界充满活力的精神时尚。

　　总之，卢梭是一位真正具有中国道家思想的西方思想家，他虽然无法像道家思想家那样达到以物观物、返璞归真的境界，但是，他却真正地沉思过自然的本质，只不过当他沉迷其中时，自然在他的心灵世界中马上转换成了上帝。因为他无法在经过长期的道家"心斋"、"坐忘"、"离行去知"等修炼的情况下领悟道的本体世界，他只好应用他熟悉的思维习惯——宗教思维去体悟自然。然而，用宗教思维去体悟自然不可能真正深入道的本体，因而卢梭的所谓自然也就失去了自然的本性，变成了人的主体精神关照的对象。于是，上帝、良心、爱、正义、善恶等就成为卢梭思考自然的理念系列，并以此为基础构建起他新的浪漫主义宗教。

第三部分

西方浪漫主义文学

英国浪漫主义的有机论美学观

随着科学技术的发展和英国工业革命取得巨大的成就，科学理性开始在人们心目中占有越来越重要的地位。科学理性必然会造成对具有审美性质的诗歌生存空间的挤压。面对科学理性的汹涌浪潮，英国浪漫主义诗人们为了争取自己的生存权利，对诗歌与科学的关系进行了一场激烈的争论，问题深入诗的真实性、诗歌存在的功能和价值等根本性问题，虽然这场争论没有阻止科学理性对人的心灵的侵蚀和渗透，却开拓了英国浪漫主义诗人的视野，它不仅倡明了诗歌存在的价值，而且还把英国浪漫主义诗歌观念建立在有机论美学的基础之上。

一　英国浪漫主义诗人的诗与科学之争

18世纪末19世纪初，英国浪漫主义文学在与古典主义的对立中诞生了，与此同时，它还面临着16世纪以来科学理性的严重威胁。由于科学观念在西方近代社会世俗化过程中取得的辉煌成就，科学思维、科学方法在人们的思想领域逐渐取得了支配地位，他们尊崇科学，并逐渐把理性当成衡量一切事物的最高标准，这种唯科学主义的时代趋向必然导致对人类精神世界中的诗性领域的挤压，使诗歌的存在价值受到严重威胁。早在文艺复兴时期，培根就认为，诗歌虽然服务于高尚情操，伦理和愉悦，但它只是一种愉悦或机智的表现，而不是一种科学。在唯科学主义的时代里，这种评价并不是一个褒奖，因此，诗歌从这时起就开始受到贬低和打压。在启蒙运动时期，洛克和本瑟姆都表达了对诗和诗人某种程度的蔑视，洛克在《论教育》中说，诗歌"具有一种令人愉快的空气，但却是一片不毛之地"。而杰里米·本瑟姆则从纯粹的功利和实用目的出发，认为虽然诗歌能给人们带来愉悦，但在本质上它只是发泄了一时的欢乐，诗歌更多的是带来痛苦。本瑟姆提出上述看法的主要依据是："所有的诗歌都是歪曲事实。"他进一步认为："的确，诗歌与真实是自然对立的：虚假的道德，虚假的自然。诗人常常需要一些虚假的东西，当他自称其基础是建立在真实之上时，实际上他的结构修饰是虚构的；他的目的是激发我们的情感，激起我们的偏见。真实，对一切都要求准确，对诗歌则是致命的。"① 本瑟姆攻击诗歌的核心观点就是认为诗是不真实的。的确，诗歌的真实和一般事物的真实是不一样的，一般事物要求合乎理性地思考，思维要严格遵循逻辑，思维的结果要与已有事物相吻合，而诗歌的真实与一般事物的真实有本质的差异。英国浪漫主义者认为，诗歌并不是提出关于现实的论断，而是关于人类心灵的一种表达，因此，诗歌的真实观与科学理性的真实观是两种不同层次的真实观，因而其衡量标准也是不同的。科学的真实关注的是人类理性思维的结果是否与外在世界保持一致，相反，诗歌的真实更多体现在人类情感的表达上是否真实，亦即诗的真实在于看它是否真切地传达了诗人的主观感受、印象和热情。因此，华兹华斯说："诗的目的是真理，不是个别的局部的真理。这种真理不是以外在的证据作依靠，而是凭借热情深入人心，这种真理就是它自身的证据。"② 既然诗的真实性没有客观的标准，那么它靠什么尺度来衡量呢？华兹华斯提出了"真诚"的标准，他说："在评价文学时，尤其是这种我们的感觉和判断必须依赖于我们对作者的心理状态的感受和观察……如果我们在作品中找不到真诚这一最高美德，无论作者在写作上有多么高明，也不能使我们感到愉悦。"③ 卡莱尔也把真诚作为衡量诗歌真实性的价值尺度，他在评价彭

---

① ［美］M. H. 艾布拉姆斯：《镜与灯》，袁洪军等译，中国社会科学出版社 1991 年版，第 481 页。

② ［英］华兹华斯：《抒情歌谣集》序言，曹葆华译，1800 年版。

③ 罗钢：《英国浪漫主义文艺思想研究》，陕西人民出版社 1986 年版，第 38 页。

斯的诗时说："彭斯的长处就在于……他的真诚，在于他那无可比拟的真实气息。"① 真诚实际上已成了英国浪漫主义诗人是否真实地表现了心灵的最高标准，它既是衡量诗歌的价值尺度，又是衡量诗人的道德尺度，因此，诗歌的真实性与科学的真实性有本质的差异。然而，科学的成就及其对现实世界的影响导致了它与诗歌存在价值的冲突，挤压诗歌的生存空间，甚至否定诗歌存在的价值。科学巨人牛顿在评价诗歌时就认为"诗歌是一种机智的胡说八道"②。这种对诗歌的贬损直到 19 世纪仍然存在，最为典型的例子就是雪莱的朋友皮考克。皮考克在《诗的四个时代》中认为诗歌在理性、科学、形而上学和政治经济的时代里，是一种不合时宜的东西。他把人类的历史分为黄金、白银、黄铜和黑铁四个时期，这四个时期是循环运转的。而浪漫主义正好处于第三循环的黄铜时代，浪漫主义诗人宣称要回归自然或复活黄金时代，实际上恢复的却是野蛮和迷信。这种对浪漫主义诗歌的嘲讽和贬损目的就是要抑制心灵的自由，使心灵服从理性的要求。理性的狂妄和人们对理性的盲目崇拜，必然使人类失去精神根基，失去终极的价值关怀。而一个没有价值关怀的世界必然是一个混乱的、无序的世界。英国浪漫主义诗人为了挽救诗歌的命运，他们从诗的角度提出了自己的看法，以维护诗歌存在的价值。

济慈是诗歌的坚强护卫者，在他看来，科学不仅是诗歌的对立面，而且是它的敌人。他以牛顿对彩虹的分析为例，认为牛顿把彩虹分为七色光谱不仅分解了彩虹，而且使彩虹失去了神秘的气氛，剥夺了人们世世代代赋予彩虹的诗意。济慈还在他的诗歌《拉米亚》中，对科学理性进行了谴责："不是所有魔法/一碰到冰冷的哲学便都消散：/天空中曾有道可敬畏的彩虹，/现在我们知道它的纬线，它的组织，/它被列入普通事物的枯燥目录里。/哲学会剪去天使的翅膀，/规矩和绳墨可以征服所有神秘事物，/涤荡鬼魅出没的空中和地下——/

---

① ［美］M. H. 艾布拉姆斯：《镜与灯》，袁洪军等译，中国社会科学出版社 1991 年版，第 512 页。

② 同上书，第 479 页。

驱使彩虹，就像它不久前/使身体纤弱的拉米亚化成影子那样。"① 济慈把诗歌与科学放在完全对立的立场上进行选择判断：要么是科学，要么是诗歌，如果牛顿对彩虹的描述是正确的，那么诗人的想象就是虚假的。济慈捍卫诗歌的精神是可嘉的，但他把诗歌与科学绝对对立起来的观念却引起了越来越多的诗人的反感，诗与科学之间固然存在不可避免的冲突，但科学的进步并不一定会导致诗歌的衰落。相反，在另一些浪漫主义诗人看来，诗歌与科学之间还可以相互融合，相互促进。诗人可以利用科学的成果加深对事物的认识和体验，科学家也可以借用诗人的丰富想象大胆地进行科学探索。华兹华斯在《抒情歌谣集序言》中写道：由于诗歌是以人的情感本质为基础的，因而它体现了科学知识，并且"诗是一切知识的起源和终结——它像人的心灵一样不朽。如果科学家在我们的生活情况里和日常印象里造成任何直接或间接的重大变革，诗人就会立刻振奋起来。他不仅在那些一般的间接影响中紧跟着科学家，而且将与科学家并肩携手，深入科学本身的对象上去。如果化学家、植物学家、矿物学家的极稀罕的发现有一天为我们所熟悉，其中的关系在我们这些喜怒哀乐的人群看来显然是十分重要的，那么诗人就会把这些发现当作与任何写诗的题材一样的合适的题材来写诗。如果有一天所谓科学的东西这样地为人们所熟悉，大家都仿佛觉得它有血有肉，那么诗人也会以自己神圣的心灵注入其中，帮助它化成有生命者"②。在华兹华斯看来，科学与诗歌之间并无实质的对立关系，科学也能发现美的形态，并充实和丰富诗歌的美。而诗人的工作反过来也能使枯燥乏味的科学研究变得富有生命气息，从而促使双方变得越来越完美。雪莱认为，虽然科学的扩张限制了人的内在世界的领域，但他并没有把诗歌与科学完全对立起来，他说："它（指诗歌）既是知识的圆心又是它的圆周；它包含一切科学，一切科学也必须溯源到它。它同时是一切其他思想体系的老根

---

① ［英］济慈：《济慈诗选》，朱维基译，上海译文出版社 1983 年版，第 273 页。
② 王春元、钱中文主编：《英国作家论文学》，汪培基等译，生活·读书·新知三联书店 1985 年版，第 27 页。

和花朵；……"① 雪莱在这里实际上把诗歌放在了更为本质的精神领域中，诗歌与科学的关系不是在同一平面上的对立冲突关系，而是不同层次的阶梯关系，在这种关系中，科学活动被包含在诗歌活动中，成为诗歌活动的一个组成部分。科勒律治作为一名业余生物学家，他也和上述诗人一样，认为虽然诗歌与科学在目的上是不同的，但它们并无绝对的区分，而且优秀的诗篇既包含情感的成分，又包含理性的成分。诗人的创造活动包含着人的整个灵魂的活动，科学的创造也是灵魂的全部创造活动的组成部分。科勒律治还充分利用他的生物学方面的知识，在吸收前人和德国浪漫主义理论的基础上，创造性地提出了浪漫主义的有机论美学理论，这是浪漫主义诗人利用科学知识丰富和发展自己的诗歌理论的显著例证。

以上事例说明，诗歌与科学并不是两个互不相容的事物，而是可以达到互相促进，深化对科学与诗歌本身的理解。实际上，科学与诗歌在人类的理智史上是一对连体的孪生兄弟，在人类的初期它们是融为一体的，只是随着人类物质生活的增长，科学才逐渐从人类的心灵中分化出来，成为人类精神史上的一件石破天惊的重大事件。然而，科学在它诞生之初却受到宗教势力的残酷迫害，许多科学家被送进宗教裁判所，有的甚至被活活烧死。然而，意志坚定的科学家们不畏强暴，他们从宗教的压迫中勇敢地走了出来，使科学最终走上了光明的大道。随着科学技术的日新月异以及它对人类物质生活带来的巨大变化，人们的科学观念、理性思维也逐渐膨胀起来，在他们对宗教进行全面反攻，彻底否定其存在价值的同时，也似乎大有吞并人类诗性国度的气势。科学理性的这种狂妄，用黑格尔的话来说，就是只能说明理性本身的肤浅。科学理性虽然也能给自己及整个人类精神的存在提供价值依据，但它只是人类心灵世界中那种较浅层次的价值，而诗歌所表现的乃是人类的终极价值。它不但不会被科学理性所遮盖、所侵蚀，而且所有的科学都从它那里涌现。但是，在另一方面，有些诗人也从诗的角度去贬低科学，试图把科学从

---

① 王春元、钱中文主编：《英国作家论文学》，汪培基等译，生活·读书·新知三联书店1985年版，第116—117页。

现实世界中清除出去，这也是没有认识科学的性质和诗的使命所致。在真正认识诗歌与科学的性质及相互关系之后，诗歌与科学不仅不会互相冲突，而且能扩大相互的范围和容量，深化对各自本性的理解，最后达到互相包容、互相促进的境界，这也是诗人和科学家所共同期望的境界。

二　机械论与有机论

文学创作中的机械论是在科学理性得到蓬勃发展的大背景下产生的。英国作为工业化最早的国家，它在科学技术方面取得了惊人的成就，尤其是力学领域所取得的成就，使文学批评家们不由自主地把自然科学的成就引入文学批评领域，他们不仅受到科学理念的熏陶，而且倾向于应用细致精确的科学方法，应用事实和实验进行分析和综合的方法去研究诗人的艺术创造活动，他们用简单的元素论或要素论去解释复杂的心灵活动，把复杂的心理状态解释成为这些心灵元素的不同组合，把构成感觉的具体对象分类成各种毫无联系的单元，这些单元仅仅是可见事物的复制品。在对待具体的文学上，他们也只是把文学作品看成一只手表或一台机器，把想象的过程看作单纯的机械作用，把心灵描绘成为一种形状、一种实物、一种混合的、可分割可结合的物质，把丰富、复杂而又具有美学趣味的艺术创造活动分割成为冷冰冰的机械零件。这种用机械原型理论来解释、批评艺术创造活动的倾向主要指的是新古典主义理论和牛顿的科学主义，它们虽然树立了机械式的自然准则和艺术准则，但实际上这种准则无助于真正自然的艺术，相反，它甚至阻碍了这种艺术的创作。因此，机械论美学受到英国浪漫主义诗人的激烈挑战。

这种挑战首先来自华兹华斯，他在1800年版的《抒情歌谣集》序言中提到，艺术创造或诗的原动力是想象力，而不是幻想，因为"幻想并不要求其所使用的材料，由于幻想的接触，能产生组织上的变化。若材料容纳修改，修改只需是轻微的、局部的与短暂的，便满足幻想的要求了"[1]。它是一种低层次的、嬉戏的、盲目的心智活动。而想象力

---

① ［美］卫姆塞特等：《西洋文学批评史》，颜元叔译，中国人民大学出版社1987年版，第355页。

则是一种"交会"、一种"抽绎"、一种"修改"、一种"赋予"的力量。想象力能够"联繁"与"接合"。它能"塑形",它能"创造"。因而它是一种高级的、严肃的精神活动。华兹华斯之所以抬高想象力而压低幻想,是因为幻想是一种机械式的、简单的精神活动,而想象力则来自人的一种内在力量,能从自己心中唤起热情,在不需要外在刺激的情况下就能够进行他的心灵构造。所以,华兹华斯一再强调"诗是人类情感的自然流露",其实质就在于想象力的创造性和自发性。而这种尊重诗人的自主创造,真情实感的艺术创造活动,乃是浪漫主义有机论美学观区别于机械论美学的根本所在。此外,雪莱、拜伦、布莱克等诗人也都不约而同地强调了想象的地位,雪莱干脆就把诗称作想象的表现,他甚至把诗人的想象与上帝的创造活动相联系,"没有人配受创造者的称号,惟有上帝与诗人"。拜伦的想象更具狂热,他认为"诗歌是想象的熔岩,它的迸发阻止了一场地震。他们说诗人永远不会或很少发疯……但他们常常接近发疯……"布莱克也许是对想象作过最神秘解释的诗人,他把想象干脆就叫作"神性的视力",认为"想象的世界是永恒的世界,它是我们肉体死亡之后人人必去的圣地。这个想象的世界是无穷的,永恒的,而繁殖生长的世界则是有限的、短暂的"。浪漫主义诗人对想象力的推崇,使他们有意识地摆脱了机械论美学观的影响,并在他们的诗歌实践中滋生出了特有的浪漫主义有机论美学观。这种美学观在科勒律治的理论中得到了最为系统的论述。

科勒律治在他的《文学传记》第 13 章中也首先对幻想和想象作了区分,他说,幻想不同于想象,它的"活动的对象只限于固定不变的东西。事实上,幻想只不过是从时间和空间世界里解放出来的一种回忆,再加上意志与经验的渗入,并给以选择和修改。但正同普通的记忆一样,幻想必须推广联想的法则,取得现成的素材"①。而想象,他认为可以分为两等,"第一位的想象是一切人类知觉的活力与原动力,是无限的我存在中的永恒的存在活动在有限的心灵的重演。第二位的想象,我认为是第

---

① 伍蠡甫:《西方文论选》(下卷),上海译文出版社 1979 年版,第 33 页。

一位想象的回声，它与自觉的意志共存，然而它的功用在性质上还是与第一位的想象相同的，只有在程度上和发挥作用的方式上与它有所不同。它融化、分解、分散，为了再创造；而在一定程序被弄得不可能时，它还是无论如何尽力去理想化和统一化。它本质上是充满活力的，纵使所有的对象（作为物质而言）本质上是固定的和死的"①。科勒律治对幻想和想象所作的这种区分，本质上就是对文学领域中的机械论和有机论的区分。因为幻想的特征是外在的、机械的，而想象的最大特征则是有机综合，具体说来，它有以下几个方面的内容：第一，想象是一种精神的运动和发展过程，在本质上想象是"活泼泼的"，它从内部产生自己的形式，就像植物一样在发育、生长和成熟。而幻想则是机械的、僵化的和散乱的，它产生于外部的叠加和组合，完全是一种无生命的组合过程。它们的区别也可以形象地比喻为一棵树的有机结构与一只表的纯机械作用。第二，想象的过程是一个创造的过程。科勒律治认为想象与幻想的最大区别就是想象是一种主动综合的力量，这种综合不是对表象材料的机械的合成，而是一种在吸收、融化、分解、消耗后主体内部的再生和创造过程，是生命的有机生成。第三，想象的结果是创造一个艺术的有机整体，而幻想最终只能取得分散的现成的材料。科勒律治认为，无机体与有机体的区别，就在于"对于前者来说，整体不过是各个部分和现象的集合"，"而对后者来说，整体就是一切，离开整体什么也不是"。因此，有机综合的艺术整体只能通过想象来创造，而不能通过幻想。

那么，到底什么是有机的，什么是机械的呢？科勒律治引用了德国浪漫主义者史莱格尔的观点，他说："当我们给任何特定的材料加上一种事先规定的形式时，这种形式就是机械的……就像我们根据自己的意愿，把一堆湿泥做成一定的形状一样。与此相反，有机形式是内在的，它在从内部生长中就形成一定的形状，它生长的全过程就是它的外部形状趋于完美的过程。"② 与机械论和有机论对应的就是机器与生物，无

---

① 刘若端编：《19 世纪英国诗人论诗》，人民文学出版社 1984 年版，第 61 页。

② ［美］M. H. 艾布拉姆斯：《镜与灯》，袁洪军等译，中国社会科学出版社 1991 年版，第 272 页。

论机器如何精美，它都是一种无生气的物质，在外在力量强加的机械作用下的合成，而生物则总是充满着活力与生殖力，在柔弱的外表下却蕴藏着无限的力量。因此，科勒律治在给华兹华斯的一封信中用激愤的语气写道，要用"生命和智慧取代机械主义哲学，这种机械论，在人类智慧的一切最有价值的地方，都行不通，并且它把清楚意象误认为清晰概念而自欺欺人……"他的这种态度实际上是想从哲学理念上以有机论彻底地取代机械论，从而为文学批评上的有机论美学争取生存空间。但是，哲学争论上的机械论与有机论的对立，并不是以取消对立面为目的，而是在于吸引和调和对方，在相互斗争和平衡中创造出一个新的整体。科勒律治的有机论美学就是这种矛盾斗争的结果，他的有机论美学并没有在冲突中取消机械论，相反，它从机械论中吸收了科学理性中的有益成分，把它融合到有机论美学的内涵中，使有机论美学在保持自己的美学特征的同时，也容纳了科学理性的观念。实际上，有机论美学就是生物学在文学批评领域的创造性转换和应用，通过在文学领域中引进生物学的理念，使文学批评在新的层次上获得了解释浪漫主义诗歌的理论和具体手段，也为英国浪漫主义诗歌的创作提供了观念基础。

三　诗是一种有生命的存在

英国浪漫主义诗人在诗与科学的激烈争辩中，深深地意识到诗歌并不是一种机械式的组合，它自身就蕴藏着生命，它犹如其他任何有生命的物体一样，都有其自身的活力，都有其诞生、生长、成熟、衰老和死亡的生命过程。虽然从表面上看，诗歌是诗人创造的一种人工制品，并不具备生命的体征，但是，诗歌是一种特殊的艺术创造活动，它始终和诗人的心灵联系在一起。许多诗人在他们具体的艺术创造活动中都意识到灵感的存在，并把它作为一种神圣的事物加以崇敬。但是，浪漫主义诗人对灵感的态度和柏拉图的灵感论是不一样的，它没有柏拉图的神秘主义色彩，而更多的是与生命的有机生长联系在一起。浪漫主义诗人把灵感的袭来看成生命的赋予，诗人自己在这一刻来临的时候也丧失了主体的地位，诗此刻正脱离诗人的躯体，像一棵树一样在自我生长。这种与植物生长相联系的诗歌意念成为英国浪漫主义诗人的一种普遍倾向。

华兹华斯不止一次地提到，诗是人类情感的自然流露，这句话一般被描述为一种对诗的情感本质的强调，但实际上它更多地包含着诗的生长性特质的丰富蕴涵。自然流露（spontaneous overflow）亦可译为自发涌出，其意实际上都包含着诗歌创造过程中的自发性和生长性。他还经常用花圃里的花卉和森林里的大树来比喻诗歌的这种自发的生长过程，虽然这种感悟式的语言不足以形成系统的有机论美学，但清晰地表明了华兹华斯已从他的创作实践中体会到诗歌创作的有机性特质。

雪莱的《诗辩》是在柏拉图主义的影响下写成的，它明显受到柏拉图灵感论的影响。在《诗辩》中，雪莱认为，诗歌中最优秀的部分并非劳动和学习的结果，而是在一种不受控制的、自动的情况下袭来的，是"心灵中最快乐最善良的瞬间之记录"，"诗灵之来，仿佛是一种更神圣的本质渗透于我们自己的本质中；但它的步伐却像拂过海面的微风，风平浪静了，它便无影无踪，只留下一些痕迹在它经过的满是皱纹的沙滩上"。雪莱在这里虽然有柏拉图"神灵凭附说"的痕迹，但它没有柏拉图那种神秘色彩，而是带有鲜明的生物有机论特色。他说，诗人在创作时，他的心境"宛若一团行将熄灭的炭火，有些不可见的势力，像变化无常的风，煽起它一瞬间的火焰；这种势力是内发的，有如花朵的颜色随着花开花谢而逐渐褪落，逐渐变化，并且我们天赋的感觉力也不能预测它的来去"①。这种创造过程还与胚芽生长相似，"一个伟大的塑像或一幅伟大的图画在艺术家的努力下逐渐形成，正如婴孩在娘胎中逐渐长成那样；并且那指挥着手来造形的心灵也不能替自己说明那创造过程中的起源、程序或手段"②。在这里，雪莱虽然意识到诗的灵感的突发性、不可触摸性和神秘性，但他更多地认识到诗是一种自然生

---

① ［美］M. H. 艾布拉姆斯：《镜与灯》，袁洪军等译，中国社会科学出版社 1991 年版，第266 页。

② 王春元、钱中文主编：《英国作家论文学》，汪培基等译，生活·读书·新知三联书店 1985年版，第 117 页。

长的、有生命的东西，因此他常用怀孕、生长等生物学词语来比喻诗的创造过程，在诗歌与生物之间无形中架起了一座桥梁。

济慈是一位富有感觉力的诗人，他从自己的诗歌创作实践中，认识到诗歌必须像树上的叶子一样自然产生，像太阳那样自然地升起、运行、落下。他常常是徜徉于大自然中，感受着它的内在律动，等待着灵感到来的那"欢快的时刻"，这样他写出来的作品往往使"自己感到震惊，好像这不是他的作品，而是他人的作品……它似乎是偶尔机遇或受魔法而降临——像是赐予他的礼物"①。他还认为，诗歌之所以能够进入人的灵魂，就在于自身的力量，而不是由于某种外在力量的制约。诗人能够作诗，也不是外力强制进行的机械式制作，而是"体内有一种精神上的酵母，它们提供了生存中的发酵"，使之能不断地推动诗人去进行创造性的工作。

在认识和具体阐述诗歌的有机生长方面，科勒律治也是最为充分和详尽的。这主要归功于他的业余植物学家的身份和深厚的理论素养。对科勒律治来说，植物学不仅是一门科学，而且是一门有关有机论的哲学。在他对植物的深入研究中，他不仅看到植物的根、茎、叶、花瓣等都集中到一种植物上，形成一个统一的有机整体，其生命的源泉就存在于植物种子中，而种子意念是有机论与机械论相区别的首要内容，因为任何有生命的东西都是在种子的基础上生成的。正是这种产生于内部的力量催生了植物的自然生长，用科勒律治的话来说就是，"完成了自身悄悄生长的过程"——并且是长成它自身所适合的形式。植物种子在其生长过程中还必须吸收不同的土壤养分，空气、阳光和水，科勒律治满怀激情地说："看哪！——随着升起的旭日，它开始了自己的外部生活，与周围的环境直接接触，同化所有这些成分，也使这些成分相互同化……看！在阳光照耀下，它是怎样使空气变成与阳光相似的东西，而又以同样的节奏促使自己悄悄生长，并且使那些它已使之完美的扩展部分定型。"②

---

① 王春元、钱中文主编：《英国作家论文学》，汪培基等译，生活·读书·新知三联书店1985年版，第118页。

② 同上。

这种自然生长又依赖外部条件的有机生长论被科勒律治称为"存在的伟大链结",而这也就是生命本身。科勒律治给生命下的定义是:"许多或众多不同成分的结合的原则和从内部展开的力量,这种力量所给的一切结合成一个由其各部分决定的整体。"① 而有机体的本质就在于它是从内部自然生长的、永无止境的整体的生命过程。

应该说,科勒律治对有机体理论的探讨在各个方面都超过了他的前辈,他的有机论几乎达到了成熟的境界。然而,更为重要的是,他还把有机论哲学很好地融入了文艺创作心理学中,把有机生长的植物特性应用于诠释诗歌创作的复杂心理过程。这种把植物学知识应用于诗歌创作的心理学分析,使科勒律治的有机论美学远远超出了传统的有机论,也比同时代的浪漫主义诗人的有机论更加完善、更富于系统性。在科勒律治的有机论美学中,诗歌创作与植物生长的内在机理是一样的,在他看来,诗歌的生命源于其内部心灵种子的自然生长,这种"生长"出来的诗歌从根本上说不是诗人有意识的创作,而是来源于诗歌自身生命的运动,这样,诗歌本身在科勒律治的有机论中就成了有生命的事物。这样的说法看起来似乎有些玄乎,难道诗歌创作能脱离诗人的参与吗?没有诗人参与的诗歌创作会是一个什么情形?对这些问题的解答,科勒律治把它归之于想象这一"综合的神奇力量"的作用,正是由于想象,才把有生命的诗歌中各个具体的部分组合成有机的整体,因此,对科勒律治来说,想象并不是对物质颗粒的机械结合,想象本身就是一个有机单位,一个自生自长的体系,其中各个部分相互依存,这些部分一旦离开整体,那它就将不复存在。

在科勒律治的有机论美学中,其最大贡献莫过于他完美地阐述了天才的本质。在他看来,天才的本质就是遵循有机体的生命律动,它具有有机体一样的生命特征,它自身具有动力,朝着内在的目的向前发展,其中各个部分与整体之间形成既是目的又是手段的关系,而最终体现在艺术创造中的却是天才那无与伦比的想象力,正是由于想象力的作用,

---

① [美] M. H. 艾布拉姆斯:《镜与灯》,袁洪军等译,中国社会科学出版社 1991 年版,第 347 页。

才催生出天才心灵中无限丰富的美。在科勒律治的天才名单中，荷马、莎士比亚、弥尔顿等都是他崇敬的人物，其中莎士比亚又是他最为倾心的伟大诗人。在莎士比亚的作品中，"我们发现一种如同植物一样的生长"，"一切都是生长，进化和产生——每一行，几乎每一个词，都孕育着下一行，下一个词……"① 但是，天才的创作也并非是一种完全自发的或无意识的创作，尽管科勒律治承认创作中的无意识成分，但他仍然坚定地指出像莎士比亚那样的诗人"从不会无的放矢地写作"，他虽然不受外在规律的控制，但他遵循着有机法则中的固有规律，通过发展和吸收从内部向外部工作，而天才的想象力正是这种具有生长和生产性的力量。天才虽然从表面上看具有无意识活动的特点，但其实质却是，天才也必须遵循知识的一般规律，因此，科勒律治坚持认为："莎士比亚不是自然之子，没有天才的自动性，不是精灵所控制的灵感的被动工具，不具有灵感；他首先必须耐心地学习，深刻地思考，详细地了解，直到知识变成习惯性的和本能的……最后产生那种惊人的力量。"② 但是天才者身上的天才毕竟与一般外在知识的获得不一样，从有机论的角度看，莎士比亚的伟大之处正在于他的剧本的素材多样化，悲剧和喜剧、笑声和泪水、卑下和崇高、国王和弄臣、高雅风格和粗俗风格有机地结合在一起，从而完成他天才情感的纵情表达。难怪科勒律治会说："莎士比亚是野蛮的天才，虽然有时他显露出鉴赏力的闪光而且甚至激动人心，全面地说，他的剧作充满谬误，简言之，他只不过是自然的产儿并且不会写得比他写出来的东西更好。"③ 正因为如此，莎士比亚才遭到众多复杂，甚至是矛盾的评价，有的盛赞他的作品丰富多彩，有的赞美他的思想内容严肃深刻，也有的讽刺挖苦他的语言粗俗，结构凌乱，甚至连伟大的托尔斯泰也不喜欢他那种不守规矩的笔法。但天才的魅力正是这不经修饰的自然气息，他在自发情感的驱使下，使善与恶、

① ［美］M. H. 艾布拉姆斯：《镜与灯》，袁洪军等译，中国社会科学出版社1991年版，第269页。
② 同上书，第353页。
③ 王春元、钱中文主编：《英国作家论文学》，汪培基等译，生活·读书·新知三联书店1985年版，第44页。

好与坏、高尚与卑下等一系列相互对立的倾向趋于吸引和调和对方，最终在相互限制、相互抵消中创造出一个新的整体。因此，科勒律治的天才论的本质在于，他并不一味地强调天才的无意识、非理性和充满激情等品质，而是从生物有机体的哲学考察出发，把天才置于自然的大背景下，从而使天才摆脱了人类理智所给予的外在束缚，这样，天才的创造活动就犹如植物的生长一样，成为一种有生命的创造活动，其作品在诗人的内心生成，在一定的阳光、雨露等外在条件的孕育下生长、成熟。天才虽然有时也违反外在的规律，但他却遵循着有机体的内在机理，因而他能创造出完全出于自然生长的作品。

威廉·布莱克诗歌中的宗教神话及其现代价值

威廉·布莱克（William Blake，1757—1827）是英国浪漫主义的早期诗人，他被人称为"疯子诗人"，在世时仅被华兹华斯等少数几个人所赏识。但是，当"雪莱、济慈、华兹华斯和科勒律治的声名依然如旧，拜伦的声名已不如他在世之时，骚塞已被人遗忘；而布莱克的声名却与日俱增"①。布莱克之所以受到后世人们越来越多的关注，主要是因为他诗歌中蕴含的深奥宗教思想和体验。这种思想和体验并不是通过诠释传统的基督教教义产生的，而是在自己的诗歌中大胆地创造了新的宗教神话，本文试图在阐释布莱克新宗教神话的基础上探讨其蕴含的现代价值。

一 耶路撒冷的召唤

布莱克是一个具有独特宗教气质的诗人，他"从小就富于幻想，神经过敏"，相传他曾在幻觉中见到上帝和天使；他还见到他弟弟临终时灵魂冉冉升天的幻景；他自己临终前面带笑容，吟唱着他在天国见到的景物。无论这些传闻意味着什么，但至少说明他是个超凡脱俗的、具有独特宗教感的诗人。布莱克在他的早期诗作《诗的素描》和《天真之歌》中，就以其纯洁的心灵描述了人与自然的理想境界，那里几乎可以和人类始祖居住的伊甸园相媲美。无论春夏秋冬、黑夜黎明，诗人

---

① ［英］布莱克：《布莱克诗集·译者序》，张炽恒译，上海三联书店 1999 年版，第 1 页。

都以虔诚之心颂扬它们神圣的赐予，请看他的《黎明之咏》："神圣的
处女啊！/你披着最洁白的衣裳，/请打开天国金色的大门，走出来，/
唤醒沉睡在天上的曙光；让光明/从东方的寝宫升起；将甘甜的清露/随
苏醒的白昼一起，带给人世。/绚丽的黎明啊，快去迎接和问候那/如同
待猎的猎人般被唤醒的太阳，/并迈着你穿厚靴的脚出现在山冈。"①

诗人描写黎明时充满深情，他不仅把它当成一种纯粹的自然现象来
描写，而且还赋予它以神圣之感，使我们在被它的美景所陶醉时，还获
得一种情感的升华，仿佛被黎明的圣毯托起，飞向那圣灵居住的乐园。
在布莱克的理想世界中，他所歌咏的自然景物不仅神圣优美，人物也都
心灵纯洁，善良敦厚。在《黑人小孩》中，诗人描写了一个出生在南
方荒凉之地的孩子，他虽然长得黑，"可是啊！我的灵魂洁白"。尽管
肤色不同，但同样是上帝所造，只要快乐地倚着上帝的膝盖，同样能得
到他的爱。在《扫烟囱的孩子》中，诗人描写了一个叫汤姆的小孩，
这孩子的母亲早逝，父亲把他卖掉了，如此年幼却整日打扫烟囱，累了
就在烟灰里睡。这孩子虽然命苦，但内心却充满快乐，他对人世无怨无
悔、恪守本分，最终也得到了上帝的爱护，永葆欢乐。此外，诗人在
《男童之失》、《男童之得》中塑造了纯洁、充满欢乐的儿童形象，他
"迷失在孤寂的沼泽里"，但这时永在的上帝却出现在他面前，"像父
亲，穿着白衣，//他吻了孩子，搀着他的手，/带领他去妈妈那里"。在
这里，上帝象征着人生道路上的灯塔，他照亮人们前进的方向，因而是
人类心灵的向导。在《摇篮曲》中，诗人干脆就把儿童看成是"神圣
者的形象"："甜蜜的宝贝，在你脸上/我能看到神圣的形象。/甜蜜的
宝贝，曾经像你/造你者躺着，为我哭诉。//为我哭泣，为你，为全
体，/那时他还是个小小的幼婴，/你永远看见他的形象——/超凡的面
容微笑吟吟。//向你微笑，向我，向全体，/他变成过一个小小的幼
婴，/童稚的微笑是他的真容，/将天国和尘世哄慰入静。"② 从这里可
以看出，布莱克的上帝已不是那高高在上的威严冷漠的上帝，而是就存

---

① ［英］布莱克：《布莱克诗集》，张炽恒译，上海三联书店 1999 年版，第 7 页。

② 同上书，第 45—46 页。

在于人间的充满人性的上帝，他通过婴儿的形象向人们体现，婴儿虽然柔弱无力，但在他那超凡的面容上却可以清晰地看到人性的光芒，因而成为人类心灵的永恒向导。因此，"儿童乃成人之父"（华兹华斯语）是布莱克在现实生活中体验到的实实在在的人间上帝，他既是活生生的，又是神圣的。

然而，布莱克并没有始终沉浸在他那超凡的梦想里，他早期诗歌创造的人类伊甸园式的诗意生活只是他对人性美好一面的向往和憧憬。布莱克的精神世界其实充满着对现世的关注，在《经验之歌》中，诗人从充满诗意的歌咏中清醒过来，当他清醒地面对真实的世界，他满眼看到的却是人类的苦难和忧伤。在《升天节》中，诗人已看不到婴儿那圣洁的微笑了，于是，他悲愤地喊道："难道这能算是至善，/在富饶多产的土地上——/婴儿的境遇悲惨，/被冰冷的放债的手抚养？//那嘶哭能算是歌声？/能算是欢乐的歌曲？/那么多孩子不幸啊，/那是块贫瘠的土地！——"甚至有些小孩还变成了小流浪者，他们躲在冰冷的教堂里取暖，只有牧师送给他们一些食物和衣服，还有那给人安慰的讲道。在《婴儿的悲伤》中，弱小的婴儿在哭泣自己出身的命运，他没有办法，只好"在我爸爸的手中挣扎着，/和我的襁褓拼命反抗着，/又被裹着，又累，我只想/在我妈妈的乳房上解气"。在诗作《伦敦》中，诗人看到了一幅幅悲惨的人间景象："我走过每一条特辖大街，/附近特辖的泰晤士河在流淌，/我遇到的每一张脸上的痕迹，/都表露出虚弱，表露出哀伤。//在每个人的每一声呼叫之中，/在每个婴儿害怕的哭声里，/在一声一响，道道禁令中，/我听到精神之枷锁的碰击；//扫烟囱的孩子的哭叫多么/使每一个阴森的教堂惧怕，/还有那不幸的士兵的叹息/化成了鲜血从宫墙上淌下。//更不堪的是在半夜大街上/年轻妓女瘟疫般的诅咒，/它吞噬了新生婴儿的哭声，/把结婚喜塌变成了灵柩。"诗人看到了现实的种种悲剧，他为此既感到悲哀，又感到愤慨，于是，他把心灵的触角伸向了现实中的政治事件。在《法国大革命》中，他热烈欢迎革命的到来，认为法国大革命是太平盛世的前奏，是光明和理性新时代的前奏。在《美国》中，他激烈地谴责英国对美国的殖民统治，并热烈支持美国的独立战争。然而，面对这一切，他作为一个诗人显然无力改变这个充满喧嚣的世界，他只有从外在的现实世界进入自己的心灵世界中，为现实的不平和堕落继续进行战斗："把我那灼亮的金弓带给我，／把我那愿望的箭矢带给我，／带给我长矛，招展的云彩呀！把我那烈火的战车带给我！／／我不会停止内心的战斗，／我的剑也不会在我手中安眠，／直到我们建立起耶路撒冷，／在英格兰青翠而快乐的地面。"① 诗人之所以呼唤在英格兰建立耶路撒冷，是因为他更为清楚地看到了英国混乱不堪的社会现象背后的神性的丧失。布莱克常常把婴孩作为上帝存在的处所，然而现实的英格兰却到处是婴孩悲哀的哭泣，这在象征的意义上表明了英格兰是处于一个严重的无神状态，它被堕落的道德、邪恶的欲望所主宰，陷入了人性罪恶的泥潭，与诗人早期诗歌中歌咏的人性的至善境界形成鲜明的对照。这种精神上的无神状态令人窒息，因而他大声呼唤："英格兰！醒来！醒来！醒来！／你的姐妹耶路撒冷在呼唤！／你为何进入死亡的睡眠，／用古老的城墙把她挡开？／／你的山谷感受过她的纤足／轻轻地移行在她们的胸上，／你的门见过可爱的锡安山之路；／接着是欢乐和爱的时光。／／现在，当那些欢乐时光重现，／我们欢腾，看伦敦的塔群／迎接上帝的羊羔，来居住／在英格兰青翠而快乐的园亭。"② 因此，布莱克心灵之战的理想是在英格兰的土地上建造起圣城耶路撒冷，以此重新企盼上帝的降临，使每一个英格兰人的内心都充满着仁慈、和平、怜悯和爱。

二　天国与地狱的"婚姻"

布莱克以他启示录式的语调呼唤英格兰建立耶路撒冷圣城，使神性能居住在他们的心灵里。然而，布莱克并不是简单地继承传统的宗教理念，而是以自己创造的独特的神话方式重新解释了这一古老的宗教寓言。布莱克所创造的神话系统是复杂的，他改变了原始宗教神话的细节，他不承认有一个超越一切的上帝的存在，但仍然存在着一个普遍的

---

① ［英］布莱克：《布莱克诗集》，张炽恒译，上海三联书店1999年版，第147—148页。
② 同上书，第148页。

人性，它作为一个具有神圣形式的普遍人性，它自身仍维护着崇高的神性。这种状态被布莱克诗意化地称为"天国与地狱的婚姻"，它意味着上帝必须进行自我否定，从他独立存在的天国坠落，降入人世。而几千年来被压在地狱深处的魔鬼撒旦则上升为正常的人性。这种对立面的和解与融合就是布莱克天国与地狱的婚姻神话的精神实质所在。

正是在这个意义上，布莱克坚决反对与人性疏离的传统基督教及其残害人性的教会。《永久的福音》是布莱克宗教批判的战斗檄文，他在诗中以激烈而又坦诚的诗句揭露了基督教的虚伪和违反人性。这主要体现在他对耶稣的抨击上。在一般人看来，耶稣是一个温文尔雅、谦卑、纯洁的圣人，他一辈子侍奉上帝，像普罗米修斯一样为人类的幸福而献出了生命。但这个大圣人在布莱克看来却是一个十足的大骗子，"耶稣很文雅么，不然/有什么文雅的表现？/十二岁他就离家出走，/使他的父母大为惊诧。/悲伤了三日，才将他找到，/他嗓门高过西奈的号角：我不承认尘世的父母——/为了我的天父的事务！"① "耶稣很谦卑么，不然/有谦卑的证明可验？/他谦卑地夸奖了崇高的事/还是仁慈地给人以石？"他心高气傲，语中含威，与其说谦卑，不如说傲慢；耶稣是很纯洁的圣女所生？也不尽然，他同样是由受到诱惑的肉体而生，只不过他是由教会所神化，由凡人变成了圣人。然而，诗人还更深入一层，指出这个不承认尘世父母而专事天父的人的实质，就是"藐视尘世的神祇和父母，/嘲笑这个和那个的王笏；/他所带出的七十个门徒/个个反对宗教和政府——/他们倒在专政之剑下，/都说残酷的谋杀者就是他。/他丢弃父业出去游历，/漂泊不定，无家可依，/就这样他高高在上地度日，/靠窃取他人的劳动果实"。耶稣很高洁么？如果是这样，为什么他在这个被捉奸的女人面前"呼吸声怎么这么大"！诗人历数耶稣种种虚伪的表现，他就像一个洞察一切的神箭手，每一箭都击中耶稣的要害，从而把耶稣的虚伪假象揭露得淋漓尽致！

布莱克之所以如此激愤地揭露耶稣的真实面目，主要是因为他以诗

---

① ［英］布莱克：《布莱克诗集》，张炽恒译，上海三联书店1999年版，第226页。

人的视野审视了基督教世界在本质上的偏颇。在布莱克看来，基督教已经把神圣性推向了人性的极端，它已经脱离了人性的真实内涵，变成了一个外在的、冷漠的、孤独的抽象存在。于是，布莱克用一种看透本质的语调说："别写了，上帝之手啊，停停！/你看到的天国并不洁净。/你是善的，也是孤独的。"[1] 而对于耶稣，诗人则以更为肯定的语气说："看着这假救世主，我义愤填膺，/让各民族都听听我的声音吧。/那些是什么？//无论对英国人还是对犹太人/这个耶稣都会毫无用处。" 这是布莱克对耶稣最为直接的评价，它表现出布莱克对基督教传统的极不信任的态度，也是布莱克的《圣经》具有革命性思想的具体体现。

在布莱克的思想体系中，他对启蒙运动中的理性主义也表示了不满。在他的神话体系中，理性被称为弥赛亚，由于启蒙主义者过分强调理性的作用和权威，使它逐渐侵占了人类情感和神圣信仰的地盘，成了压抑欲望、残害人性的工具。

在《嘲笑吧，嘲笑吧，伏尔泰、卢梭》和《你不信》等诗中，布莱克就对理性的狭隘性进行了嘲讽，而在《天国与地狱的婚姻》中，诗人则坚信理性会被撒旦所战胜，理性所主宰的世界将被推翻，新的天国就要来临。

同样，布莱克的地狱圣经还表现在他对魔鬼和地狱的热烈歌颂。布莱克的地狱，不像通常基督教教义所宣扬的那样可怕，也不是罪人的居所。在布莱克的诗歌神话中，他的地狱是摆脱了上帝的神圣压迫后的人性的居住地，是自由和生命的象征。他以弥尔顿来隐喻自己的态度，"弥尔顿以镣铐来描写天使和上帝，而以自由来描写魔鬼和地狱。这是因为他是个真正的诗人，他不自觉地站在了魔鬼的一边。"[2] 在《天国与地狱的婚姻》中，他列举了70条"地狱的箴言"，请看其中的几条："3、超脱之路通往智慧之境。23、山羊的淫欲是上帝的慷慨。25、女人的裸体是上帝的杰作。53、有着美妙的欢乐的灵魂决不会被玷污。64、生机勃勃就是美。" 这些箴言体现了一种世俗的"力之舞"，它追求的

---

① ［英］布莱克：《布莱克诗集》，张炽恒译，上海三联书店1999年版，第233页。
② 同上书，第188页。

是一种世俗的生活旨趣，与天国的抽象教条形成鲜明的对比。同时，布莱克作为诗人，他也把魔鬼当成赞美的对象。虽然地狱魔王撒旦被上帝判处永恒的刑罚，但撒旦那种敢于反抗绝对权威的英雄气概却被人们经久不衰地称颂。看看魔王的声音："1、人有两个真正的生活本原，即：一个肉体和一个灵魂。2、力，叫作恶，仅来自肉体；而理性，叫作善，仅来自灵魂。3、上帝要折磨人，因为人追随他的力。"这些言论充满着反叛的激情和反叛的真理，这种真理就被布莱克称为"地狱的圣经"，它是布莱克诗歌神话中辩证思维的结晶。在他看来，既然存在着天国的、颂扬上帝的圣经，也同样存在着地狱的、颂扬撒旦的圣经，而且当上帝越来越脱离人性，变得越来越抽象和神秘时，撒旦的价值却显现出来了，用布莱克的话说，就是"魔王的价值在于：弥赛亚倒下去了，用他从地狱偷来的东西构造了一个天国"①。撒旦虽与上帝代表的至善处于永恒的对立面，但他却以其自身的存在和力量显示了他独特的价值旨趣，那就是以来自肉体的力为生命的唯一价值，它是一种永恒的欢乐，这种欢乐是感性的、肉体的快乐，充满着无穷的生命与活力。而这一切都是那以"赤足裸身三年"、"食粪"和"长时间侧身躺着"的耶稣及其所代表的攫取人类灵魂的冷漠的上帝所不能给予的。

当然，布莱克颂扬撒旦的"力之舞"、"生命的放纵"，并不是要否定上帝存在的价值，相反，布莱克是真正要把上帝的价值显现出来才把撒旦拿来颂扬的。但是，融合了撒旦的上帝已不再是那高高在上的冷漠无情的上帝，而是饱含着人性光辉的上帝，他深深地植根于人的内心情感中。而这时的撒旦也不完全是那沉湎于肉体快乐的至恶之撒旦，而是一个具有神性禀赋的普遍人性的象征。这种交感和融合正是布莱克所宣扬的"天国与地狱的婚姻"所要达到的真正目的，它们的结合就是产生新天国和新世界，而主宰着这个新天国的主人既不是传统意义上的上帝，也不是传统意义上的撒旦，而"是艾登在统治，是重新回到伊甸园的亚当"。要特别强调的是，这里的亚当不是原来上帝创造的那个亚

---

① ［英］布莱克：《布莱克诗集》，张炽恒译，上海三联书店 1999 年版，第 187 页。

当，而是从人间重新回到伊甸园的亚当，他是布莱克诗歌中宗教神话的新人类，他既是现实生活中的人类象征，又超越于现实生活之上，因为他自身还维持着神性，正是这种新人类的出现，才标志着永恒地狱复兴后的新历史的真正开端。

三　让亚当来统治世界

谢林曾经说过，每一个具有创造性的人都必须为他自己创造神话。对于布莱克来说，他是非常清醒地意识到这一点的，在他丰富复杂的神话系统中，他的宗教神话的基本原型是基督教的《旧约》和《新约》，但他并没有直接继承其中的神话体系，而是以他自己的方式改变着这些神话的具体细节。但是，布莱克对基督教神话的创造性改造并没有使神话本身的内涵发生变异，它与古老的神话还存在着一定的精神关联，实质上它就是古老基督教神话的一次延续和再生。

在布莱克的神话系统中，最值得我们关注就是他对《圣经》中人类始祖亚当故事的改造。《圣经》中的亚当是上帝创造的第一个人，因而他理所当然成为人类的始祖。但永恒的天罚使人类承受了几千年的罪过，亚当的子孙也在绵绵无期的忏悔中度日。值得注意的是，人类始祖亚当本是没有性别的，自身就是一个完整的整体。当上帝在亚当的身体中取出一根肋骨，为他制造了一个女人夏娃后，亚当作为一个完整的整体就不复存在了，同时，由于经受不起自己身上的另一半女人的诱惑，亚当的堕落也就开始了。因而在《圣经》的基本理念中，人类分裂为男女是一种堕落，是一种永恒的原罪。而在布莱克的神话体系中，他却创造性地篡改了《圣经》的原意，他认为，亚当的堕落并不是人类的一次罪过，相反，它是一种人类的福音，"是人类的一种真正的自我觉醒，是人类趋向完美过程中的一次有价值的冲动，是一种真正意义上的为了他自己的愿望和目的的冲动"[1]。亚当的堕落固然违反了上帝的意志，被上帝赶出了伊甸园，从而失去了人类原有的恩宠和幸福，但亚当

---

① M. H. Abrams, *Natural Supernaturalism*, New York Norton 1971, p. 258.

的行为却体现了人类自身的意志和愿望，他以其坚韧的步伐为我们人类自身的价值存在做出了一次勇敢的选择。正是有了亚当心灵的欲望和冲动，才能为后世种下"生命与美的果实"，使人能以一个独立的个体和自由的精神屹立在尘世的土地上，使人类成为一个自身完整的、有自主性和创造力的人类。因此，亚当的堕落其实是一种进步，是人类摆脱上帝的恩宠应用自由意志实现自身价值的开端。

但是，不可否认的是，亚当的堕落同样也是一次冒险，因为在伊甸园中，原始状态的亚当是两性不分的，他与整个宇宙和谐相处，尽管他没有自由意志，承受上帝的绝对统治，但他也承受上帝的恩宠，无忧无虑，生活安宁而祥和。自从亚当违背上帝的意志以后，人类就被赶出了伊甸园，而作为不完整的部分被分裂成孤独的个体，从此人类也就变成了一个没有根基的无家可归的人。在布莱克的神话世界中，人类的这种本体上的分裂被划分成四种伟大的存在形式，即四天神：尤利森、罗斯、泰然斯和由索那，它们分别代表理性、感情、感官和心灵，它们贯穿在无穷无尽的整个历史循环中，其中每一部分都想取得支配地位，致使人类精神世界相互冲突，永无安宁。因此，人类的堕落虽然获得了自身欲望的满足，人生价值的肯定，但是，人类却由此失去了精神的家园，陷入无休止的精神冲突中。实际上，如果人类不能得到精神上的拯救，向着自身整体回归和复活，那人类的生命价值仍然是不完整的。但布莱克的神话并没有把人类重新引向上帝的温暖怀抱，而是通过四天神所构成的对立面不断推动人类和自身的进步，他说："离开对立面就没有进步。吸引和排斥，理性和力，爱和恨，对人的生存都是必须的。"① 只有在人类生命的旅程中形成对立面，才能推动人自身和社会的进步，但是，这种对立并不是永恒的矛盾和冲突，而是对立面之间的循环和统一，最终是向原初整体的复归。在《四天神》（The Four Zoas）中，诗人写道："四天神存在于每一个人心中，它本身就是一个完美的整体，但是只有在具有普遍性的亚当身上才能存在。他的光辉照耀地上的每一

---

① ［英］布莱克：《布莱克诗集》，张炽恒译，上海三联书店 1999 年版，第 186 页。

个人，给予他们每天每夜的欢乐。"

　　"罗斯，尤索那等都是天神的名字，这些不朽的星座，日夜照耀着空旷的宇宙，日夜交替地流布着欢乐……它们是亚当在尘世中具体精神的体现，它们堕落、分裂到尘世之中，但必将复活为原初的整体。"①在布莱克的神话体系中，他虽然企望着四天神在相互的斗争中向整体回归，但这种回归并不是一种既定的"命运之圈"，不是人类摆脱不掉的命运循环，而是在吸收尘世生命活力的基础上组成的新整体。亚当虽然堕落了，但堕落得富有生机和活力；同样，他又要重新回到伊甸园那里去，这也不是人类软弱的表现，要乞求上帝和神灵的保护。亚当重新回到伊甸园，是在新的起点上的一次进步，是对自己尘世生活神圣性的一次庄严肯定和守护。布莱克就是这样，他以诗人的独特视角和辩证思维对基督教的神话进行了重新阐释，但无论他如何篡改圣经原意，他始终没有忘记人是世界的中心这一本质观念。在他的神话中，他把人阐释成一个有思想、有自我意识的新人类，而"所有的神其实都居住于人的胸中"。这种既具有自我觉醒意识，又蕴含神圣性的新人类，就是布莱克的耶路撒冷圣城中理想的常住居民。亚当则是这个充满神性和人性世界的最高统治者。

　　作为布莱克的学术传记作家的布洛诺夫斯基说："是什么东西使布莱克的神秘主义变得如此珍奇，这是一清二楚的。在这些超凡的思想家中，唯有布莱克把它建立在对现实作艰苦理解的基础上。"② 因此，布莱克的神秘主义其实并不神秘，他的宗教神话与他的社会观点是一致的，他像其同时代人一样，对他的时代现状表示不满，但他并没有用粗俗的方式表达，而是用一种高尚的、宗教的语言表达了他的思想和愿望。不过，在阐释他思想的过程中，布莱克始终是以一个诗人的身份，而不是以一个传教士的身份来述说宗教的，正如科勒律治所说的那样，他们进行的是一种"俗人的布道"。

------

　　① M. H. Abrams, *Natural Supernaturalism*, New York Norton 1971, pp. 256 – 257.
　　② ［英］鲁宾斯坦：《英国文学的伟大传统》，陈安全等译，上海译文出版社 1998 年版，第49 页。

济慈诗歌中的希腊意象

　　济慈是英国浪漫主义诗人中最纯粹、最真诚的希腊文化的崇拜者和阐释者。无论是他的诗歌创作还是他的书信，都可以看到他受到希腊文化影响的深深印迹。但是，济慈不像德国人那样对希腊文化进行过深入细致的研究，他只是用自己微弱而敏感的心灵感触了它，用自己有限的生命与之融会、交流，他的许多诗歌创作就是希腊神话的再阐释和再创造，从中可以看出，希腊文化精神已渗透了他的灵魂，成为他精神的一部分，并在诗歌创造这一特有的生命活动中发现了希腊文化蕴藏的永恒美之奥秘。

一　济慈诗歌中的希腊神话

　　德国诗人奥·威·史莱格尔曾经说过，希腊神话是浪漫主义诗歌创作的主要源头。这不仅对于德国诗人来说是如此，对于济慈来说更是如此。无疑，济慈对希腊神话是非常熟悉的，从他在书信中随意地引用古希腊典故和诗歌创造中熟练地应用希腊神话的情况来看，济慈不仅系统地学习过古希腊神话，而且还被它的力量和魅力所深深震撼和融化。但是，济慈并不是古希腊神话的简单模仿者，在他每一部有关古希腊神话的作品中，他都把古希腊神话进行了一次创造性的再阐释，他在阐释古希腊神话的过程中，把自己的想象与审美情趣融入其中，使古希腊神话超越历史时空而在济慈的幻想世界中获得了再生和永恒。

　　济慈在 1818 年创作的《恩弟米安》就是一部以想象力再造古希腊

神话的杰作。他曾经在写给乔治的信中说：

> 它（指《恩弟米安》）将是一种测试，是一场对想象力以及主要来说对我的创造力的考验，创造力的确是个稀有的东西——我必须通过它把一个虚无缥缈的情景写上 4000 行，并且要用诗来填充字里行间；……长诗是一个人创造力的测验，我把创造力看成是诗歌的北斗，犹如幻想是船的帆，想象力则是船的舵。①

信中的含义是非常明确的，它清晰地表明了《恩弟米安》是一部纯粹幻想的作品，正因为如此，济慈在一开始就歌唱了美的事物和美的精神，向我们展示了幻想中的美景："美的事物是一种永恒的愉悦：/它的美与日俱增；它永不湮灭，/它永不消亡；为了我们，它永远/保留着一处幽境，让我们安眠，/充满了美梦，健康，宁静的呼吸。"② 在这由幻想编织的梦境中，古希腊神话中的美貌青年恩弟米安出场了，他精神恍惚，面带忧伤，他爱上了月神狄安娜，月神虽然也爱上了恩弟米安，但她给予他的情感是神圣的情感，是一种精神之爱，她所起的作用就像但丁《神曲》中的贝雅特丽齐那样，在于救赎和提升。"至爱的恩弟米安！我唯一的爱人！/我曾害怕过命运：现在已过去——/你也为我争得了永恒的幸福。/起来吧！趁母鸽还没有开始孵蛋，/我现在就要吻着你把你夺占，/引你进永恒的天国。"③ 后来，恩弟米安又陷入了对另一位印度女子的爱恋，这是真正的世俗之爱，但这种世俗之爱如果没有神圣之爱的支撑，也不能持久。最后，恩弟米安热恋的那位印度女子与月神狄安娜合而为一，他"向他的女神/跪了下来，因深感幸福而眩晕。/她把白皙的双手给他，你看！/他还来不及迅速地吻她三遍，/他们就远远消失了"。这无疑是个美丽的爱情故事，它虽然虚无缥缈，但感人至深，它表达的是年轻的诗人对爱情的神圣的向往和不懈追求。更

---

① 《济慈书信集》，傅修延译，东方出版社 2002 年版，第 37 页。
② 《济慈诗选》，屠岸译，人民文学出版社 1997 年版，第 276 页。
③ 同上书，第 403 页。

为重要的是，这个虚幻的爱情故事是从古老的希腊神话中变幻出来的，它不仅直接采用古希腊神话中的人物，而且把古希腊神话中的神圣而永恒的美融入了故事本身，从而使故事既充满一种美的灵魂的骚动，又弥漫着一股神圣的气氛。但是，这个虚幻的故事并不是由单纯的美丽和欢乐所构成，它也有苦难和不幸，济慈在诗的序言中说：

> 一个青年人的想象力是健康的，一个成人的成熟的想象力是健康的；但是有一个生命的空间，在那里，灵魂处于骚动之中，人物是不定的，生活的路途是不定的，雄心混沌不清，此时，我以下描绘的人们必须经历的脆弱的情感都生发出来了，他们必须忍受的所有苦难也生发出来了。①

当然，这种苦难是一个涉世不深、仍然处于青春骚动中的灵魂所经历和体验的苦难，虽然略显稚嫩，但正是这种稚嫩，使苦难本身显现出魅力。但这种苦难连同美本身又都是幻想中的东西，这一真一幻、美丽与苦难交织的故事，体现出一种对生活的迷茫和渴望，因而显得神圣和珍贵。

《拉米亚》也是济慈取材于希腊神话的一部长篇叙事诗。故事叙述的是一位名叫门尼普斯·里修斯的年轻人在森屈里和科林斯的途中遇到一个装扮成美丽淑女的女妖拉米亚。她是希腊神话中的女头女胸蛇身的妖魔。女妖把他带到科林斯郊外她的房子里，表示她将与他同生共死。里修斯是个哲学家，本来稳重而谨慎，能节制感情，但他和拉米亚相见之后就感到别无他求，只愿与她结婚。在婚礼上，出现了希腊哲学家阿波罗尼，他凭他的知识和直觉发现她是一条蛇，还发现她的所有家具都不是实物，而仅仅是幻象。拉米亚发现自己被阿波罗尼识破，她发出一声惨叫后，就连同她的一切物件一起永远消失了。《拉米亚》无疑也是一个美丽的幻想故事，与我国的民间戏剧《白蛇传》非常相似。故事

---

① 《济慈诗选》，屠岸译，人民文学出版社 1997 年版，第 274 页。

中的男女主人公都有相似的身份和经历，也具有相似的遭遇和结局，但《白蛇传》却显示出更多的反抗成分和现实色彩，而《拉米亚》则可以说是青春时期的一个纯粹的爱情幻念，正因为如此，尽管《拉米亚》的结局具有悲剧成分，但其悲剧色彩并不浓厚，相反，它更多地体现出一种青春和美的气息。

如果说济慈的《恩弟米安》和《拉米亚》是纯粹由幻想所编织的美的故事，那么，他的另一首神话诗《海披里安》则带有更多的现实成分。在作品中，诗人并不是只一味地幻想，他开始更清醒地意识到人生中的不安与痛苦，而这种人生的痛苦经验使得他对人性和生活具有了更深刻的理解。这部作品描写的是希腊神话中奥林匹斯山上诸神的故事，以萨土恩为代表的暴力、专制神权被以阿波罗为代表的自由、民主且富于崇高诗意的神权所推翻，但萨土恩不甘心失败，企图推翻已经上台的新神们。于是，他来到战败后栖身于洞穴中的天神们中间，他们个个垂头丧气，陷于痛苦之中，唯有海披里安依然保持着他的权威、统治和尊严，他高声叫道："萨土恩倒下了，难道我也要倒下？不！我要伸出右臂，吓死那造反的娃娃朱庇特，请萨土恩复辟登位！"留在晦暗中的天体等待着海披里安的命令，但是他不能发布这个命令，因为神圣的岁月更替、自然秩序不能被打乱。海披里安只有屈服于时代的不幸。在失败后的痛苦的煎熬中，只有老神俄刻阿诺斯体悟到：是自然规律而不是朱庇特的暴力把他们推翻，他说：

> 我们的后面又有新一代，
> 一群更美的神祇，我们的子女，
> 注定要胜过我们，……因为最美的就该是
> 最有力量的，这是永恒的法则：
> 凭这条法则，征服我们的诸神
> 将被另一代战胜。①

---

① 《济慈诗选》，屠岸译，人民文学出版社1997年版，第475页。

　　于是，旧日的天神们放弃了自己的宝座，就是为了阿波罗的未来，"为了一种新生的美"。而阿波罗也顺应时代的潮流，成为新一代神祇的领袖："广博的知识造就我成为一尊神。/名声，功绩，旧传说，可怕的事变，/反叛，王权，君主的声音，大痛苦，/创造，毁灭，所有这一切顷刻间/倾注到我这头脑的广阔空间里，/奉我为神明，仿佛我已经喝过/宇宙间无与伦比的佳酿或仙露，/从而成为不朽。"① 但阿波罗的天神之路也并非一帆风顺，他也必须经历同样的痛苦和磨难……

　　济慈最终没有完成这首伟大的诗篇，也许是他多病的身躯精力不济，也许是他无法实现这一神圣的主题，但无论如何，诗人仍然在已存的篇幅中表现了精神世界里新旧更替的痛苦经历。这种诸神之间的权力之争，一种神权取代另一种神权，虽然隐约中可以见到一个政治的潜文本，有评论家就把这部作品与法国大革命的精神联系在一起："很少有人不同意这样的观点，即济慈的《海披里安》因描写了奥林匹斯诸神推翻萨土恩的统治，描写了一种权力和君权替代另一种权力和君权而同政治发生关联，尤其是同法国大革命以及这一革命对英国政治的影响发生联系。"② 正因为如此，这部作品被不少人看作是具有改革和进步意义的诗作。但是，即便如此，诗人也不是直接表现一种追求自由、民主的政治思想，而是把这种思想融化成了自己对人类本性的切身体会，然后转化成他对人类天性中的善与美的追求，而这种追求又是通过想象力，通过心灵的感悟，通过神话的崇高气质传达出来的。这就使诗人对强权与暴力的认识，对现实人生的痛苦体验都融入他对美的追求中。这样，他对美的境界的追求就不是一种单纯的愉悦，而是一种"使世界烦恼"的悲哀之美，是一种忍受苦难时获得的精神力量，正是这样的一种力量，使他能洞察永恒。从《恩弟米安》、《拉米亚》再到《海披里安》，我们可以清晰地看到济慈追求美的境界的精神轨迹。在《恩弟米安》和《拉米亚》中，我们看到的是年轻的诗人对爱情的美丽幻想，

　　① 《济慈诗选》，屠岸译，人民文学出版社 1997 年版，第 487—488 页。

　　② Alan J. Bewell, "The Political Implication of Keats' Classicist Aesthetics", *Studies in Romanticism* Volume 25, 1986, p.220.

其间虽有淡淡的忧伤，但总的倾向仍然是愉快的。而在《海披里安》中，年轻的诗人似乎已变得成熟，他那骚动的灵魂里不时地感触着现实的矛盾斗争，但他也只能在美的世界里对它们进行幻想和沉思，并把它们演化成哲学意义上的苦难，正是在对苦难的沉思中，济慈对永恒美的追求也获得了神圣与崇高的意义。对此，拜伦有评论说："这部作品似乎真的从巨人神族那里获得了灵感，并且如同埃斯库罗斯一样地崇高。"① 拜伦并不喜欢济慈的诗歌，但他对《海披里安》却发表了如此中肯的评价。

二　济慈诗歌中的希腊意象

在济慈希腊神话题材的诗歌中，《希腊古瓮颂》展现了诗人一种完全不同于他从神话中直接追求和创造永恒之美的体验方式，在这种方式中，诗人主体并不直接参与神话的创造，而是通过对一只被发掘出来的古希腊艺术品（希腊古瓮）的审美想象，来把这寂静历史所封存的永恒之美揭示出来。在《希腊古瓮颂》中，诗人似乎已意识到主体对神话内容的篡改有损神话本身的古朴之美，也有损它的真实性，因此，他以希腊古瓮为被封存历史的载体，让历史还原到它的本来状态中去，这样，对古瓮的想象也就自然具有了原始意义上的美学特质，也使诗人的想象更具有真实性。诗人这种新的精神历险使之比主体更直接切入神话，并参与神话创造获得了更为丰富的审美内涵。

济慈所歌颂的希腊古瓮是被发掘出来的古希腊陶器艺术品中的一只，后被收藏在西西里，并引起了人们的极大兴趣。这些古瓮经一位精明的商人维基伍德（Wedgwood）广为传播并由此大赚了一笔。从济慈对希腊艺术的热爱和他曾经画过一幅索西比奥斯（Sosibios）花瓶的速写中可以看出，他诗中歌颂的古瓮确实是一个真实的历史存在。然而，诗中的古瓮并不是现实中的古瓮，这并不是因为人们未能找到诗人所赞美的那只古瓮，即便确有这样一只古瓮存在，它也早已不是诗中的古瓮

---

① ［丹麦］勃兰兑斯：《19 世纪文学主流》第四分册，人民文学出版社 1984 年版，第 176 页。

了。诗中的古瓮已经经过了诗人想象力的美学转化，客观的外物进入了诗人的主观世界，而诗人又将自己融入作为客观外界的古瓮之中，真实的历史在诗人的想象中融会、变幻成活的生命。正如蒂莫西·韦伯所说："这些古瓮本身是一个沉寂的历史，诗人却把它阐释成这一历史的传奇。"① 正因为如此，诗人才会把古瓮称为"山林的历史家"："山林的历史家，你如此美妙地叙讲/如花的故事，胜过我们的诗句。"这"山林的历史家"被赋予了历史与神话的双重意蕴，"山林"传达的是神话，是虚幻，是"如花的故事"；而"历史家"表达的是一种严肃、庄重、古老而又真实的存在。它既是真正历史的表达，又是"绿叶镶边"的神话传奇；它从古远的历史走来，又超越了历史的沉默，使虚幻与真实、浪漫与现实、历史与传奇相互交织在一起，从而引发出人们对远古历史的无限畅想。

在《希腊古瓮颂》中，诗人首先面对的是"你"，是外表"宁静"、"沉默"，且被"时间"所领养的古瓮——一个客观的历史存在。接下来诗人描绘了古瓮上所绘的三幅绿叶镶边的图景：一是神人在滕陂或阿卡狄谷地狂欢；二是一对青年男女在追逐、嬉戏；三是祭司牵着一头牛与当地居民一起去敬神。这些画面也许是古瓮中确实存在的，但也可能是诗人的想象，但无论哪一种情况，诗人在展开这些故事的时候是以设问的句式来向读者传达的，"绿叶镶边的传说在你身上缠，/讲的可是神，或人，或神人在一道，/活跃在滕陂，或者阿卡狄谷地？/什么人，什么神？什么样姑娘不情愿？/怎样疯狂的追求？竭力的逃脱？/什么笛，铃鼓？怎样忘情的狂喜？"在第四节中诗人继续对画面上的情景提出问题："这些前来祭祀的都是什么人？""你要牵它去哪一座青葱的祭坛？""居民们倾城而出，赶清早去敬神？"诗人在提问时感到了不安、疑虑和困惑，这是怎样的一座小城，在海岸，或在山边？它为何空旷而荒凉，寂静而无声？在这一连串的设问中，诗人似乎既沉浸在对眼前古瓮的幻想中，又被古瓮牵引到遥远的过去，诗人凭着一颗敏感的心探索

---

① 《浪漫主义的希腊主义》，转引自科伦编《英国浪漫主义》，上海外语教育出版社 2001 年版，第 153 页。

远古时期人们的生活，但诗人也自知自己的渺小，面对着古瓮中的画面，诗人感到它既是清晰的，又是朦胧而神秘的，因而除了对古瓮怀有好奇外，就只有敬畏了。

　　这就是济慈《希腊古瓮颂》与其他神话诗的根本区别所在。从《希腊古瓮颂》中，我们可以看到，诗人不仅没有被历史所局限，而且由于还原了古瓮所表现的原始状态，因而使诗人表现的美更为古朴、更为真实，也更富有魅力。在诗中，诗人描述了古瓮中展示的如花的故事，人们在舞乐声中尽情地跳舞、狂欢，树下的一位美少年在吹着柔情的风笛，鲁莽的恋人正想吻少女，惊惶的少女却竭力脱逃，这是一幅多么热烈而幸福的古代风情画！多么令人心驰神往！即便在第四节中描述的古希腊人祭祀的场面，也显得那么神圣与庄严！这是一幅古代希腊人的生活画面，诗人以诗的形式把它这沉默的历史和凝固的美化成了美丽的诗句。"济慈充分地意识到，美在凝固的那一刻比现实的流动的世界更具有动态的活力，而这仅仅因为它是凝固的。古瓮所绘的爱情是热烈而年轻的，因为这种爱情完全表示人间的爱情，而且是冰冷的，是古代的，大理石一般的。"① 这些画面之所以是美的，就是因为它表现的是人类原始时期充满生命力的生活情趣，从这些画面中，我们可以看到古希腊人那种古朴、天真、热烈的生活方式，那种追求幸福生活的勇气和忘我热情，它从古远的历史中传送出一束人类精神自由和解放的光芒，因而是人类精神自由的天然标本。尽管古希腊的历史距离我们很遥远，且早已逝去，但古瓮残损的面貌和古朴的风姿永远展现在人们眼前：

　　　　树下的美少年，你永远不停止歌唱，
　　　　那些树木也永远不可能凋枯；大胆的情郎，永远得不到一吻，
　　　　虽然接近了目标——你可别悲伤，
　　　　她永远不会衰老，尽管摘不到幸福，

---

　　① ［英］布鲁克斯：《济慈的山林历史家：没有注脚的历史》，《精致的瓮：结构诗学研究》，包伯森图书出版公司1986年版，第131页。

你永远在爱着，她永远美丽动人。①

　　在这寂静无声的古物中，时空的障碍消失了，美被凝固在了一瞬间，它永远保存在那里，因而变成了永恒之美。它向人们诉说古老的故事，向人们敞开它的意义世界，并向人们提供无限的解释。

　　因此，济慈的《希腊古瓮颂》是一曲对永恒美的歌颂，也是一曲对人类精神自由的赞歌。诗人从历史的遗存中发掘了这种美，使人们对这种美产生惊奇、震动甚至震撼：永恒美的世界早就存在于一个遥远的岁月！不仅如此，这种永恒美还要继续延续下去，直到那没有尽头的未来。因此，诗人对永恒美的发掘和创造，不仅融合了历史与神话的矛盾，而且把静与动，美与自由，瞬间与永恒也完美地交织在一起，从而把浪漫主义对永恒之美的追求推向了极致。

三　古希腊意象群与诗人

　　济慈除了在上述作品中把创作的灵感伸向希腊外，在《怠惰颂》、《赛吉颂》和《阿波罗赞歌》等作品中也都是从希腊神话中获取灵感的，可以毫不夸张地说，希腊神话不仅成了诗人创作的主要题材，而且成了诗人诗歌创作的基本主题。这一方面是因为诗人一生以"追求美的本质"为目标，除了从自然中寻求美之外，希腊神话是诗人所能寻求的美的主要源泉；另一方面是因为诗人自己无法把握现实世界的本质，他虽然有一些描写现实关系的诗，但都不是他辉煌诗歌中的精华，济慈的真正兴趣所在，应该说就是他有关希腊神话的诗歌，这些诗歌是济慈用生命换来的精神产品，是美的结晶，并且通过这些诗歌他有限的生命获得了永恒。但是，有人就据此认为济慈是一个只专注于美的事物，而对现实世界漠不关心的诗人。持有这种观点的在济慈的批评历史中还大有人在。早在19世纪的批评家中，威廉·豪威特、大卫·麦森、霍普金斯等人就认为济慈的诗歌是游离于现实生活之外的纯粹幻想者的

---

　　① 《济慈诗选》，屠岸译，人民文学出版社1997年版，第16—17页。

作品，他除了关心美之外对什么都不感兴趣。直到 20 世纪 70 年代，解构主义也回应着这种观点，解构主义批评家保罗·德曼曾说："在阅读济慈诗歌的时候，我们是在阅读一位其经验主要来自文本之中的诗人的作品。他的天才急速发展变化背后的那种不断增长的洞察力主要是从写作的实践中获得的。在这种情形下，我们首先就他的作品本身去理解他的诗歌是绝对有把握的。"① 的确，济慈对希腊神话的向往和对永恒美的追求几乎占据了他全部的想象，在他的众多有关希腊神话的作品中也清楚地说明了这类诗歌在他整个创作中的分量。但是，济慈对这一境界的追寻并非真正游离于现实世界之外，而是与现实生活紧密地联系在一起的，正如杰罗姆·麦克刚所说："一首具体的诗作可能并没有表达出某一历史事件，但诗人的诗歌经验是不可能脱离历史的。"② 没有对现实生活的痛苦体验就不可能有美的艺术的产生，正是现实中的痛苦体验，促使他去追寻美的境界。在济慈的神话诗中，虽然找不到对当时社会现实的直接反映，他所追求的只是在纯美的幻境中寻找永久的自由和欢乐，但在这个美幻世界中也蕴含着痛苦的人生经验，正是这种人生经验驱使他去追求美的境界。1818 年 5 月，他在写给雷诺兹的信中说："直到我们患病了，我们才懂得——正如拜伦所说的'知识就是痛苦'，我可以继续说：'痛苦就是智慧。'"③ 痛苦使济慈获得了洞察人生的智慧，这种智慧又把痛苦幻化成美的彩虹，使他在痛苦和忧伤中看到未来和希望。

因此，从根本上说，济慈对美的追求不是对现实社会的逃避，而是以美的创造来表达他对现实的超越和对未来的向往。事实上，对美的世界的依恋和追求本身就是一种政治姿态的间接表现。正如马尔库塞所指出的那样："对于感官的和乌托邦的价值的审美修养，其本身就是对现存秩序的一种'否定'，是一种'伟大的拒绝'。"④ 因此，济慈的这种

---

① 引自 Nicholas Reo, *Keats and History*, Cambridge University Press, 1995, p. 1。

② 转引自章燕《走向诗歌审美的人文主义》，《外国文学评论》2002 年第 4 期。

③ 《济慈书信集》，傅修延译，东方出版社 2002 年版，第 130 页。

④ Morris Dickstein, Keats and Politics, *Studies in Romanticism*, Volume 25, 1986, p. 176。

追求美和自由的精神隐蔽着一个政治性的潜文本，它是济慈追求民主自由的政治理念的审美表达，也就是济慈在他的艺术世界创造的一个具有丰富内涵的审美乌托邦，这更加清楚地证明了他的诗歌中不是仅具有唯美主义倾向。济慈和他同时代的诗人一样，都是现实政治的热切关注者，他的早期诗歌中就有不少热情讴歌自由、平等、博爱，充满政治激情的作品，比如《咏和平》、《写于李·亨特先生出狱之日》等，而他的后期诗歌，尤其是他的神话诗的创作则是这一倾向的延续，只是形式发生了变化而已。济慈的神话诗歌不仅继承了早期诗歌创作的政治热情，而且以一种充满美幻的审美乌托邦形式完成了其政治热情在精神上的完美结局。济慈自己也由于他的这种美学努力而融于美的本质之中。雪莱在为哀悼济慈的死而作的诗《阿多尼》中有这样的诗句：

我为阿多尼哭泣——他已经死去！

为阿多尼哭泣！纵然我们的泪

融不了这可爱的头颅上的霜雪。

你啊，选自千年百岁为我们悼亡的

悲伤时刻，快唤起你晦暗朋辈，

纯熟给他们你自己的伤悲；就说

"和我一道，他已经死去！除非未来

敢于忘却过去，他的命运和荣誉

将永远成为不绝响的回音，不熄灭的明辉。"……

他曾使美表现为更美，如今他已是

美的一部分，正承担自己一份职责；

当一的精神的造型力，以磅礴之势，

扫荡枯燥的世界，使新的

后继者各就各的形态，而且迫使

阻挠它的进程，不甘愿就范的渣滓

承袭应有的表象，因为物各有貌；

> 并以它自己的美和力，通过人类、草木
> 和禽兽，迸发出来，汇入天庭的明辉。①

　　济慈在雪莱出于纯粹的人类情感的神化手法中最终成就了其羽化登仙的真正归属，他实现了与美的本质融为一体的愿望。济慈的有限生命融入了无限的美的本质之中。

---

　　①　江枫主编：《雪莱全集》（3），河北教育出版社 2000 年版，第 198—227 页。

雪莱诗歌创作中的希腊意象

欧洲浪漫主义运动时期，浪漫主义诗人对古希腊精神和希腊方式产生一种普遍的艺术追求，这种风尚在当时被称为希腊主义（Hellenism），浪漫主义的希腊主义是得到普遍认可的一种"寻找精神家园"的文学与文化现象。在英国浪漫主义运动中，雪莱是最为多样和精彩地表达希腊主义的英国诗人。他以无与伦比的想象力把古老的希腊典范和内在精神重新复活在现代世界里，并与现实的革命斗争完美地融合在一起，成为英国浪漫主义时期最具古典特质的精神意象。

希腊意象之一：雪莱心灵中重构的希腊

在雪莱短暂的一生中，他最为得心应手的就是用希腊意象表现其思想观念和情感世界。从表面上看，雪莱诗中的希腊意象是单纯的，但实质上这种意象却是由各种零乱的观念和想象混合而成的，甚至可以说是某种错误观念的汇聚，然而雪莱对希腊的这些误解丝毫没有妨碍他天才的想象力对希腊精神的依恋和向往，他在诗歌中以其奇异、丰富的想象再造了一个他心灵中的希腊世界，使这个世界变得古朴而神奇，美丽且富于吸引力。

现代西方学者们对古希腊文化的关注最早起源于文艺复兴时期。文艺复兴时期有大批的拜占庭学者逃往西方，他们带来了大量的手抄本希腊经典，西方学者为之耳目一新。对希腊经典的发掘和希腊精神的重新重视，给现代西方人的精神世界注入了活泼清新的空气，文艺复兴的人文主义便是从希腊精神中总结提炼出来的思想体系。因此，从某种程度上说，古希腊文化是推动西方现代社会向前发展的重要精神催化剂。但是，文艺复兴时期人们对希腊文化的关注主要是出于反封建政权和基督教教会斗争的需要，因而对希腊文化的感性主义理解显得表面和肤浅。随着封建政权和教会对人文主义思想的压制，文艺复兴时期总结提炼的希腊主义处于一种低迷和被人忽视的状态。

启蒙运动时期，西方学者在高扬理性主义旗帜的同时，理性本身的局限性也越来越明显，尤其是由启蒙运动所催生的法国大革命给人们的道德和精神生活带来了严重的摧残，西方人开始对启蒙理性感到幻灭。于是，古希腊文化又重新受到人们的关注，并成为以反启蒙姿态出现的浪漫主义运动的一个主要精神倾向。在浪漫主义的希腊主义历史中，德国艺术史家温克尔曼具有特殊的意义，黑格尔说他"为人类创造了一种新的精神"，而歌德则认为他可以和哥伦布相媲美，说他在精神界"打开了一个新大陆"。温克尔曼之所以受到人们的关注，主要是由于他在《希腊绘画和雕刻的模仿》和《古代艺术史》中对希腊艺术的成就进行了深刻和独到的分析。他对希腊艺术的理解唤起了人们对已失去的美的渴望，尤其是在《古代艺术史》的结论部分，温克尔曼号召人们去寻求更多通过观察得到的美感，从而激励了许多欧洲的艺术爱好者、旅游者和诗人涌向希腊故土，去寻求那古代世界遗留下来的残损而高贵的美学境界。

雪莱是众多直接受到温克尔曼艺术史观影响的希腊崇拜者。从雪莱一生的诗歌创作中，我们可以清晰地看出他的大部分诗歌创作题材都源于希腊或与希腊经典有关，雪莱诗歌创作的基本精神也都是深深扎根在古希腊文化这块营养丰厚的精神土壤中。雪莱虽然清楚地看到古希腊民主政治和风俗的局限性，这些局限性正是导致希腊文明衰败的重要因素，但他还是认为希腊作为众多文明的基石，它在西方文明中是最好的，这使得他的想象"几乎不会拒绝伸向这光荣的存在"。雪莱在《希腊·序言》里写道："我们都是希腊人，我们的法律、我们的文学、我们的宗教、我们的艺术，全都植根于希腊。如果没有希腊，则罗马，我们祖先的宗师，征服者和大都会，都不可能以她的武力传播启蒙的明光，我们很可能至今仍是野蛮人和偶像崇拜者……"① 在这里，雪莱对古希腊艺术的评价已具有了鲜明的自觉意识，究其原因，就是雪莱在古老的希腊文化中发现了一种至真至美的快乐的宗教，而这种宗教与基督教崇尚苦难和神秘的审美趣味迥然相异。

像其他古希腊艺术爱好者一样，雪莱也奔赴实地考察，四处搜寻古希腊遗迹和文物，品味其中残缺不全的审美韵味。他不仅亲身体验意大利美丽的自然风光，而且还参观罗马、那不勒斯、佛罗伦萨的古代收藏。在那里，他接触到最值得一看的希腊雕塑经典，像"阿波罗"雕像和一组组令人目眩的维纳斯群雕。虽然有些雕像是罗马时期的复制品，但它们却同样体现出一种希腊精神中高贵和美的韵味，这些文物刺激着雪莱的想象力，使雪莱对希腊雕塑产生了深刻的印象，并深深地影响着他的诗歌创作倾向。然而，雪莱作为一个诗人显然缺乏地理学家的严谨态度和基本常识。雪莱住在那不勒斯的时候曾拜访过附近的庞贝城，他为庞贝城残损的大理石圆柱所折服，为这座被挖掘出来的古代城市所激动，但他却错误地把这座意大利人的城市看成是希腊人的居住地。在他的想象世界里，他甚至把意大利转换成了希腊，这种地理观念上的混乱甚至还包括罗马。意大利、希腊、罗马在雪莱的地理观念中是三位一体的，即都是他艺术想象中的希腊圣地。这种地理上的混乱也许会引起旅行的不便，但丝毫也不会妨碍雪莱对希腊进行无限的审美想象，反而使雪莱心中的希腊世界更瑰丽多姿，富有色彩。比如他对庞贝古城的解释，就把意大利的火山和希腊的田园风光有机地融合在一起，当雪莱接近这座古代废墟时，他也没有把它作为人类遭受大自然毁灭的见证，而是把它看成一个仍未充分展示活力和生机的美的精灵。雪莱这种对希腊世界的创造性重构从根本上与其说是对希腊地理概念的篡改，毋宁说是雪莱心灵世界中对希腊世界的再造，是一种创造性的审美意象的重构。

---

① 江枫主编：《雪莱全集》（4），河北教育出版社 2000 年版，第 4 页。

雪莱对希腊世界的重构还包括他对当代希腊民族解放斗争燃起的诗意想象。由于雪莱对希腊文化的敬仰，他的想象也十分自然地触及当代希腊的政治和社会生活。他的重要诗作《希腊》就是这种热情关注的代表作品，当时的希腊为了反抗土耳其人的统治，争取民族独立和自由，进行了十分顽强的抗争。雪莱作为希腊文化的崇拜者，他为希腊人的这种精神所感染。雪莱夫人在《希腊·题记》中十分清晰地描述了这个过程，她说："雪莱对（希腊）事态进程的关注十分强烈，当热那亚宣布自由时，雪莱的期望热情达到了最高点……他觉得，对一个其文化成就使他深深仰慕的民族的后裔的奋起，用诗歌加以赞美并且使之具有预言的性质，以预言他们的胜利，既是他情不自禁的行为，也是他的天职，《希腊》是在热情亢奋时刻写成的。"[1] 雪莱在诗中热情地欢呼"曾经死去的希腊站起来了"，仿佛荷马描述的古希腊人英勇战斗的场面重新归来。他热情地期待着希腊的胜利，虽然现实中希腊人的反抗斗争最终没有取得成功，但是雪莱对希腊民族的敬仰和对他们反抗斗争的赞美并没有随之消失，而是升华为一种审美意象。因为它所展现的已不再是抽象的希腊观念，而是雪莱内心最深处的爱。在雪莱的内心中，纯朴宁静的古希腊已不再是一个民族和国家实体，它被幻化成了一个诗化的意义世界，它不仅成为雪莱艺术世界中永远取之不竭的艺术源泉，而且成为雪莱对美与自由的最纯朴、最深沉的诗歌意象。

希腊意象之二：美的宗教

德国艺术史家温克尔曼是西方学者中最早发现希腊文化蕴藏着丰富美学意蕴，并建立起一种以美学标准对希腊文化进行系统研究的著名学者。虽然他对古希腊艺术的解读受到新古典主义趣味的制约，但他还是穿过这层意识形态的帷幕，考察到希腊艺术所蕴含的"一种朝气蓬勃，似隐似现，任何事物都在其中也必将来到其中的形式"，这种形式是"艺术的精华"。它具有不可言喻的想象力。温克尔曼伫立在它面前，

---

① 江枫主编：《雪莱全集》（4），河北教育出版社 2000 年版，第 84—85 页。

唯有敬畏和崇拜："在它面前，我诚惶诚恐地匆匆一望，似乎这样做便可以求得那最高美的显现。"① 那么，这种使温克尔曼感到敬畏和崇拜的最高美是一种什么样的美呢？是一种单纯、宁静、古朴的美，也就是后来莱辛总结出来的"高贵的单纯和静穆的伟大"的圣洁之美。温克尔曼用形象的比喻解释了这种美："如最纯净的水，既没有杂质掺入其中。所以，愈淡然无味愈好。"人们品味欣赏这种美，如同"陶醉于半透明杯子盛的一种珍贵的葡萄酒，并把它视为似乎以热情提其精华的事物的真正灵魂"②。

温克尔曼的这种历史研究法得出的美学结论使年轻的雪莱深感陶醉，他常常徜徉于意大利的古代遗址和博物馆中，为那些残缺不全的文物所呈现的无与伦比的美所折服。他在给皮考克的一封信中怀着激动的心情描述了他看到古希腊各种美丽雕像时的感受："他们的四肢和仪态是那样的神圣和充满活力，在意大利蓝色的天空下浏览，或者穿越罗马的城市，却又被克里斯达尼喷泉中的灯光和音乐所包围，没有任何类型可联系在一起。"③ 这种强烈的感受并非是表面性的和时髦的，而是雪莱内在心灵引起共鸣的回声。正是他对古希腊艺术这种创造性的鉴赏力，激发起了他对希腊艺术的由衷崇敬，他的许多诗歌都与希腊有密切的联系。有的或从古希腊艺术中获取题材，如《普罗米修斯的解放》；有的以当代希腊作为直接的歌吟对象，如《希腊》；还有的是从古希腊艺术中吸取灵感以表现解放与自由的主题，如《伊斯兰的起义》，等等。总之，这些与希腊有紧密关联的诗歌不仅具有共同的艺术根源，而且还表现出希腊艺术中特有的单纯、宁静和古朴的美学情愫。虽然雪莱受温克尔曼的影响是毋庸置疑的，但是，雪莱并没有在温克尔曼的研究路径上停滞不前。温克尔曼对希腊艺术的理解具有巨大的影响力，但他的历史研究方法却显然有意抑制或除去了希腊艺术中崇尚勇武精神和英雄业绩的倾向。这样，无论是对读者、作家还是艺术家，希腊传统就意

---

① ［美］卡伦：《艺术与自由》，张超金等译，工人出版社 1989 年版，第 272 页。

② ［德］温克尔曼：《古代艺术史》，邵大箴译，广西师范大学出版社 2001 年版，第 138 页。

③ ［英］科伦编：《英国浪漫主义》，高伟光译，上海外语教育出版社 2001 年版，第 169 页。

味着肃穆和宁静，而不是斗争和冲突。雪莱显然没有被这种误导所蒙蔽，雪莱常常沉浸在艺术的象牙塔中，但他并没有失去对现实关注的热情。同时，他那规范和系统的哲学修养也使他深刻地洞察到他需要从古希腊传统中吸取什么样的精神元素，来影响、感染他的同时代人。正是从这里开始，雪莱对希腊艺术的理解超出了温克尔曼，这就使雪莱所理解的希腊传统精神与时代的需要紧密相连，从而变得充满生机与活力。

　　雪莱在长期的诗歌创作实践和现实斗争中逐渐总结出，希腊文化蕴藏着一种"快乐的宗教"、一种"美的宗教"，这种快乐和美的宗教是普遍持久的永恒的快乐，是"人生的光明"，是依据自然人性而创造出来的永恒真实，是"最高意义上的快乐"①。这种快乐与功利性的欲望快乐无缘，而是与"悲愁中的快乐"、"爱情与友谊的乐趣，欣赏自然的陶醉，欣赏诗歌尤其是创作诗歌时的快乐"② 联系紧密，它充满着力量、生机与活力。这种"快乐的和美的宗教"隐藏在古希腊神奇的文学艺术中，无论是古希腊神话、史诗还是戏剧，都是这种快乐的神圣源泉。在古希腊神话中，我们觉察到的是在世界的幼年时期人类情感的尽情绽放，那些性格各异的众神形象既神情严肃又活泼可爱，充满着爱与智慧的光辉，是人类童年时期欢乐人性的卓越流露；而"荷马和他同时代人的诗篇都是幼年希腊的快慰；……荷马把他那个时代的理想的极境，具体表现为人的性格；我们不用怀疑，凡是读过荷马史诗的人，都会树立雄心，想要摹仿阿喀琉斯，赫克托尔和奥德修斯；在这些不朽的形象塑造中，友谊的真和美，爱国的精神，一念的专诚，都被它写出来，直至最深处；听众同情于这样伟大而又可爱的人物，必定冶炼自己的感情，扩大自己的胸襟，因崇拜而摹仿，因摹仿而把自己比拟崇拜的对象"③。荷马时代相比神话时代，它更多地体现出人类青年时期的情景，因而荷马诗歌中表达的快乐已逐渐脱离了神话时代那种神人游戏的欢快特质，而是向往着一种由力量、勇气和智慧所构成的英雄气质，以

---

①　［英］雪莱:《为诗辩护》，生活·读书·新知三联书店 1985 年版，第 115 页。

②　同上。

③　同上书，第 97 页。

及向往着雪莱所说的"友谊的真和美、爱国的精神，一念的专诚"等优美品德的境界，因此，荷马史诗中对道德意向的追求和体验同样展现出一种美的快乐。而希腊悲剧时代所流露的则是人类走向成熟过程中的受难与沉思，它通过高贵人物的命运思索和他们在现实中的道德冲突产生强烈的悲剧效果，"犹如一面明镜，观者在这镜中照见自己，仿佛置身于隐约假托的环境中，摆脱了一切，只剩下那理想的美满境界和理想的精神，人人都会感到，在自己所爱慕所愿意变成的一切事物中，这样的境界和精神就是其内在典型了"①。由于悲剧人物的受难，观者便同情他们的痛苦境遇，从而在心灵上得到净化，并产生善良的感情和高尚静穆的心情，体验这种庄严神圣的情境是一种"悲愁中的快乐"，它是一种与痛苦和忧郁联系在一起的美感。因此，无论古希腊哪一时期的经典作品，它们都是作者严肃而神圣的姿态为我们创造出的高尚、圣洁的快乐，这种快乐之所以如此沁人心脾，就在于它是紧紧地和人最内在的本质联系在一起的，因此也是和美紧密地联系在一起的。

雪莱对希腊文化的解码和重新阐释，使希腊文化深深地融会在雪莱的精神意象中，不管在历史事实中古希腊文化有怎样的局限性，雪莱都坚定地选择了古希腊文化作为自己诗歌创作的精神养料。从古希腊文化无尽的智慧海洋中，雪莱敏锐地发现了其中蕴含的"快乐的宗教"、"美的宗教"，并把这种快乐和美的宗教带到了浪漫主义时代，使欧洲浪漫主义时代与古老的美学根基深深地联结在一起，成为浪漫主义者心中自然向往的精神家园。

希腊意象之三：自由的象征

马克思在谈到古希腊社会时，曾高度赞扬古希腊人是人类童年时期发育最为健全的儿童。雪莱之所以把希腊看成是一种自由精神的象征，也正是因为他具有与马克思同样的慧眼，他在《希腊·序言》中就说："人类的身心在希腊曾达到一种完美的境界，这种完美已在毫无瑕疵的

---

① ［英］雪莱：《为诗辩护》，生活·读书·新知三联书店 1985 年版，第 102 页。

作品中留下了自己的形象，这些作品的残篇断章都为现代艺术望尘莫及，而且一直在通过上千条或显或隐的作用渠道把一种永不会终止的冲动广为传播，使人类崇高，使人类欢乐，直到世界的末日。"① 古希腊人达到的这种完美并不是一种成熟的终结，而是新的生机的开始，无论是希腊神话中的众神，还是荷马史诗或希腊悲剧中的英雄人物，他们有庄严肃穆的一面，但更多的是表现出一种游戏的激情冲动，古希腊人在社会活动中表现出的这种游戏本性，散发出一股充满生机的自由精神。虽然古希腊人也面临着战争、仇杀、报复、嫉妒等人性阴暗面的挑战，但他们所表现出来的"将人向上提升的伟大力量"（叔本华语）却总是把人引向人生的光明之途。这种积极的人生态度和游戏冲动强烈地吸引着雪莱，并融汇在雪莱的精神世界中，成为雪莱追求自由和真理的永不枯竭的精神源泉。

这种把希腊精神当成自由象征的乌托邦式解读并非从雪莱开始的，早在 19 世纪初期的英国文学中就有所预见，这些作品包括萨缪尔·琼生的《艾琳》、托马生的《自由》、格列佛的《莱尼达斯》、柯林斯的《自由颂》、威廉·扬的《雅典的精神》以及沃顿·格雷、范肯纳写的诗。然而，尽管他们在解释希腊历史时所透露出来的自由气息是充满活力的，但他们都没有像雪莱那样把他对希腊自由精神的倾慕与当前残酷的现实斗争联系起来。在雪莱的自由理念中，希腊的自由精神是他在现实世界中呼唤自由的旗帜，而不是他的想象力得以憩息的场所，这样就使得他的诗歌既具有神话式的美感魅力，又具有现实的斗争意志和自由的欢乐气氛。最能体现雪莱这方面的代表作品有长诗《希腊》、《伊斯兰的起义》、《普罗米修斯的解放》和抒情诗《自由颂》等。在这些作品中，希腊的自由精神是作为一种神圣的背景或参照物出现的，因为在人类自由的历史上，希腊人遵循宇宙和人性的普遍规律创造出了人类自由的辉煌篇章，其民主、自由精神成为后世的典范。但是，随着人类社会的发展，自由反而被强权扼杀，"是什么魔咒，／竟能用不祥的暗影

---

① 江枫主编：《雪莱全集》（4），河北教育出版社 2000 年版，第 5 页。

将你遮盖？/一千年岁月在压迫的深深洞穴中，/在泥污里长大，用血泪污染你清澄的光彩……"（《自由颂》）在漫长的黑暗时代里，自由虽然被压抑，但希腊的自由精神却像一面鲜红的旗帜，在遥远的古代向着雪莱挥舞，雪莱被希腊的自由精神所感染、所激励，因此对人类本有的自由满怀信心，他由此深情地呼唤："啊，自由！如果这确是你的名字，/你岂能抛弃它们（指那些不自由的国家），或者让它们抛弃你？/如果你的或它们的财宝须用血和泪购买，/那么，有智慧的、爱自由的人们，/难道没有把眼泪和眼泪一般的鲜血流尽。"（《自由颂》）雪莱清楚，人类珍贵的自由一旦丧失，就不会轻易再获得，而是需要勇敢和智慧的人用血泪去争取；在《希腊》中，雪莱满怀必胜的信念和热情，鼓舞着那个曾经创造过自由的民族的后裔再去获得自由；在《伊斯兰的起义》中，雪莱再次寄情于希腊，把莱昂和茜丝娜塑造成一对希腊英雄，他们怀着对强权的愤怒，强烈地谴责他们制造的种种罪恶，但是，雪莱并不主张用残酷的暴力去推翻王权，而是用"仁爱的思想/坚强的希望，以及高尚的善举；/无畏的爱，平等与和平的纯洁规章"去创造一个人们和睦相处，相互爱惜，充满幸福和希望的自由王国。正因为如此，莱昂和茜丝娜才宽恕了国王，而当仍然充满仇恨的国王回来大肆屠杀革命群众，并把这对希腊英雄活活烧死时，雪莱的意思并不是表明仁爱与宽恕的软弱，而是像希腊悲剧所显示的那样，他希望通过这对希腊英雄的受难和死亡，把自由真理之光传播到人们的内心深处。《普罗米修斯的解放》则是雪莱追求自由和解放这类作品的巅峰之作。诗人通过对古希腊神话的创造性重构，既保留了长诗古朴淳厚的神话气氛，又赋予了当前现实斗争的精神内涵。长诗虽然强调普罗米修斯在天神朱庇特的强权压迫下的痛苦和解放过程，但它却仍然沿袭《伊斯兰起义》中的道德主题。作品宣扬了人有一颗不断趋向完善的心灵。虽然人类的历史包含着罪恶、恐怖和苦难，但它们是一种偶然而非必然的现象，人类的爱心始终在激励着人们从不完善走向完善，而人类的每一次完善都可以创造出不朽的诗篇。因此，只有克服人类自身的弱点，用勇气，忍耐和爱去宽恕甚至理解敌人，善才能最终战胜一切罪恶。然而，雪莱在残酷的现实斗争中，认识到历史的必然性固然最终会导致朱庇特的灭亡，但作为一种反动势力——朱庇特在下台前仍作"困兽犹斗"、"竭力挣扎"，妄图阻挡历史前进的车轮。在这种情况下，雪莱一方面强调仁爱和宽恕，另一方面也肯定暴力反抗的必要性。这场推翻政权的斗争"经过一场恶斗"，使得"太阳失色"、"星辰战栗"，其了冥王还使用旋风、闪电、冰雹才把朱庇特打入地狱，化为他过去本来就是的虚无。这种描写并非是对他的仁爱思想的否定，只是在一定程度上对暴力反抗的赞美。普罗米修斯总体上的道德解放的意义仍然是占主流的，解放并不意味着暴力和斗争，而是爱和欢乐的大合唱，是自由精神的最后胜利。

雪莱在《为诗辩护》中认为，诗的目的就是使美和善趋于统一，并最终把人的心灵引向永恒的极乐的境界。而诗人则是导师，创造者和"世间未经公认的立法者"①。他承担着唤起人们心中的"美的精神"和"自由精神"的神圣职责，从而促进社会思想和制度的改革。而雪莱的诗歌就存留着这种"美和自由的精神"，它与萦绕于雪莱心中经久不散的希腊意象一起，成为雪莱诗歌创作中的意象群落。

---

① ［英］雪莱：《为诗辩护》，生活·读书·新知三联书店 1985 年版，第 119 页。

德国浪漫主义者的神圣道说

　　德国是欧洲浪漫主义运动发生最早的国家，其根源可以上溯到哲学家康德。康德既是德国启蒙运动的总结者，又是德国浪漫主义运动的倡导者。康德的浪漫哲学虽然高扬主体性，强调想象和天才，但德国神学传统的深厚影响，使得他不得不在道德领域去解决人的精神归宿问题。康德认为，作为一个理性存在物，在有限的生命历程中达到至善是不可能的，因而在实践上假定一个上帝的存在，在道德上是必然的，因此，人们信仰上帝既是心灵的需求，也是道德的必然要求。康德力图证明，宗教的基本信念需要道德理性的支持，只有这样，宗教信仰的对象（上帝）才具有实在性。康德正是通过这种对上帝存在的道德论证，把认识上帝的途径引向道德良知。但是，康德哲学的继承者费希特虽然继承了康德的主体性思想，但他反对康德把道德与信仰联系起来的做法，认为宗教信仰纯粹是自我内心体验的结果，而与实践理性上的道德没有关系。费希特扭转了康德道德神学的偏颇，而把信仰完全确立在个人内在心情体验之上。诺瓦利斯（Novalis，1772—1801）既是一位诗人，又是一位浪漫派哲学家。他认为诗歌与宗教是同一的，因为诗歌描写的无限普遍性与宗教的神秘性具有内在的一致性；他还认为，真正的诗人永远是一个教士，诗人与教士原为一体，他们都是人类开初时期诸神的奴仆。真正的诗人无所不知，他是宇宙的声音，是人类天才的代表，因而他就是现实世界的缩影。谢林（Friedrich Wilhelm Schelling，1775—1854）则从调和主体与客体、精神与自然、思维与存在的矛盾出发，强调精神与自然的内在相通，认为自然是看得见的精神，精神则是看不见的自然。通过自然现象的有限性可以通达自然本质的无限性，自然在本质上是另一种形式的天启。从而使自然与精神，人与神最终获得调和与统一。康德及其后继者开创的德国浪漫派哲学，为浪漫主义追求个体无限精神自由提供了坚实的哲学根基。

一　作为欧洲现代神学奠基人的施莱尔马赫

施莱尔马赫（Friedrich Schleirmacher，1768—1834）则从神学角度深化和完善了浪漫派哲学。他是继马丁·路德之后对德国宗教具有革命性意义的又一代表人物。他的贡献被人称为是在神学上进行了一场"哥白尼式的革命"。他出生在德国普通的一个牧师家庭，早年受父亲影响很深，对宗教的内在性抱有真诚的兴趣。但是，在1787年，施莱尔马赫不顾父亲的反对，进入了以具有浓厚新思想著称的哈罗学校，在那里，他阅读了康德和斯宾诺莎的著作。1789年，他来到柏林并很快参加了一个由德国浪漫主义领袖人物弗里德里希·施莱格尔创办的新文学社团，著名文学理论家赫尔茨看出了他的才华，并鼓励他写作。1799年，31岁的施莱尔马赫就发表了论宗教的处女作《论宗教：对有文化的蔑视宗教者的讲演》，并获得了很高的声誉。这本书的成功导致了他的《独白》在第二年发表。1804年，他由于感情问题离开了柏林，在哈雷大学当上了一名神学教授，1809年他又被召回柏林，并得到了柏林大学神学教授的职位，此时他开始显示出作为一个神学家的创造能力和组织能力，完成了他一生中最辉煌的神学著作《基督教信仰》。他对现代神学的贡献也主要体现在《论宗教》和《基督教信仰》这两部著作中。

《论宗教》主要从启蒙思想家所抨击和摒弃的宗教开始展开论述。他认为，这些有教养的思想家们所蔑视和摒弃的宗教根本就不是宗教，这种宗教以教会的名义和具体的教义来控制人们的思想和感情，它们只不过是掩盖宗教真谛的外部的东西，而只有深入内部，"使整个灵魂都消融在对无限者和永恒者的直接感受之中"，才能真正体会到宗教的存在。而这种宗教感，不是派生出来的，也不是推理的产物，而是一种对于"在无限者中并依靠无限者"的自我直观，在自我直观中，意识到自我的有限性与上帝的无限性存在着内在联系，因而产生出一种对上帝的绝对依赖，只有真正虔敬的人才有这种真切感受。因此，真正的宗教并非是依靠《圣经》来传授的，而是与每个人的内心感受的方式有关。要获得真正的宗教，必须"隐入到自身之中"进行不受干扰的沉思，才能培养出宗教感，施莱尔马赫说："一个有宗教气质的人必然是个沉思的人，他的感觉必然不断地在思索着自身。由于他整个的心身充满了最深奥最深沉的思想，他同时也放弃了一切外部事物，不论是有形的东西还是理智上的东西……"①

但是，真正的宗教虽然来源于个人体验，但它本质上又是社会性的，每一个人在内心深处体验到的情感，都要求得到他人的分享。因此，施莱尔马赫又主张，宗教的培养应该建立在与他人的联系之中，但这种联系不宜过大，而应该在"较为熟悉的友谊之交往或爱心之交流中"，在这种团体中，他把自己受上帝激发的心灵献给别人，感染别人，与他们的心灵发生共鸣，并引导他们进入那自在的宗教境界。在这样的宗教团体中，教士和俗人之间的通常界限消失了，因为每个人都能够表达对那种宗教感受的某种丰富的体验，这些体验具有无穷无尽的独特性。

这与传统宗教中靠教会和教义传播的宗教有天壤之别。并且，传统教会还与国家联合，并且屈从于国家权威，这样，国家把自己的特殊利益带进了这个精神性的团体，从而污染了教会的纯洁。施莱尔马赫提出的理想教会样式是，在保持教会专属其精神性或灵性天职的同时，主张教会的存在应该具有多样性，因为，宗教在总体上就是人类与上帝发生的关联，至于这种关联是用什么方式达成的，则应该鼓励多样化。（但就信仰基督教来说，大多数人还是希望从属于一种现存的形式来领会上帝，只有极少数人不满足于任何形式。）施莱尔马赫相信，在每一个新

---

① Friedrich Schleiermacher, *On Religion: Speeches to its Cultured Despiser*, Edited By Richard Crouter, Cambridge University Press, 1988, p. 39.

的时代里，都会出现感受上帝存在的新的中介者，因此，基督教不能要求成为世界上唯一的宗教样式，而是多种宗教样式的和平共存。

《基督教信仰》是施莱尔马赫的神学代表作，它主要阐释的是"基督徒的宗教情感"。施莱尔马赫认为，宗教区别于人类其他感受之处，就在于它有一种对上帝的绝对依赖意识，而能够将对上帝的意识贯穿在自己的整个生命过程中的典范，莫过于既是传教士又是上帝之子的耶稣。耶稣在基督教中是完美人性的代表，但与其说他是人们道德上的典范，毋宁说他是所有人必需的那种对上帝依赖感的理想。而人类对上帝的绝对依赖，都要通过耶稣的中介力量，传达上帝在世界中的存在和上帝通过世界的启示。

施莱尔马赫对德国浪漫主义的意义在于，它创造了一种直接诉诸人的心灵本身的宗教，施莱尔马赫不仅与德国浪漫主义的创始人施莱格尔兄弟来往密切，给予直接的影响，而且为德国浪漫主义提供了神学上的基础。

二　德国浪漫主义代表人物弗·施莱格尔

弗·施莱格尔（Friedrich von Schlegel，1772—1829）出生于德国的一个牧师家庭，曾在耶拿大学任教，受费希特"自我"论影响较深，曾与施莱尔马赫来往密切，两人互相促进，互相勉励，有一段时间两人甚至住在一起，以便更好地进行深入的思想交流。后来，施莱尔马赫还参与了施莱格尔创办的《雅典娜神殿》计划，并为这个刊物工作。他们以这个刊物为中心，系统地宣扬了浪漫主义的理论。他们以耶拿为基地，以《雅典娜神殿》为中心，团结了一批志趣相投的诗人、批评家，因而被称为耶拿浪漫派。而施莱格尔结合对古典文学的深入研究，总结出了独特的浪漫主义文学理论，其理论主要集中在他的《希腊诗歌研究》、《文学史演讲》、《论北方文学》，以及他发表在《雅典娜神殿》上的一些片段中。其观点主要表现在以下几个方面。

第一，文学史与批评的关系。弗·施莱格尔的文学批评起源于他的希腊诗歌研究，并希望成为"希腊诗歌研究方面的温克尔曼"，但在实际研究中，他并不是把希腊文学当作考古性的总结，而是把文学史和文学批评密切地结合起来。这样，希腊文学史既是他批评观念滋生的丰厚土壤，又是他规范的批评试验场。他曾一再强调"最好的艺术理论就是艺术历史"。但是，弗·施莱格尔尽管偏爱希腊经典，却并没有盲从这个时代和民族，而是把他的文学史和文学批评关系的研究扩展到全部文学，唯有把全部文学作为一个连贯而又有机的整体，才能总结出用于积极性批评的客观法则。所以，弗·施莱格尔反对非历史主义和相对主义的批评观念。认为这种观念就是采取普遍宽容的态度，否认评价的任何一般标准，因此实际上就是放弃批评。

弗·施莱格尔还对批评本身进行了较为深刻的阐述，他认为批评的目的就在于"发现诗意的艺术作品中有价值的和无价值的东西"①，而进行批评必须既要研究细节，又要着眼整体，既要对精彩段落反应灵敏，同时又能够把握全篇的主旨。弗·施莱格尔还要求批评家去挖掘在常人视线中隐藏起来的东西，"去窥探作者默默追求的秘密意图，甚至比作者自身还理解作者"，②他把批评看成是对艺术品的一次重建过程，一次艺术的再创造，赋予批评很高的自由。弗·施莱格尔强调批评的价值并不是放弃文学史的考察，作为批评，它必须从一个作家、一个时代的文学开始，但又不能局限于此，而应从整体，从全部艺术的历史中考察艺术的性质。总之，离开了批评谈文学史是考古学式的文学史，离开了文学史的批评是一种缺乏深度感的肤浅的批评。文学史和批评是一体的。

第二，浪漫主义的诗歌理论。弗·施莱格尔的浪漫主义诗歌理论是他在长期从事古代诗歌批评的经验中总结出来的，但他又不是简单的考古，而是通过对过去的考察把过去和未来联系起来，使艺术形成一种完整的生命链条，正是从这个意义上，弗·施莱格尔才把浪漫主义诗歌作为人类精神个性的体现，它包罗了一切完全属于诗的东西，是"包罗万象的进步的诗"。正因为如此，它能够"成为整个周围环境的镜子，

---

① ［英］韦勒克：《近代文学批评史》第2卷，杨自伍译，上海译文出版社1997年版，第11页。

② 同上。

成为时代的反映"。他还认为浪漫主义诗歌仍旧处于形成过程中，并且永远不会臻于完成，不会被任何理论所阐明，也不会被任何理论所局限。它是无限的和自由的。诗人不应受到任何规律约束，随心所欲，尽情抒怀是诗人应遵循的基本规律。弗·施莱格尔要求诗人不要被任何规则约束，是他对古典主义清规戒律的反叛，是有进步意义的，但是，他连艺术本身的规律也不承认，则使他走上了另一个极端，并为后来的唯美主义埋下了种子。

第三，艺术与宗教。弗·施莱格尔对艺术无限性的强调，必然导致艺术本身追求无限的精神境界，诗便与宗教融为一体，诗于是成了上帝创造的一部分。施莱格尔进一步指出，艺术是上帝王国在尘世的可见的显现，诗歌不外乎是上帝内心永恒圣旨的一种纯粹表达，唯有跟无限性和神灵性相通的东西才可能是美的。由于当代是世俗的诸神隐退的时代，因此这种神性的艺术应在神话中和古代宗教中寻找，并据此创造出当代的新神话来。

在《文学史演讲》中，弗·施莱格尔从题材角度进一步谈到艺术与宗教问题。他认为，神性和神灵的世界是不会直接向我们显现的，它必然要借某种可见的物质现象向我们显现，而这个可见的物质现象就是自然和人类。浪漫主义诗歌就是通过对人类、自然等世俗事物的描绘来隐约地暗示神圣的属灵世界的。也就是说，浪漫主义者描写世俗事物并不是他们的目的，而是他们借以显现上帝、赞美上帝的题材，对于这样的题材，诗人不能予以过分的关注，否则便会沉湎于世俗主题而丧失了对神圣事物的关注，从而也就丧失了诗的神圣本质。他还以古希腊诗歌与近代诗歌为例，认为古希腊诗歌不考虑道德和人的力量等问题，对人世不关心，而专注于神圣事物的追寻；而近代诗歌（古典主义诗歌）则太关心世俗，太专注于人世道德。结果使近代诗歌流于世俗而丧失了诗的神圣本质。

弗·施莱格尔的浪漫主义诗歌理论强调诗的宗教性，有一定的合理因素。因为浪漫主义诗歌是以个人内心的启示，表现自我为起始的，而对人的个性、自我表现得越深刻，它就越不具有个别性，就越显示出一种精神的普遍性来。而宗教就是一种启示个体从有限通达无限的人类精神形式。当浪漫主义诗人要实现个体超越，实现有限向无限的跨越时，其精神意向也自然导向宗教。因此，艺术和宗教的联系是浪漫主义诗歌精神追求的必然趋向。同时，艺术与宗教的结合也使宗教在新的时代获得了它新的精神栖息地。但是，我们不能因为其合理性而忽视艺术与宗教的结合对艺术本身独立性产生的消极影响。它会导致诗歌特殊性的日渐式微，使诗歌跟宗教、哲学及其他精神领域混在一起，并最终丧失真正的文学理论的确立。

三　德国浪漫主义诗人荷尔德林

荷尔德林是德国早期浪漫主义的杰出诗人，勃兰兑斯称他是"当代最优雅的心灵之一"，德国著名哲学家海德格尔也盛赞他是"贫困时代的诗人的先驱者，因此之故，这个时代的任何诗人都超不过荷尔德林"。他不仅深深地影响了他那个时代人们的灵魂，而且对当今"旧的神祇纷纷离去，新的上帝尚未露面的时代"有深远的影响。

像其他浪漫派诗人一样，荷尔德林也具有一颗热情、无私、充满爱情的心灵，他渴望战斗，渴望为国捐躯，他的早期作品《许配里翁》就鲜明地表达了他对祖国的神圣感情，他热爱祖国的山川，为大自然的美而陶醉，同时他也深深地爱着他的恋人迪奥玛，这种纯真的情感使他的精神获得了神圣的升华，这种神圣情感的产生使她与世俗社会格格不入，他对德国社会的迂腐、庸俗和野蛮无知感到伤心，蔑视德国政治上和宗教上的无赖行径，嘲笑德国人目光短浅的家庭趣味。许配里翁作为荷尔德林青春灵魂的写照，表达出他对祖国情感的复杂性。但是，残酷的现实和庸俗的日常生活却给荷尔德林关注祖国的热情予以沉重的打击，他开始逃避现实，但这种逃避并非是他不关心自己的祖国，而是想通过逃避来保持心灵的纯真和热情，以免遭受"冰冷的日常生活的冷却"。但荷尔德林生命个体的热情和德国社会的普遍庸俗终于使他的精神彻底地崩溃，他患上精神疾病，但荷尔德林的精神分裂并非是一种简单的病理现象，而是他对人性与神性分裂的个体反应，荷尔德林的精神分裂表明他无法忍受自己处于一个平庸、肤浅的世界中。荷尔德林虽然承受了精神分裂的痛苦，但从另一个层面来说，他从人的世界进入神的世界中。因此，如果从理性的角度讲，他的精神分裂确实是一种病理现象，但如果从诗性的角度讲，荷尔德林的精神分裂成就了他精神的再生，通过它，荷尔德林超越了造成他痛苦生命的现实世界，从而踏上了神性的阶梯。

荷尔德林面对的是一个贫困的时代，这个贫困是指精神上的严重匮乏，它意味着"旧的诸神和上帝逃遁了，而且神性的光辉也在世界历史中黯然失色"，整个世界从此陷入了世俗的黑暗中。上帝的死亡，更使世界失去了它赖以确立的基础，而丧失了基础的世界也失去了尺度，因而被悬置于无底的深渊中。更有甚者，人们深处于这个世界而不自觉，他们忙碌于尘世的喧嚣之中，全然不顾生存的价值和意义。荷尔德林凭着他对世界的关爱，开始把神圣者引向诗歌的宝座，正是在诗的王国中，他不仅再现了神圣者的伟大和尊严，而且他也在诗歌中获得了精神的再生。

荷尔德林在他的诗性王国里是以一个神圣的祭司的姿态去道说神圣的。他在一篇《面包和酒》的诗中，表达了这样一份神圣使命："啊！朋友！我们来得太迟，/神祇生命犹存，这是真的，/可是他们在天上；在另一个世界/在那里忙碌永生，那么专心致志，/对我们的生存似乎漠然置之。/一叶危舟岂能承载诸神，/人们仅能领受神圣的丰裕。/生活就是神祇的梦，只有疯狂/有所裨益，……像沉睡一样/去造访万能的神祇。/在这之前，我常感到，/与其孤身度步，不如安然沉睡。/何苦如此等待，戛然无语，茫然失措。/在这贫困的时代，诗人有什么用场，/可是，你却说，诗人是神圣的酒神祭司，/在神圣的黑夜中，他走遍大地。"① 表面上看，诗人担当神圣的使命是被动的，但实际上是诗人预感到自己担当的个人使命与时代命运联系在一起时流露出来的既不安又神圣的复杂感情的体现。荷尔德林对自己所从事的事业的神圣性和艰辛

---

① ［德］海德格尔：《荷尔德林诗的阐释》，孙周兴译，商务印书馆 2000 年版，第 124 页。

都是有充分体验的，但是他还是从神圣者手里接过祭司的神圣职位，孤独而虔诚地述说着神圣者，忠实地履行着一个酒神祭司的神圣职责。

人之所以要用神性的尺度来测度自身，就是因为人在其延续和发展中不失去人性，使其不至于坠入黑暗的深渊中，当代神学家莫尔特曼说："人类总是在其与上帝的神性关联中体验自己的存在的，他们按照终极价值来确立自己的生命取向……因此，神性是人类在其中体验、发展和塑造自己的情形。"① 荷尔德林就是通过诗歌创作的方式，把神性降临到诗的王国中，并通过诗这种人的创造物实现人与神的沟通和关联，表达出人们终究会以神性测度自身的信念："人就无不欣喜/以神性测度自身。/神莫测而不可知？/神如苍天昭然显明？/我宁愿信奉后者。/神本来是人之尺度，/充满劳绩，然而人诗意地栖居在这片大地上。我要说/星光璀璨的夜之阴影，/也维与人的纯洁相近。" 神性对于荷尔德林来说，其本质就是爱，"爱对于他就是宗教，宗教对于他既是对美的爱"（勃兰兑斯），荷尔德林就是怀着对人类、对大地的挚爱之情，在精神贫困的时代里执守着神性的尺度。他以类似耶稣基督的那种自我牺牲精神，达到最终唤醒人类纯真善良的情感，让"挚爱永在，/大地恒移，/天穹常驻"（《追忆》）。

---

① ［德］莫尔特曼：《创造中的上帝》，隗仁莲等译，生活·读书·新知三联书店 2002 年版，第 326 页。

第四部分

西方现代主义文学

西方现代主义作家的宗教回归倾向

19世纪末，当西方资产阶级无论在政治上，还是在意识形态领域都完成了其"世界理性"的构建时，在价值领域却似乎陷入虚无主义的深渊中，对此，西方现代主义作家却以其独特的精神特质走上了一条宗教回归之路。他们的这种宗教回归倾向，并非简单地回到传统的宗教立场和宗教教义中，而是在于实现文学与宗教关系中存在的一种深刻的内在转换，进而为西方现代社会重新确立新的价值体系寻找一个精神根基。西方现代主义作家的这种价值取向，是他们面对虚无主义时代所作出的艰难选择。深刻地理解他们的这种价值取向，无疑有助于全面把握西方现代主义文学的精神实质。

一

西方现代主义文学是在现代性的孕育下成长起来的，他们与资产阶级有着共同的价值根基，那就是他们都具有追求自由与解放的精神素质。但是，随着资本主义制度在西方世界的确立，资产阶级在经济上、政治上越来越走向组织化、系统化。资产阶级为了取得自身的合法性，必须建立自己系统的价值观念。自文艺复兴时期以来，资产阶级一方面吸取人类文明的优秀成果，在与封建教会神权和世俗政权的斗争中逐渐形成了一整套以追求自由、平等、博爱为核心价值的理论体系；另一方面，资产阶级又以自我为中心，以科学理性精神取代了传统的宗教精神，从而使资产阶级的意识形态逐渐与维系欧洲几千年传统的宗教思想产生分裂。这样，西方世界赖以存在的精神根基被瓦解了，他们的价值和意义系统丧失了千年不变的合法化基础："宗教学说在我们思维中的解体，导致了一个虚幻的、超感觉世界的摧毁，不论是作为最高价值、创造世界的上帝、绝对的本质，还是作为理念、绝对精神、意义或交往的关联系统，或者在现代自然科学中作为认识一切、改造一切的主体，都不过是人的精神创造出来的、用以自我安慰、自我欺骗的东西而已。用批判的目光审视一切，人们便会发现欧洲思维中的上帝和超感觉世界中的一切，尤其是超验的价值和意义都是虚无。"① 它昭示着一个可怕的时代——虚无主义时代的来临。尼采就是西方虚无主义时代最敏锐的发现者，当他以其犀利的洞察力看到西方虚无主义时代即将到来时，用近乎疯狂的语言揭示了虚无时代的本质，"上帝死了"，尼采如是说，但尼采的话绝不仅仅意味着宗教价值的消亡，还意味着整个西方形而上学的终结。在这个虚无世界中，尼采大白天高举着灯笼在大街上四处疯狂地寻找上帝，虽然他的行为有些滑稽古怪，却是丧失价值根基的西方现代人精神的普遍象征。西方现代主义作家面对这样的虚无时代，自然越来越感到与资产阶级价值观念的隔阂与断裂，他们唯有把创作意向伸展到自己的内心世界，寻找自我、发现自我、标榜自我成为西方现代主义作家创作的基本主题。当然，西方资产阶级也有自己的自我意识，欧文·克里斯托说："人们如果不充分考虑资本主义焦虑的自我意识，便不能理解现代社会已经发生和正在发生的重大变化。这种自我意识绝非仅仅是上层建筑领域中的观念，它本身就是这个制度最重大、最基本的现实之一。"② 西方现代主义作家对自我的关注并非表明其步调与资产阶级思想中的自我意识相一致，而是深刻地表明了一个脱离宗教和形而上学羁绊时代的人们自我意识的觉醒，而自我意识的觉醒使西方现代主

① ［德］曼·佛兰克：《正在到来的上帝》，钱善行主编《后现代主义》，社会科学文献出版社 1999 年版，第 31—32 页。
② ［美］丹尼尔·贝尔：《资本主义的文化矛盾》，赵一凡译，上海三联书店 1983 年版，第129 页。

义作家清醒地看到西方现代社会的罪恶，看到西方现代社会的价值虚无。这样，自我意识的觉醒成了他们走向宗教回归之路的基本前提。正是在自我觉醒和宗教回归精神的双重驱动下，他们尖锐地抨击了资本主义的功利理性和枯燥无味的物质主义，认为这种价值观从根本上抹杀人的精神生活，因而不能为人的现实生活提供生命意义和价值尺度。于是，现代主义的一些文艺流派，诸如未来主义、达达主义、超现实主义等开始对资本主义社会进行激烈的反叛和亵渎，欧文·豪说："现代主义是存在于对流行方式的反叛中，它是对正统秩序的永不减退的愤怒攻击。"[①] 未来主义自称是一次"复原、更新和促进自然的艺术——政治运动"，它的特征是："本着反学院、反文化、反逻辑的世界观，从而否定过去的文化。"[②] 达达主义代表人物查拉曾说："……达达是无牵连无可比拟的生活，它反对又赞成统一并且明确地反映出来。我们很明智，知道我们的大脑会变成软垫，我们的反教条精神和官僚一样专横，我们不自由却呼叫自由，严格放弃学院的道德，让我们一道唾弃吧……"[③] 他们所表现的这种激进言行是对资本主义罪恶制度的愤怒控诉，但这种对现存一切无原则的反叛和破坏实质上是感到其价值观上无所适从的表现。西方现代主义作家清醒地看到了资本主义价值的真空一面，却在这种真空所造成的焦虑中走向了事物的反面。他们在这种无休止的反叛中清醒之后，才意识到这种幼稚的行动拯救不了现代人的命运，反而更加认清了在资本主义严密强大的体制下自我的实际情况。于是，首先，西方现代主义作家由对自我的关注转而表现自我的脆弱与渺小。《普鲁费洛克情歌》中的"我"虽然看到了现存资本主义制度的病根和衰落的命运，但他深感自己力量的渺小，无力与整个世界抗争，只有把这种救世冲动强行压抑下去，仍旧在充满脂粉香味的客厅世界里度日；《尤利西斯》中的布卢姆是现代

---

① ［美］丹尼尔·贝尔：《资本主义的文化矛盾》，赵一凡译，上海三联书店1983年版，第129页。

② ［英］比格斯贝：《达达主义与超现实主义》，周发祥译，昆仑出版社1989年版，第29页。

③ 同上书，第39页。

人的典型，他以招揽广告为生，但他连这样简单的事情也做不好；他的妻子有外遇，他不但不敢前去问罪，而且还给妻子买色情图片讨好她。作品通过他与古代英雄奥德修斯的比照，表现出布卢姆精神上支离破碎、卑微、怯懦、猥琐、混乱的特征。而在英雄奥德修斯身上，我们看到的是意志和行动能力的高度一致，是百折不回的坚定信念，崇高的道德和义务感，能应付一切危难的行动能力，前后一贯，稳定完整的性格。在古代英雄这种光彩夺目的背景上，现代人布卢姆显得多么卑微，渺小！此外，《变形记》中的格列高里，《饥饿艺术家》中的艺术家等形象，也无不体现出现代人脆弱渺小、孤独的精神特征。其次，西方现代主义作家由对现存制度的全面反叛转变为现存制度对自我压抑造成的普遍异化感和荒诞感的真实描绘。艾略特的《荒原》深刻地揭示了现代社会的精神弊病，他以荒原意象展现出现代人精神的极度匮乏。诗中的丽儿，她丈夫正在外出征打仗，自己却与其他男人鬼混，虽然她的良心并未完全泯灭，但她失去了灵魂，虽生犹死。诗人以侍者惯常催促客人离开的话语"请快些，时间到了"来暗示现代人的生命或悲惨命运即将降临；《荒原》中还出现了一个贵妇人的形象，她的房间陈设豪华，珠光宝气，散发着合成香料的特殊气味，诗人在这些景象的描绘中暗示出这位贵妇人的精神极度无聊，生活荒淫无耻的特征。诗人正是通过对个案的暴露，展现出资本主义社会造成的普遍堕落和异化。而荒诞则体现为更深一层的异化，它表现为人同自己本质的分离，一切都不可理喻，不合逻辑，不和谐。加缪《鼠疫》中的鼠疫就是一个不可理喻的东西。它突然来到这个城市中，又突然从这个城市消失。里厄医生及这个城市的医疗队伍虽然采用了各种技术手段，但仍然无法查出鼠疫的根源。虽然鼠疫正如其突然降临时一样也突然消失了，但里厄医生强调鼠疫仍隐藏在城市的各个角落，它随时都有可能再次降临。这些不可理喻的、荒诞的厄运，却以无法抗拒的力量主宰着人们的命运，加缪说："一个可以用歪理解释的世界还是一个熟悉的世界。但是在一个突然被剥夺了幻觉和光明的宇宙中，人就感受到自己是局外人，这种流放无可救药，因为人被剥夺了对乐土的回忆和对乐土的希望。"① 因而他们只感到世界是荒谬的，人的存在本身也是可笑的。最后，西方现代主义作家由标榜自我转变为表现现代人的悲观、失望和虚无的精神状态。对于现代主义作家来说，现实是使人失望的，在未来中，人也看不到希望，人由于其本质的荒诞性虽然一生要与各种异己力量搏斗，但始终是孑然一身、孤立无援和悲剧性的。卡夫卡《城堡》中的主人公约瑟夫·K 想进入城堡，见到城堡中的主人，但他想尽各种办法，也只能在城堡周围的村子里徘徊，城堡就在离村子不远的山坡上，但他始终进不了城堡。城堡中的主人也是个家喻户晓的人物，却没有人真正见过他，K 想见他，但 K 也只能见到他周围的人，K 的请求却意外地获得批准。这一切都显得那么神秘莫测，不可理喻，卡夫卡领悟：人好像在摸着万里长城往前走，是永远也走不出去的。在贝克特的《等待戈多》里，两位流浪汉弗拉基米尔和爱斯特拉冈在毫无希望地等待，他们不知道戈多到底会不会来，他们在希望和失望中送走时间，在悲喜交集中互相安慰，在无聊中度日，但实际上到底有没有戈多，他们都不知道。他们的命运只能是永远的等待，再等待。

西方现代主义作家就是以这种悲剧性的眼光来看待人类前景的，在他们看来，无论哪一种社会制度，都无法挽救西方社会走向没落的命运。但现代社会的实际情况却并非西方现代主义作家所想象的那样悲观。它只是体现了作家个人在现代社会中的孤立、无权力与不安全感，人无法在其中找到确立自身价值的确切证据。在现代社会里，人们曾挣脱了一度使生命有意义及安全的宗教束缚，但同时也发现自己陷入了一种孤立无援的可怕境地，人们不知如何去适应这个世界，于是，人们开始怀疑自己，怀疑生命的意义，并不由自主地套上新的枷锁，为寻求那实际上也是不堪一击的安全感，以摆脱那难以忍受的孤独滋味。因此，正是自我意识的觉醒，导致了西方现代主义作家对传统的反叛，也正是自我意识的觉醒，驱使着他们摆脱现代社会的煎熬，重新走向回归之

---

① 柳鸣九编：《萨特研究》，中国社会科学出版社 1981 年版，第 485 页。

路，企求从传统真理中寻找古老智慧，以解决现代人生存的严重困惑。

二

西方现代主义作家面对资产阶级与基督教之间复杂交错的关系，在他们走向宗教回归之途中也呈现出不同的倾向。其中有一部分作家是站在基督教传统的立场上抨击资本主义制度及资产阶级造成的社会罪恶。T. S. 艾略特曾公开声称："政治上，我是个保皇党，宗教上，我是个天主教徒，文学上，我是个古典主义者。"[①] 他认为天主教及其教会应该是社会的政治和文化中心，应该依靠君主政体和教会来控制社会，挽救西方文明。因此，他尖锐地批判了资产阶级世界观，提倡天主教的伦理标准，在他的代表作《荒原》中，他应用大量的事实披露资产阶级的罪恶、腐朽和丧失灵魂，勾勒出西方现代文明的"荒原"景象，"荒原"不仅隐喻着干旱意象，还象征着现代人没有灵魂、虽生犹死的精神状态。作者暗示现代人的情欲横流、丧失灵魂，必然招致人与整个世界的毁灭，唯有重新回到宗教信仰中去，皈依上帝，现代人才能最终得到拯救。作者以舍予、同情、克制的告诫，劝告现代人克制欲念，保持心灵的安宁与平静。

福克纳也是一个站在传统宗教立场上的现代主义作家，他对西方现代文明的进程也是深感不安的，作家通过《喧哗与骚动》中康普生家族的没落和衰亡的历史，告诫人们不跟上时代的步伐就会落后，而站在现代潮流中立不住阵脚也同样招致失败，唯一获救的办法是在现代社会中保持宗教传统。作者通过黑人女佣迪尔西的形象，揭示了她在现代潮流面前临阵不乱，始终保持着纯朴的爱心、荣誉感、怜悯心、同情心和自我牺牲精神等传统美德，作者意在表明，唯有回归传统宗教，培养各种传统美德，不管时代如何变幻，每个人都能够通过自身的行为寻找并获得生存意义。

在另一类西方现代主义作家中，他们一方面感到基督教世界的安

---

① ［英］T. S. 艾略特：《〈兰斯劳特安特罗斯〉序言》，上海三联书店 1983 年版，第 81 页。

宁、稳定，富有意义的价值倚持；另一方面又感到基督教在其历史进程
中造成的种种罪恶。再加上近代自然科学的新成果和新发明对基督教传
统观念诸如上帝造人说、地球中心说的毁灭性打击，致使西方现代主义
作家不可能真正虔诚地回到原来的基督教世界中去。但是，面对现代社
会更加深重的灾难处境，他们又依然不肯放弃对基督教传统的倚持。于
是，他们表现出一种既坚持宗教立场，又企图逃避或改造它的双重矛盾
态度。这方面的代表作家主要是爱尔兰的叶芝和德国的里尔克。叶芝出
身于一个中产阶级的新教徒家庭，但他的政治态度却倾向于贵族保守主
义，并把中世纪的拜占庭文化看成自己理想中的精神圣地。他具有强烈
的宗教情绪，但对基督教又持怀疑态度，在他的名诗《基督重临》中，
他描绘了 2000 年来以基督教为核心的西方文明处于解体的可怕景象：
"在向外扩张的旋体上旋转呀旋转/猎鹰再也听不见主人的呼唤/一切都
四散了，再也保不住中心/世界上到处弥漫着一片混乱。"① 他既想通过
基督的重临来挽救这种混乱的局面，同时又深感到基督教本身的不可信
赖；他既以基督教的价值观念来抨击资本主义的罪恶，又企图逃避基督
教观念的影响。于是，在《驰向拜占庭》中，他把创作的意向追溯到
遥远的中世纪，企图从拜占庭文化中寻找精神归宿；在《十字路口》、
《茵尼斯弗利岛》等篇中，诗人流露的也是一种遁世倾向。叶芝此时已
深深地认识到，要完全回归基督教世界是不可能的，因为现代世界的罪
恶也是在基督教文明的哺育下造就的，在叶芝这种充满虔诚的宗教精神
中，流露的却是对宗教的矛盾和无奈。

里尔克是个具有路德气质的人物，他虽站在基督教的基本立场上，
但他更侧重于对基督教的批判和改造。在里尔克的宗教思想中，他对基
督教的几个基本观念是有看法的。第一，他不认为基督是人类行为的最
高律法，他的话是永远有效的预言，随着时代的发展，基督之爱会被赋
予新的使命，其样式也会发生新的变化。第二，他认为基督通过无辜的
受难和死亡来达成人与上帝的沟通是毫无根据的，基督教企图通过超验

---

① 未凡、未珉编：《外国现代派诗集》，中国文联出版公司 1989 年版，第 256 页。

的事实来证明上帝的存在，在现代社会里已越来越不能让人信服，这样做恰恰会使基督教显得极度浅薄；实际上，人与上帝之间无绝对的鸿沟，只要人内心存有上帝，他就能够与上帝进行直接的联系。第三，里尔克严厉谴责基督教的禁欲主义思想，认为这是禁欲主义者敌视和逃避人世，并且是迁怒于自己的肉体的表现，这样做的结果是妨碍了人们寻求与上帝沟通的道路。第四，里尔克抨击了罪的观念，尤其是认为把罪定在性区是卑鄙的，这样会使罪肤浅化和个别化。而基督教原罪的基本意义是超验的，本体论意义上的，而不是事实上的罪行。

里尔克对基督教的深化和改造体现在他对上帝的理解中。在《祈祷集》里，里尔克把上帝理解为事物世界和价值世界的根基与深渊的复合体，"假如上帝只是深渊而非根基，则定型的世界与他毫无关系，它在绝对的意义上是脱离上帝的。但是，如果上帝通过世界并在世界中公开自己的身份，是他创造了世界并以他的力量统治世界，他就是根基。反之，假如上帝只是根基而非深渊，他就会作为这个世界之中的活动者和存在者，陷入一种同世界相邻的紧密关系，乃至他本身成为世界的一部分，甚至世界本身，于是上帝不再成为上帝，上帝之所以成为上帝，取决于根基即是深渊"①。这样，里尔克对待上帝的观念就是矛盾的。"你乃是矛盾之树林／我可摇动你如幼婴／但你的诅咒正在应验／可怕地笼罩着万民。"② 上帝既是无限微小和柔弱的，又是无比强大和威慑的。但里尔克的上帝又远非传统基督教意义上的绝对神圣和神秘的上帝，相反，里尔克的上帝是人的邻居。"我们之间只有一堵薄薄的墙／缘于偶然，因为这并非不可能／你的嘴或我的嘴一声呼唤——／墙应声而倒／竟无一点声响。"③ 如果人们想和上帝沟通，他就可以和上帝沟通，因为上帝就存在于人的心中。同时，人不是上帝的造物，而是人的造物，离开了人上帝的存在就毫无意义。人一旦创造了上帝，就要忠心地

---

① ［奥］里尔克等：《〈杜伊诺哀歌〉与现代基督教思想》，林克译，上海三联书店1997年版，第121—122页。

② 同上书，第124—125页。

③ 同上书，第131页。

去维护他、崇敬他，虽然在创造和完成上帝的过程中会冒犯上帝，但绝不能亵渎上帝，只要人拥有了上帝，就再也不能失去他，一个消逝的上帝是极其荒谬的。

另外，里尔克又不承认绝对神性的上帝的存在，上帝既然是人创造的，那他就不是一个超越于人之外的绝对者，"上帝不是一种渴望，寻求和爱的对象，他就是这种人性本身，作为人性的定向，他就是人性"。① 上帝形成于一个过程中，他的完成最终只能是一种生命的完成，投向上帝最终只能投向大地，投向人本身。这样，在人与上帝的关系中，就产生了这样一种关联：让上帝降入生命，让生命向上帝升华，这个过程就使得上帝的历史变成了人的历史，变成了人的无限丰富的生命力的完成史。人创造上帝的过程就是人创造自己历史的过程。因此，里尔克不承认上帝的存在，只不过是他否认绝对神性的上帝，至于人性的上帝，里尔克不仅承认它的存在，而且还对它非常虔敬，正是由于它的存在，人类才能激发起自身的无限潜力，在有限的生命中最大限度地完成自身，从而使人在生命的过程中不断地趋向上帝，走向神圣。

里尔克对基督教的改造和深化还表现在他对天使观念的理解中。天使在基督教思想中一般是沟通上帝与人之间的交往的半神半人之体，他向人传达上帝的音讯，向上帝转告人的祈祷，后来还逐渐演变成为各民族、城市和个人的保护者形象。天使的艺术形象通常是裸身小男孩的形象。里尔克在《杜伊诺哀歌》中，却强化了天使这一形象及其意义。《哀歌》中的天使被塑造得很高大、威严，他们不再是上帝的使者，而是具有起源内涵的"灵魂之鸟"："每一位天使都是可怕的。可我多么不幸。/我歌咏你们，几乎置人死命的灵魂之鸟。"② 天使具有强大的力量，能使人感到惊惧与敬畏，甚至一触及人的内心，就会给他带来死亡。但人类只要具备人性的纯真，就能承受天使的威力。同时，《哀歌》中作者努力把天使从人的形象中解脱，成为一种超乎实体的纯粹

---

① ［奥］里尔克等：《〈杜伊诺哀歌〉与现代基督教思想》，林克译，上海三联书店1997年版，第170页。

② 同上书，第91页。

精神，天使是"早期的杰作，造物的宠儿，一切创造的巅峰，朝霞映红的山脊"。"正在开放的神性花蕊"① 在他身上，能产生使人战栗的奥秘感，"这种感觉可能像一种飘忽、宁静、心醉神迷的情绪，随缓缓的湖水漫过心胸……"② 这种奥秘感并非来源于上帝，而是依附于天使。里尔克如此神化天使，并不是以天使替代上帝，而是在于通过天使观念强化人的存在的神圣性。他企图通过天使的神化，向人们表明人在脱离神性上帝之怀抱后仍不可放弃自己的神圣本质，并应在日常存在中努力趋向这种本质，使人无论经历哪一种命运，都能活出自尊，活得神圣。

里尔克对上帝和天使作出如此大胆的阐释，在于他力图通过这种具有个性特征的宗教理解，去拯救基督教信仰的危机。在里尔克的宗教世界中，他重建了虔信之人的荣耀，使人们对上帝之信仰能紧随时代的节奏。在传道士和神学家的声音变得如此软弱无力，枯燥无味，不被人理解时，里尔克却凭着他那神圣诗人的嘴，重新唤起了蕴藏在基督教传统中的古老智慧，这是里尔克作为一个诗人神学家对基督教所做的独特贡献，也是所有回归基督教传统的西方现代主义作家所要追求的最高境界。通过里尔克的阐释，基督教具备了丰富的人性内涵，但又没有丧失信仰本身的神圣性。难怪有人如此评价里尔克："你是如此渎神，又是如此的虔诚。"③

三

由于 19 世纪末 20 世纪初西方现代社会面临的是基督教世界土崩瓦解的时代，基督教已失去了昔日的辉煌，也丧失了过去维系西方精神世界统一性的职能。宗教大厦的倾覆，社会的极度动荡，使得维系西方精神世界统一的神圣职责自然而然地降临到同样关注人类精神和命运的作家身上，因此，西方现代主义作家向宗教的回归，并非是现代主义作家

---

① ［奥］里尔克等：《〈杜伊诺哀歌〉与现代基督教思想》，林克译，上海三联书店 1997 年版，第 9 页。
② 同上书，第 155 页。
③ 同上书，第 175 页。

"侵犯宗教领地"（丹尼尔·贝尔语），它实质上乃是西方世界陷入价值虚无主义的历史必然，因为在宗教大厦倾覆之后，基督教权威不复存在了，但是宗教中能体现人性内容的思想（宗教人文主义）并不能随之消失，它必然以另一种形式重现出来，文学在这种转换中承担了历史赋予它的特殊责职，使文学从此与宗教内质紧紧地联系在一起，神学家 M. 瓦尔泽也说："文学是一种退化了的宗教，文学就是作为宗教的注解而出现的。"①

西方现代主义作家在向宗教精神回归的过程中，自始至终是以作家而不是以神学家的面目出现的，因此，与其说西方现代主义作家在承担宗教责任，倒不如说他们在努力打通宗教的绝对、超验的神性与文学的现实的、普遍的人性通道，使宗教关注的内容尘世化、人性化。正是西方现代主义作家的调适，使宗教中的人性内涵（宗教人文主义）进入文学的视域，具体体现在西方现代主义作家的作品中，就是作品不再侧重于关注人与人之间的现实关系及其命运，而是致力于寻找和追求无限永恒的精神境界，这种精神境界正是宗教人文主义的核心内容。近代著名哲学家柯利说："宗教是我们内心无限企望同外界更大的无限相接触，相交通的一种不朽的追求。"② 另一位哲学家也说："宗教是使人感奋的一种信仰，是能辅助个人发展到他的最高点。"③ 这些都说明宗教追求无限永恒的精神境界是人的本质属性，它并不随宗教的衰微而消亡，西方现代主义作家对宗教中人性内涵的继承，使历史赋予他们的宗教职责转换成作家自觉追求的文学境域。

西方现代主义作家在自觉追求宗教神圣、永恒的精神境界时，也对传统文学的表现手段进行了大胆的革新。传统文学的表现手段固然有其历史和现实的价值，但它不能适应西方现代主义作家表现绝对精神、追求无限永恒的需要，西方现代主义文学表现内涵的变化，必然带来文学

---

① ［德］汉斯·昆等：《神学与当代文艺思潮》，徐菲等译，上海三联书店1997年版，第205—206页。

② ［美］艾迪：《近代名哲的宗教观》，青年协会书局1931年版，第13页。

③ 同上书，第20页。

表现手段的一系列变化。

第一，西方现代主义作家采用了虚化形象的方法。任何一个作家都懂得形象性是文学创作的第一要素，如果文学不以塑造形象为目的，那就失去了它反映现实的独特性，也就不可能真正地把握现实。但是，西方现代主义作家的创作目的不在于如何真实地把握外在现实世界，而主要是在追求宗教引导人们飞升永恒的精神境界，如果把形象描绘得清晰、可感，固然可使形象生动，跃然纸上，但作家也就只能关注形象所及的现实环境，因此不可能超越现实世界的羁绊，去表现永恒世界的奥秘。西方现代主义作家虚化形象的目的，就在于使形象幻象化，使形象丧失现实感和实在感，通过借助虚幻化的形象，引导读者去关注无限永恒的精神境界。如在普鲁斯特的《追忆逝水年华》中，主人公玛赛尔是个什么样的人，作者并没有一个清晰的交待，而是充分展示主人公内心世界的丰富性和复杂性，这样做的目的，就是作者有意不让读者过多地关注人物的现实活动及其命运进展情况，而要读者关注主人公追寻过去时光背后的东西——正是为了忘记时间。卡夫卡作品中的人物，更看不到形象的塑造，他干脆就用字母 K 来代替，以表现他作品人物的普遍性。所有这些都表明人物形象已失去了它原有的地位和作用，从某种程度上说，西方现代主义作家塑造的虚化形象，就是为表现某种永恒的理念服务的。

第二，西方现代主义作家在结构安排上用心理时空代替物理时空。现实主义作家一般都是按人们习惯的物理时空来结构作品，这就必然使作品情节发展脉络清楚，时间清晰，结构完整。西方现代主义作家却热衷于打乱正常时空序列，用心理时空代替物理时空，其目的就是要模糊作品的故事情节，淡化读者对故事情节的过分依赖，把情节推到次要地位，仅作为人物活动的一种舞台背景出现，这样，作品表现的主题就可以不受故事情节的控制，而是随作品主题的需要设计情节，作品主题的浓度就随着其情节重要性的淡化而加强。如詹姆斯·乔伊斯的《尤利西斯》就是这类作品的典型，作品几乎没有完整的故事，作品内容也不按物理时空结构，其实在性被模糊，读者期待通过故事情节获取主题的愿望不能实现。但是，作者借用古代奥德修斯的神话结构以反讽的形式重建了现代奥德修斯——布鲁姆的神话世界，使作品人物的意义超越了现实因素，而具有浓厚的历史感和普遍性。这样，布鲁姆就不再仅仅是现实中的布鲁姆，而是具有神话色彩的现代人的普遍象征。

第三，西方现代主义作家着力表现人物的无意识领域。在他们看来，无意识领域是人的潜在能量的发源地。宗教帮助人们从有限发展到无限的最高点，并不是通过现象界的理性知识达到的，而是在于激发人的内心深处的潜在冲动，如果一个人的潜能被激活了，那么释放出来的能量就是他的最大潜能。西方现代主义作家关注人物的无意识领域，并不在于表现作品人物的潜在冲动和能量，而在于通过描绘人物潜意识活动的真实过程来达到激活读者内在潜能的目的。因此，当我们看到普鲁弗洛克在客厅里思考一个重大问题却一次次不敢提出来时，我们的意识并不想去关注他如何的胆小怯懦，而是在于激活我们自己，这个重大问题到底是什么？为什么普鲁弗洛克知道却不敢提出来？当你弄清楚这个问题时，你也和普鲁弗洛克一样变成一个病态的现代人了。同样，当我们看到现代人布鲁姆和莫莉在都柏林徜徉一天时，也不仅仅是关注他们家庭生活的猥琐，而是从中体验他们生活中的无意义，并激发起每一个读者的内心潜能。因此，西方现代主义作家着力表现人的潜意识领域，并非为了打乱人们正常的思维习惯，而是在体验人物潜意识活动的真实过程中激发起读者的巨大潜能。

这样，20世纪西方现代主义作家的宗教回归，使文学与宗教的关系进入了一个新的层面：文学不再是以形象表现现实内容，而是努力以幻象（虚化了的形象）表现永恒的宗教主题；宗教已不再是空灵、纯静的宗教，而是与现实人生紧密关联，富有人性的宗教，这种新型关联是西方现代主义作家在回归宗教的过程中努力创新的结果。回归宗教是为了保持与过去的意义关联和时代的连续性、努力创新，是为了革除传统中的污垢，在反叛中表现自己与过去的决裂。因此，西方现代主义作家的这种价值取向，既不是完全回归传统，又不是一味地反叛，而是在虚无主义时代寻求一个联系传统与现代的意义链。

西方现代主义作家的时间意识

在西方现代主义作家的创作过程中，时间性问题越来越在现代主义的诸多问题中凸显出来，它不仅成为西方现代主义作家创作技巧的一种普遍现象，而且更重要的是成为他们意识观念内部的一种普遍现象。时间性之所以成为西方现代主义作家所关注的对象，实质上乃是西方世界在"上帝死了"之后，时间成为意识形态领域唯一值得思索的东西，因为"时间既不是主体中也不是客体中的现成存在，既不内在也不外在；时间性比一切主观性和客观性都更早存在，因为它表现为是这个更早之所以可能的条件本身"①。正因为时间具有这种超越主客观世界的本质属性，因而时间性就能够穿透西方现代物化世界的层层雾障，成为 20 世纪西方人从传统走向现代过程中某种普遍性变化的精神印迹。本文正是企图通过对时间性问题的本体思索，来揭示西方人在变动中价值观念的分裂与重组，使我们对西方现代主义文学的研究进入一个新的层面。

一

西方现代主义作家对时间性问题的探索是如此的广泛，以至吸引了几乎所有西方现代主义作家的创作视野，成为他们热衷于选择的文学母题。而许多传统作家经常选择的文学母题，如爱情、正义、博爱等都失

---

① ［德］海德格尔：《存在与时间》，陈嘉映等译，生活·读书·新知三联书店 1987 年版，第 492 页。

去了它们在文学领域中的神圣地位和永恒价值，被西方现代主义作家视同陌路。这种对传统文学母题的背弃是否仅仅从标新立异"一言以蔽之"呢？笔者认为不可，西方现代主义文学母题的转向，实质上蕴含着深刻的社会、思想原因。

首先，现代社会的剧烈动荡和大变革是使现代主义文学母题转向时间性问题探索的直接原因。19世纪末20世纪初西方社会曾出现过一次前所未有的社会大变革，推动这场变革的根本动力就是科学。高科技、高智能技术在现代社会生产中的广泛应用和取得的丰硕成果，使人们越来越相信科学的强大力量，科学日渐成为人们普遍信仰的对象。随着科学技术深入人们的日常生活领域，传统社会的那套价值体系虽然依然存在，但实际上已被科学的价值观所取代，科学置人和事物于自己的支配之下，像18世纪的理性一样成为新的价值尺度。科学技术的这种横扫一切的力量彻底冲垮了传统社会所建构起来的神性信仰，也彻底冲垮了资产阶级所构建起来的理性信仰。面对上帝的逐渐隐退和资本主义世界特别是两次世界大战的残酷事实，人们一方面对传统价值体系持批判或保留态度，另一方面又对由科学技术所造就的现代社会产生惶恐不安的心态，科学所创造的世界既是令人激奋的，又是令人不安的，其结果就是使人失去了对未来的希望，失去了安全感，无所适从，缺少同情，一切都处在异己力量的恐怖中，一切都变幻莫测，人只有求助于自己，唯有自我可以信赖。加谬说："一个可以用歪理解释的世界还是一个熟悉的世界。但是在一个突然被剥夺了幻觉和光明的宇宙中，人就感到自己是局外人，这种无可救药，因为人被剥夺了对乐土的回忆和对乐土的希望。"① 正是在这个没有过去，没有未来，只有现在的既令人激奋又令人不安的无法把握的现代社会中，人们才不得已把自己的精神意向伸展到自己的内心领域，力图在自我构筑的精神世界中把握自己能把握的东西，对时间性的探求日渐成为人们在意识内部对现代社会的一种穿透，并且在对时间性的思考中，揭开了已被现代社会观念所遮蔽的真理，从

---

① 柳鸣九主编：《萨特研究》，中国社会科学出版社1981年版，第485页。

而使那些属于超时间性领域的爱情、正义等力量也开始为人所瞥见。

其次，现代哲学、心理学等社会科学对时间问题的理性揭示，对西方现代主义作家产生深远影响。对时间性问题的思考不仅被西方现代主义作家所热切关注，而且被现代西方的许多哲人进行过理性揭示。时间问题早在亚里士多德时代就被许多古代思哲作过精辟的阐述，但他们大多是把时间与空间联系起来，他们把时间看成是空间运动的形式，把时间和空间看成物质世界运动的一对矛盾。这种时空观一直延续到19世纪的西方哲学观念中。真正使时间问题超越主客观关系的时空矛盾观的是现代的一些著名哲学家，如柏格森把时间看成一种纯粹的绵延，是自我的一种意志力的体现，海德格尔则把时间阐释成人的生存意义得以实现的境域，是具有上帝的某种神秘属性的存在，而萨特则强调了现时性等，都充分表明了他们在时间问题上超越了主体与客体、内在与外在、时间与空间的矛盾对立，而把时间确立为意识内部的一套独立机制，把它看成思考人类生存意义得以生成的基本条件。这样，西方现代主义作家在精神领域中对时间问题的思考就摆脱了它可能向空间伸展的意向，而使之成为作家思考人类生存意义的纯粹本体论机制。

最后，西方现代主义作家创作观念普遍有向内转的趋势，使得他们在意识观念上与时间性问题联系在一起成为可能。西方现代主义作家面对纷纭复杂的现代社会，再采用传统作家那种对现实社会的直接描绘与表现已变得不合时宜，也无法把握现代社会的各种纷繁复杂的现象，阿兰·罗布·格里耶曾对此作过形象的解释，他说："巴尔扎克的时代是稳定的，当时社会现实是个完整体。但20世纪则不同了，它是不稳定的、浮动的、令人捉摸不定，它有许多含义令人难于捉摸。因此，要从各个角度去写，把现实的飘浮性、不可捉摸性表现出来。"[①] 西方现代主义作家把笔触伸进人物的内心世界，就是为了更好地把握现代社会中人的生存状况和生存意义，而对物的世界的直接描绘只能使我们看到一个由科学所组建起来的现象世界，这个世界与人是异己的，至少是不切

---

① 柳鸣九：《艺术中不确定性的魔力》，《文江月刊》1986 年第 12 期。

身的。而对人物内心世界的把握，只能把它放到时间性这一境域中才能最本己地揭示出其生存的意义。作家之所以要关注社会、关注人生，就在于要努力昭示出一种价值观念，因此，西方现代主义作家对时间性问题的关注，实质上是作家拨开纷纭复杂的现象世界，对人类社会进行更本真的描绘和揭示，使这个已经失去尺度的世界最终找到一个可以衡量的价值尺度。

二

西方现代主义作家在努力解释这个世界并企图确立它在时间境域中的生存价值时，时间性就被唤起，成为解释这个世界之所以具有意义的价值条件。康德曾说，离开了时间来解释这个世界是不可想象的。在传统作家身上，时间也不可缺少地成为他们所思的对象，但他们只是把时间当成其结构作品的因果关系，进而达到表现主题的目的。而在西方现代主义作家身上，时间已成为他们创作所要遭遇的必然对象，而且时间本身就是他们要表现的主题。他们只有从时间性这一生存境域出发，才能确立这个不仅价值多元而且是异己的现代社会的生存意义。

在时间性所绽出的过去、现在、将来三维时间现象中，决定着世界的生存性意义的时间现象就是将来，"生存性的首要意义就是将来"（萨特语），而且意识的本性也决定着它的流逝性是向着将来绽开的，只有当流向将来的意识受某种力量阻隔时，意识才回溯到过去。因此，在西方现代社会中，将来是生存论环节上的首要意义，只有确立了将来的优先地位，现在才能从将来中获得存在，过去也才能通过现在得以唤回自身，使过去的那种纯粹流逝性转变为意义的载体。这种由将来组建的过去、现在、将来的连续统一体是沉沦在世的人类生存意义的根本机制。

但是，西方现代主义作家面对的世界是一个无法预见将来的世界，一方面，传统社会正由于其内部的腐朽而急剧走向衰败；另一方面，他们所身处的现代社会的诸多危机使他们感到窒息。对未来的期望被科学理性残酷地挡在他们的精神视野之外，因而，西方现代主义作家在思考社会及人类命运的过程中深深地感到时间性的缺失，将来在人类生存状况上的缺失成为西方现代社会的根本特征，而将来的缺失，就意味着人类生存意义的缺失。在没有生存意义的现代生活中，西方现代主义作家同时又感到时间的束缚。萨特说："人的不幸就是由于他被时间制约。"因而他们想努力超越时间，克服时间对人的生存意义的限制。西方现代主义作家对时间问题的这种矛盾性思考，体现了他们在生存意义缺失的状态下努力解释这个世界，并创造出特有的生存方式的精神素质，体现出作家的社会责任感和使命感。

比如，普鲁斯特在他的《追忆逝水年华》中，就对过去这一维时间作了创造性的思考。普鲁斯特首先用回忆开启了他超越物理时间的大门，去追求他特有的生存意义："恰恰就在我们感到山穷水尽的时候，一线生机豁然出现，我们开遍一扇扇并不通往任何地方的门扉，唯一可以进身的那扇门，找上一百年都可能徒劳无功，却被我们于无意间撞上，于是自动开启……"① 于是，普鲁斯特记忆的闸门打开了，他的主人公回忆起自己过去的美好时光：他的母亲及亲友对他的溺爱；各种年轻女性对他的柔情蜜意；他在过去度过的各种无忧无虑的生活，等等。但是，回忆过去对一般人来说就是沉浸在过去时光中，而对于普鲁斯特来说，他并非仅仅是对过去美好时光的回味，更重要的是过去的时光成为他文学创作的丰富的素材，使他能通过回忆创造美的艺术。通过艺术创造活动，艺术对普鲁斯特来说获得了将来的实在性。从这个程度上说，普鲁斯特的主人公的回忆并不是他对生命的逃避，而是从更高层次上回到有意义的生命形态中。这样，在普鲁斯特的现实世界中，由于他的敏感及体弱多病，隔断了将来对他的召唤，但在他的生命历程中，通过艺术活动这一现时存在，他在他的精神世界里组建起时间三维的连续统一体，从而在生存论意义上拥有了将来，他的生命也在更高层次上获得了意义。

再比如福克纳对现在时间的意识。在《喧哗与骚动》中，福克纳

① ［法］普鲁斯特：《追忆逝水年华》第七卷，沈志明译，上海译文出版社 2012 年版，第 175 页。

通过对现在时间的深刻体验，揭示了三维时间现象被浓缩为一维时间背后所蕴藏的生存论意义。在三维时间现象的运动中，将来是生存性的首要意义，而过去又以某种方式源自将来。"只有此在是将来的，它才能够本真地是曾在。"① 现在既是过去的现在，又是将来的当前化，只有当过去、现在、将来既体现出变动性，又体现出永恒性、生存性，意义才能从时间中绽出。但是，在《喧哗与骚动》中，只有被阻隔的现在这一维时间在主宰着康普生家族人物的心灵，时间成了不断的点的跳跃，成了一个不断重新计算的总数，时间被分裂成碎片，散落在他们心灵的各个角落，于是生活的连续性在他们的时间里被分割成无数的点，色彩斑斓而无序。这种只有现在的时间意识，不能仅用人类正常的生命价值体系予以衡量。这种状态说明康普生家族主要人物的生存意义已被他们自身的行为和观念所消解，他们的这种无意义的生存状态可以从他们各自所据有的被凝聚的时间——现在——中得到充分的解释，但他们各自凝聚成现在的方式是不同的。

小儿子班吉由于他的白痴病而不能清晰地意识现在，结果他很容易混淆过去与现在的界限。他的有清晰意识的时间界限是在他 3 岁前的各种零碎的生活印迹。每当班吉经历某件事时，他总是不自觉地把现在发生的事件与对过去事件的意识相互交织在一起。由于班吉的现在是零碎的、混乱的，因此尽管班吉在过去的意识中感觉到姐姐凯蒂对他的种种怜爱，但这并不能唤起他对生存意义的寻求，而仅仅表明他还需要人的自然属性的相依相伴。因此，在班吉那几乎是空白的精神世界中，他只能过着孤独无望而又空虚的生活，只有那偶尔发出的几声含糊不清的叫喊，才显示他还是一个有不满情绪的人。

昆丁是由于对现在不满而留恋过去家族的荣誉。他企图通过留恋过去而逃避现在，因而他已把现在过去化。我们知道，班吉由于不能分辨过去与现在而把过去现在化，而昆丁则把现在过去化，这造成他即使在经历现在的种种事情时也是以过去的方式展开，作家经常就在描绘昆丁

---

① ［美］福克纳：《喧哗与骚动》，李文俊译，上海译文出版社 2007 年版，第 386 页。

现时行为时采用过去式来表现，这表明昆丁的精神意向总是向后回溯。昆丁讨厌现在，不愿意有现在存在，但现在反而更清晰地纠缠着他，于是昆丁恼怒地把放在桌上的钟表砸碎："我来到梳妆台前拿起那只表面朝下的表。我把玻璃蒙子往台面上一磕，用手把碎玻璃碴接住，把它放在烟灰缸里，把表针拧下来也扔进烟灰缸。表针还在滴滴嗒嗒地走。"①昆丁就这样疯狂地与时间作对，他企图把时间扼杀在钟表里，但是，他越是专注于钟表的时间，就越被现在所压迫，当他被时间所缠绕而解不开结时，他的生命也就完结。因此，在一般意义上时间杀人是指时间的流逝性使一切消逝，而在昆丁身上，时间却成了他实实在在的杀手。

杰生与昆丁正好相反，杰生毫不留恋过去，只注重现在。杰生对过去极尽嘲讽之能事，并且把康普生家族的家产卖得一干二净。他通过对金钱的追逐使一切现时化，"时间就是金钱"成为杰生时间观念最恰当的表述。但是，由于杰生对传统人生价值的背弃，对过去的扭曲使他的现在发生变形。因而他在把一切现时化的过程中找不到自己生存的意义，他处处以金钱为中心，但仅仅是为金钱而金钱，结果是"喧喧嚷嚷，奔个不休，却一事无成"。

由上面分析可知，康普生家族人物的时间都是变形时间，被扭曲的时间，唯有黑人女佣迪尔西的时间观才是正常的。作家通过迪尔西的时间与康普生家族人物时间的比照，揭示了唯有具备正常的时间观念，才具有爱心、荣誉心、怜悯心、同情心、自我牺牲精神等传统美德，人类的生存才能超越时间的束缚，获得生存意义。通过比照，作者还揭示出，康普生家族成员之所以陷入无意义的人生，实质就在于他们没有将来，班吉由于是个白痴而未来被阻隔；昆丁由于厌恶现在而使将来不能到时；杰生则在背弃传统的过程中使一切都现时化，而失去对未来的拥有。萨特也说："在福克纳的小说中，从来不存在进展，没有任何来自未来的东西。"②康普生家族这样拒绝变化，拒绝将来，一味坚持或沉

---

① ［美］福克纳：《喧哗与骚动》，李文俊译，上海译文出版社 2007 年版，第 268 页。
② ［法］萨特：《福克纳小说中的时间》，李文俊《福克纳评论集》，中国社会科学出版社 1980 年版，第 46 页。

湎于旧的生活方式，是造成他们家族衰败的根本原因。这何尝不是那些保守者的共同命运呢？

还有以艾略特为代表的对未来时间的意识。在艾略特一生的诗歌创作中，他总是把对时间的思考与对现代世界的意义寻求紧紧地联系在一起，现代世界的生存意义及其永恒性一直是他诗歌创作中苦苦追寻的主题。在《荒原》中，作家首先描绘了作为现代世界象征的荒原景象，这是一个凝固的世界，时间被凝结为现在，它没有过去，也没有未来。在这个世界中呈现的任何景象都显得丑恶和荒谬，完全是崩溃和瓦解的景象，作品中荒原的干旱意象进一步加强了这一景象，并且显现为缺乏生命力和创造力，一切都是消耗，然后完结。这样呈现出来的世界是纯粹的无意义世界，作品还通过它与古代世界的对比，表现出它与古代世界的严重对立，从而加强了现代世界仅仅注重现在的无意义性。

然而，艾略特更重要的使命还在于找到拯救现代世界于荒原中的办法。在《荒原》中，他企图通过宗教来拯救整个现代世界，而宗教是超验的，上帝就是一种超时间性的未来。在艾略特看来，我们已经不能在现代世界本身找到解救的办法，只能从时间之外去寻找，宗教就具有这种超时间的属性。作家企图通过呼吁人们普遍地信仰宗教，来克制人世间的情欲之火的泛滥，恢复世界的生机，最终回归人与人之间相互友爱、同情、仁慈等传统美德中。

《四个四重奏》是从继续他所探寻的时间与永恒性这对矛盾开始的。但在这里，作者已超越了时间与永恒性的对立性质，虽然时间最终指向一个无时间的目标，但这个目标与时间系列并非是对立的两个世界。在《荒原》中，作家认为现代世界无可救赎，唯有信仰宗教才能使人类获救。而在《四个四重奏》中，永恒是从时间所指向的最终处所涌现并超越出来的瞬间，这种无时间性的瞬间即是永恒，它被界定为许多具体的意象。在《焚毁的诺顿》中，永恒性被界定为静点，它是所有运动和形式的源泉，它在时空之外，在诗歌中可以表现这种"静点之舞"，从中获得永恒即瞬间、瞬间即永恒的生存体验。在《干枯的赛尔维其斯》中，诗人则把永恒界定为两种时间意象：河流与海洋，河流体现了对时间运动的永恒性的强调，时间只有不断地运动和变化，才能体现它的价值，"如果所有时间都是永恒的现在／所有的时间就不可救赎"。而海洋则体现为更为终极性的时间意象，它是无终极时间的中心意象。在海洋意象中，时间与永恒性获得了统一。"如果时间像海洋，经常变换又始终如一，那么无论欢乐和痛苦都具有永恒性。"① 这种时间性与永恒性的统一在《小吉丁》中得到最后完成。《小吉丁》通过对意义的探寻，揭示了历史性不仅仅是人类进步的条件，而且是可以和现在共享一个无时间性的真理，无论是什么人，都可以在各自的人生经历中共享不朽，人们可以通过自身的行为，找到通往永恒的道路。《小吉丁》最后召唤着这样一种完美统一的瞬间：肉欲和精神的统一，世俗和永恒的统一。这是艾略特最终的未来之思，也是他一生对时间探索的最后成果。

三

　　西方现代主义作家在其时间之思中确立起现代世界的价值体系，是以其放弃传统社会的神性价值体系为前提的。在传统社会中，神性价值和理性价值作为衡量人类生存意义的尺度，具有绝对性和排他性的特点，凡是不符合神性或理性价值体系的生活方式，要么被征讨，要么被迫害，正是出于西方传统价值理念的专横，西方人迫切希望个体的生存意义获得价值定位。西方现代主义作家自觉或不自觉地站在了时代的浪尖上，为他们自己同时也为整个西方现代社会寻求个体灵魂的栖息地，时间就是他们找寻的地方，在这里，自我有了一个得以使意义生成的场所。

　　对于大多数作家来说，他们为自我在时间性境域中获取生存意义采取的态度是严肃的。时间性为自我确立价值的重要特点就是它的相对性，这是西方现代主义反传统神性价值和理性价值体系所取得的成果，

---

① 未凡、未珉编：《外国现代派诗集》，中国文联出版公司 1989 年版，第 277 页。

但同时这一特性很容易导致随意性、现时性，甚至导致游戏人生。因此，大部分作家在时间性问题上都强调将来对意义生成的优先地位，凡是不把将来赋予生存意义的生存方式都被作家所摒弃，这是作家自觉担负起人类未来命运的具体体现。

我们再以福克纳为例。在《喧哗与骚动》中，福克纳所强调的就是没有未来的生存方式对人类造成的悲剧。作品虽然讲述的是美国南方康普生家族的衰亡史，但它何尝不隐喻着现代社会的衰败呢？福克纳对现代社会的态度更多的是悲剧性的，他清醒地看到现代社会所培育起来的自我对人类精神世界的伤害，自我的张扬必然导致人类共同性的缺失。所以，福克纳在 1950 年接受诺贝尔文学奖时强调："占据作家创作室的只应是心灵深处亘古至今的真情实感，爱情、同情、荣誉、自豪、怜悯心和牺牲精神，缺少这种永恒的真情实感，任何故事必然是昙花一现，难于久存的。"① 福克纳的这种真诚呼吁是对存在之真理的热情呼唤。因此，他对现代世界的悲剧感并非是保守者向传统的回归，而是在现代意义上向存在之真理提出更切身的要求。

在一些存在主义作家中也表现出一种对未来的热切关注。存在主义作家虽然认识到现代世界本质上的荒诞性和无意义性，但他们都共同强调面对荒诞的反抗。萨特说："就是人，由于命定是自由的，把整个世界的重担担在肩上，他对作为存在方式的世界和他本身是负有责任的……这种绝对的责任不是从别处接受的，它仅仅是我们自由的结果的逻辑要求。"② 另一位存在主义作家加缪在他的哲学随笔《西西弗斯的神话》中也强调，西西弗斯的意义并不在于他没完没了地经受着徒劳无功的苦役之折磨，而在于他虽然认识到他的这种命运，却不回避那块巨石。这种精神不是对荒诞的屈服，而是蔑视、挑战和反抗。"登上峰顶的斗争本身是足于充实他的心灵，应该设想，西西弗斯是幸福的。"加缪还在其文学作品《鼠疫》中表现人类面对鼠疫来临时的反抗，鼠疫的到来和消失都是荒诞的，但作品通过里厄医生的

---

① ［美］兰·乌斯比：《美国小说五十讲》，肖安溥等译，四川人民出版社 1989 年版，第 17 页。
② ［法］萨特：《存在与虚无》，陈宣良等译，生活·读书·新知三联书店 1987 年版，第 17 页。

行为，表现出他面对荒诞时的反抗精神和人类崇高的责任感。可以看到，存在主义作家的这种反抗具有强烈的悲剧意味，他们仍然表现出对人类未来的一种坚执和信念。但是，由于现代社会的历史进程是一个靠科学观念所组建起来的人工世界，因而西方现代主义作家对未来的执着无助于自我在现代世界的泛滥，自我本身也最终无法逃避被分裂、肢解的命运。异化感、无家可归感是现代人普遍的精神状态，西方现代主义作家的时间之思正是出于对人类精神堕落的救赎。

但是，无论是时间还是自我，都是科学世界观对人类的内心世界进行渗透的产物。在现代西方社会中，科学已取代了神性的上帝而使自己成为现代社会的上帝，科学世界观主宰着人类的命运。无论何事，现代西方人都是用科学世界观来理解一切，而"科学世界观：它向往理解一切事物，向往把世界上万物都变得实际有用，可资利用，它具有反美学的本质，其价值观念仅仅重视那些可以衡量，测定和算计的东西"①。自我就是科学对人们内心世界进行测定的一个概念，它通过分析把人的精神层层剥离，剩下来的最后东西就是自我，自我的确立使人的精神世界变得可以计算和测定，而时间就是这种计算和测定的工具。时间之所以能够对精神性的自我进行测算，并不是把时间看成是物质运动的形式（即物理时间），而是把时间内在化、精神化、成为精神世界中自我运思的境域，时间对自我的测算实际上就是对自我行为意义的确定。西方现代主义作家之所以如此关注时间，并且把时间作为他们所选择的普遍性母题，就是因为时间性成了现代西方人生存的精神性机制。这样，现代西方人个体生存意义的确立就不是用传统社会的仁爱、同情等"真情实感"，而是时间性。但是，西方现代主义作家们无法分辨这种变化，因而在创作观念上陷入双重困境。他们既用人类普遍存在的"真情实感"来衡量现代人的生存意义，又用时间对之度量，而由时间性所绽出的过去、现在、未来三维时间现象的运动和变化，只能推导出时间终极那种永恒即瞬间、瞬间即永恒

---

① ［德］尼采:《权力意志》第 677 节，孙周兴译，商务印书馆 2007 年版。

的生存体验，由时间性所推导出的完全是另一种生存意义，它与人类的"真情实感"并无内在的关联。因此，西方现代主义作家的时间之思无法切身地解决现代西方人的生存意义问题。他们的思想观念同样浸透着西方现代科学主义思想，始终不能跳出这样的思想观念去关爱人生，而只能成为科学主义的牺牲品。

试论西方现代主义作家的文学观念

西方现代主义作家的文学观念，是 20 世纪动荡不安的欧美社会现实的反映，也是现代西方纷繁复杂的社会意识形态的艺术体现。西方现代主义作家虽然在流派的纷争和艺术的大胆创新过程中各具特色，但他们在创作实践和理论上也形成了大致相同的文学观念。这种观念既是对传统文学的继承与超越，同时又是在新的社会条件下的文学探索，一次在文学表现技巧上的革命。

一　西方现代主义作家对复杂性的强调，使他们对世界的偶然性的意识越来越强烈，相对主义和主观主义成为一种普遍的日常经验

18—19 世纪的西方自然科学、哲学在各自的领域取得了辉煌成就，这使人们对现实世界的认识也越来越深刻。许多文学家借助科学和哲学精神的指导，对现实世界进行了广泛而深刻的描绘。19 世纪的现实主义文学给人们描绘的，就是在科学和哲学精神指导下创造的现实世界，作家在这个世界里虽然描绘了现实的种种丑恶现象，对西方资本主义世界进行了全面的揭露和批判，但这里的世界仍然是一个充满理性和秩序的世界，是人们能够清晰地认识和了解的世界。然而，进入 20 世纪以后，随着西方现代科学、哲学、心理学等的长足进步，人们的思维方式发生变化，使西方传统的价值观念发生了根本性的动摇。科学证实了宇宙的广袤无垠时，也证实了人类的渺小。达尔文说，人不是由神创造出

来的，而是从兽进化而来的；弗洛伊德说，人的心灵的本质不是光明的理性，而是昏昧的潜意识；爱因斯坦担忧原子能不仅不能造福于人类，而且可能毁灭人类等。20 世纪给人们展现的并非是充满光明的前景，而是充满灾难和陷阱。荣格说："世界大战灾难性的结果导致了我们意识观内的革命，这场革命发生在我们的内在生活中，它表现为我们对自己和自身价值的土崩瓦解。"① 科学宇宙观的产生和现实的残酷性，迫使人们必须重新考虑人类在宇宙中的地位与作用、人类社会发展的前景、机器和精神文明的关系，以及技术发展对人性造成的影响等关系着全人类生存状况的普遍性和根本性问题。此外，人对于自身价值的认识也随着西方现代社会的冲击而产生了偏差。以前，人可是"宇宙的精华，万物的灵长"，而现在，人对于自己为什么存在、人生存在的价值和意义是什么都不清楚，因而产生了"人是什么？我是谁？"等一系列对自我的发问，表现出人在现实世界中的困惑和无奈。

西方现代主义作家正是在这样一个充满变化、令人惊奇而又困惑的世界中进行创作的。因而在他们的创作观念中，表现出一种与传统作家（尤其是现实主义作家）完全不同的创作观念。西方现代主义作家认为现实远不像传统作家所认为的那样单纯、宁静和井然有序，而是充满着复杂的内容，这种对复杂性的意识是在哲学、心理学的激发下与现实世界相互交错的结果，它导致了西方现代主义作家服从观念的减弱，对权威的冷漠，以及对自身价值的怀疑，相对主义和主观主义已成为一种普通的日常经验。在创作过程中，他们往往带着强烈的主观性去构筑平淡无奇的日常生活，由于作家主观性的渗透，平淡的日常生活已被作家复杂化、深化，并赋予它一种深刻的寓意。如陀思妥耶夫斯基、波德莱尔对丑的描绘和赞美，就是根源于作家对现实世界复杂性的认识。在他们看来，现实中的美与丑是并存的，现代世界里的丑是永恒的，传统作家单纯歌颂美是对现实的偏颇，要真正反映现实，只有赤裸裸地把丑恶的东西表现出来。因而陀思妥耶夫斯基的小说中犯罪与犯罪景象，卑琐与

---

① ［瑞士］荣格：《现代人的精神问题》，《寻求灵魂的现代人》，贵州人民出版社 1990 年版，第 229 页。

歇斯底里成了肯定的对象，"白痴"成了美好的人物。波德莱尔则叫喊："给我粪土、我要把它变成黄金!"他的整部《恶之花》就是为了发掘这种恶中之美。作家们这种"以丑为美"的原则，并不使人们沉湎于平庸腐臭的现实世界里，而是通过"丑"的自我暴露、自我否定，使人们打碎对现实世界的幻想，从而在新的层次上重新肯定美。

西方现代主义作家对复杂性的强调，滋长了他们强烈的相对主义观念。西方世界由于反理性思潮的横行，他们感觉到现实的混乱和无意义，产生出对自身价值的怀疑。古希腊悲剧中俄狄浦斯式的悲剧在他们心中蔓延。这种命运主宰一切的观念使他们对现实的一切都感到"荒诞"、"无所谓"、"焦虑"、"呕心"。因而在创作时对现实事件的随意偶然性的依赖，远比以前的现实主义作品为盛。现实主义作家只是用"巧合"来完成作品的偶然性，而西方现代主义作家则把整个现实看成是由无数的"巧合"（或偶然性）组成的。加缪《局外人》中的莫尔索，就是这种具有强烈荒诞感的形象，作品通过他生活中的一些偶然事件的拼凑（母亲去世、与女友逛街、游泳、看电影、和朋友玩、无意中开枪打死阿拉伯人），表现出他对人、对己、对世界的一切的冷漠态度，表明他已和世界产生了严重的分裂，他与世界的关系已变得陌生，因而他时刻都被空虚侵袭着，一切都是虚无，一切都是无意义。这种感受正是人对自己内在和外在价值都无法确定的感受。萨特的《恶心》也是通过"巧合"的事物组成了主人公洛根丁的生活。在他的生活中，有城市的街道、图书馆、博物馆、公园、雕像……还有熙熙攘攘的人群，但洛根丁对这一切都感到恶心，不仅对人，而且对物。为什么有这块鹅卵石？为什么有这树根？为什么有这些树木？它们在那里存在着，但它们为什么在那里存在？在他眼里这一切都变得滑稽可笑，稀奇古怪。一般人看到的世界是那样充实，那样富有意义，而洛根丁则看到虚妄——世界和人的存在的偶然性和不可捉摸性。

西方现代主义作家把世界和人看成是由偶然性来决定的观念，是由他们对现代世界的强烈感受和人生体验总结和归纳出来的，作家就以这种极端丰富的经验来创造作品。可以说，西方现代主义作家的创作就是无数经验的组合，亦即无数偶然性的组合。但这种组合并不是无原则的拼凑，而是在无数的偶然性后面表现出某种必然和秩序，以此来统率整部作品的内在结构。

二 西方现代主义作家提倡整体统一性原则，是从更高层次上对现代社会进行本质的把握

19世纪的作家在现实主义原则的指导下创作出许多富有批判精神和现实意义的作品，这些作品对西方资本主义世界的批判和揭露，曾起到积极的作用。但以巴尔扎克、狄更斯、托尔斯泰为代表的现实主义作家，已把现实主义的原则推向高峰，致使这类小说形成了一个共同的模式。"小说都提供一个娓娓动听的，完整的故事，编制故事的原则是因果逻辑关系，时间空间的联系，这个故事通过人物帮周围世界的关系，按时间先后顺序，按照对客观过程的忠实描写而展开，这个故事由一个洞察一切的观察者来叙述。"① 这种编年史式的叙述结构，虽然在19世纪的社会中有其应有的价值和地位，但它也只是19世纪社会现实的反映。20世纪这个动荡不安的社会和其中纷繁复杂的意识形态，要求有新的创作原则和叙述方法来反映20世纪的社会现实。

西方现代主义作家虽然强调世界的复杂性和偶然性，但并不是把现代世界中那样零散的事件进行无原则的组合，而是根据作家的需要，在作品的内在结构中形成一个统一的整体，从而在更高层次上对现代社会进行更广泛、更本质的把握。西方现代主义作家摒弃了传统小说中的那种编年体式的叙事结构，以拓展作品的内在空间、打断因果系列等放射性、多重性的叙事结构取代传统小说中的单一的线性叙事结构。西方现代主义作家强调"空间形式"，并不是完全抛弃时间，而是在尽可能短的时间内容纳尽可能多的内容，这些内容以作家和读者的内在情感、内在经验和内在情绪等来联结，因而西方现代主义文学的许多作品表面上看来杂乱无章，实际上却具有整体上的统一性，如意识流小说、荒诞派

---

① 龚翰熊：《现代西方文学思潮》，四川大学出版社1987年版，第40页。

戏剧、表现主义文学等。在意识流小说中，"故事"已被作家退到次要地位，甚至完全消失。意识流小说主要以人物的意识流动来安排作品的结构，这可以是有顺序的，也可以是杂乱的，完全按人物意识流动的情况而不顾现实的物理时间和空间。乔伊斯的《尤利西斯》就是这样的作品，《尤利西斯》尽管只有三个人物在同一天内，而且对他们中任何一个人都没有特别意义的生活的描写，但作品在整体上却有丰富的意蕴。贝克特的荒诞派戏剧《等待戈多》也具有同一特色，作品本身的内容并不重要，重要的是作品在整体上表现了"等待"这一主题，作品中的主人公弗拉基米尔和埃斯特拉冈由于等待而痛苦，而焦灼不安，从而无限期地延长了等待的物理时间和心理时间，使主人公的失望和希望在等待中永恒地更迭。作品中的故事、人物语言、行动等都非常单调，但这种单调并没有丧失作品的内在价值，反而更深刻地表现了现代西方人在"没有上帝"后的痛苦和失望情绪。

西方现代主义作家为了加强作品的整体性效果，还大量地引进了神话因素。作家对神话的选择是对作品整体统一性的强调，这种强调在于使作家心理中复杂的经验和意象与现实之间达成某种本质的统一，而不是外加的统一。作家通过使作品时间颠倒与变形，结构错乱等方法，改变现实时间和因果秩序，把读者引入久远的古代神话的幻景中，从而使作品成为一种广义上的现代神话象征模式。这种表现方法，是作家故意造成的形式上的扭曲、残缺和空隙，以刺激读者追求完整的心理动势，使作家和读者一起，共同完成作品的创造。例如，詹姆斯·乔伊斯的《尤利西斯》，作品虽然是写现代人布鲁姆、莫莉、史蒂芬三人的生活片断，实际上却蕴含着荷马史诗中《奥德赛》的内容。如果我们把《尤利西斯》当成他们三人的个人生活史和故事来读，那它就没有什么特别的意义。《尤利西斯》的意义就在于它和荷马史诗中的《奥德赛》相对照，使作品超越了作者所叙述的故事和其中人物历史的局限（偶然性），而作为一部虚构小说（借用神话），使小说本身的内容获得无限的扩张（必然性）。用彼得·福克纳的话说，就是《尤利西斯》"抛弃了唯物主义与唯心主义的专断信条，肯定自身既不能与现象分离，又区别于现象世界，承认作为表象的世界（本体、象征、人工制品）与作为意志或存在的世界（现象、物、事实）之间的相互冲突与相互依存。因此，既承认偶然性，又承认必然性的虚构小说，就像生活一样，并不是一个一劳永逸的事情，而是一个永恒的过程，一种不断的选择，一种持续的再探索和再思考"①。因此，《尤利西斯》只是它的文本使之成为一部文学作品，它的内涵却是无限的、多重的。其他如戈尔丁的《蝇王》的整体结构蕴含了欧里彼得斯《酒神》的先验模式，并与巴兰特的《珊瑚岛》的整体结构对称；《荒原》的整体结构与《圣杯》相对称，等等。

西方现代主义作家选择神话母题，并与之相对照，并不是为了回归神话本身，而是把神话作为一种现代艺术中的表现技巧，把西方现代主义作家对现实的复杂性，不可捉摸的理解与远古人们对世界的不可知性、神秘性加以比较，把古代英雄那富有崇高的责任感、坚定的信念与现代人猥琐、卑下、缺乏信念等加以比照，从而体现出远古神话的那种严肃、神秘、朦胧的气氛与现代社会中的肮脏、混乱、动荡不安的气氛的巨大反差，使读者从中领悟到更为本质的现代世界。

三　现代主义作家注重主观体验，人生经验的发掘，实质上是对现实主义真实性原则的反拨

19 世纪的现实主义作家一般都以"文学必然忠实地反映生活"为其创作原则，以"文学应具有科学真理的精确性"为最高理想。他们注重社会生活的外部形态，主张准确、全面、细致地反映现实生活，再现人的生活的外宇宙。以巴尔扎克等为代表的一大批现实主义作家都坚持这一原则。在现实主义后期福楼拜、莫泊桑、左拉等作家对现实主义原则有某种程度上的反叛，"自然主义……是现实主义逻辑上的产物，通过夸张，它使现实主义的局限和缺点比较明显了"。因此，这一原则随着欧洲社会的急剧变化，很快遭到西方现代主义作家的反对。

---

① ［英］彼得·福克纳：《现代主义》，周发祥译，昆仑出版社 1989 年版，第 96 页。

西方现代主义作家认为，现实主义作家之所以坚持这一原则，主要有两方面的原因，首先，现实主义作家认为作家与读者之间存在着一种稳固关系，他们具备一致的态度，享有一个共同的现实，他们无须为读者是否理解和接受自己的作品而担忧。他们创作的任务就是忠实地按照生活的样子，再现生活中的种种事件，注重作者和读者都能感受到的共同经验。为此，现实主义作家除了把自己扮成一个全知全能者外，还不惜把自己的形象纳入作品中，让自己在作品中与读者直接对话，或发表自己的议论。如托尔斯泰的《安娜·卡列尼娜》，开头作者就说："幸福的家庭是相似的，不幸的家庭各有各的不幸。"又如纪德的《伪币制造者》："一个未先布局的作者停下笔来，透一口气，怅然自问，他的故事会把他带到何种境地？"① 作者这样直接地进入作品，向读者呼吁，是因为他们先验地假定了读者的经验和作者是一致的，因而作者希望自己的呼吁能感染他们，使他们随声附和，如果作者意识到读者并不一定会作出反应，这种情况就不会出现。其次，现实主义作家非常相信自己的力量和作品的效果。作家相信他对社会的观察和理解对读者具有一种伦理启蒙作用，而且把读者看成一种被动的因素，就是说，作家已预想到读者早就有这么一种伦理期待，希望作家给他答案，并且作家还把这种期待引入社会，希望作品对社会伦理道德具有改进作用。作家忠实地描写现实中的事物，目的是使读者对自己熟悉的东西有所感悟，而作家真正的目的却在于，通过种种习以为常的事件使读者进入作者所建构的伦理理想。这样，文学对社会作用的强调就必然使自身承担起一部分宗教的功能，也就必然使现实主义创作丧失其反映生活的广度和深度。现实主义作家尽管强调作品的真实性，但这种真实性仅仅局限于作家观念中的伦理范围，而对这一范围以外的各种事物，却无法加以描写。

在西方现代主义作家看来，现实世界远比现实主义作家所描写的现实更为复杂。现实世界并不是以跌宕起伏的故事形式呈现在我们面前的，并不是一个循序渐进的伦理结构，而是片断的、琐屑的。因此，现

----

① ［英］达米安·格兰特：《现实主义》，周发祥译，昆仑出版社1989年版，第56页。

代主义作家追求更客观的艺术表现形式，但并不是反对现实主义本身，而是在真实性程度上来补充现实主义的种种局限。像意识流的心理现实主义、新小说派的客观现实主义、拉美的魔幻现实主义、法国的超现实主义等，都是从各自所持的观点出发，对现实主义进行补充和发展。但是，西方现代主义作家注重的是自己的主观体验，人生经验中的真实性，在混乱繁杂的社会中，人的心理真实要比外在真实更可靠，因而更具有真实性。因此，西方现代主义作家摒弃对人物性格、外表和与之相关的一切附属品的描绘，让读者直接进入人物的心理现实，使作品呈现出一种内倾性特征。这一特征拓宽了现实主义的表现范围，挖掘了现实主义真实性原则的许多未知领域。

法国新小说派作家萨洛特说："就现在看来，重要的不是继续不断地增加文学作品中的典型人物，而是表现矛盾情感的同时存在，并且尽可能刻画出心理活动的丰富性和复杂性……作家所需要的就是彻底忠实地写自己。"[①] 这一流派反对以巴尔扎克为代表的传统小说，反对以塑造人物为小说创作的主要任务，认为小说的任务无非是"非人格化"，不带任何感情色彩的语言，即用冷静的、准确的像摄像机似的语言来描述客观事物。他们认为人物只不过是表现某种心理因素或心理状态的"临时工具"。因此，新小说派作品中的人物不但没有性格特征，甚至连姓名也没有。著名作家阿兰·罗伯-格里耶的《橡皮》就是这样的作品。作家借用一个很平常的侦探小说故事，叙述某恐怖组织暗杀经济学家杜邦教授的离奇情节，但作家的目的不是向人们展示这一故事的离奇、曲折，而是向人们提供一个现代世界混乱不堪，人们无法自己掌握自己命运的"俄狄浦斯式"的悲剧性体验，只要人们能够体验到作品中那种不可思议，不可预测的神秘气氛，作家的目的就算达到了。

意识流小说家则把创作意向从外部世界伸展到对人物深层意识的揭示。这派作家努力把自己从作品中"逃"出来，让作品高度"非人格化"，以便更真实地模拟本来状态下的人物的意识流动，模拟意识流的

---

① ［法］娜塔莉·萨洛特：《怀疑的时代》，《法国作家论文学》，王忠琪等译，生活·读书·新知三联书店1984年版，第389页。

原始轨迹。当人们阅读这种小说时，并不处于受作家观念控制的受动地位，而是主动地参与作品人物的意识流动共同完成作品。由于意识流小说是以模拟人物意识、潜意识为内容的，因而表面看来作品显得毫不连贯，人物含混不清，但意识流小说家认为只有这样的作品，才是现实世界的本来面目，如《尤利西斯》中的布鲁姆、莫莉、史蒂芬的外貌和性格特征都模糊不清，也几乎没什么情节。像这样的小说，如果按阅读传统小说的习惯，先理顺故事，分辨人物性格，寻找主题等，那就没什么价值。这样的作品，只有读者消除心中的伦理期待，积极主动地和作家一起去完成这部小说，才能最终理解它。《尤利西斯》之所以令人倾倒，就在于作家通过人物意识、潜意识心理的揭示，更为深刻地表现了现代世界的丰富性与复杂性，表现了人物在这样的世界中那种畸形的、被扭曲的生存状态。

其他像魔幻现实主义、荒诞派戏剧、表现主义等流派，都有与上述流派共同的倾向。在西方现代主义作家看来，这种向内转的创作倾向比现实主义文学更能反映现实世界的真实性。意识流小说中的心理现实，新小说派中的纯客观现实，魔幻现实主义的魔幻性，荒诞派戏剧中的离奇、荒诞，不但能像现实主义那样真实地反映现实世界，而且更适应时代的需要。因此，西方现代主义作家的真实性原则有与现实主义相对立的一面，实质乃是对现实主义的补充与发展。

科技时代的写作

——从罗兰·巴特《写作的零度》谈起

　　罗兰·巴特《写作的零度》写于 20 世纪 50 年代，其写作的主要目的是要同当时法国左翼文学批评的领袖萨特进行对话。萨特在《什么是文学》这篇著名的论文中，鲜明地表达了文学的功能是恢复世界的本来面目，文学必须"植根于人类自由"的基本观念，因此，萨特强调"文学将你投入战斗之中，写作是一种追求自由的方式"。① 若想知道文学是什么，就必须同时回答你为谁写作的问题。巴特则出于对文学表现主体性思想的不满，强调作家创作的无主体性，他认为以往的作家都是受到某种既定思想的干扰，文学成为某种意识形态的载体，因而这样的文学失去了它原有的本真状态，他提出"零度写作"的文学观就在于从根本上推翻萨特"为谁写作"的命题，从而确立一种新型写作观。

　　巴特《写作的零度》的价值显然不仅仅在于和萨特论辩本身，而是涉及文学的许多根本性问题，这些问题的重新提出，表明文学所面临的时代已发生了根本变化。文学历史上每一次文学观念的变化，既是文学自身发展规律的结果，同时也是时代对文学提出的必然要求，文学主体的革新，只不过是这两种规律共同作用下的表现形式而已。从这个意义上说，巴特《写作的零度》的出现，实则预示着文学面临着一种新

---

① 柳鸣九编：《萨特研究》，中国社会科学出版社 1981 年版，第 254 页。

时代。对于这篇预示了文学变革时代的杰出论文，我们不能仅仅以论文本身的含义进行评判，而应该从科技时代对文学提出的重大问题进行全面审视，从而提出科技时代文学应有的发展方向。

一

巴特的写作观是在传统文学的废墟上建立起来的，他对传统文学的态度，并非一般意义上的批判，而是根本性的颠覆。他不承认有所谓的文学史，在他看来，以往的文学根本就不是文学，因为以往的文学要么是政治式写作，要么是思想式写作，因而都是某一社会集团或某一思想的工具。由于历史对文学的长期污染，文学已失去了自己的本来面目，被异化了，现在我们还保留文学这一概念，但它只有分类学上的意义，文学仅仅作为"写作的一个类别"，"一种形式的现实性"。文学已被巴特推到了历史的深渊，被悬置起来，只有作家在与深层历史建立起某种联系时，文学的灵光才得以显现出来。巴特就这样毫不动心地焚烧了文学殿堂，在它的废墟上，在文学殿堂残存下来的"形式的现实性"中，他从容地建起了自己"写作的茅屋"。

巴特首先分解了文学作品的构成，他认为文学作品包括三个层面：语言层面、文体层面和写作层面。他认为，作品语言是作家所处的那个时代的一套规定和习惯使用的语言结构，但语言结构并非作家所独有，它是一切人行为的场所，是"一种可能性的确定和期待"，是"一种独立自足的自然状态"①。文学就存在于这个语言结构中。因此，对于作家来说，他所面对的与其说是文学，倒不如说是语言结构，语言成为作家唯一的问题。

文本是一种位于社会之外的纯粹个人性的东西，它存在于作家内心深处，并在与外界接触的过程中发生一种盲目和固执的变化的结果。因而它不是文学的一种属性，但它又是作家之所以成为作家的一种必然性，正因为如此，作家才能建立起与语言的联系，这种联系

---

① ［法］罗兰·巴特：《写作的零度》，王潮选编《后现代主义的突破》，敦煌文艺出版社1996年版，第199页。

"使作家在语言结构中发现了历史的熟悉性,在风格中则发现了本人经历的熟悉性"①。

但是,不管是语言结构还是文本,都还是相互独立的自在体。要使文学成为可能,就必须有存在于它们两者之间的行为,这种行为就是写作,它是作家在面对写作的历史中的一种自由选择,"在此选择中,作家清楚地表明其个人特色,因为在这里他能够证明自己的归宿……并同历史的伟大危机相联系"②。写作既是一种自由选择,又是一种与历史相联系的"协同行为",同时也是作家的社会性场所的一种伦理选择。在这里,巴特实际上已明显地确立了写作就是作家的职业场所,在这个场所里,他思考"文学问题"。

其次,巴特确立了写作的方式,他将这种方式称为"零度写作"。"零度写作"是在传统文学的虚拟式(思想式写作)和命令式(政治写作)之间存在的"一种非语式形式的直陈式"写作,一种新闻式写作,它是以作家的"不在"或无主体性客观地描绘对象。这种写作,作家的主体性被掩饰,而用一种冷冰冰的,毫不动心的方式进入文学,这样,作家头脑中的各种既定观念被挡在文学的门外,写作犹如操作机器,作家的行为已不被对象所驱使,他只是以沉默的存在方式面对着浩大的语言世界,人的问题成为没有意义的问题,人所组成的社会成为一种与自身本质隔离了的自然界,作家的写作只能是绝对的复制,其作品也是在于向人们提供社会的各种信息,这样,写作就从根本上拒绝了对人的形而上学思考,写作所面对的就是语言。

巴特认为,社会性的自然语言是一种未被任何思想干扰的,又最具有普遍性的纯洁语言。"纯化写作"就是要作家关注这种语言。但是,这种语言也同样存在着限制性特征,这种限制要比某一规范或某一群体的限制更为本质、更为深刻。正是因为这种限制,作家才建立起与深层历史的联系,而不是与某一规范或群体的表层联系,而作家与深层历史

---

① [法]罗兰·巴特:《写作的零度》,王潮选编《后现代主义的突破》,敦煌文艺出版社1996年版,第200页。

② 同上书,第202页。

的联系，是作家通过"对非时间性的人的本质的表现"①来实现的，也就是割断时间的连续性，分割叙事过程，使叙述的内容按照叙述者的时间重新组织，从而表现出内容的含混性。这种叙述使作家能够充分地排除叙述事件由于其本身的时间性和因果性所构成的意义的可能性，而直接进入人的本质，因而巴特所说的作家与深层历史的联系实际上就是对人的本质的把握。

最后，巴特规定了作家写作的责任。巴特反对作家受某种既定思想进行写作，拒绝表现意义，但他并不认为作家写作可以不负责任。巴特所要求的作家与传统作家的不同之处在于，他摒弃了写作是一种有意指性的行为，而把作家摆放在历史学家的位置上，又以文学的视角关注着现实，以实现作家与历史的协同。但作家并非历史学家，历史学家总是把社会生活分割成为一个个完整的事件，并把事件与历史的连续性融贯起来，历史包含着某种因果链和时间性的场所，因而也是一个被历史学家规定着意义的场所。传统作家正是在这一点上受其位置性的规定。其文学也就变成被意义阉割的文学。巴特写作观的含义就在于它不是一种意义的贮存所，而是丰富的"存在的贮积所"。作家正是通过对存在的探寻而不是对意义的确定使文学成为历史中独具特色的一种形态。

在巴特的写作观中，语言问题成为作家写作中唯一关注的问题。但是，由于社会性自然语言关涉着整个人类的历史。因而写作仍然是一种有人性的行为，而且与传统作家那种仅与表层现实联系的人道主义相比，当代作家的人道主义都表现得更为普遍、更为深刻，巴特称这种写作的伦理为一种新的人道主义，这种新人道主义的内涵就是始终关注着人的存在境况，对人的存在进行勘探。而巴特所说的文学的"用途"，指的正是这点。

由于作家所面对的社会性自然语言不可避免地存在着分裂，它被不同的人所持有和使用，因而，作家必然会陷入语言分裂的僵局。巴特认为这并非作家应负的责任，而是社会本身的僵局所导致的必然结果。因

---

① ［法］罗兰·巴特：《写作的零度》，王潮选编《后现代主义的突破》，敦煌文艺出版社1996年版，第242页。

此，"零度写作"既是在科技时代的一种异化的结果，又是作家新型人道主义精神所企盼的梦想，巴特正是企图通过这种异化的写作形式，以体现作家在这种意识分裂和语言分裂的状况下的"一种分裂的良知"和"超越这种良知所作的努力"。

二

巴特"零度写作"观的创生，显然不仅仅是作家创作方法论的更新，它实质上是与科技时代人们"意识的裂变和语言的裂变"所导致的文学分裂密切相关。尼采曾经说过："自然科学的发展已导致自我瓦解，自我对立……从哥白尼开始，人就由中心位置滑向未知数 X。"①萨特作为巴特"对话"的对象，他在"存在与虚无"等哲学论著中，面对科技理性的汹涌之势，虽然认识到世界的本质是荒诞而虚无，但他仍然确立了人的自我的价值定位，因而主张反抗现实以实现自我人生的价值。然而，巴特面对时代的主流，显然感到自我已无力面对外在世界。由于他对现实的无法把握，于是他干脆放弃对现实的关注，自愿把自我放逐到现实世界的边缘，而且把自我的精神意向延伸到那遥远而深沉的历史，企图在与深层历史的联系中确立自我在现实中的微弱价值（写作的用途）。巴特"零度写作"的逻辑基调，就是建立在对现实无力把握这一精神内核基础上的，因此，"零度写作"既是科技理性逼迫下的产物，又是巴特面对现实的无奈选择。下面试以巴特推崇的"零度写作"的典范作品——加缪的《局外人》为例，来阐述这种理论的局限性及其对作家带来的影响。

加缪《局外人》一出版，就受到人们的称赞，然而许多人对这部作品却感觉很模糊、很迷惑，原因是不知道主人公莫尔索到底是什么样的人，为此，加缪几个月后又出版了《西西弗斯的神话》来为他的小说作说明（这与现代社会的商品及其说明书的关系相差无几）。这里就提出了一个值得关注的问题：为什么加缪要用他的《西西弗斯的神话》

---

① ［德］尼采：《权力意志》，张会东译，商务印书馆1991年版。

作为他的《局外人》的"说明书"？其实《局外人》也不是难以理解的一部书。它与传统小说的不同之处在于作家对小说主人公莫尔索的无主体性描写和新奇的表达方式。他无所事事，对一切事情漠不关心，对世界上的任何事情缺乏热情、道德感和应有的责任感。对于母亲的死，莫尔索没有任何难过和伤心的表现，对他而言只不过是例行公事。埋葬母亲后，他一回到城里就和自己的情妇看滑稽电影，然后上床做爱。"过了一会儿，她问我爱不爱她。我回答说这种话毫无意义。我好像不爱她，她好像很难过。"[①] 雷蒙要他写信，他写了。在沙滩上，他感受到中午阳光的炎热，面对着阿拉伯人和手中明晃晃的匕首他心里只觉得难受，他不由自主地朝阿拉伯人开了四枪，毫无动机。在法庭上，他只觉得周围的人可笑，好像根本不是在审判他一样。莫尔索唯一感到有兴趣的事情是在对他执行死刑的时刻，他终于等到了完成自己生命旅程的那一刻。莫尔索到底是个什么样的人？作品中没有任何暗示，读者对莫尔索也不知所措。于是加缪在《西西弗斯的神话》中加以解释：这叫荒诞，莫尔索就是这种具有荒诞感的人。荒诞就是人与世界的脱节，演员与布景的脱节，在一个突然被剥夺了幻觉和光明的宇宙中，人就感到自己是个局外人，如此等等。加缪在《西西弗斯的神话》中详细地解释了荒诞的概念，而莫尔索又是一个具有荒诞感的人，这表明《局外人》并不是一部没有意义的作品，只不过是这个意义与作品的内容脱节罢了。而这种脱节实质上是作者强行隔离了内容与意义的一切联系的结果。这种隔离方法就是采用短句和间断的句式来"拒绝利用前面的句子造成的飞腾之势，每句话都是重新开始，每句话都是对一个姿态，一个物件摄下的照片。每个新的姿态和新的物件都有一个新的句子与之相对应"[②]。这种隔离就像是一个人在玻璃墙后面打电话一样，可以看见他在说话、做动作，却不知道他打电话的内容及目的。对话本来是提示

---

① ［法］加缪：《局外人》，刘象愚编《现代主义文学作品选》，高等教育出版社2002年版，第490页。
② ［法］萨特：《局外人的诠释》，吕同六编《20世纪世界小说理论经典》（上），华夏出版社1995年版，第287页。

意义的时刻，但"加缪也把对话刨平、简化，往往用非直接引语记录对话"①。所有这些技巧，都是加缪强行隔离意义与叙述内容的联系的手法，加缪把作品的意义隔离起来，再放进他的说明书里进行详细解释，除了以另一种形式显现外，意义仍然是没有被消灭的，它仍然是存在着的。

以上分析中能比较清晰地看出巴特写作理论中的严重局限，这就是存在与意义的脱节。巴特在《写作的零度》中确立的逻辑起点就是拒绝对意义的探寻而进行"零度写作"，但是他又认为作家写作就是对人的存在本质的勘探。这样，巴特实质上已混淆了存在与意义的逻辑联系，对存在的探寻就是对意义的探寻，而巴特却强行隔离了存在与意义的一体关系，这种存在与意义的脱节在加缪的《局外人》中已显示出明显的矛盾，因此加缪不得不用另一篇《西西弗斯的神话》来进行意义的补充。巴特的理论及加缪的创作表明作家对意义的拒绝并非文学发展到科技时代的必然产物，而仅仅显示了他们对科技理性的反抗意向。同时又体现出他们既反抗科技理性又脱离不了这种知识传统因而又不自觉地在文学上顺应了这种科技潮流的矛盾心态。

19世纪工业革命推动欧洲进入了现代社会，它标志着人类文明进入了一个崭新的时代，然而在思想界，随着尼采喊出"上帝死了"以及一批疯子作家对现代社会种种惊世骇俗的言论，欧洲已进入一个"众神已逝，新神尚未来临"的尴尬时代，神的消失使世界失去了尺度，也模糊了人生存的意义。整个20世纪的西方思想界无不一步步应验着尼采的疯言，"科学的世界观：它向往理解一切事物，向往把世界上万物都变得实际、有用，可资剥削。它具有反美学的本质，其价值观念仅仅重视那些可以衡量、测定和算计的东西"②。科学的世界观是西方人在同基督教的斗争和反抗中伴生的一种人类思想成果，它虽然在实践过程中确立了自身的价值和地位，但同时也显示出对自身文化功能及

---

① ［法］萨特：《局外人的诠释》，吕同六编《20世纪世界小说理论经典》（上），华夏出版社1995年版，第293页。
② ［德］尼采：《权力意志》，孙周兴译，商务印书馆1991年版。

价值的摧毁性特征。而这种世界观已成为西方人的一种普遍的信仰，它渗透了人们精神生活的每一个领域，也理所当然地进入了文学的圣地，面对着科学世界观的轮番冲击，文学如何得以维持自身的纯洁呢？正如巴特所说的，"零度写作"仅仅是这个时代的意识分裂和语言分裂状态下的一种分裂的良知。巴特身处于这个"反美学"的文化氛围中，自然不可避免地陷入"理性的陷阱"，他顽强地举起反叛的旗帜，结果却使自己越陷越深，最终达到不能自拔的境地。巴特后期的一些批评著作表明，他已完全地陷进了语言的迷宫，在语言的汪洋大海中"快乐"和"狂欢"。

无论巴特的批评实践还是其他同类作家的创作实践，都表明了巴特的"零度写作"是一种对存在意义的逃避。对存在的探寻就是对存在意义的确定，但巴特却拒绝对存在确定意义，这不仅在逻辑上陷入矛盾的境地，在理论上也必然走向虚无。实际上，任何时代掌握思想和知识的人都是给自己时代确定意义的人，但是，巴特和他同时代的知识分子一样，无法也无力给他那个时代确定意义，因而只能把心灵的触角伸向那遥远的深层历史中。用萨特的话来说，这种"无能"是"神学意义上的"。这不能不说是西方社会的一个时代悲剧，同时也是西方知识分子的悲剧。

三

在《庄子·天地篇》中，有一则这样的故事，孔子的门徒去南方游历，路遇一老者在园中浇菜，见他费力从井中汲水，又抱瓦罐往返运送，半天才浇上一垄，子贡性急，好心提议说，有种机械名回桔槔，一天可浇地百亩，省力又见效，何不一试？老者笑答："有机械者必有机事，有机事者必有机心，机心存于胸中，则纯白不备；纯白不备，则神生不定；神生不定者，道之所不载也。"（《庄子·天地篇》）巴特的"零度写作"，不可谓不是一种适合西方时代精神的写作形式，实际效果却使文学走上它的极端，使意义与本文脱节，最终导致了"文学的放纵"。究其原因，恐怕也就是巴特的"机心"在作怪。巴特对文学的颠覆，就是想用科学理念去彻底改造原有文学的面貌，实际上，科学，迄今为止，是通过要阐释一切的假说，来达到完全消除事物复杂性的方法，而一门艺术的历史以其个性特点而成为人对人类历史之非个性的反动。文学的特性是以表现人的个性的丰富性和现实生活的多样性为旨归的，它与科学存在着天然的互拒性，这样，巴特越是反抗传统的文学，就越是走向了文学的反面；越是想纯化文学，就越是走进了科学理性的陷阱，从而陷入了一种可怕的怪圈。巴特和所有具有反美学特性的作家一样，他们对文学的种种创生，犹如一个力拔千钧的大汉无力拔起自己身躯一样，结果只能是文学自己的相互摧毁！

面对西方文学的危机，海德格尔经过长期的思索和静观，似乎领悟到西方文学应该走的道路。海氏早在《存在与时间》中就力图通过对存在的探索，以寻求存在的意义。在经过 30 余年老庄式的孤寂生活之后，他终于摆脱了"机心"的烦忧，从艺术的神殿中重新发现了被科学理性掩盖了的真理之光，使艺术成为确定人类存在的意义，寻求真理的最高境界。在《艺术作品的起源》中，他认为艺术的本质是真理，而真理之所以能在作品中得以演绎，正是因为它以诗的方式构成。真理以艺术的方式敞开自身，而"注入作品的这一闪光就是美，美乃真理进入本真状态的一种方式"①。因此，诗就是存在意义的体现者，诗人之所以崇高，就是因为他把真理之光传送给人民，为他们的生活设定尺度，确立意义。但是，在现代世界里，诗性被理性所掩饰，被科学所挤压，艺术作品堕落为商品。在精神贫乏不堪的世界里，诗人以诗为生命，因而诗人的求索一方面显得愈发崇高，另一方面又充满危险。

海氏认为，人只有诗意地生活，人的在世才是有意义的，人被抛入世，并非为追求某种先设的目的，而是以大地为家，视天命为归，最终体悟到自身存在的终结完满。而这种与自然融为一体，自由祥和的生存状态就是诗意的栖居。因此，人的生存只有与诗融为一体，承受真理之

---

① 赵一帆：《欧美新学赏析》，中央编译出版社 1996 年版，第 50 页。

光的温暖，才能感到实实在在的存在，人的存在才有意义。应该说，海氏对文学艺术的深刻体悟触及当代欧美文学的灵魂深处，然而这种体悟是海氏经过几十年孤独的"反观内视"获得的，对于处在"意欲向前"文化背景下的西方人，是否能真正接受海德格尔的思想恐怕仍然有待时日，况且西方科学文化作为他们的母体文化，要他们抛弃科学成果而去享受海氏"诗意地栖居"的生活，恐怕与事实也不相符。

　　然而，我们从海氏对存在意义的向往和诗意地栖居的追求中，看到了即使在科技时代里作家对自我和世界还是能够把握的。巴特的"零度写作"实质上是完全顺应科技理性而又想维持文学作为类别的存在价值的结果，他实际上已把文学推向了科技理性的思维范畴中，因而丧失了文学作为人类存在之精神需要的根本属性。要使文学得以在科技理性条件下生存和发展，唯有拒绝"机心"，心存"本心"，才能以清醒的视角看待理性的时代，使文学始终与现实世界保持一定的距离，甚至与之相对抗，以维护本心的纯洁和尊严。米兰·昆德拉就说："我觉得我只知道小说与我们的时代精神不能再共同生活下去，如果它想发现尚未被发现的，如果它想作为小说而进步，它只能对抗世界的进步而实现自己的进步。"① 马尔克斯曾经也说："我以为作家总是与社会发生冲突，而且还不止于此，我有一种感觉，作家写作是解决个人与周围环境冲突的一种方式。"② 当然这种冲突不是表层意义上的与现实社会的直接对抗，而是以文学的独特视角审视社会历史进程中人的现实境况，亦即对存在意义的勘探。马尔克斯在《百年孤独》中对布恩地亚家族百年历史的轮回式描绘，表现了哥伦比亚、拉丁美洲乃至整个人类的单调的历史重复给人性造成的巨大的孤独。这种对人性巨大孤独感的揭示，就不是历史性的，而是文学性的。米兰·昆德拉同样也是从文学的视角切入1968年"布拉格之春"这一捷克重大历史事件的，透过这灰色的

---

　　① ［法］米兰·昆德拉：《小说的艺术》，董强译，生活·读书·新知三联书店1995年版，第18—19页。
　　② ［法］萨特：《局外人的诠释》，吕同六编《20世纪世界小说理论经典》（上），华夏出版社1995年版，第118页。

历史，我们看到了强权对人性的巨大伤害以及作者维护人性尊严的勇气；海明威在《老人与海》中对人类崇高精神的揭示，那种"人可以被消灭，但永远不可以被打败"的精神气质，无不体现着文学真理之光的闪耀，表达着他们对人类存在境况的强烈关注。因此，科技时代条件下文学的命运，并不取决于科技理性对文学的威胁，而取决于作家自我是否被科技理性所分裂、瓦解，也就是取决于作家是否有"本心"。

作家作为人类存在意义的言说者，应始终以把握存在、确定意义为己任，企图以"不在"言说存在进而消解意义，虽有以不言为言的含义，却始终不能达到不言，因而也就不可能完全消解意义。作家的写作本身就是一种意义的言说，因此，只要作家在言说存在，就始终和意义相关联。

尼采对古希腊生命哲学的继承与超越

在西方思想史上，尼采通常是以反传统的角色著称于世的，但这种论断并不能概括尼采思想的全部内容。事实上尼采所反对的仅仅是西方形而上学传统和基督教文化传统，而对于更为古老的古希腊文化传统，特别是其中的生命哲学传统，尼采不仅没有反对，还把它作为建构自己哲学的价值尺度和核心观念。尼采研究古希腊语文学起家，良好的学术素养使他从古典语文学研究中深切地感受到古希腊人本主义的巨大价值。本文拟通过尼采对古希腊生命哲学的重新阐释、对基督教文化的批判和尼采有关现代思想的价值标准三方面来阐述尼采与古希腊生命哲学传统之间的精神联系。

一 尼采对古希腊生命哲学的价值发现

德国人对古希腊文化的向往并非从尼采开始。大约从 18 世纪后半期开始，持续至 19 世纪末，德国思想界对古希腊文化的热烈崇拜就已经成为一股持续不断的思想潮流，出现了温克尔曼、洪堡、赫尔德尔、歌德、席勒、荷尔德林、施莱格尔和黑格尔等著名学者和诗人，他们虽然研究的方向和观点不尽相同，但都在各自的领域共同表达了他们对古希腊文化的强烈倾慕之情。由于对当时德国社会的庸俗气氛和丑恶现实感到不满，他们不约而同地把自己的精神理想寄托在古希腊世界的思想圣殿当中，把古希腊社会美好的"黄金时代"看成是寄托自己理想的精神故乡。温克尔曼不仅对古希腊艺术怀有深深的敬意，而且还凭其理性主义的思维发掘出古希腊艺术蕴含着"高贵的单纯，静穆的伟大"的艺术理想；赫尔德尔则是将狄奥尼索斯看成新的德意志民族诗歌的起源和基石；席勒和歌德则用心灵去寻找希腊人的精神圣地，他们召唤着企图通过审美教育去促进社会的进步；荷尔德林、诺瓦利斯和施莱格尔兄弟不仅共同庆祝希腊神祇的回归，他们还努力把基督教的上帝与古希腊神话中的神祇融合起来，创造出一种浪漫主义"诗意地栖居"的美学理想；黑格尔也曾经说过，一提到古希腊这个名字，在我们德国人心中就会引起一种"家园之感"①。所有这些精神成就都表明当时的德国文化界对古希腊文化传统的无比热衷和崇拜，甚至有人把这种精神倾向看成"希腊对德国的暴政"（参见巴特勒《希腊对德国的暴政》波士顿，1958），这些都充分说明当时的德国思想界已经在各个领域都受到古希腊文化的浸染，古希腊文化名副其实地成为德国人的精神圣地。在这样的文化氛围下，尼采到古希腊世界去吸取灵感和精神养料就完全可以理解了。尼采曾在《权力意志》中这样表达他对古希腊文化的向往和无限的崇敬："这是一种对曾经存在过的最美好东西的想望。人在任何地方都不再感到像住在自己的家乡，因此最后人就渴望回到那个他能想办法感到像住在自己家乡的地方去，因为这是他愿意作为自己家乡而居住的唯一地方，而那个地方就是希腊世界!"② 尼采对古希腊的向往应该说是倾注了他一生的心血，他青年时期以研究古希腊语文学起家，在此领域取得很高的成就后，又深入古希腊精神世界，努力探寻其中蕴含的无限魅力和精神价值，他此后的思考和发表的著作几乎无一不与古希腊文化紧密相关。因此，尼采对古希腊文化的兴趣不仅仅是一种个人学术上的爱好，而更多的是在现代世界精神贫乏的时代里寻找精神家园的庄严行动。

但是，尼采对古希腊精神的向往并非是简单地接受，也并非是沿袭其前辈对古希腊文化的阐释，而是经过了他独特眼光的审视和创造性的

---

① ［德］黑格尔：《哲学史演讲录》第1卷第1部引言，贺麟等译，商务印书馆1981年版，第157页。
② ［德］尼采：《权力意志》第3卷，孙周兴译，商务印书馆2007年版，第225页。

思考。埃德尔斯坦就认为，尼采是"希腊精神最有眼光的近代解释者之一"，他不同意温克尔曼对古希腊美学的理性主义阐释，也反对荷尔德林的希腊诸神能够与基督教的上帝实现融合的良好愿望，即便是歌德也不能真正理解古希腊精神的精髓。那么，尼采所理解并强调的希腊精神到底是什么呢？他认为古希腊精神的最高价值在于肯定生命的价值和高扬生命意志的蓬勃。在尼采看来，古希腊原始的酒神祭祀中无节制的滥饮、性放纵、狂歌乱舞，就是满溢的生命感和生命意志勃发的象征，因此，他才把这种"肯定生命，哪怕是在它最异样最艰难的问题上，生命意志在其最高类型的牺牲中，为自身的不可穷竭而欢欣鼓舞"的精神称"酒神精神"[1]，而酒神精神并非是一种理性的、平静的生命形态，而是一种非理性的强烈情绪的释放，这种释放的心理特征就是"醉"："首先是性冲动的醉，它是醉的最古老最原始的形式。同时还有一切巨大的欲望、一切强烈情绪造成的醉；酷虐的醉；某种天气影响所造成的醉，例如春天的醉，或者因麻醉剂的作用而造成的醉；最后，意志的醉，一种积聚的、高涨的意志的醉。——醉的本质是力的提高和充溢之感。"[2] 尼采正是在古希腊的酒神祭祀中发现了其中蕴含的生命奥秘，他把这种奥秘看作其阐述古希腊精神的基石和最高的价值标准，并一直贯穿在其思想的旅程中，成为尼采理解古希腊精神的最核心观念。

　　古希腊悲剧就是这种酒神精神的诗化形态。《悲剧的诞生》作为尼采第一部"重估一切价值"的作品，展现出他对古希腊悲剧的独特理解。尼采从古希腊悲剧中发掘出了悲剧精神正是酒神精神的进一步深化和发展，他所理解的悲剧并不是生活不能提供任何真正的满足因而生命本身毫无意义的悲剧，而是认为，古希腊人尽管清楚地知道生活本身是可怕的、无法说明的和具有悲剧性的，但是他们并没有在生存的恐怖和悲惨中沉沦下去陷入悲观主义的泥潭，而是通过艺术的创造和升华，把

---

① ［德］尼采：《偶像的黄昏》第 5 节，卫茂平译，华东师范大学出版社 2007 年版，第 188—189 页。

② ［德］尼采：《偶像的黄昏》第 8 节，卫茂平译，华东师范大学出版社 2007 年版，第 195 页。

生活的悲惨转化为艺术的审美，在美的世界中他们可以创造美丽的形象来弥补现实的痛苦，而阿波罗艺术和狄奥尼索斯艺术正是这种美的理想世界的原初形态，它们之间的完美融合使古希腊悲剧得以诞生。古希腊悲剧的诞生在希腊历史上无疑是非常重要的事件，它表明可以通过悲剧的创作和演出给希腊人带来一种"形而上的安慰"。因此，古希腊悲剧虽然揭示了生活中的阴暗面和命运的不可捉摸，但它并没有引导希腊人产生对生活的怀疑、否定和悲观主义的情绪，而是产生出一种被叔本华称为"将人向上提升的伟大力量"。尼采也在叔本华的基础上赞美古希腊悲剧的这种精神力量，他说："作为意志的最高表现的英雄人物虽然遭到毁灭，而我们却表示同情，因为英雄也只是一种现象，意志的永恒生命并不因此而受影响。悲剧高喊道：'我们相信生命是永恒的！'而音乐则是那生命的直接表现。……正是希腊人的悲剧证明了他们不是悲观主义者。"① 悲剧不仅"作为一种补药"可以让个体灵魂得到自我安慰，而且可以通过悲剧英雄的毁灭让人看到生命的永恒轮回，从这个角度上说，普罗米修斯、俄狄浦斯这些古希腊悲剧英雄形象不是别的，而是酒神狄奥尼索斯生命的永恒轮回，古希腊人正是在这种酒神的毁灭和再生中体验到一种"毁灭中的快乐"，即悲剧快感。然而，悲剧快感并非是悲剧所表现的最终效果，其终极目的是要使人体会到对生活的信念和对未来的信心，尼采在阐述索福克勒斯的《俄狄浦斯王》时总结说："然而，这位深刻的诗人告诉我们，一个真正高贵的人是不可能犯有罪恶的，虽然他的行为破坏了所有的法律、所有的自然秩序，也就是整个伦理规范。但是，所有这些行为，将创造意义更为丰富的结果，而这结果就是从旧世界的废墟上建立一个新世界。"② 尼采在这里更为深刻地看到了古希腊悲剧的目的，就是要人们从现实的悲惨处境中摆脱出来，通过悲剧英雄的受难或毁灭来净化心灵，振奋精神，树立信心，最终实现"从旧世界的废墟上建立一个新世界"的美好愿望。

① ［德］尼采：《悲剧的诞生》，刘崎译，作家出版社1986年版，第50—51页。
② 同上书，第51页。

二　尼采对基督教传统的批判与古希腊生命哲学

　　尼采出生于传统的基督教家庭，青少年时代深受家庭宗教环境的影响，但是他后来却走到反对基督教的立场上，对基督教思想进行了入木三分的深刻揭露和批判，究其原因就在于他把古希腊人本主义中的生命哲学作为自己核心价值标准的坚定信念，尼采正是依靠他所向往和理解的"精神家园"——古希腊文化中生命哲学的价值体系，展开了对基督教思想无情的批判。

　　尼采对基督教的批判首先是对基督教上帝观念的怀疑和猛烈批判。尼采之所以对上帝产生本质上的不信任，就是因为一向被人们尊为上帝的东西，"是一种反对生命的罪恶"，尼采在其《反基督》中明确表达了他对基督教的上帝概念的否定："基督教的上帝概念——作为病人之神的上帝，作为蜘蛛的上帝，作为精神的上帝——乃是世界上所达到过的最堕落的神的概念之一；它也许是神的类型衰退过程中的最低点，神蜕化为生命的对立面，不复是对生命的神化和肯定了！在上帝中表达了对生命、自然、生命意志的敌视！……"①　上帝作为一种虚无和颓废的概念却一直在欧洲人的精神世界中统治了 2000 多年，人们因为长期受到基督教价值观的熏陶和教会的影响，沉浸其中而不能自觉，虽然欧洲思想界自文艺复兴以来有过多次宗教改革和反基督教浪潮，如德国马丁·路德的宗教改革等，但他们更多的是批判基督教的教会组织和个别教义，而对于基督教最本质的概念上帝却无人敢提出批判。启蒙运动时期的思想家伏尔泰曾激烈地批判了基督教教会的腐败和教义的不合理，也明知上帝是不存在的，但他还是认为有一个上帝要比没有一个上帝好。可以说，尼采是西方思想界宣告上帝死亡的第一人，尼采用富有诗意的"疯子"寓言宣告了上帝之死："'上帝到哪里去了？'他叫道：'让我来告诉你们。我们已经把他杀死了——是你和我，把他杀死了。我们大家都是谋杀他的人。'"但对于尼采来说，"上帝之

_____

　　①　［德］尼采：《反基督》第 18 节，周国平编选《尼采读本》，新世界出版社 2007 年版，第 243 页。

死"并非是哲学探寻的逻辑结果，而是一个欧洲文化上的真实事件，这个事实只不过没有被现代欧洲人充分地意识到罢了，一旦现代欧洲人领悟到上帝已死的事实，那么他们一直持守几千年的基督教价值观念的基础和支柱就会崩溃，人们将陷入虚无主义的可怕境地而不能自拔，但是如果在这种情况下还要相信上帝的存在，那就是还要让人们生活在一个虚构的世界中。对于这个隐藏着巨大虚伪的基督教上帝观念，尼采以其伟大的思想家的勇气和激情，揭开了基督教上帝的虚伪面具，还原了上帝概念的真实面貌，从而使人们看清了上帝表面威严其实虚伪的真正本质。

其次，尼采对基督教的批判表现为他对基督教道德观念的无情批判。虽然基督教表面上以虔诚的信仰把人们引导到上帝和彼岸世界的极乐中，但事实上这种信仰是基督教信徒怨恨心理的不自觉的产物，是软弱的群众对他们的贵族上层怨恨心理的表现。在罗马帝国时代，犹太人就开始了道德上的奴隶造反，因而派生了一套所谓的奴隶道德，尼采说："正是犹太人，他们以一种令人生畏的固执，敢于颠倒贵族的价值等式：好的—高贵的—有力的—美的—幸福的—神佑的，并且怀着无权无力者的强烈仇恨，坚持认为只有贫穷的人、无力的人、才是好人；只有受苦的人、病弱的丑陋的人、才是真正得到神佑的人。而你们这些在世上高贵而有力量的人，将永远永远是邪恶的、残酷的、贪婪的、不信神的，因此是该诅咒的、该死的。"① 而犹太人自己的怜悯、仁慈和自我克制的奴隶道德观，使他们组织起了一群彼此相亲相爱的信徒，他们团结在一起，组成了由怨恨心理所构成的巨大精神力量，他们应用这种怨恨的心理力量还成功地为自己的奴隶地位报了仇，成为罗马人精神上的统治者。罗马帝国灭亡后，成为统治阶级的基督教要实现对强悍的罗马人的有效统治，还是应用这种奴隶道德在精神上和肉体上无情地摧残他们，通过形形色色的折磨来让他们生病，让他们的心灵发生扭曲、变形，进而让他们衰弱下去，"基督教想要统治猛兽，其手段就是使他们

---

① ［德］尼采：《道德的普系》（影印本），中国政法大学出版社 2003 年版，第 162 页。

生病——衰弱是基督教求驯服、求'文明'的药方"①。从尼采对基督教道德的深刻分析中我们可以清晰地看到，表面上仁慈、虔诚而内心却充满怨恨的基督教是如何通过他们的奴隶道德来实现对强悍的欧洲人进行精神统治的，这只有真正是哲学家和斗士的尼采才能看出其中的本质。

同时，基督教的怨恨心理还表现在对生命价值的歧视上。尼采说："唯有基督教，怀着根本反对生命的怨恨，把性视为某种不洁之物：它把污秽泼在源头上，泼在我们生命的前提上……"②而真正的生命即是通过生殖、通过性的神秘来延续的，因此它是崇高和庄严的，它应该得到肯定和张扬。基督教却以倡导禁欲主义来表达他们对生命的怨恨，以使所有的人都不能享受现实生活的快乐和人间幸福。基督教之所以要漠视生命价值和现实生活的幸福，其目的是否定人的生命价值，基督教以制造原罪而使人们深陷永恒苦难的方式，把人们的生命价值牢牢地捆绑在与上帝的精神关联中，人们在现实世界中只有全身心地信仰上帝，才能获得彼岸世界的价值肯定。因此，基督教从根本上说就是一种否定生命的宗教。

最后，尼采虽然对基督教的批判是从其存在的根基上进行批判的，但他并没有完全抛弃基督教有价值的层面。在尼采看来，基督教最有价值的概念不是上帝而是耶稣。无论是作为历史上的耶稣还是作为上帝的儿子的耶稣，尼采在论述耶稣的过程中始终是怀有深刻敬意的，他认为基督教世界中只有耶稣才是真正的基督徒，但是"他（耶稣）已死于十字架上。'福音'在十字架上死了。从那个时刻以来，被称为'福音'的东西，实际上是他（指耶稣）所曾实践的东西的反面；是'恶音'，是坏天使"，耶稣吸引尼采的东西并不是他传播的福音，也不是基督教所传播的教义，而是耶稣在传播福音的过程中所表现出来的高贵

① ［德］尼采：《反基督》第22节，周国平编选《尼采读本》，新世界出版社2007年版，第242页。
② ［德］尼采：《偶像的黄昏》第4节，周国平编选《尼采读本》，新世界出版社2007年版，第246页。

和诚实的精神品德。作为"福音的传送者",耶稣并不是为了拯救世人,而是以自己的言行表明人应该怎样生活。因此,耶稣在巡捕面前,在控告者面前,在种种诽谤和嘲笑面前,在十字架面前,他不抵抗、不发怒,他不要别人来承担责任,这些都是耶稣具有高贵和诚实的精神品质的见证,这种品质并不是英雄或者是天才的品质,尼采是反对把耶稣当成英雄来看待的,他更喜欢把耶稣当成"白痴"般的孩童看待,尼采认为唯有这些品质才是基督教应该宣扬的福音;可惜的是,基督教教会却完全歪曲了耶稣的福音,而是把它改造成为信仰基督的教义,这些教义在尼采看来就是"恶音",就是"坏天使"。

尼采对基督教的批判之所以如此令人震撼和深刻,是因为他是站在基督教文化的价值观之外的立场上,用古希腊人本主义思想来对之进行审视的。尼采对基督教的批判都是以古希腊人本主义对生命的尊重和张扬为其核心标准。通过这个核心的价值标准,尼采看出了基督教文化最根本的观念就是它歧视生命,缺乏生命力的张扬和对人间幸福生活的否定。因此,尼采最终以摒弃基督教而遵从古希腊生命哲学作为建构自己思想体系的理论基础,也就顺理成章了。

三 尼采的"超人"哲学、强力意志论与古希腊生命哲学传统

尼采在对统治欧洲 2000 多年之久的基督教文化展开激烈批判的同时,也对当时的德国现状表示了极大的不满,他批评德国因在军事上对法国的胜利而弥漫在德国人心中的骄盛气氛,有些人甚至嚣张到认为德国在文化上也优越于法国。但在尼采看来,当代德国文化不但没有任何优越性可言,而且充斥着低劣和愚昧的文化妄想。在《偶像的黄昏》中,尼采讥讽说:"德国人——他们被称为思想家的民族,他们依然在思想吗?今日的德国人已经厌倦了理智,德国人不信任理智,政治吞没了一切真正事物的严肃性……"① 同时,他还讽刺德国人神态的僵硬呆

---

① [德]尼采:《偶像的黄昏》,周国平译,光明日报出版社 1996 年版,第 47 页。

板，动作的笨拙，这些都已经成为德国人的外在特征，以致在外国人看来这完全是德国人的天性。他不仅批评当时的统治阶级"攫取权力和大量金钱"，彼此争权夺利，还攻击德国资本主义社会所孕育的贪欲无度的都市生活和同样贪得无厌的资产者，他把他们称为"嗜权的、舞文的、肉欲的贱众"（《痞徒》），正是这些人败坏了德国文化中那种严肃、深刻和热情的精神素质，使德国精神变得粗鄙、浅薄，并导致了德国文化的衰落。尼采对这些卑劣伪善之徒所散发出来的恶臭，表现出来的唯一态度就是"掩着鼻子，远离他们"。

尼采正是怀着鲁迅先生讲的"哀其不幸，怒其不争"的心态，对德意志民族的文化劣根性进行了猛烈的批判。然而，尼采的批判只是他提出新世界价值观的前提，他的目的是在基督教文化和现代德意志文化的废墟上"重估一切价值"，从而建立起新的德意志民族文化的价值体系。尼采为此创造了新价值体系的创造者"超人"形象，但尼采的"超人"不能简单地理解为现实生活中具体的人的形象，这样就容易曲解为对超人的"英雄崇拜"，尼采是强烈厌恶对"超人"的英雄崇拜的。那么，尼采强调的"超人"的真正含义是什么呢？在他的《查拉图斯特拉如是说》的序言中，尼采说："我告诉你们什么是超人。人是要超越自身的某种东西。对于超越自己，你们做了些什么呢？一切存在者都能从他们自身的种类中创造出较优越的来。你愿意做大潮中的退潮么？……听啊！我告诉你们什么是超人。超人就是大地的意义。让你们的意志说：'超人就是大地的意义吧！'"① 从尼采序言的提示中可以看出，"超人"并非是指具体的人的形象，而是一种价值理念，它包括两个重要的含义：一是人要超越自身的某种东西，而这种东西就是"强力意志"，"强力意志"就是创造生命的意志，尼采说："真的，你们称这（'强力意志'）为创造意志，或者向着更高、更远、更复杂的目的发展的动力。……凡有生命之处，就有意志，但不是求生意志。我告诉你们，乃是强力意志。"尼采强调"超人"的本质特征是强力意

---

① ［德］尼采：《查拉图斯特拉如是说·序言》，文化艺术出版社 2003 年版，第 6 页。

志，表明他所希望的人类应该是能够不断超越人本身的自然属性，向着更高、更强、更有价值的生命境界迈进的新人类，因此，"超人"与当时的德国庸众有本质的区别，它代表了尼采对新时代人类生命状态的哲学描述。

"超人"的另一个含义就是"大地的意义"。尼采所谓的"超人是大地的意义"主要是针对基督教"怨恨生命和大地"的命题提出来的。尼采认为，自柏拉图和基督教以来的整个西方思想界都把世界分割为现象世界和理念世界，认为现象世界是不真实的，唯有理念世界才是真实可靠的，这种二元论的世界观不仅把人们从现实世界中剥离出去，而且还凭借宗教信仰的力量产生对理念世界的狂热崇拜。尼采强烈地批判了自柏拉图以来的西方哲学家们的"观念狂"，认为他们的思考是一种"概念的木乃伊"，是对生命乐章的拒绝。尼采宣称"超人是大地的意义"，不仅仅是针对当时的德国现实而言的，而且是针对整个西方传统二元论世界观所作的一种价值转换，因而"超人"的哲学含义比其人格含义要丰富得多。

然而，无论是尼采的"超人"，他的强力意志，还是他的"大地的意义"，其内在含义都源于古希腊生命哲学传统。台湾的陈鼓应先生说得很清楚："尼采是位举世著称的反传统主义者，但他对于文化传统，并非流于简单化的全盘否定的态度。他强烈地批判基督教文化而极力推崇古希腊的悲剧文化，并从悲剧文化的狄奥尼索斯因素中发展出他的创造力的意志哲学。"[1] 具体地说，尼采的"超人"来源于古希腊传统中的狄奥尼索斯精神，狄奥尼索斯精神象征着充满激情的生命状态：他"表示对人格、日常生活、社会和现实的超越，表示对消逝的深渊的超越……它也承认对生命的最恐怖和最可疑的特性，并使之神圣化；它是永恒的生育、繁衍、轮回的意志；它是创造和毁灭的必然性和统一感"[2]。"超人"即是对狄奥尼索斯精神这种充满生命激情的继承，但它超越了这种原始生命形态的盲目性，而是以强力意志的形态出现在新人

---

① 陈鼓应：《尼采新论》，上海人民出版社2006年版，第91页。
② ［德］尼采：《权力意志》第3卷，孙周兴译，商务印书馆2007年版，第522页。

类的地平线上，因此，"超人"的生命形态既充满生命的活力，又充满着无限的理智和创造力，还有"向着更高、更远、更复杂的目的发展的动力"；同时，它还与枯燥乏味的理性不同，总是给人带来无限的欢乐；它还是未来之神，永远为人的本能和欲望辩护。总之，尼采的"超人"哲学不是对古希腊狄奥尼索斯精神的简单继承，而是把狄奥尼索斯精神的生命激情与当代德意志民族精神有机地联系起来，从而使德国文化中的反传统"超人"哲学深深地扎根在古希腊生命哲学的传统中。

尼采在《反基督》结尾时，曾设想以耶稣诞生为纪元的时间作出新的计算，他问道："为什么不从他的最后一天开始呢？为什么不从今天开始呢？对一切价值重新估价！"尼采是希望通过改变时间纪元来实现他的价值重估，这样的价值重估本质上表明尼采与基督教文化的决裂。但实际上，尼采的价值重估并不是从"今天"开始的，而是有其悠久的古希腊文化根基，他所抛弃的仅仅是基督教传统和与之相关的西方形而上学，在揭开了这些已僵化的文化传统的遮蔽后，还原和彰显出来的却是古希腊生命哲学这个更古老、更真实和更富有生命力的文化传统。

弗洛伊德与古希腊文学传统

弗洛伊德是 20 世纪西方精神分析学的创始人，他创立的学说主要是为了分析和解决当代西方个体乃至整个社会的心理问题。虽然弗洛伊德的许多论断是建立在假定性的逻辑基础上的，但他在具体的案例分析过程中却能够把精神分析学理论放置于深层的历史语境中，考察它与古老的文化传统，尤其是古希腊文学传统的内在联系，这种深层的历史联系使弗洛伊德的精神分析学超越了其临床诊断治疗的意义，而上升到诊断治疗人类精神疾病的层面，从而为解决现代西方人的精神问题提供了一个新的视角和方法。古希腊文学在其精神分析学中也不仅仅只有材料佐证的意义，而是成为其精神分析学的有机组成部分。

一　弗洛伊德与古希腊神话

弗洛伊德的精神分析学以个体精神分析为基点，但在其分析个案的过程中却融合了大量社会群体心理的研究资料，因此他除了注重临床分析诊断精神病人，深入调查当代土著人的社会风俗外，还特别把文明初期的人类社会心理放在重要的位置上进行深入细致的研究，于是身处西方文化圈的弗洛伊德很自然地把古希腊神话视为其首选的研究对象。

古希腊神话再现了古希腊社会从母权制向父权制过渡时期的社会文化形态和心理状态，赫西俄德的《神谱》系统叙述了诸神诞生和发展的历史，在古希腊诸神谱系中展现出来的核心观念就是父子冲突，如天神乌拉诺斯被儿子割去生殖器，克洛诺斯吞食自己的孩子，泰坦神与奥林匹斯神之间的大战，宙斯阉割父亲，命其吐出吞食的兄弟，并夺取了他的权位，等等，可见原始希腊人父子关系紧张、激烈的程度。弗洛伊德对古希腊神话中诸神的冲突也有自己的表述，他说："由古代流传下来的神话和民间小说等均使我们不难发现许多发人深省的有关父亲霸道专权、擅用其权的逸闻。克洛诺斯吞噬其子，就像野猪吞噬小猪一样；宙斯将其父亲阉割而取代其位；在古代家庭里，父亲越是残暴，他的儿子就越是与其发生敌对现象，并且更巴不得其父亲早日归天，以便接掌其特权。"① 他认为古希腊神话中的父子冲突是普遍现象，其根源就是母系社会里母亲地位的确立往往是通过儿子与父亲的冲突来取得的，而儿子夺取父亲手中权力的企图，使父亲在儿子尚未成熟之际就先除掉他们。英国著名社会学家乔治·弗兰克尔也对古希腊神话中的父子冲突作了类似的表述，他说："父神们在不断努力地要除掉那些具有攻击性的后代，要么把他们埋到大地深处，也就是把他们送回到母亲的子宫，要么就把他们吞下去。通过这些行为，父亲企图否定或控制那些威胁到其权威地位的破坏性冲动。最重要的是，这些行为戏剧性地表现了压抑的过程，这一过程也可以在心身相关的过程中看到，有时候人们差不多是'忍气吞声'，而这种愤怒情绪进入他们的胃肠，最后可能会造成溃疡，或者是多种形式的消化失调等。"② 父子之间的这种冲突传统实际上是在古希腊母权制社会下女人与男人之间权力斗争的集中体现，古希腊神话中的父子冲突几乎都是母亲（瑞亚）或祖母（盖娅）鼓动儿子起来反抗父亲的，目的就是要通过儿子取得女性对男性的统治权。但是这种统治模式到了宙斯主宰的奥林匹斯时代就开始发生微妙的变化，宙斯用自己强大的力量和合理的权力分配确立起自己在奥林匹斯山上牢固的统治地位，致使那些企图反叛他的子女也向他表示了臣服。如"在提坦族的叛乱中，普罗米修斯一度曾保持审慎的中立态度，而当战斗似乎有利于宙斯的方向发展时，他便转而支持宙斯。因此，普罗米修斯获准进

---

① ［奥］弗洛伊德：《梦的解析》，赖其万等译，作家出版社 1989 年版，第 160 页。

② ［美］乔治·弗兰克尔：《文明：乌托邦与悲剧——潜意识社会史》，褚振飞译，国际文化出版公司 2006 年版，第 36 页。

入奥林匹斯山，跻身不朽之神中间。但是他心中对宙斯暗怀嫉妒，他支持那些凡人，煽动他们背叛诸神，试图以此来报复宙斯。……大力士赫拉克勒斯用箭射死了那只神鹰，解救了普罗米修斯。从此以后，普罗米修斯头戴一个铁环，表明他对宙斯的臣服"①，普罗米修斯由于知道宙斯统治权的秘密，所以对宙斯多有不恭，但宙斯用权力将他制服，最终使他顺从了自己的统治。因此普罗米修斯的服从在古希腊神话体系中具有特殊的意义，他表明父子关系已经不再被女性所控制，而是由父亲（宙斯）直接操纵。同时，雅典娜作为女性也开始表示自己对父权文化的顺从，她作为从父亲宙斯头脑蹦出来的智慧和技艺的化身，不仅英勇善战，足智多谋，而且在著名的俄瑞斯特斯杀母案的审判中坚定地支持父权制一方，反对母权制所创立的伦理道德，表明以宙斯神统为表征的父权制正式在历史舞台上取代了母权制，父子冲突的时代转变成为父子共同掌管世界的时代。

但是，古希腊社会父子冲突的化解是建立在宙斯强大的力量基础上的，实际上宙斯的力量越大，儿子们受到这种力量的压抑也就越强烈，因而在精神层面就出现了一种对父亲的负罪感，弗洛伊德对此的表述是："在儿子们铲除了他们的父亲、发泄了他们对父亲的怨恨，实现了与父亲认同的愿望之后，那种被压抑的（对父亲的）温柔的冲动必定非常强烈。这种强烈的存在以一种忏悔的方式出现，形成一种负罪感，而这正与通常所感受到的忏悔吻合。"② 这种负罪感是以忏悔的方式体现的，并内化到人们的潜意识里，成为父权制时代人们对母权制生活的一种集体记忆。弗洛伊德在对古希腊神话的阐释中所发现的正是这种埋藏在西方人潜意识领域中被压抑的父子关系，这种关系既有父亲对儿子的怨恨，也有儿子对父亲的忏悔。这种集体记忆在古希腊悲剧时代仍然承袭了下来，成为古希腊人进入文明门槛的初期首先面对的矛盾情感。

---

① ［美］乔治·弗兰克尔：《文明：乌托邦与悲剧——潜意识社会史》，褚振飞译，国际文化出版公司2006年版，第40页。

② ［奥］弗洛伊德：《图腾与禁忌》，［美］乔治·弗兰克尔《文明：乌托邦与悲剧》，国际文化出版公司2007年版，第35页。

二　弗洛伊德对古希腊悲剧《俄狄浦斯王》的阐释

弗洛伊德在解释人类个体潜意识时，认识到个体在其童年时期就有"性愿望"，而这种"性愿望"的对象就是自己的父母亲，"女儿的最早情感对象是父亲，而男儿的对象是母亲，因此对男儿而言，父亲变成可恶的对手，同样地，女儿对母亲也是如此"①。而当个体成年以后，这种童年时期的性愿望被理性逐渐压抑至人们的潜意识层面中，因而形成所谓的"强迫观念"，只有在人的意识放松对潜意识层面进行监视时（比如在梦境中），才会以各种扭曲的形式表现出来。

弗洛伊德为了证明人类童年时期存在的这种心理假设及其普遍意义，就以古希腊悲剧《俄狄浦斯王》的故事为例，认为俄狄浦斯王之所以陷入悲剧结局，并非是天神给予他的命运使然，而是由于俄狄浦斯童年时代杀父娶母愿望的达成。弗洛伊德对此是这样论述的："因此，如果说俄狄浦斯王这部戏剧能使现代的观众或读者产生与当时希腊人同样的感动，那么唯一可能的解释就是，这希腊悲剧的效果并不在于命运与人类意志的冲突，而特别在于这冲突的情节中所显示的某种特质。在俄狄浦斯王里头，命运的震撼力必定是由于我们内在也有某种呼声的存在，而引起的共鸣。……的确，在俄狄浦斯王的故事里，是可以找到我们的心声的，他的命运之所以感动我们，是因为我们自己的命运也同样可怜，因为在我们尚未出生以前，神谕也就已将最毒的咒语加于我们一生了。很可能地，我们早就注定第一个性冲动的对象就是自己的母亲，而第一个仇恨暴力的对象却是自己的父亲，同时我们的梦也使我们相信这种说法的。俄狄浦斯王杀父娶母就是一种愿望的达成——我们童年时期的愿望的达成。但我们较他幸运的是，我们并未变成心理征，而能成功地将对母亲的性冲动逐次收回，并且逐渐忘掉对父亲的嫉妒心。"②于是，弗洛伊德就把这种具有人类童年时代共同印记的潜意识现象总结为"俄狄浦斯情结"。尽管大多数人由于社会理性的压抑，致使其"俄

---

① ［奥］弗洛伊德:《梦的解析》，赖其万等译，作家出版社1989年版，第161页。
② 同上书，第167—168页。

狄浦斯情结"不能得到实现，但它并没有在人们的心理中消失，而是潜藏在人们的潜意识层面。

弗洛伊德还把"俄狄浦斯情结"应用到近现代西方文学的阐释中，认为许多西方近现代作家们表现的正是"俄狄浦斯情结"在人类精神史中的反复演绎。比如弗洛伊德在对莎士比亚著名悲剧《哈姆雷特》的阐释中，就认为哈姆雷特迟迟不肯杀死篡权者克劳狄斯的原因并非仅仅是其性格软弱，而是潜藏在他内心中的"俄狄浦斯情结"使然，他阐释说："为什么哈姆雷特对父王的鬼魂所吩咐的工作却犹豫不决呢？唯一的解释便是这件工作具有某种特殊的性质。哈姆雷特能够做所有事，但却对一位杀掉他父亲，并且篡夺其王位、夺其母后的人无能为力——那是因为这人所做出的正是他自己已经潜抑良久的童年欲望之实现。于是对仇人的恨意被良心的自遣不安所取代，因为良心告诉他，自己其实比这杀父娶母的凶手好不了多少。"① 此外，弗洛伊德对俄罗斯作家陀思妥耶夫斯基的《卡拉马佐夫兄弟》也作出了类似的解释，认为卡拉马佐夫家族的杀父行为正是潜藏在其潜意识中的"俄狄浦斯情结"造成的，等等。弗洛伊德对西方近现代文学作品的精彩解释无疑给西方文学批评提供了一种新的精神分析学方法，不过他的目的并非是在西方文学批评领域树立自己的地位，而是企图通过对文学作品的解释来证明儿童及人类童年时代存在的"俄狄浦斯情结"所具有的普遍性，即人类原始时代的"杀父和娶母"现象并没有因为时间的流逝而消失，而是潜藏在人类心理的潜意识层面上，被意识和人类理性所压抑。但是这种被压抑的潜意识如果没有得到适度的释放和发泄，它就可能成为个体甚至人类社会的一种精神疾病。弗洛伊德之所以关注古希腊文化传统中的文学遗产，就是因为他想通过对"俄狄浦斯情结"的揭示，在人类文明的源头上找到发生这种精神疾病的原因，并努力找到治疗它的方法。

弗洛伊德还对古希腊悲剧作品中共同存在的"英雄受难"现象进行了精彩的精神分析，他认为俄狄浦斯、普罗米修斯、狄奥尼索斯等

---

① ［奥］弗洛伊德：《梦的解析》，赖其万等译，作家出版社1989年版，第170页。

古希腊悲剧英雄之所以受难，是因为他们代表了原始时代父亲的形象，"他之所以受难，是因为他便是原父，是经过有意歪曲之后重新上演的那次远古大悲剧中的英雄。悲剧罪过便是他不得不自己承担以使歌队得脱的罪过。……在悠远的现实中，其实正是歌队的成员使英雄受难。不过，现在他们已同情和遗憾得筋疲力尽。英雄自己为自己的苦难负责。加在他肩上的罪行，那反对权威的妄为与反抗的罪行，正是歌队成员——联结起来的兄弟们需要为之负责的罪行。因此，悲剧英雄成为歌队的拯救者，尽管这可能有违他的意志。"① 也就是说，希腊悲剧重现了远古时代的父子冲突和忏悔的主题，但这些主题并非像远古时代那样直接而真实地流露，而是被精心掩盖。弗洛伊德则从精神分析的角度把希腊悲剧中的这种源自远古时代的情感矛盾清晰地揭示出来，并认为人类的宗教、道德、社会和艺术的开端都集中于俄狄浦斯情结，它作为人类的一种"集体心理"一直延续下来，至今仍深刻地影响着西方现代人的情感进程。

三 弗洛伊德对现代社会精神问题的诊断

弗洛伊德的精神分析学主要是为了解决现代人个体的精神问题，但他同时也关注现代社会整体的精神疾病。西方现代著名社会学家弗洛姆就指出："弗洛伊德的精神分析体系超出'疾病'与'治疗'的概念，它关系到'拯救'，而不仅仅是对精神病人的治疗。"② 他认为弗洛伊德的精神分析疗法意在把人从神经征征候、压抑及变态性格中解放出来，用理性去控制潜藏在潜意识内部的非理性力量，进而达到实现诊断整个现代社会疾病的目的。那么，弗洛伊德是如何对现代人的精神疾病进行诊断的呢？

我们知道，西方社会在经过古希腊、罗马社会的发展阶段之后，经

---

① ［奥］弗洛伊德：《图腾与塔布》，王献华等译，选自《论宗教》，国际文化出版公司2007年版，第154页。

② ［奥］弗洛姆：《精神分析与禅宗》，《弗洛姆文集》，冯川等译，改革出版社1997年版，第440页。

历了一个漫长的基督教教会统治时期，基督教教会统治以上帝信仰、禁欲主义和来世思想为基本特质，企图把西方人的精神生活和生命价值引导到空灵、神秘的上帝之天国中，用精神控制的手段来隔绝人们对现实生活的热爱和向往，这种统治方式显示出它与古希腊社会精神统治的差异性。但弗洛伊德认为，基督教虽然是来源于东方犹太教的一种宗教文化，其统治方式也与古希腊、罗马时代有质的差异，但它在西方化的进程中仍然继承着古希腊文化"父子冲突与忏悔"的原始集体印记，他说：在基督教中，"儿子向父亲做出最大补偿的行为使他们同时实现了反对父亲的愿望。他自己成为上帝，和父亲平起平坐，或者更准确些，是取代了父亲，一种儿子宗教取代了父亲宗教。……像儿子们联合起来消灭原父这样的事件，无可避免地在人类的历史上留下无法消除的痕迹。此事件本身越少被人们回忆起，它产生的替代就必定越多。如基督教的圣餐就是一种对父亲肉体的消灭，一种对罪行的重演"①。弗洛伊德认为产生于原始时代的父子冲突原型并没有因为基督教空灵神秘的精神统治而消失，而同样在基督教的宗教理念和神秘仪式中反复演绎着，成为承载着原始时代"集体心理印记"的主要载体。然而，当基督教企图重现原始时代的父子冲突和忏悔情结时，由于基督教自身理念带来的精神压力，人们在基督教氛围中不但不能使这种来自原始时代的矛盾情感得到缓解，还造成了人们心理上的双重压迫，弗洛伊德对此是这样解释的："宗教现象是人类大家庭的原始历史中早已被忘却的、重要历史事件的复归——正是由于这个根源，宗教现象才获得了其强迫症的特征。相应地，宗教对人类的作用是强制推行它们感到满意的历史真理。"② 他对此还补充说："宗教因此成为人类普遍的强迫性神经病。与儿童强迫性神经病相似的是，它也产生于俄狄浦斯情结，产生于人类与父亲之间的关系。"③ 通过弗洛伊德的上述阐释，我们可以看到，基督

---

① ［奥］弗洛伊德：《摩西与一神教》，张敦福译，选自《论宗教》，国际文化出版公司2007年版，第152—153页。

② 同上书，第220页。

③ ［奥］弗洛伊德：《一种幻想的未来文明及其不满》，严志军等译，上海世纪出版集团2007年版，第76页。

教的上帝和耶稣之间的关系与古希腊神话中的父子冲突和俄狄浦斯情结之间实际上存在着内在的精神联通，基督教以宗教理念和仪式实现了对古希腊父子冲突及其忏悔的某种内在的转换。通过这种富有戏剧性的历史转换，古希腊神话中的父子冲突和忏悔意识在基督教文化体系里获得了一次新的精神超越。它表现在基督教教义和仪式中，就是父子冲突变成了神圣上帝对儿子耶稣的神爱，儿子对父亲的罪感则变成了耶稣对上帝的敬畏，上帝通过耶稣的死亡和复活使自己的权力体现于耶稣身上，从而实现了上帝权力向儿子耶稣的传承。在古希腊神话里，儿子通过冲突夺取权力的行动被基督教的和平权力转让所代替，被儿子对父亲的敬畏和忏悔所代替。儿子在忏悔和敬畏中被赋予了与父亲一样的神性，父亲与儿子的内在冲突就在基督教教义的神奇演绎中被化解了。

原始时代父子冲突和忏悔的潜意识在基督教教义里被上帝与耶稣的关系所取代，在宗教层面上似乎解决了父子冲突造成的潜意识冲动和破坏力，但实际上基督教的精神统治仍然使这种潜意识内容长期被压抑着，得不到释放宣泄。这是因为基督教在其本质上也没有解决杀父及其留存在儿子心理中的罪恶感，仍然无法缓解人们的紧张情绪。弗洛伊德对此的解释是："值得注意的是，这种新宗教是怎样处理父子关系中那种古老的矛盾心理。的确，它的主要目的是与上帝父亲重新协调一致，补赎因反对他而犯下的罪；但是，这种情感关系的另一面却表现在下述事实中：以自身来赎罪的儿子自己成了父亲身旁的一个神，实际上取代了父亲；起源于一种父亲宗教的基督教变成了一种儿子宗教，它并没有逃脱不得不废黜父亲的命运。"① 随着基督教世界的普遍瓦解，上帝信仰逐渐消退后，基督教教义中那被废黜的父亲在现实和精神层面上又遭到流放，被压抑千年的杀父和罪恶感的潜意识开始在现代西方社会重现，其直接的后果就是两次世界大战的发生。虽然两次世界大战有其复杂的社会历史原因，但弗洛伊德的精神分析学却在潜意识层面上阐释了

---

① ［奥］弗洛伊德：《摩西与一神教》，张敦福译，选自《论宗教》，国际文化出版公司2007年版，第220页。

两次世界大战的心理根源。因此，从这个角度上看，不仅是基督教统治的瓦解导致两次世界大战，而且基督教本身也是现代西方社会精神疾病的心理根源。

同时，弗洛伊德还用他的精神分析理论解释了犹太人为什么与基督教世界中的西方人存在着如此巨大的差异，并受到谴责甚至惨遭杀害的心理原因。我们知道，基督教是从犹太教中延伸过来的，而且上帝选派来世间拯救世人的耶稣基督也是犹太人，这种心理优势使得犹太人坚信："自己是上帝的真正选民；他们坚信自己离上帝特别近，这使他们感到自豪又自信。"① 后来犹太人的这种民族自豪感和神圣感又通过摩西的传道得到确证而固定下来，成了他们宗教信仰的一部分。但是，犹太人虽然受到上帝的偏爱，成为上帝的特别宠儿，但他们并没有因为上帝的宠爱获得任何现实好处，反而由此引起了其他民族对他们的嫉妒和仇恨。更为重要的是，犹太人为了表达对上帝的敬畏，摩西还把割礼的风俗介绍给他们，而"割礼是阉割的象征性替代物，是那位原始父亲为充分显示其绝对力量施加给他的儿子们的。无论谁接受那种象征，谁就以此表明他准备屈从于父亲的意志，不管这使他付出多么痛苦的代价"②。也就是说，犹太人之所以遵行摩西的割礼，是为了表达他们对上帝的服从和敬畏，并以此特殊的风俗表明他们受到上帝特别的恩宠而与其他民族区别开来。但是，经过西方化后的基督教在处理原始父亲与儿子的关系中虽然有原罪为基础，但他们却没有表达对作为原父的上帝的绝对敬畏，而是使赎罪的儿子耶稣在献出自己的生命后最终取代了上帝，成为上帝的"道成肉身"。这样，犹太教与基督教虽然都共同信仰上帝，把上帝作为唯一神来敬畏，然而在对待作为原父的上帝时却表现出了两种截然相反的态度。弗洛伊德认为，犹太人在宗教理念上与基督教的根本差别，使他们必定遭受来自基督教团体的谴责，并且，"在某种意义上，可以说，他们通过这种方式肩负了一种悲剧性的罪恶，他们

---

① ［奥］弗洛伊德：《摩西与一神教》，张敦福译，选自《论宗教》，国际文化出版公司2007年版，第269页。

② 同上书，第285页。

已经注定要为之蒙受沉重的苦难"①。弗洛伊德的上述阐述虽然不能全面地解释众多犹太人在第二次世界大战时期被杀害的原因，但至少我们可以清晰地看到潜藏在两个民族宗教中巨大的心理差异。

综上所述，弗洛伊德的精神分析学通过对古希腊神话、悲剧的精神分析，使我们清晰地认识到，产生于古希腊文学中而又潜藏在人类潜意识层面的"父子冲突及其忏悔"情结与现代西方人精神生活存在着深刻联系。古希腊神话和悲剧是通过文学的形式来缓解人类潜意识层面的父子冲突，因而使得古希腊人在这种艰难的历史转换过程中延伸出较为正常的心理状态。基督教的精神统治虽然在心理层面上也是想解决人类"父子冲突和忏悔"中那古老的矛盾心理，但基督教所采用的方法是设置原罪和以耶稣牺牲而做出的赎罪为基础，因而它不但没有能够理顺父子冲突留下来的心理负担，反而在更普遍的意义上让人们承担无法排解的罪恶，这就使得基督教成了一种压抑人性的、扭曲的宗教，而受这种宗教影响的西方社会则承受着一种长期的、普遍的心理疾病。弗洛伊德把这种对西方人产生深远影响的非理性意识用科学的精神分析揭示出来，从而为现代西方社会的文化危机提供了一个更具想象力的解释。

---

① ［奥］弗洛伊德：《摩西与一神教》，张敦福译，《论宗教》，国际文化出版公司 2007 年版，第 300 页。

萨特的戏剧创作与古希腊传统

    萨特是法国著名的存在主义哲学家、思想家和文学家，其哲学思想主要是针对第二次世界大战期间欧美社会精神危机提出的拯救之道，而文学创作是为了阐释其哲学思想而进行的一种形象化宣传。萨特为了在文学创作中更好地表达其哲学思想的内涵，经常把文学创作的意向伸展到古希腊文化传统中，企图通过古希腊丰富的人文主义思想、古希腊题材和写作手法深化其文学创作的深度。本文拟从题材的选择、写作手法和人文主义思想的借鉴三个方面对萨特文学创作中的古希腊传统内涵进行探讨。

一　萨特戏剧与古希腊悲剧题材

    萨特戏剧创作与古希腊传统关系最为密切的就是他根据古希腊文学中俄瑞斯特斯为父报仇的故事而创作的剧本《苍蝇》。这个故事最早为古希腊悲剧作家埃斯库罗斯改编创作了著名的《俄瑞斯特斯》三部曲，包括《阿伽门农》、《奠酒人》和《报仇神》。该剧通过戏剧化的方式突出表现了道德力量中"对"与"对"的冲突，即两种在道德领域中都具有真理性的力量。作品中的阿伽门农作为希腊联军的统帅，他服从最高神宙斯的意志，在希腊军队出发前把自己的女儿送上了祭坛；而当他率领希腊联军征服特洛伊后，却被他的妻子和妻子的情人杀死于自己家的澡盆中，其妻子克吕泰墨斯特拉之所以报复丈夫，是因为他杀死了自己的亲生女儿，她的复仇同样是秉承神的意志，因此双方都具有真理性。俄瑞斯特斯作为他们的儿子，不管他站在哪一方，都会受到对方神祇的报复。但他最终受到父权制一方神祇阿波罗的指引，联合仍然在宫中的妹妹厄勒克特拉把自己的母亲杀死，为父亲报了仇。俄瑞斯特斯为父报仇而把母亲杀死的行为自然受到复仇女神的严厉惩罚，因此，在道德领域他无法得到合理性的证明。于是他受到神的启示，找到雅典娜寻求帮助，雅典娜组织了一个代表母权制一方和代表父权制一方的法庭，对这一严重的伦理案件进行了世纪大审判。代表母权制一方的神祇认为克吕泰墨斯特拉杀死自己的丈夫并没有犯罪，因为他们之间没有血缘关系，俄瑞斯特斯杀死自己的母亲却存在着血缘关系；而代表父权制一方的神祇认为克吕泰墨斯特拉在阿伽门农出征打仗期间为了自己的情欲而与另外的男人来往，在丈夫回归家园时还联合情人把他猎杀于家中，这样的行为从根本上违背了父权制的伦理秩序。在双方争执不下时，雅典娜把自己的神圣一票投给了父权制一方。通过这样的世纪审判，最终以法律的形式宣告了父权制的胜利，从而使人们从法律的角度认同父权制时代的到来。

萨特的《苍蝇》写于第二次世界大战最严酷的时期，剧本的题材就是取自上述俄瑞斯特斯为父报仇的故事。但作者并没有完全照搬故事的内容和主题，而是把自己的存在主义哲学思想和当时的现实政治处境有机地融入其中，从而使得该剧本既有深沉的历史内涵，又有强烈的现实因素。

《苍蝇》首先表现了萨特自由选择的哲学思想，萨特提出的自由，并不是一般社会、伦理意义上的自由，而是人在"境遇"中的自由，萨特说："如果存在确实先于本质，人就永远不能参照一个已知的或特定的人性来解释自己的行为，换言之，决定论是没有的——人是自由的，人即自由。"① 也就是说，既然外面世界不能决定人的自我的本质，而只能由自己来决定自己，那么人在每一个境遇中，都要根据自己的判断作出决定，但没有既定原则指导他的判断。因此，人是自由的，人的

---

① ［法］萨特：《存在主义是一种人道主义》，郑恒雄等译，社会科学文献出版社 1997 年版，第 336 页。

选择也以自由的本质呈现于世界中。选择是痛苦的，因为人的自由的本质决定了人必须选择，选择不选择也是一种选择；一旦人正在进行选择时，他也就丧失了选择。因此，人要对自己的选择承担全部责任，萨特说："就是人，由于命定是自由的，把整个世界的重担担在肩上，他对作为存在方式的世界和他本身是有责任的……从这个意义上说，自由的责任是难于承受的，因为他是让自己使世界存在的人，而既然他是使自己成为存在的人，因此不管是处在什么处境中，他都应当完全担当起这种处境连同其固有的敌对系数……这种绝对的责任不是从别处接受的，它仅仅是我们的自由的结果的逻辑要求。"① 因此，正是人的处境决定了人的自由，同时也决定了人的选择，选择决定了人的责任。《苍蝇》中的俄瑞斯特斯在回到阿尔戈斯城为父报仇时就面临着这种艰难的"自由选择"，俄瑞斯特斯为父报仇，而报仇的对象却是他的母亲。同时，天神朱庇特也以神权的威力来阻止他复仇，哲学教师用息事宁人的哲理来劝他放弃复仇。在这些巨大的阻力和特殊的境遇面前，俄瑞斯特斯仍然坚定不移、勇敢绝然地作出了"自由选择"，而一旦他作出了"自由选择"，任何艰难险阻、公道哲理、常情常理、超自然力量都无法阻挡他的自由意志，都对他的自由选择无能为力，当朱庇特以整个宇宙的名义对他进行谴责时，他说："让大地风化吧！让岩石堵住我的去路，让植物在我路过时枯萎吧！你那整个宇宙不足以评判我的是非。你是诸神之王，朱庇特，你是石头和繁星之王，是海浪之王，但你不是人类之王。"② 表现出他藐视一切超自然力量的大无畏气概。然而，当俄瑞斯特斯毅然负起责任为父报了仇时，他不仅遭到天神的愤怒谴责，也遭到城邦居民的唾弃，他的姐姐厄勒克特拉也诅咒他，还有复仇女神的追捕。但他还是把玷污整个城邦的苍蝇引走，让它们在他自己永无尽头的行程中叮着自己不放，从而使城邦在苍蝇的覆盖下得到解放。萨特就是这样把俄瑞斯特斯放在特定境遇中，让他进行所谓的"自由选择"，

---

① ［法］萨特：《存在与虚无》，陈宣良等译，生活·读书·新知三联书店 1987 年版，第708 页。

② ［法］萨特：《苍蝇》，沈志明编选《萨特精选集》，燕山出版社 2005 年版，第 866 页。

但这种英雄主义的选择毕竟显得稍许悲怆。

其次，《苍蝇》还表现了萨特对待现实政治的思考和态度。《苍蝇》中处于埃奎斯托斯暴政统治下的阿尔戈斯城无疑是作者对被占领的法国的缩影，而俄瑞斯特斯复仇除暴的故事，则是作者十分明显地向自己的祖国和人民所发出的抗击德国侵略者的启示和号召。《苍蝇》中寓言故事和现实内容的结合，明确了为正义事业斗争服务的意图，清楚地显示出该剧本主题思想的积极意义，显示出萨特存在主义哲学思想的核心"自由选择"思想的积极意义。难怪《苍蝇》上演后不久，就被德国占领当局禁演。

因此，萨特在戏剧创作中取材于古希腊文学，不仅仅有俄瑞斯特斯为父报仇这个题材本身的独特之处，更重要的是通过借用古希腊文学题材来表达作者对抗击德国占领的雄心壮志和坚定决心。题材是用来掩人耳目的，而表达自由选择的思想和号召法国人民起来斗争才是作者的真正目的。

二　萨特的"穿越式"写作法

萨特在《苍蝇》中塑造了一个现代哲学教师的形象，这个形象在古希腊神话和索福克勒斯的悲剧作品中都是没有的，他是作者在《苍蝇》中的创造。萨特之所以要在古希腊题材中加入一个现代人形象，笔者认为是采用了当代影视剧作者常采用的"穿越式"写作法。以下我们试图对萨特的这种"穿越式"写作法进行分析。

表面看来，萨特在《苍蝇》中塑造的哲学教师是一个小丑形象，其在剧本中所起的作用就是插科打诨和缓解紧张情绪。小丑形象在西方戏剧中是常见的形象，尤其在莎士比亚的作品中经常见到，如著名的福斯塔夫和依阿古，他们活跃在戏剧舞台上，在悲剧作品中起到缓解悲剧紧张冲突的作用，使读者不至于在紧张的悲剧情景中透不过气来；在喜剧作品中则起到增加欢乐气氛和嘲笑现实的作用。《苍蝇》中的哲学教师虽然也有某种插科打诨的作用，在悲剧进入紧张阶段时也能起到缓解读者紧张情绪的作用，但《苍蝇》中哲学教师的主要作用还在于其对整个作品的意义的指向性，即作品通过这个现代哲学教师的形象不停地暗示读者，作者采用古希腊题材的目的不是回味古希腊文学的魅力，而是启示人们的心智。

作品中的现代哲学教师是一个老学究，他在俄瑞斯特斯进入阿尔戈斯城为父报仇的过程中和朱庇特一起不停地劝说他放弃复仇，朱庇特在这里代表的是最高神权的力量，他站在神权的角度分析了克吕泰墨斯特拉和埃奎斯托斯犯罪的合理性，并提出要求俄瑞斯特斯不要去阿尔戈斯城复仇，因为他最终会受到神灵的诅咒。而哲学教师代表的却是人类理性的力量，他在俄瑞斯特斯人生的旅途中不断充实知识的力量，为他提供各种宝贵的人生经验，他虽然也给俄瑞斯特斯分析了为父报仇的各种不利因素，但他也不断地启发俄瑞斯特斯的觉醒，而理性对自我的认识最终启发了俄瑞斯特斯自由意志的觉醒，使他认识到为父报仇是他正义的事业，因此虽然哲学教师在劝说俄瑞斯特斯放弃复仇，实际上却是在鼓励他勇敢复仇。而自由意志觉醒后的俄瑞斯特斯尽管受到各方面的阻力和道德的谴责，但他还是毅然担当起为阿尔戈斯人扫清罪恶的责任，把杀害自己父王、篡夺王位的埃奎斯托斯和自己的母亲杀死，为此他受到复仇女神的追逐，成群的苍蝇也跟在他身后，但他丝毫不后悔，因为这是他凭靠自由意志作出的选择，由此他毅然承担起了为父报仇后的各种苦难和怨恨，但这种悲壮的英雄主义却成就了阿尔戈斯城的政治清明。阿尔戈斯城邦从此重新确立起了父权制的伦理秩序。俄瑞斯特斯报仇后没有去接受本该属于他的王位，但这已经不重要了，因为他的报仇而确立起来的父权制伦理秩序已经得到了人们的认同和尊崇，他是否拥有这个王位对俄瑞斯特斯来说已经成为历史。

因此，哲学教师在这里起到了重要的"穿越"效果。他在剧情发展中既是现代人，又与古希腊题材中的人物群像有机地融合在一起，这就使我们在领悟剧情的内容时，不时地会被哲学教师这一形象及其现代言论所"闪回"，即剧情虽然处处讲的是古希腊的故事，但通过哲学教师不断地触动现代读者的心灵，让读者意识到剧情的精神就是指向现实社会，因此，哲学教师在剧本中的出现虽然略显滑稽，但起到很好的

"穿越"效果。

三　萨特的存在主义与古希腊人文主义思想

　　首先，萨特进行文学创作的目的主要是通过文学作品形象地宣传他的存在主义哲学思想。萨特的存在主义哲学虽然直接来源于胡塞尔的现象学和海德格尔的存在主义思想，但实际上萨特的存在主义哲学内容与古希腊人文主义思想存在着深层的历史联系。正如萨特在其著作《存在主义是一种人道主义》中所说的那样："存在主义乃是使人生成为一种可能的学说。"① 他的存在主义哲学首先摒弃了先验的存在的神圣性，直面存在本身，他说："我们所说的存在先于本质到底是什么意思呢？我们的意思是：人首先存在着，首先碰到各种际遇，首先活动于这个世界——然后，开始限定了自己。若依存在主义者看来，一个人如果无法予以限定，那是因为那时还没有成为什么。只是到了后来，他才成了某种东西，他才把自己创造成他所要成为的东西。因此，就无所谓人的天性，因为没有上帝给予它一个概念。人赤裸裸的存在着，他之赤裸裸并不是他自己所想象的，而是他自己所意欲的——他跃进存在之后，他才意欲自己成为什么东西。人除了自我塑造之外，什么也不是。这是存在主义的第一原则。"② 人是主体生命的设计者，从某种程度上可以说如果世界上没有人存在，其他的存在都是没有意义的。

　　其次，萨特的存在主义强调选择和责任。萨特认为，人存在于世界之上，总是有所意欲，而在意欲某种东西时总是与某一情景相遇，因而总会遇到选择，萨特说："在某种意义上说，选择是可以的，但不选择是不可能的。我永远能够选择但我必须了解，如果我不选择，这仍然是一种选择……同时在任何一方面，我对这选择负有责任，在约束了自己的同时，也就约束了全人类。"③ 但是一旦人在境遇中进行了选择，那

----

① ［法］萨特：《存在主义是一种人道主义》，柳鸣九主编《"存在"文学与文学中的"存在"》，社会科学文献出版社 1997 年版，第 334 页。
② 同上书，第 336—337 页。
③ 同上书，第 349 页。

就必须为自己的这种选择负起责任,因为这种选择不是别人强加的,而是人的自由属性导致的必然结果。萨特对此也有精彩的表述,他说:"假如存在先于本质是真实的话,人就要对他自己负责。因此,存在主义的第一个作用是它使每一个人主宰他自己,把他存在的责任全然放到他自己的肩膀上。由是,当我说人对他的本质负责时,我们并不只是说他对他个人负责而已,而是对所有的人负责。"① 因此,人在境遇中的选择是自由的,但一旦进行了选择,那就必须对他人担负起全部责任。

再次,萨特的存在主义强调个体自由与他人自由的同一性。自由是萨特存在主义思想的核心,他说:"假如存在确实是先于本质,那么,我们就永远不能根据天赋和特殊的人性去解释自己的行为,换言之,没有什么决定论的存在——人是自由的,人就是自由。"② 他把自由看成是绝对的、精神性的存在,因此,自由在一定程度上具有超越性、排他性和绝对性。但随着萨特自由观的成熟,他开始意识到每个人都有自由,因而在要求自己自由的时候,也要求别人也有同样的自由。萨特说:"在这种自由的企求中,我们发现这些完全依赖于别人的自由,而别人的自由也完全依赖于我们本身的自由。显然地,自由就作为人之定义而言,并不有赖他人,但一旦有所行动时,我便不得不在企求一己之自由时也企求他人的自由。除非我把别人的自由当作我的目的,否则我就不能把它当作我的目的。因此,当我完全真诚地认识人是一种存在先于本质的生物,同时也是一种在任何情况下只得企求他自己的自由生物时,我同时也感觉到我不能不企求别人的自由。"③ 因此,萨特虽然极力强调自由的绝对性和主观性,但他并没有将自由引向毫无拘束、无法无天、毫无节制的地步,他的自由是一个为他的自由,是有责任的自由,选择、自由和责任三者是紧密联系在一起的。

---

① [法]萨特:《存在主义是一种人道主义》,柳鸣九主编《"存在"文学与文学中的"存在"》,社会科学文献出版社 1997 年版,第 337 页。
② 同上书,第 340—341 页。
③ 同上书,第 352 页。

从以上论述中可以看出，萨特哲学中的存在主义思想与古希腊人本主义思想具有内在一致性。古希腊人本主义思想的精髓也是人的存在，古希腊名句"认识你自己"就表明古希腊思想是对人自身的思考，古希腊哲学即"爱智慧"，也表明古希腊人对人类自身理性精神的挖掘和弘扬。此外，从古希腊文学作品中我们也能强烈地感受到古希腊人对待人类的生存境况、对待命运和智慧的深沉思考，从中闪耀着人本主义的光辉。虽然古希腊人也崇拜神祇，敬畏神祇，但他们的神祇也没有离开人间，而是与人类的命运息息相关，而且其神祇实际上就是人本身。古希腊文化传统中的这种人本主义成为西方文明的精髓。

萨特哲学就是在 20 世纪第二次世界大战这一特殊境况中对古希腊人本主义思想的回归。第二次世界大战的惨烈和人们在战争中所受到的心灵创伤，使他们面对基督教世界中的上帝时感到虚假和荒诞，既然上帝是仁慈的和万能的，为什么他不能去阻止这场惨绝人寰的战争？对上帝的怀疑使他们产生一种想要超越基督教神学思想的强烈愿望。萨特就是一个无神论者，他认为上帝是一个无用的假设，他说："假如上帝不存在，一切都不会改变；我们将发现同样的诚实、进步和仁爱；同时，我们将认为上帝是一种过时的假设，它本身会默然而逝的。"① 萨特存在主义的出发点就是从上帝的不存在开始的，人没有了上帝虽然感到孤独，但获得的是人类最为珍贵的自由，人一旦有了自由，他就可以自己创造自己的未来。萨特存在主义强调的人的存在的现在性，正是他极力摆脱基督教上帝主宰世界后向古希腊人本主义思想的回归，但这种回归不是回到古希腊人本主义的原点，而是与 20 世纪第二次世界大战的历史事件紧密结合，创造出适合战后西方人精神需要的人本主义。萨特之所以把他的存在主义归结为人道主义，就是来源于他对古希腊人本主义思想的创造性继承。

---

① ［法］萨特：《存在主义是一种人道主义》，柳鸣九主编《"存在"文学与文学中的"存在"》，社会科学文献出版社 1997 年版，第 340 页。

第五部分

比较文学学科理论与翻译

试论中国比较文学学科的国家意识

比较文学的主体意识往往指的是比较文学研究者个体的学科主体意识，研究者的个体意识因受到经历、爱好和研究方向的制约，往往注重比较文学学科本身的性质和学理结构，而忽视了比较文学研究中必须面对的民族和国家主体意识。实际上，民族和国家主体意识的构建，对于厘清比较文学学科理念中的主体性问题具有特别重要的意义。就比较文学学科定位来看，比较文学从它诞生之日起，就与资本主义的全球化进程紧密相关，也必然与比较文学研究者的国家立场和态度紧密相关，它企图通过比较文学的学理基础、学科性质和科研成果达到某一国家特定的文化交流和传播目的，因而其国家观念要远远大于其学科观念。本文据上述思考，试图从民族和国家主体意识的立场来探讨当前中国比较文学学科意识的基础和性质，以期对中国比较文学的未来发展作出一个较切合实际的探寻。

一　法国学派、美国学派、俄苏学派中的国家主体意识

从国外已有的比较文学学派的发展历程来看，法国学派、美国学派、俄苏学派的建构过程都与自己国家的发展需要紧密相关，表现出很强的国家意识，它们的学科都蕴含着浓厚的国家主体意识和使命意识；这些学派之间转换的频繁性和研究范围的暂时性从根本上来说也是由于比较学者的国家观念的影响所导致的。法国学派的诞生就与当时法国文化在欧洲国家的文化传送者的地位密切相关，法国学者意在通过比较研

究凸显他们在欧洲文化上的优越感，因而提出影响研究来确立他们的文化在欧洲的中心地位。而德国学者比如歌德就提出世界文学的理论来对抗法国文化中心论，德国浪漫主义也以其强烈的民族性和世界性相统一的理念来消解法国文化对德国文化的压抑和羞辱；但德国学者提出世界文学理论却不能由此构建起一个有影响力的比较文学学派，主要是因为它当时还没有法国那样的文化影响，但德国学者提出的世界文学观念也在一定程度上彰显了他们的文化魅力和民族自主性，使得德国文学的国家意识进一步凸显出来。第二次世界大战以后，美国的国家力量在欧洲列强中崛起，伴随着美国政治霸权主义和军事力量的扩张，其文化上的扩张性也日益凸显出来。以韦勒克为代表的美国学派提出平行研究理论来反对法国学派的影响研究，这种理论的提出虽然有拓展比较文学学科研究范围的合理性因素，但在这种合理的学科理论背后却蕴含着美国文化扩张的国家意识，因为像美国这样历史短暂的国家只有回避历史短暂的不利因素才能确立自己在欧美乃至整个世界文化上的优越地位。而美国学者确立自己的优势地位的方式就是通过比较文学理论的创新来颠覆原有的学科理论。理论创新具有前瞻性，其文化吸引力和统帅力与向历史回溯寻求优势的方式可以起到同样的效果。俄苏学派的诞生同样也是从自己的国家利益出发，他们提出以历史诗学为俄苏学派的基本学科理论，同时大力倡导以东方学和斯拉夫学为这个学派的主要研究内容。这是由于苏联时期，西方国家在政治、军事和意识形态诸领域都与其形成全面的对抗关系，为了建立和健全社会主义现实主义理论体系，一方面，苏联学术界先后严厉批判了形式主义理论和世界主义倾向，从而使苏联的比较文学变成了纯粹的文学关系或联系的研究，其目的就是对抗美国比较文学的平行研究所推行的非民族化扩张策略；另一方面，从苏联自身的意识形态来说，为了确立自己世界反资本主义中心的地位，同时也是为了树立自己在世界社会主义国家的中心地位，他们特别强调俄国—苏联文化对东欧和东方国家文化的联系和它的辐射作用，因而大力倡导研究东方学和斯拉夫学。这种研究虽然也是在比较文学学科范围内的专业研究，但这种研究的学科理念和在客观上都张扬了俄国—苏联文化在社会主义国家，至少是在其加盟共和国的中心地位，这与俄国—苏联的国家利益无疑也是密切相关的。

这些学派对比较文学学科研究范围的规定和学科理论的探讨，从这些学派本身来说是清晰明确的，也具备系统性，但从比较文学的发展过程来看，则每一种学科理论都是为自身学派而设的，因而具有暂时性和功利性。20世纪80年代以来，特别是21世纪以来中国比较文学（包括大陆、港澳台和海外华人从事的比较文学）的繁荣，欧洲和美国比较文学在近期世界比较文学影响力的减弱，各种"危机说"、"死亡说"和各种类型的文化研究、翻译研究、区域研究、全球化研究，以及最近的星球化研究理论相继出现。这种不断变化的研究范围和学科理论虽然有拓展比较文学研究空间、推进比较文学研究内容不断更新的合理性一面，但其背后却蕴含着西方学者们对当前国际比较文学的态度，并企图从各自的国家利益出发掌握比较文学发展方向的潜在话语权。从另外一个角度来说，即使真的存在所谓的比较文学"危机"和"死亡"，那也是那些学者站在他们国家或者民族文化角度发表的见解，也许这些见解适用于他们国家的比较文学的实际情况，但却未必适用于其他国家比较文学当前的实际情况，如果简单地照搬西方学者的理论和见解，并强行把它运用于其他国家比较文学的研究实践，那就势必造成其他国家比较文学的"危机"和"死亡"。因此，如果沿用这样的思维方式去思考中国比较文学的学科理论，总是以西方的比较文学理论前沿为准绳，跟在他们的理论后面走，不仅不能形成有中国特色的比较文学理论，而且还会葬送中国比较文学学科的发展前景。正确的做法应该是确立中国比较文学学科的国家观念，使中国比较文学研究与当代中国社会发展的状况相适应。

二　中国比较文学学者国家主体意识的确立

有自觉意识的中国比较文学实践是从晚清学者开始的，一直发展至今。其学科发展的基本形态可描述为：在西方强势文化的影响下形成的一种以影响研究、接受研究和阐发研究为特征的学科理念和方法论体系。这一学科体系与中国自鸦片战争以来受西方文化强势冲击的影响和在一定程度上我们主动向西方文化学习的历史过程相一致，因而产生出与西方文化相对应的中西文学和文化的影响研究、接受研究和阐发研究（双向阐发也是这种学科趋势的一种延伸），应该说，这种研究状况真实反映了中国近现代社会积弱贫困的历史状况，向西方学习和接受西方文化的优秀成分客观上也有利于中国社会实现与西方文化的交流和接轨。但是，这种研究不能算是中国比较文学学科理论和方法论的主要标志，它实际上是中国比较文学走向自立的一个阶段而已。但有学者就以此为据设想建立比较文学的中国学派，笔者认为言之过早。随着中国国家力量的逐渐增强和中国国家主体意识的逐渐强化，这种总是向西方国家学习，以西方思想或理论来阐释中国本土文化的状况并不符合当今中国社会现代化的文化发展的实际需要。从根本上说，这个时期中国比较文学学者的国家主体意识仍然没有确立起来，它还只是在西方强势文化的影响下进行的学科研究活动，虽然最近 30 年有许多学者如范存忠先生等发掘出中国文化对西方的影响，以期通过这种研究提振中华民族的自信心，但其背后仍然受到西方强势文化的心理压制。比较文学中国学派的建设，最根本的是要确立该学科的国家主体意识和使命意识，因为比较文学学科从建立的时候起就没有自己独立和恒定的学理基础和研究范围，它是通过比较研究的具体实践来确立自己的学科性质和身份地位的。因此，中国比较文学的关键就在于研究主体要树立国家主体意识的地位，只有明确比较文学研究主体是为谁服务的，文学及其他一切文化的比较研究才有意义，否则，只能在比较过程中降低自己的身份和地位。从 1985 年中国大陆比较文学学会成立以来，中国大陆、港、澳、台，以及海外华人学者虽然都在寻求和试图确立自己的主体身份和地位，但实际情况是，中国比较文学学者较多地关注学科理论和方法论的建设，而缺乏明确的国家主体意识和能够反映独立国家主体意识的研究成果。缺少鲜明的国家意识和国家观念的比较文学，只能在时代的浪潮中随波逐流，跟在西方学者的理论后面走。当别人对比较文学感到焦虑时，我们也跟着焦虑；当别人说比较文学走向危机，我们也跟着说危机了；当别人说比较文学已经死亡，我们也跟着说死亡了；当别人说比较文学要全球化，我们也跟着说全球化了；当别人说比较文学要星球化，我们还是跟着说星球化了。殊不知西方学者是从他们的立场和他们的比较文学研究现状得出的结论，他们也是从自身的国家和民族利益出发去探索比较文学的未来走向的。如果我们一味地跟着西方的理论走，不但不符合我们国家比较文学的现状和未来发展方向，更重要的是这种倾向将会使中国比较文学丧失在国际比较文学中的身份和应有的地位。中国比较文学的发展，必须立足于中国自身的文化传统、当前国家文化发展的需要和未来发展方向，这样才能确保中国比较文学这一相对特殊的学科具有自己的存在意义。

其实，中国比较文学的学科建设过程中国家观念的树立，早在20世纪七八十年代就已经萌芽，海外学者李达三、余国藩等人提出的中国学派的建议，就具有国家观念的萌芽。李达三首先确立了民族性对构建比较文学中国学派的重要性，他说："（比较文学）中国学派首先从民族性的自我认同出发，逐渐进入更为广阔的文化自觉；然后与受人忽视或方兴未艾的文学联合，形成文学的'第三世界'；进而包含世界各种文学成为一个整体；最后——尽管这种理想是多么难以企及——将世界所有的文学，在彼此复杂的关系上，做整体性的统合。中国学派并非试图擅居领导地位，或另起炉灶，成立东方的文学集团，以吸收对美国学派及法国学派产生幻灭的学者加入阵容。相反地，中国学派只是在提供自身的经验与见解，以作为有助于形成个人比较文学观的一种可能范例。"① 老一代学者杨周翰、季羡林和现任中国比较文学学会会长乐黛云等前辈在表述中国比较文学学科性质时都有较强的国家意识，如季先生说："总之，我们研究比较文学，不要怕人说'实用主义'、功利主义。干一件事情有时候必须考虑一下实用、考虑一下功利。"② 当国内外有些学者提出建立比较文学中国学派时，他除了对此表示肯定外，还

---

① 李达三：《比较文学中国学派》，李达三、罗钢主编《中外比较文学的里程碑》，人民文学出版社1997年版，第4页。

② 《北京大学比较文学研究会通讯》，第6—7页。

提出了他的意见，他说："我完全同意这个呼吁。但什么叫比较文学的中国学派呢？这个学派的特点何在呢？……我个人认为，我们目前先不要忙着下定义，我们的当务之急是做些切切实实的工作。"① 乐黛云先生也提出过比较文学要有使命意识，她甚至认为比较文学研究可以与社会实际相结合，达到影响现实社会走向的目的。"如果比较文学定位于跨文化与跨学科的文学研究，它就居于文化沟通的最前锋。从这个意义上说，比较文学的根本目的就在于促进文化沟通，避免灾难性的文化冲突以致武装冲突，改进人类文化生态和人文环境。这种 21 世纪的新人文精神正是未来比较文学的灵魂。"② 虽然这些前辈学者的语意指向性有少许差别，但他们都非常明白地阐述了中国比较文学与民族、国家之间的紧密关系，因而对中国比较文学的发展具有指导性意义。所有这些表明，前辈学者已经意识到中国比较文学中树立国家观念的重要性，这些学者的努力和号召昭示着中国比较文学国家意识确立的先声。当前，在比较文学界普遍讨论"死亡"、"危机"和"转向"的时刻，我们从国家意识出发思考中国比较文学的未来发展，应该是思考中国比较文学学科本身的存在价值的较为切实可行的方案。

三 中国比较文学学科国家主体意识的基本设想

当前，中国比较文学学科国家意识的确立要把握两方面的基本形势。第一，从近现代世界资本主义发展的过程来看，我们可以清楚地看到其中的发展脉络：14—16 世纪世界资本主义的中心是意大利，在那里意大利人掀起了持续几个世纪、影响整个欧洲的文艺复兴运动，人文主义思想的传播是其主要贡献；17 世纪世界资本主义的中心转移至荷兰，在那里荷兰人思考并制定了有秩序和有尊严的现代资本主义经营模式和经济制度；18—19 世纪的资本主义中心移至英国，英国人进行了以机械工业为基础的工业革命；20 世纪资本主义的中心转移至美国，

---

① 季羡林：《比较文学的及时雨》，《比较文学与民间文学》，北京大学出版社 1991 年版，第 291 页。

② 陈惇等主编：《比较文学》，高等教育出版社 2007 年版，第 366—367 页。

美国人对世界的贡献则是促进了世界性的信息革命；从当今中国经济社会发展的状况来看，21 世纪的中国是否能够成为新的世界市场和经济中心？21 世纪的中国及其财富的增长又能够为世界贡献出什么样的先进文化？笔者认为，在确立中国比较文学学科观念时必须考虑这些问题，这样才能够为未来的中国比较文学发展提出明确的方向。

第二，从中国比较文学近 30 年发展和国际比较文学的处境来看，中国比较文学从接受和模仿西方的影响研究、平行研究和历史诗学理论，到跨越西方中心论开始的中西文学与文化比较，再到中国、印度和日本等东方国家的比较学者呼吁回归东方文化，都给了我们重要的启示，这就是国际比较文学的中心已经逐渐转移至东方，而从中国比较文学在东方的实际状况和发展态势来看，它具有成为东方比较文学中心的天然优势，也就是说，中国比较文学实际上已经成为国际比较文学的中心。中国当代也有著名学者如王向远先生曾经提出过比较文学中心在中国的观点，笔者是非常赞同他们前瞻性的声音。因此，中国比较文学只有站在这样的高度，对自己国家所处的地位有一个清醒而自信的认识，才能够提出明确的国家观念和未来中国比较文学的发展方向。

中国比较文学国家观念的形成要遵循的基本原则是，既要从中国悠久的历史文化中发掘文化大国的内在动力，又要从近百年的中国比较文学实践中总结经验，还要进行大胆的创新以彰显当代中国文化的巨大力量和吸引力。在这些基本原则的指导下，中国比较文学的国家观念主要应从以下几个方面进行思考：第一，要从当前及今后较长时间的国家利益出发，建构中国比较文学的学科理论和发展方向。当今中国比较文学界最应该解决的问题就是学科方向的迷失，方向的确立首先要有价值坐标，而中国的国家利益则是中国比较文学研究最根本的价值坐标，确立了这样一个价值坐标，中国比较文学的研究范围和内容就有清晰的方向；当自己有一个明确的大方向以后，任何人的"焦虑"论、"危机"论和"死亡"论都不会动摇中国比较文学研究的学科基础，任何的翻译理论、全球化理论和星球化理论都只是中国比较文学学科建设中的理论参考。在确立国家利益基础上建立起来的中国比较文学学科理论和学科研究范围才是切实可行的。第二，要重新发掘、整合和发扬中国优秀的传统文化及价值观，为建设中国的文化大国战略发挥比较文学学科的独特优势。从西方现代化的历史中可以清晰地看到，西方现代化进程中的每一个阶段都与西方学者努力进行宗教改革和从古希腊和基督教文化传统中获得精神动力密切相关，因而很值得中国当代学者作为域外之借鉴。笔者认为，我们主要应该从中华民族几千年文明史的比较研究中，发掘各民族文化相互交融、相互促进的辉煌事迹，凸显中华民族"文化"天下的强大力量和融合各民族文化的巨大向心力，而这种力量的根源就在于中华文化传统中的核心价值。这种核心价值既包括哲学层面的，又包括社会实践层面的，哲学层面的核心价值观已经越来越被人们所认识和理解，但社会实践层面的价值应该进行更细致深入的研究。我们知道，在中华民族的历史进程中，不仅有汉族统治者采用中华民族传统文化的力量统治的事实，还有元朝和清朝等几个少数民族统治全中国的局面，但站在悠远的历史长河的角度来看，不管是汉族统治者还是少数民族统治者，他们都以"文化"天下的治国手段来确立自己的统治地位，赢得长治久安，都对汉民族文化与少数民族文化相互融合作出了巨大贡献。季羡林先生就曾提出要把中国少数民族文学也纳入中国比较文学的研究范围，有很强的历史意义和现实意义；中国比较文学协会现任会长乐黛云也非常支持中国各民族文学关系研究和中国多民族国家之间的比较研究。这些著名学者的指点无疑是非常有远见卓识的，目前该领域的研究出现了许多优秀的科研成果，但站在大国地位进行研究的目的性不够明确。笔者认为，这方面的研究应该从中华民族的核心价值与各少数民族文化的相互关系的研究中凸显出中华民族传统文化的巨大"文化"力量和内在魅力，尤其要对中国历代政权中形成的"德治"传统进行深入研究，总结并提取这种传统力量，以期对当代中国文化的强盛产生激励和促进作用，并努力使这种文化力量在全球化进程中产生影响。第三，从中华民族文化与世界各国、各民族、各文明的交流中，吸收他们的优秀文化因素，总结交流经验，为建设"文化大国"积蓄力量。这方面的研究主要有三个大方向：一是总结中华民族传统文化在自身的历史发展过程中吸收和消化佛教文化、基督教文化和伊斯兰教文化的基本经验和特点，如中华民族文化在吸收和融合这些宗教文化时是如何进行中国化的？在把这些宗教文化进行中国化的过程中又是如何保持自己的文化主导地位的？二是总结中华民族传统文化对周边国家如日本、朝鲜、越南、泰国、印度尼西亚、菲律宾等国的文化影响，尤其是明朝时郑和下西洋对传播中华文化和中华文化对其他国家文化的影响值得深入研究。三是总结自宋朝以来的海外华人与所在国居民友好相处，传播中国优秀文化，对实现与所在国文化有机融合的经验进行深入研究。目前对这方面的研究，中国比较学者更多地研究海外华人的中国文化认同，而较少研究海外华人在异域环境中传播中华文化，以及与所在国文化进行融合的艰苦历程和巨大贡献。当前，虽然中国正在用国家的力量在世界各地设立孔子学院，传播汉语和中华文化，但也不该忽视已经在海外生活的华人对传播中华文化、实现与所在国文化进行融合的有利条件和不可取代的优势。因此，中国应该大力提倡用海外华人的力量去传播中华文化，应该树立无论人种、肤色，只要他认同中华文化的核心价值，就是中华文化最好的传承者的基本理念。有关这方面的研究主要包括以下几个方面的内容：首先是中国大陆与港、澳、台文化和文学关系研究；其次是中国主体文化和文学与东南亚华文文化和文学的互动关系研究；最后是中国主体文化和文学与欧美华文文化和文学的互动关系研究，等等。这些设想仅仅反映了笔者从国家意识的立场进行的一种较粗浅的学术规划，还远远不能体现其涵盖的全部内容，它所起的作用也仅仅是抛砖引玉。总之，中国比较文学学者应该改变用单纯学科理论去思考学科问题的思路，从国家利益的角度去提出和解决当前及未来中国比较文学的问题。比较文学的价值不在于维护其作为一个独立学科的存在价值，而是要从国家利益出发，提出有现实意义和长远文化价值的理论和观点，而在此基础上创建起来的学科理论和具体的比较文学实践，才是构建比较文学中国学派最坚实的学科体系。

四　正确处理中国比较文学学科中的国家主体意识与"文学性"的关系

确立中国比较文学学科理念中的国家意识，是否可以成为当前中国比较文学发展面临变革的方向，是一个值得继续深入讨论的问题。当前国内学者由于受到国外学者的"危机论"、"死亡论"、"星球化"等观念的干扰，因而对中国比较文学的学科性质更多地关注其"文学性"，以为比较文学失去"文学性"就会导致该学科性质的改变，并最终导致该学科的解体。这种担忧在一定程度上是有道理的，也正确反映了比较文学作为一种文学研究的内在逻辑性和它在学理上的必然要求。但如果我们把比较文学的"文学性"问题放在国际比较文学的历史语境中去理解，就会发现比较文学的"文学性"也有功利性和暂时性的特点，如法国学派倡导"文学性"是因为那个时代的法国文学确实主导了欧洲文学的发展轨迹，形成了以法国文学为放送者的传播关系，它选择法国文学与欧洲其他国家文学关系的研究有利于凸显法国文学和文化的主导地位，但显然法国学派有意忽视了文学本身问题的探讨，从而使它的"文学关系论"变成了纯粹实证性研究；美国学派反对法国学派实证性的影响研究，却没有反对其对文学性的强调，是因为美国学派的研究主体开始转移到文学作品本身，并没有扩展到文学以外的领域，美国学派要借助文学的美学观念和形式实现其平行研究的学科需要，并最终达到美国多元文化融合统一的基本理念。俄苏学派则直接从其政治利益出发进行比较文学的学科建设，它没有强调文学性，而是根据其需要研究问题，目的是与美国抗衡并彰显其社会主义的大国地位。而中国比较文学一开始就是以跨越中西文化为研究主体的学科研究方向，因此在这一语境下，坚持中国比较文学学科性质的"文学性"就无法涵盖该学科研究的全部内容；况且在当前文学本身的影响力在日趋下降的时代而文化交融在日益繁盛的时代，如果仍然坚持比较文学的"文学性"就很难促进中国比较文学向更深层次拓展，并且会阻碍它的发展。香港学者周小仪、童庆生在其《比较文学研究在中国的发展及其意识形态功能》

中曾明确指出："如果比较文学面临变革，需要克服自身危机的话，那么思维方式的转变是必要的前提。而超越'文学性'，走向更为广阔的社会政治领域，则是比较文学的必然趋势。"① 因此，是否坚持比较文学的"文学性"成为中国比较文学思维方式转变的必要前提。作者在此基础上重申和明确前辈学者已经提出的中国比较文学学科理念中的国家意识，正是出于上述对比较文学坚持"文学性"的理解和隐忧。因此，中国比较文学是否存在危机暂且不论，但从中国比较文学在国际比较文学的特殊地位来看，我们都应该勇敢地走出"文学性"的狭隘圈子，而要站在国家利益和中国比较文学未来发展的高度，自觉地把比较文学研究者个体的主体性与国家和民族主体性有机地结合起来，使国家观念融汇在比较研究者个体的主体意识中，从而建构起具有时代特征的中国比较文学学科理念。

当然，确立中国比较文学学科理念中的国家意识自然会延伸出某种政治倾向性和功利性，但这种延伸并非是倡导比较文学学科的政治化，而是明确中国比较文学的发展方向和学科定位。在确立中国比较文学学科的国家意识时会涉及学科的政治倾向性问题，我们也丝毫不回避这种政治倾向性，相反，我们旗帜鲜明地提出这种政治倾向性，就是要在现实地思考中国比较文学的生存和发展价值的同时，倡导一种斯皮瓦克所谓的"未来的友谊政治"，他是这样说的："我不是在倡导学科的政治化。我在倡导一种对敌意政治的去政治化，而走向一种未来的友谊政治，以这样一种负责任的尝试思考比较文学的作用。"② 这种友谊的政治表明了中国比较学者自觉地对学科定位和具体研究过程中所涉及的国家利益的关切，我们不回避它，就是要在明确表达这种关切的同时，最大限度地保护比较文学学科的纯洁性和作为一门学科的尊严，从而更清晰地明确中国比较学者处理国家利益和进行学科研究之间的关系。

---

① 周小仪、童庆生：《比较文学研究在中国的发展及其意识形态功能》，[美] 达姆罗什、陈永国等主编《新方向：比较文学与世界文学读本》，北京大学出版社 2010 年版，第 97 页。

② [印] 斯皮瓦克：《跨越边界》，[美] 达姆罗什、陈永国等主编《新方向：比较文学与世界文学读本》，北京大学出版社 2010 年版，第 234 页。

英国维多利亚时代的道德重构及其启示

中国学术界在 21 世纪以后涌现出许多杰出的英国文学研究专家，他们热衷于从专题史角度，探讨英国在"强国之路"上感受到的进步危机、道德危机和情感危机，如著名学者陆建德的《破碎思想体系的残篇——英美文学与思想史论稿》、钱青主编的《英国 19 世纪文学史》、聂珍钊等著的《英国文学的伦理学批评》、黄梅的《推敲"自我"——小说在 18 世纪的英国》、殷企平的《推敲"进步"话语——新型小说在 19 世纪的英国》和《"文化辩护书"：19 世纪英国文化批评》。这些学者都有一种把中国当代社会发展的背景和中国关怀作为批评英国文学作品的出发点和指归的倾向，尤其是对维多利亚文学，显示出他们热情关注国内现实的人文情怀。本文正是受到上述前辈学者的启发，拟从"道德"话语的角度，以英国维多利亚时代的文学为重点研究对象，以"绅士化"现象为研究的切入点，对这个时期文学关注的道德话语进行再思考，以期实现对当前中国现代化进程中道德话语的关注。

一 英国资产阶级的兴起及其统治地位的形成

英国资产阶级是近现代社会成长起来的一支新生力量，它的正式兴起应该从 1688 年的资产阶级革命算起，光荣革命建立起来的政体虽然是一个具有浓厚王权和贵族因素的君主立宪政体，但资产阶级却以其强大的经济实力逐渐占据了政治上的统治地位。到了维多利亚统治时期，英国资产阶级的席位已经占据了议会的大多数，他们通过议会政治，颁布了许多有利于资产阶级工商业发展的政策法规，使英国资本主义经济获得飞速发展，英国资产阶级的力量也得到迅速壮大。而这个时期的英国贵族由于土地价值下降，思想的保守和生活态度的僵化，他们在资产阶级的逼攻下逐渐退出历史舞台。1688年的光荣革命虽然保持着英国君主制的传统，但贵族统治实际上只是流于形式，实际的权力已经旁落到资产阶级手里。这种政治格局的形成是资产阶级与贵族阶级妥协的结果，但这种妥协在最大程度上避免了英国发生像法国大革命及世界其他国家发生的革命那样的暴力事件，因而实际上体现了英国人在社会大转型中的智慧。

但是，英国的这种政治格局的形成并不意味着贵族阶级彻底放弃了统治权。他们在经济上的失败是由于他们固守土地、思想僵化和野蛮，但他们在长期的政治统治中形成了一整套统治阶级的价值和道德体系，因此英国贵族在现实政治统治日益衰落的状况下，他们在道德领域继续其精神统治的欲望仍在延续。而此时的英国资产阶级虽然在经济上、政治上都以其强大的实力影响着英国社会的各个领域，尤其是资产阶级在经济上的巨大成功，使得资产阶级功利主义价值观得以迅速流行。英国资产阶级在个人信仰上坚持的是新教传统，在道德观上信守俭朴、守时、勤奋、清洁、严谨、谦恭和顺从。一旦这种道德观被资产阶级所坚守并形成良好的习惯，它就沉淀成为资产阶级根深蒂固的性格，而正是这种性格使他们受人尊敬，在商业和贸易等事务中能获得他人信任并使他们迅速致富，从而造就了英国资产阶级普遍的成功。但是在另一方面，由于资产阶级发财致富，经济实力迅猛增长，也导致他们对金钱的欲望迅速膨胀。对金钱的崇拜，产生出一种极端利己主义的道德观。虽然资产阶级功利主义思想最终是以实现最大多数人的幸福为旨归，但具体到资产阶级个人道德观上，就表现为自私自利、唯我独尊、自高自大。马修·阿诺德称他们为"菲利士人"，并且概括了他们的四大特征：把财富等同于伟大；鼓吹个人自由，轻视国家的作用和利益；高傲自负；趣味平庸低俗。这一形象的比喻和对其特征的描述正好说明了英国上流社会对刚刚富裕起来的资产阶级价值观的蔑视。但不可否认的是，英国资产阶级在经济和事业上的成功不仅造就了资产阶级功利哲学和道德的形成，而且深深地影响着普通英国人的道德观念和行为举止，无论是资产阶级正面的形象还是负面的形象，都被普通大众模仿。无论是失去往日势力的贵族，还是普通的工人阶层，都弥漫着一股"拜金主义"的风气和纽曼形容的那种"低俗的雄心"。这种状况正是长期把持统治地位的贵族阶级所要批判和诟病的对象。英国贵族阶级认为资产阶级虽然经济实力强大，实际上也把持着国家的统治权，但他们却缺乏作为统治阶级应该具备的基本素养。因此，贵族阶级仍然可以在精神和道德领域引领着资产阶级。不过另一方面，资产阶级也认识到贵族的道德堕落和腐化风气，故此马修·阿诺德称他们为"野蛮人"，但同时他们更清醒地认识到自己成为统治阶级后的本质缺陷，那就是缺乏治国理政的智慧、责任感和无需为自己的生存而奔波的贵族优雅。因此，资产阶级迫切需要贵族统治时代的道德传统以提升自己作为统治阶级的道德素质，他们之间的这种内在需要成为两个阶级相互妥协、建立君主立宪政体的根本原因。而这个道德传统的延续是通过绅士化特有的方式实现的。

二　维多利亚时代道德重构的切入点：绅士化

绅士观念虽然在 18 世纪的英国小说和民众生活中被普遍提起，但到了维多利亚时代人们对绅士观念的争论却成为最为频繁、最为人们所热衷的话题之一，无论是在英国社会的各个阶层中，还是在维多利亚小说家的作品中，他们都热衷于讨论"什么是绅士？"和"怎样成为一名绅士？"以及"成为一名绅士意味着什么"等问题。实际上，在看似如此感性的提问背后，隐藏着绅士观念在维多利亚时代重大社会转折的奥秘。它实际上承载着新旧社会实现平稳过渡的重大使命，是英国贵族道德传统延续到资产阶级身上的特有方式。

在英国历史上，绅士是指具有一定土地特权的社会等级，其位置在准男爵、骑士之下，比自由民的等级要高，因此，绅士具有贵族属性，所有的贵族都是绅士，但不是所有的绅士都是贵族。到了 16 世纪，随着英国社会阶层的变化，英国贵族开始把绅士阶层向军官、议员、英国国教的牧师、律师、英国牛津或剑桥学者开放。但到了 18 世纪以后，英国社会对绅士的议论就不仅限于其社会阶层和地位，更重要的是对绅士道德的品评，这种对绅士地位的内在化倾向一方面打破了绅士阶层的贵族社会属性，另一方面绅士所代表的贵族符码又为中产阶级社会提供了一种有尊严感的平台，在理论上为那些自我奋斗者进入贵族阶层提供了可能性。绅士的头衔虽然在理论上是开放的，但它也可以通过传统绅士社会的排除机制将那些未达到标准者完全排除在外。许多在商业上取得成功的资产阶级人士才可以进入绅士的行列，这些达到标准的资产阶级成功人士在尽情享受生活的同时，在行为举止方面都不由自主地向绅士作派靠拢，一个成功人士不仅应该具有绅士的举止风度，而且应该具有温文尔雅、同情心、待人友善和良好的想象力等美德。这种道德化了的绅士观念成为维多利亚时代人们谈论最普遍、最热烈的话题。

但是，绅士所具有的贵族符码使得绅士具备优雅、闲适的生活和受人尊敬的地位，同时一个真正的绅士还意味着他可以不依靠体力劳动去生活，也不需要太关心自己的商业事务，因而绅士化体现出一种悖论，一方面它让工业化社会的中产阶级获得具有贵族意味的尊严，另一方面它又挑战了工业化社会中工作的尊严，因此，英国维多利亚时代的绅士化虽然缓解了工业化过程中社会矛盾的激化，也确实提高了资产阶级和工人阶级的道德素质，但它又把贵族时代的生活方式、审美方式和道德意识一起渗透到工业社会中，使已经占主流地位的资产阶级价值观在绅士化过程中逐步消解。英国资产阶级甚至是处于社会下层的工人阶级都在模仿着贵族的优雅、闲暇生活，对自己的各种工作逐渐失去兴趣，从而丧失了他们阶级本有的精神素质。而这个时期美国社会虽然也沿袭着英国的绅士传统，但他们把绅士化延伸到每一个成年男子身上，从而把绅士化和民主化紧密联系在一起，使得每一个人不仅在经济、政治上具有平等的权利，在道德上也消除了英国贵族绅士的等级观念，实现了道德上的人人平等。而英国社会虽然降低了资产阶级进入绅士行列的门槛，但其中蕴含的贵族阶级的优越感和阶级地位仍然没有消除。英国的绅士化在一定程度上缓解了阶级矛盾，但没有从实质上降低贵族阶级的道德尊严和社会地位，他们仍然高高在上，在道德上傲视着缺乏闲暇和教养的资产阶级和工人阶级。罗素说："绅士观念是贵族阶级为了维护中产阶级的等级秩序而发明的概念。"其实它维护的不仅是中产阶级的等级秩序，还是整个英国社会的等级秩序，目的就是保持贵族阶级原有的阶级地位。

因此，维多利亚时代的绅士化虽然是以资产阶级为主体的道德言说，但蕴含着浓厚的贵族道德意识。庄陶教授在《维多利亚小说的阶级属性》一文中也说，维多利亚小说涉及绅士观念与贵族阶层的联系主要表现在以下三个方面：第一，绅士身份的历史渊源决定了绅士观念本质上的贵族意识；第二，维多利亚绅士的道德成分也是贵族理想的历史遗产；第三，贵族意识形态参与和控制了维多利亚绅士观念的建构。英国维多利亚时代的绅士化虽然缓解了社会更替过程中贵族阶级和资产阶级的严重冲突，但在本质上并没有改变贵族阶级在英国社会阶层中的地位，他们通过精神领域的各种载体把贵族道德意识渗透其间，从而保持了贵族的尊严和最高等级的社会地位。因此，我们可以说，维多利亚时期的道德说教不仅仅是资产阶级对自身阶级的言说，还是贵族阶级力图通过文学及其他载体延续其道德传统，进而实现其精神统治的一种政治运作。

三　维多利亚时代道德重构的主导者

阿诺德在其著名的《文化与无政府状态》中企图通过对完美和光明的追寻超越他所谓的狭隘的阶级利益，用普遍性的概念来隐藏某个特定阶级的文化价值和政治目标。但实际上，阿诺德的这种论述是他为英国社会寻找的一种救世良方，而他在寻找这个救世良方的过程中并没有回避各个阶级之间的问题，他正是从这些阶级矛盾中寻找到解决社会问题的方案的。因此，当讨论维多利亚时代的道德重构问题时，我们不能完全回避各个阶级之间的矛盾，也不能忽视这些阶级在社会进步过程中的相互妥协。

阿诺德在《民主》中明确提到英国的贵族阶级已经不再适合充当领导阶级，"在我们已进入的时代里，继续由英格兰贵族来指引并影响英格兰民族，正在变得不可能了。……种种迹象确凿无疑地表明由它来带头、来领导国家的时代几乎已经结束了，它的统治和领导权已经不再得到国人实质上的认可了"①。他还提醒说，我们所要留心的是，我们在瓦解旧体系时，不应该带有刻毒的心态，即要对逐渐失去统治地位的贵族阶级心存慈悲。但是，政治上领导权的退出是由于资产阶级经济上的成功所导致的，但贵族阶级并没有因为资产阶级经济上的成功动摇了他们在文化、思想和道德方面的支配地位，相反，由于资产阶级自由主义、个人主义和功利主义思想的流行，资产阶级在取得统治英国政治的实质性领导权后，仍然暴露出他们在道德上缺乏统治阶级素质的严重缺陷，贵族阶级统治地位的丧失并不意味着他们已经彻底地退出了社会历史舞台，他们在精神领域依然具有不可替代的优越地位。因此，贵族阶级成为维多利亚时代道德重构的主体。

英国贵族阶级之所以在资产阶级掌握政治权力后仍然具有不可替代的作用，是因为资产阶级取得领导权后主要关注的是经济发展和对财富的追求，而缺乏贵族统治时期那样深厚的文化底蕴，有关这一点，已经在经济上取得巨大成功的罗伯特·欧文说得非常精辟，他说："我已彻底厌倦了做贱买贵卖生意合伙人的生活。这种职业败坏而且常常毁灭了我们人性中最美最好的天赋。在长期生活中，我经历了贸易、生产和商业的所有阶段。根据经验，我深信这种完全自私的制度下无法形成任何高尚的性格。真理、诚实、美德将会成为空谈，现在如此，一直以来也都是如此。在这种制度下不可能有真正的文明，因为这种制度不可能让所有人都接受一种训练，让他们根据利益双方来互相对抗，常常是将对方置于死地而后快。这是一种低级粗俗、无知劣等的组织方式。如果没有更好的方式替代它，去塑造性格和创造财富，将不会有任何持久、全

① Matthew Arnold, "Equality", *in Culture and Anarchy and Other Writings*, (ed.) Cambridge University Press, 1993, p. 4.

面、具有实质意义的改善。"① 在他看来，从事经济活动的资产阶级主要以利益追求为目标，因而在性格上容易造成自私自利之心，而且就这种经济行为本身也体现出等级粗俗、无知劣等特征。而欧文对自身经济活动的评价标准就是来自贵族的审美和道德风尚。

同时，牛津运动的领导人物纽曼也站在宗教的立场上对当时资产阶级的经济活动以及这种活动对国家的影响作出了精彩的评判，他在一次讲道活动中说："这个国家的特征是它的繁荣正在可耻地造成一种心态，我不知道还有什么东西比这种心态更为可怖。我指的是那种雄心勃勃的精神……那种低贱的雄心，它使每一个人一门心思关心生活中的成功和腾达，聚敛财产，获取权力，削弱对手，战胜上司，同时又装出一副以前不曾有过的妄自尊大然而又彬彬有礼的模样。"② 这既是对成功的资产阶级人士心态的绝妙描述，同时也是宗教人士对资产阶级经济行为的道德评判，从中可以看出，英国天主教人士对资产阶级在经济上的成功也是不满意的，而其中最严重的问题就是他们只顾聚敛财产，获取权力，却不顾道德建设。这对宗教崇尚的诚实、美德和信仰都造成严重的威胁，因此，资产阶级在经济上的成功只是社会表面的繁荣，是利益和各种物质产品的丰富，而不是人心中的美德、诚实、慈悲等的推进，因而它难以得到包括贵族、宗教人士在内的上层社会的普遍认同。也正是资产阶级处于道德上的低位，它虽然在现实权力上取得了统治地位，但贵族阶级仍然在道德上和其他更深层次的社会领域有继续行使统治权的必要。资产阶级只是在经济和制度层面掌握着自己的统治权，在精神和道德层面其统治权却牢牢地掌握在贵族阶级手里。因而维多利亚时代道德言说多是来自资产阶级阶层，如这个时期的"英国状况小说"，其作者大多数来自资产阶级和小资产阶级，这些小说的阅读主体也是他们这一群体，但其中言说的内容却蕴含着浓厚的贵族道德意识，而各种评

---

① ［英］罗伯特·欧文：《罗伯特·欧文生平自传》，［英］雷蒙·威廉斯《文化与社会（1780—1950）》，高晓玲译，吉林出版集团有限责任公司2011年版，第38—39页。
② 转引自［英］W. E. 霍顿《维多利亚时期的精神状态：1830—1870》，纽黑文1957年版，第183页。

论刊物和其他媒体则引导着作者的写作态度、评价标准和读者的审美趣味,那个时代经常出现的"文学事件"表明,贵族阶级仍然占据着重要的社会地位,他们仍然可以拥有各种媒介去调控这个时代的道德风尚。因此,维多利亚时代主导道德重构的主体不是资产阶级,而是贵族阶级。

不可忽视的是,工人阶级在维多利亚时代的道德重构也成为被动的参与者。这是因为工人阶级在资产阶级统治期间的革命性运动中争取到了越来越多的政治权利和生活权利,其个人价值观上也与资产阶级追求自我实现和自我奋斗逐渐一致。贵族阶级开放的绅士阶层这时不仅仅是针对资产阶级,同时也适应工人阶级。维多利亚时代还出现了穷人也想做绅士的社会风尚,穷人做绅士靠的是遗产继承,比如狄更斯《远大前程》中的匹普。但随着工人阶级社会和经济地位的提高,他们的行为作派都模仿着资产阶级绅士。况且,在资产阶级取得统治地位后,英国王室和贵族阶级还经常以关心工人阶级的生活和贫困状况为由达到制衡资产阶级的目的,工人阶级也由此被动地站在贵族阶级一边,成为维多利亚时代道德重构的被动参与者。

戴维·罗伯兹《英国史——1688年至今》中曾经有这样的论述,"从1842年国会宪章请愿运动中的革命性暴动到1910年的工团主义者(Syndicalist)罢工事件之间,安静的工人阶级并没有给统治阶级带来什么威胁和恐吓。中产阶级甚至也停止了对贵族阶级的攻击和谩骂。如果马克思听到英国的中产阶级颂扬贵族为英国的当然统治者,或者看到英国工人仿效中产阶级的个人奋斗和自我奋斗,那么他会皱眉扫兴的。事实上,的确有一种妥协,一种阶级间的妥协产生"[①]。但是,实际上,在这种妥协的背后,是英国贵族阶级仍然掌握着统治英国社会的精神钥匙。

---

① [美]戴维·罗伯兹:《英国史——1688年至今》,鲁光桓译,中山大学出版社1990年版,第226页。

四　维多利亚时代道德重构的意义

一个时代的道德构成并非是单向度的过程，而是有其复杂的因素影响，因而对维多利亚时代道德重构的意义，我们也不能用单向度的思维方式进行界定，而应该从积极和消极两个方面来进行界定，其积极意义在于：英国维多利亚时代用渐进的方式实现社会统治力量的新旧交替，从而避免了许多国家出现的用暴力形式实现社会更替的现象。资产阶级凭靠其经济力量剥夺了贵族阶级的政治权利，但贵族阶级也把自己的精神遗产移植到资产阶级精英人物身上，这样在英国社会的重大更替中没有发生像法国大革命那样的暴力突变，这跟两个阶级之间的微妙平衡是密切相关的。他们把两个阶级之间的权力交替转换成为一种道德重构，把你死我活的阶级斗争内化为一种"心灵转变的行动"，这不能不说是英国人在处理社会转型时期的大智慧。

同时，维多利亚时代的道德重构也给这个时代甚至后世带来不可挽回的消极影响。维多利亚时期的道德说教表面上营造了一个和谐、有序的道德环境，但这种道德环境实际上代表的是贵族阶级的统治利益，其目的是维护贵族阶级的社会地位和利益。但这样的一种内在化行动从根本上说不利于以中产阶级为主体的社会发展潮流。从现在回溯维多利亚时代，我们可以看出，英国这个时期出现的道德问题是世界市场经济发展过程中出现的普遍问题，只要加强制度建设，重视精神文明建设，资本主义出现的道德问题可以通过经济和社会的发展来逐步解决。但是，维多利亚时代英国资产阶级出现这种道德问题时，贵族阶级却以此诟病资产阶级，压制资产阶级的发展，尤其是资产阶级所追求的事业得不到包括贵族阶级在内的英国上层的肯定和赞赏，反而要求资产阶级继续遵从自己的道德体系，而贵族道德体系最本质的缺陷在于，它是一种维护等级制度的道德体系，而资产阶级价值观最本质的特征就是反对等级制，通过经济和社会发展来实现人人平等的理想世界，但令人遗憾的是，英国贵族阶级在这个历史关键时刻却因一己私利来维护本阶级的继续存在，而伤害了资产阶级内在的发展动力。在贵族道德观的引领下，全体国民都乐不可支地去追求绅士生活，却失去了对工作本身的兴趣，而对于一个国家来说，大家都去当绅士，像匹克威克一样"总是去给别人一个忠告"，最后必然会导致国家力量的衰落。英国 20 世纪的衰落虽然有各种原因，但维多利亚时期道德重构的失败是其中最内在也是最关键的因素。因此维多利亚时代的道德体系最终妨碍了英国社会的发展进步，而不是传统理论所说的进步导致道德堕落。

五　当代中国社会的道德重建的启示

当前中国社会的改革正在经历社会结构的巨大变化，其明显标志就是中产阶级势力正在迅猛增长。中国古代社会太平时期富裕起来的商人，他们除了为自己在家乡购置地产外，就是为自己在官僚阶层谋取一定的官职，有时并不一定是有实权的官僚，而仅仅是一种名分，这就是捐官，它反映的是中国古代社会富裕人群的社会价值取向。当代中国社会虽然也有一部分富裕商人与官僚阶层关系密切，官商结合和商人有钱后谋官的现象也存在，但并没有与中国当前主流价值观相吻合，中国政府大力反腐倡廉就是对中国传统腐朽落后价值观的否定。这就要求我们当今的人文工作者从传统的道德社会中延伸出一种既符合主流价值观，又代表着积极人生观和人格特质（比如君子）的道德构建。这种道德构建也可以说是新时期中国社会道德的重构。这种道德重构无论从富裕起来的人们生活目标的角度，还是从社会安定团结的角度，亦或是价值意义的重新确立的角度，都具有重大意义。

维多利亚小说中的绅士观念(绪论部分)

[英] 罗宾·吉尔莫著　高伟光译

一

诗人霍普金斯曾经在 1883 年写道:"到目前为止,英国人虽然没有为人类做出什么突出的贡献,但却给这个世界留下了一个绅士观念。"虽然今天的人们很难这样设想了,但霍普金斯却从中看到了其中独一无二的价值,这很容易让我们联想到哈洛德·拉斯基在他的著名论文《成为一名绅士的危害》中所称的那样,绅士化的伦理危害着社会边界,它的反智的、反民主的偏见,它对那些养尊处优的精英价值观的持守,已不再适合英国社会的需要了。此外,到现在为止,反对绅士的声音就像它在维多利亚社会赞成它的一样多,而我们仅仅意识到它的品质,它的过时的社会设计,假如绅士观念不是依靠其传承下来的态度和设计而生存,那么,绅士观念就像霍普金斯和其他维多利亚人看到的那样,是作为一种文化的目标,作为一面令人羡慕的道德和社会价值的镜子而存在。但是这样的一种存在也在第一次世界大战结束后慢慢地衰退了。这个观念的衰退反映了"绅士"这个词自身用途的变化。根据福勒的《现代英语用法》,"君子"这个词就受到我们这个时代无阶级社会的影响,但与之相反的是,我们现在都是"君子们"了,我们再也不是绅士了。

毫无疑问,我们应该感激这种发展,英国人对绅士化的崇拜为这个时代的许多被损害的生命和大量的势利承担起责任。今天我们忘记或理解这个事实都是没有危险的，其危险倒在于我们忘记了这种危害的想象，我们忘记了绅士观念中重要的内容，以及它在英国维多利亚一代人中扮演的文明角色，因为事实上绅士观念是维多利亚观念中最重要的观念之一，就像阿瑟·布利奇所说的那样，在分析维多利亚中期的思想和行为方式中必须把它联系起来。霍普金斯的"绅士观念"实际上处于那个时期贵族和中产阶级社会和政治生活的中心位置，它蕴含着许多强有力的和独特的改革成就，比如专业化的成长，各种专业化阶级的生成，家庭和印度管理法案的改革，古老的公共教育的改进，一个发展中的复杂工业社会管理精英的产生，以及后来扩张的大英帝国，假如他们还赞同什么的话，那么维多利亚观念的制造者们就可以分享他们社会的绅士化所取得的崇高价值。可是，每个人也许还有别的解释，像罗斯金、萨缪尔·史密斯、加丁纳·纽曼、阿诺德博士、萨克雷等，但是他们每个人都参与了定义和重新定义绅士化这个概念，田纳森称它是"伟大的、古老的名字"。绅士观念在维多利亚小说中也证明它是一个非常重要的观念，人们也许不能深入地阅读萨克雷、狄更斯或者特罗洛普的作品，也没有意识到他们已经被绅士观念所迷惑，希望把绅士观念应用到社会道德生活中去。我们相信，由于我们没有研究他们的作品所造成的失误，成为我们理解维多利亚小说一个非常显著的障碍，我们的研究就是要填补这一障碍。

笔者希望在下面的章节中呈现，绅士观念将帮助我们聚焦于1840—1880年英国中产阶级出现和巩固时期的社会和文学体验中，这个故事开始得更早，但结束得更晚，这些年有关绅士化的本质引起了人们更多的争论和焦虑，各种不同的定义比以前任何时候都多。这种倾向有它鲁莽的一面，但它也反映了一个新的阶级努力奋斗以确立其社会地位的需要和愿望，而且这样的一种倾向一直存在于19世纪的大部分时间里，并由乡村贵族们所操控，而对各种不同的维多利亚绅士想象和界定的深入探讨还必须等到下一章进行，而本绪论的目的就是要通过建立有历史边界和文学内涵的绅士观念来澄清上述情景。

理顺有关维多利亚绅士情境的双重关联，有两个事实需要考虑，这就是，维多利亚人自己比他们的祖先有关成为绅士的想法中至少带有更多的不确定性，这种不确定性使人们对绅士的定义更加困难，但它是他们所希望达到的绅士地位的重要组成部分。这种不确定性仅仅是相对的，但它是真实的：一个贵族血统的男人，或者他拥有一个良好的家庭，他就是一个真正的绅士（这也是"gentle"这个词的原初意思），就像是一个英国教堂里的牧师，军官或议会成员，在这些拥有荣誉的官阶中有着令人羡慕的地位。人们普遍地假定，成为绅士是重要的，其重要性在于成为绅士不仅可以拥有一个道德上的地位，而且可以成为社会部门中的重要成员。詹姆斯一世曾经给他的老侍者说："我将让你的儿子成为一名准男爵，如果你愿意，但是成为一名绅士却只能靠他自己。"绅士的道德成分及其在社会上的多重含义，使得绅士问题成为公开争论的话题，对贵族这一概念的重新定义也成为19世纪之前从未引起讨论的话题，这是因为在一个急剧变化的社会里越来越多的人成为富人，他们已意识到，在理论上他们可以从社会底层直接进入绅士阶层，绅士地位的相对便利是一个相当具有历史重要性的事实，这点也被很多外国观察家意识到了。托克维尔在其《古代专制与法国革命》中，就把"绅士"置于一个开放的和一个以种姓制度为基础的统治阶级的区分点上。

关于语言的历史和真实的历史关联的研究一定会被揭示，这样，如果我们追随英语词汇"绅士"的时空互动，我们就可以发现其蕴含的意义，这就是绅士的逐步扩张使社会各阶级更为接近甚至混杂在一起。在每一个成功的世纪里，我们可以发现绅士地位都向低一级男人延伸；然后，伴随着英语向美国的扩张，现在的美国已毫无歧视地把绅士应用于所有男性公民中，这样绅士的历史就成为民主的历史。

可是，毫无疑问，法国也有把绅士应用扩大化的倾向，但在法国大革命期间，绅士的通用含义被终止，这是因为绅士总是作为一个种姓制度的标志被利用——这种种姓制度在法国一直没有停止存在过，并在随后的几个世纪里一直被独享。

贝格霍特也持有同样的观点，当他把英国社会界定为"一个动态的缺乏民主的系统"时，他是对的。在这样的社会里，许多人都要比别人更低级，但是在那里，每个人在理论上都希望自己在最高王权下处于同一水平上。英国贵族阶层的开放就是在这样的历史背景下进行的。但是，就像托克维尔所说的那样，"绅士"的历史就是民主自身的历史，绅士化并非是民主自身的理念，也不可能超越维多利亚中产阶级的想象实践其权力，它为他们展现的仅仅是一种尊严，以及与贵族阶级秩序部分的相对独立性，为道德社会提供的某种潜在能量。他们希望以此消除进入绅士阶层的门槛，而不用额外牺牲社会给予他们尊重的阶层。

绅士的起源深深植根于封建社会和出身的纯正，露斯基写道："一个绅士的重要性来源于它的纯粹的基因和完美的培养，这样才具备温文尔雅的同情心，待人友善和良好的想象力等品质。"而对绅士意味着一个男人具备温文尔雅性格的共同误解在于，它反映出使用这个词时长久以来的矛盾心理。早在乔叟时期，他就把"绅士的"当成了"有魅力的"、"温和的"、"慈善的"，就像"贵族的"和"有教养的"一样。出身对于一个家庭的男人来说是有意义的，而自由的教育将给他越来越多的机会去践行绅士的行为方式和举止，但是每一个谦卑的作者都同意，单纯靠出身并不能造就一个完美的绅士，在辞典所给的定义中也没有别的标准去引用……甚至劳德·切斯特菲尔德也嘲弄了家庭画廊里手举"亚当·德·斯坦霍普"和"夏娃·德·斯坦霍普"画像的家族谱系，这种"手臂上穿大衣"的虚假的舒适常常在维多利亚小说的各种玩笑中被发明出来并被消遣。绅士观念从未在种姓制度或严格的纹章学的限度内被维多利亚人所吸收，在另一方面，如果绅士观念已成为一个完全道德化了的概念，一个仅仅是好人的同义词，它就成为在社会与绅士自身魅力所赋予的道德特质之间的一个可替换的平衡。这种意识也许是我们所说的有魅力的精英品质———一个完美的绅士。他的习惯性的道德理念常常可转换成一种优雅的行为方式，就像霍普金斯在他的一封信中所引用的那样：成为一个绅士不仅仅是在思想理念上拥有道德感，而且在行为方式上也表现得更加适度。到 19 世纪中期，这种道德元素常常被看作更有优势。福特兹·史蒂芬在 1862 年写给《麦山杂志》的文章中也认为："'绅士'这个词暗示着某种确定数量的社会等级秩序的大联合，但也存在着一种不断增长的倾向，即坚持更多从这个词的道德元素而更少从社会元素中去规范这种秩序，也许在时间的进程中将绅士进行简单的、便利的区分都将是不可行的。"

但是，绅士观念并不轻易受其道德化的影响，而这种观念却在维多利亚中产阶级中展现出来，就像我们在下一章看到的那样，绅士的道德化过程自 18 世纪开始就一直在进行，发生在传统等级制度的绅士，在社会中占据着特殊的位置，向社会展示它有意义的部分，即一个位置或一个等级，分享着对土地社会的某种特权。由此带来的受人尊重也是由于这种特权，而不是贵族自身。巴特兰德·罗素伯爵认为："绅士是贵族为了维护中产阶级的等级秩序而发明的概念。"但这种说法只拥有一半真理，所有的贵族都是绅士，但并非所有的绅士都是贵族。严格说来，绅士的社会和历史渊源都植根于绅士阶层，而不是贵族。在传统的封建制度下，绅士被排在准男爵、骑士和乡绅之下，但比自由民的等级要高。在绅士阶层和贵族之间，他们由于对土地的共同兴趣和简单的生活方式而紧密联系在一起。根据最近的历史学家们的说法，这种划分是一种可度量的社会分层，更重要的是，绅士的地位是那些想进入绅士阶层的人的一个门槛，它通过灵活而富有弹性的分类，从官员、贸易、商业、农业和各种专业部门中诞生的符合绅士标准的人群不断进入绅士阶层，并使之获得新生。

绅士在上层社会的等级制度中所处的位置体现的历史意义在于，它为新的社会成员进入社会特权阶层提供了一个并非准确但荣耀的行进路线，通过古代社会中的这种阶层排列，绅士实际上成了中产阶级人士渴望获得的一个精神驿站，从某种程度来说，这已经成为他们自己的形象设计。绅士观念的道德维度使之可以重新解释和现代化，另外，绅士所具有的贵族符码的相对独立性，意味着它在急剧变化和发展的 19 世纪社会里提供了一种具有尊严感的社会平台，在理论上为那些自我奋斗者进入贵族阶层提供了可能性。如果一个人有大量的金钱，有些运气，脸皮又不太薄，他就能够在乡下很舒适、很便宜地买一块地，并把自己塑造成一个周末乡绅。这也许并不能让他获得进入更高级社会的门槛，但他有充分的理由期待，寻找上层社会的某个分支进而达到被接受的目标。总之，这种接受是一种很好的测试，也是得到上层社会认可的证明。

正是由于这个原因，中产阶级的辩护士们想强调绅士起源于绅士阶层而不是贵族，通过这种阐释，他们企图让绅士这一概念远离贵族，它确实也常常当作批评贵族的概念出现，这样绅士就获得了与土地相联系的特权，这成了许多作品中强调土地社会的一种态度，如《傲慢与偏见》、特罗洛普的巴塞特郡小说、盖斯凯尔夫人的《妻子和女儿》，以及19世纪的其他小说，人们普遍把绅士当成取得广泛支持的概念，即一位公爵从未比一位绅士拥有更多的地位。弗兰克·格雷勋、特罗洛普的《王室医生》中的一位乡绅的儿子，他就对奥弥纽公爵那种居高临下的样子作出了反应，他说："我并不关心他是否是十足的奥弥纽公爵，我关心的是他能否更好的成为一名绅士，这样，我和他就平等了。"另外一个是关于本地撒克逊乡绅阶层的神话，它植根于这片土地，而且为这片土地践行着自己的责任。这比那些不负责任的暴发户如"诺曼公爵"在根基上和道德上都更具有优越性。简·奥斯汀作品中的凯瑟琳的女儿和特罗洛普的德·考西斯，由于他们具有诺曼贵族的名字和傲慢的行为方式，都成为上述最好的例子。

但是，当维多利亚中产阶级以绅士阶层而不是贵族阶层证明自己的身份时，绅士阶层仍然保持着一个古老规则运行的绅士俱乐部。这些新的社会成员以其强大的社会力量正叩响着上层社会的大门，虽然其资格是否得到允许仍然值得证明。这种变化在16世纪就有发生，并反映出前工业社会以来的社会秩序。1577年，维廉·哈里森的绅士定义里就确立起其主要内涵："（绅士）研究现实的法律，在大学里沉湎于书海或关注物理和精神科学。除此以外可以在战争中为一名上校服务，或者在家给人以好的忠告，绅士就是凭靠这种既得利益可以不靠体力劳动生活。由此他可以拥有一件大衣，像他的先驱者一样把它挂在手臂上，并显示出绅士的表情。这时他还常常被称为主人，等等。这些都是人们给予绅士的好荣誉。"

这也许是一个容量非常大且灵活的分类，但是对于那些在早期工业革命中出现的暴发户们，这种分裂却代表着那些不是绅士的人被排除在外的非常精细的安排，它把绅士身份授予军队的官员，授予那些资深的教堂牧师，但并不授予持不同政见者；授予伦敦的内科医生，但并不授予外科医生和律师；授予那些接受自由教育的人，但仅仅局限在牛津和剑桥获得教育资格的人，其中的持不同政见者也被排斥在外。实际上，为教堂培训的英国牧师也被排除在外，有钱的商人们却在进行着令人尊敬的"交易"，在任何情况下他们都远离官员，只为自己买一处房产。

把那些不合绅士资格的人排除在外的一套做法，对于现在的我们来说似乎是古怪的，但它有自身的逻辑，目的在于加强那些土地占有为体系的社会制度的稳定性，以确保土地占有者的特权。但它很少为那些在工业革命中诞生的新人提供这种特权，而大量的快速发展的工业化和城市化过程中所需的服务和管理人员也无法获得这种特权，这些人包括工程师、第一代磨坊主、在城市扩张过程中出现的一般实业家，以及正在寻找工作的年轻人。就上述这些人或别的社会团体来说，绅士这个阶层虽然在理论上是开放的，但它通过传统的绅士社会排除机制把那些未达到标准者完全排除在外。一个绅士不仅有能力不依靠体力劳动而生活，而且不需要太多时间去关心自己的商业事务，因为过绅士生活意味着闲暇，而闲暇能够使一个男人培养一种有教养的生活方式，从而追求一种绅士化的生活。这样，绅士的地位在传统社会等级制度范围内就被赋予了一种受人尊敬的和独立性的价值，但与此同时它也挑战了新的工业化社会中工作的尊严。

这种冲突正好解释了为什么在维多利亚早期和中期关于绅士观念的令人不安的争论，同时也解释了为什么这种争论是这样的模棱两可和捉摸不定。由此产生出如此众多的有关真正绅士的相互冲突的理念，一方面，这种冲突源于像露斯基和萨缪尔·史密斯那样的对男性的明确界定，露斯基说："绅士必须学习他们无所不在的责任，同时也有特权生活在别人的努力工作中。"另一方面，维多利亚时期出现的花花公子式的完全无用的男人却以一种优雅的形式鄙视工作本身，这为一部分社会新成员为争取其专业地位而进行的长期斗争提供了一条线索。它有助于我们解释为什么像医生、公务员和别的成员，如一些急功近利的工程师都没有成为绅士的原因。它甚至可以从狄更斯和萨克雷作品人物的内心斗争中清晰地看出来，狄更斯热烈地相信文学的尊严，萨克雷却认为通过写作来赚钱谋生并非是一个绅士合适的职业。

结果，维多利亚人通过妥协解决了这个问题，一个新的专业化的管理精英必须去管理一个新的社会，这样一群令人羡慕的精英人物有能力和充分的理由把自己当成一个绅士，并且认识到自己与古老社会的价值观是联系在一起的，这可以通过在公立学校扩大绅士的基础来达到。到19世纪的最后1/4，人们几乎普遍地接受在一个受人尊敬的公立学校里接受传统的自由式教育，他就可以获得绅士的资格，而不问其家族渊源和职业，这就会对一些模棱两可的表述产生影响，但在缺乏标准化的绅士教育过程中，如果我们是为了理解早期绅士观念的含义，那么我们就必须收回维多利亚后期公立学校男生的绅士观念。

现在，一个非常灵活且富有弹性的绅士概念已经形成，并且这个概念适应正在成长中的社会成员的需要，如果维多利亚时代无论个人还是权威声音都没有回答好"什么是绅士"这个问题，那么这个问题本身就成了绅士观念历史含义最重要的关节点。就像马克思和其他人认识到的那样，维多利亚资产阶级是一个革命性的阶级，但它的出现并没有导致一场革命，或者这场革命是通过渐变而非暴力形式进行的，这其中大部分原因是基于这样一个事实，即它能够找到贵族统治时代相一致的道德再生，那种被称为维多利亚妥协的思想核心在于，它通过渐渐剥夺某一社会结构政治权利的方式来实现这种妥协。这个古老的社会结构就是封建等级制度和官阶制度，这种金字塔式的社会结构其顶端便是封建地主和贵族，底层却是那些根基并不牢靠的社会大众。新的社会结构就包含在这些阶级中，在那里，社会被分裂成许多相互对抗的团体，每一个团体都被一个共同的经济兴趣联结着。冲突一般在两个阶级中产生，但是理论上官阶的观念暗含着相互独立的等级制度，它基于对下负责对上防护的实际运作。历史学家们于是就把职衔的等级制划分成了有阶级的社会（如资产阶级、工人阶级等），虽然它曾经也是一个完整的整体，可以确定的是，这两种分类在19世纪的大多数时间里都重叠在一起，但是，对于那些曾经直接体验过从旧社会取代这种古老的社会制度的人来说，这种重叠是有问题的。在这些阐释中，绅士观念的历史含义就是从古老的封建制度派生出的一种"官阶"制度，这种"官阶"可直接转化成新社会的"阶层或阶级"，从巴格霍特这样的历史学家起，就把"官阶"看成是某种具有防御性的元素，把它看成旨确保19世纪混乱变化中的社会稳定的一种桥梁作用的元素。

绅士观念对于18—19世纪新生的中产阶级来说是重要的，因为他们对其中模棱两可的含义作出了回答，他们的愿望被传统的社会等级制度所接受，这自然对他们的生活产生巨大的影响。根据社会分层理论，但有可能超越这种分野，依据排除法的原则，而不是源于礼貌的举止这样具体的性格，包括用平等的尊重对待所有人；或依据对财富的占有，虽然它是常常被批评为物质主义社会的令人不感兴趣的观念；或根据其历史上服兵役和占有土地的家族渊源，虽然这对于那些平淡乏味的男人来说也是适应的。但是，并不令人感到惊讶的是，绅士观念想象和事实的灵活处理，使其在不同社会团体里在那个时代的深刻变化中都拥有吸引力。

二

英国小说家在绅士化进程中的关系是非常亲密和复杂的，历史上绅士的观念一直与现代小说形式的革新紧密联系在一起，而不是与礼仪书和礼貌小册子联系在一起。正如大卫·代契斯所说："18世纪和19世纪小说家们的重大主题都是与绅士风度与美德相关联。"这成为英语小说家继承早期礼仪写作的一部分，因为绅士在传统意义上被看作文学作品中讨论世俗道德的核心，这与礼仪书作家有一定的关系，也与像斯宾塞这样的大诗人有一定的联系。斯宾塞在他的《仙后》中就塑造了"以美德和绅士原则为时髦的绅士或贵族"的形象。因此,小说的兴起和礼仪书的衰退并非是一种偶然现象,因为小说更为复杂的形式使它能够更为逼真地把绅士塑造成为一种时尚。萨缪尔·理查森在其《查理·格兰德森先生》中写过一个"自然人"英雄汤姆·琼斯的形象,到 18 世纪末这个形象被看成真正具有绅士意识的权威。他是伦敦的印刷工,所以他也可以称为现在所说的中产阶级,理查森对绅士品质与美德关系的兴趣要比理查·格兰德森先生对绅士理想类型的戏剧化更为深入,他在其小说中对礼仪行为的强烈关注,主要与保守的中产阶级人士从更高级礼仪中继承下来的保守道德趣味有密切关系,这些中产阶级人士被看作最社会化行为不可避免的代沟。而这些中产阶级的英雄们却以一丝不苟的生活、强烈的情感和理想主义的文明来消除这些代沟,他们的使命是使绅士社会道德化,在他最伟大的小说《克莱莉莎》中,英雄人物被贵族诱奸者惩罚后死去,这与她尊重她的荣誉是与她作为人类最深刻的诚实感是分不开的。

萨缪尔·理查森认为,各种社会生活方式不可避免地与道德生活的戏剧化相联系,他坚持这种相关性,比如他的小说中有诸如稳健、一丝不苟、得体等词语,这种道德化观念被定义为贵族意识,并且发现了其自然的联盟和在真实绅士中的体现。克莱莉莎思考着:"心灵的温柔并不是真正地在欺骗一个男人,要是如此,为什么一个男人的最大区别就是要成为一名绅士呢?而这也许是做一个王子也配不上的荣誉。因为其行为方式要比出身、运气或头衔更为珍贵,行为举止确实非常重要。"

行为举止确实是《查理·格兰德森先生》的主旨,这部小说的意义就是,它代表了一个准男爵的想法,而他却完全回答了一个土地贵族应有的中产阶级期望,理查森先生就像艾迪生和斯蒂尔在 18 世纪所观察到的理想绅士的体现者:

当我认识到对于一个绅士所应有的独特思维模式时,我认为它应该具有尊严的优雅和人类本性所应有的精神高度,关于这一点,我已经凝聚成清晰的理解，即作为一个绅士，应该具备免于偏见的理性，一个稳健的判断力，充分的温情，同情心和慈悲心。当我认识到一个具有良好举止的绅士时，我看到他具有不带害羞的谦逊，没有任何不礼貌的坦率和友善，没有任何献媚的乐于助人和顺从，不嘈杂的愉悦和好的幽默感。

对于现代读者的趣味来说，这些品质是如此的淡而无味，以至于人们难以理解它是怎样为这个时代普遍盛行的举止提供一个挑战的，然而这个挑战基于这些品质非常的适度和克制，在某种程度上它就是中产阶级的想法，并且被看作对贵族傲慢、自大行为举止的斥责。在《观察者》杂志中，这种倾向得到了发展，并成为代替传统绅士的一场非常出色的运动的一部分。这些传统绅士包括浪子、情郎、乡村中的托利党绅士、为"荣誉"而决斗的人，甚至还包括更清醒又能够做家务的类型，这类绅士适合于社会出现紧急的暴力、外国占领和关系着作为一个传统国家的命运。这类绅士在查理·格兰德森这个理想化人物身上得到体现，深刻影响了简·奥斯汀的小说创作，并成为19世纪小说的一个重要联结点，而简·奥斯汀自己就是理查森的崇拜者。

艾迪生被称为"第一个维多利亚人"。在第一章中笔者将检验维多利亚人关注绅士的一些方式，其中部分是由参与的方式进行关注，部分是由反对者的反应而进行定义的，而通过这些实现的对绅士的想象实际上来自18世纪，这对在第二章中讨论萨克雷是一个必要的序幕，与萨克雷同时代的许多人一样，他也受到18世纪有关绅士观念的影响，他的许多小说就是取自这个时期。《亨利·爱斯蒙德》取自马堡的法国战争年代和《观察者》的全盛时代。艾迪生和斯蒂尔也出场了，爱斯蒙德的嘲弄式《观察者》立刻就成了一个奇特的仿作，同时也成为小说中出现《观察者》的一个关键点，爱斯蒙德是一个守着传统服饰的现代绅士，他的故事发展成为一个私人性的，并且是建立在古老的公共决斗士上的符码，战争和法庭阴谋范围内的家庭幽默感。但它不仅仅是一个临时的关系和连结萨克雷与18世纪小品文作者之间的一种历史连续感，出于对摄政时期的尊重，早期维多利亚人对这个时代的纨绔作风作出了回应，萨克雷和他同时代的人就参与了一个非常简单的文化斗争，英国人有关行为举止的历史在审慎克制的中产阶级与上层阶级许可其进入之间形成了一个循环，复群时代是对清教主义的一种回应，在其转折时期受到新的奥古斯丁主义的挑战，而摄政时代的纨绔风气被维多利亚人的严肃所延续，仅仅在审美文化中得到再现，等等。复辟时代对应于18 世纪早期，摄政时代对应于第一代维多利亚人，艾迪生和斯蒂尔就嘲讽了花花公子们时髦的浅薄，卡莱尔和萨克雷也攻击了这些纨绔子弟，而这两个时期正是绅士观念这一概念形成的重要时期。中产阶级呼吁用生活的严重性挑战当时时髦生活的轻浮举止，并提醒贵族阶级在其继承权中所应承担的责任。在萨克雷的小说中，在狄更斯的早期小说中，绅士的品格还处于正派的边缘，家庭生活的价值、社会责任感和对浅薄的尊重是作为对守着时髦者假象的对立面而出现的。

那么，绅士的文学想象就与历史的进化和英国中产阶级的雄心壮志紧密相关了，两者以文学的形式连接在一起，最为适当地反映和解释了维多利亚时代人的体验。当然，维多利亚小说家对绅士品格的态度比安德森和理查森要更为复杂，出于同样原因，也使得《伟大的期望》要比《查理·格兰德森先生》更为伟大和更吸引人，就像社会上普遍形成的绅士观念有着它自身的魅力，这是因为这种观念既不是一个社会专有的，也不是一个总体上道德化的概念，所以，很多小说家们都很容易又很自然地游离于道德化的绅士观念和绅士的社会态度中，它们从来没有枯萎下去，就像理查森在《查理·格兰德森先生》中一样，有着严格的道德形态，他们的小说也由于存在这种形态而变得更好，这样萨克雷就以最好的形式否定了纨绔习气，但是他的小说还是记录了他所羡慕的道德化的绅士品格的种种存在方式，它们已被替代的花花公子式的优雅所困扰，并且作为维多利亚人商业上备受尊崇的特点变得更冷酷无情了，他能够作出的回应就是还没成形的摄政时代的绅士一种自由和欣赏的能力。他在《花花公子》中写道："有一种 1823 年年轻人生活娱乐，这种娱乐与 1860 年形成强烈的对比。"狄更斯在《爱伦·莫尔》中也声称，他被花花公子作风所吸引。这些小说家和读者大众分享着这些冲突和各种模棱两可的表达方式，他们在维多利亚人对待绅士的想法中使道德因素变得更为复杂，在维多利亚小说中那些最深刻的社会看法都将它们排除在外。《伟大的期望》是一部杰出的作品，不仅是因为它否决了作为一种假象的绅士品格，或者争辩说仅仅一个好人就可以成为一个绅士，而是因为辟普在成为一个绅士过程中的挣扎，人们立刻就会对一种更好的更优质的生活产生一种公正的倾慕，一种模棱两可的表达也一定在阶级的限制中不可避免地中止。狄更斯能够写出这样的小说是因为他生活在这样挣扎的过程中，并能够理解他们在追求绅士过程中的各种忧伤。

由于上述原因，小说家们勉强建立这样的理论，与社会观念越近的著作，他们就越能够意识到与道德观念相冲突的各种方式，像纽曼和露斯基的富有系统性的思想就试图理解这些定义。而像特罗洛普这样的小说家就返回直觉去体验，通过一个绅士去定义他的意义是富有挑战性的，他在他的《传记》中写道："一个人如果企图这样做的话，他将会失败，但是他会知道他将意味着什么，那么他们会违抗他的意愿就非常正常了。"就像《巴切斯特塔》中的斯坦霍普博士一样，特罗洛普对"当他看到一个绅士就了解他"这样的事实感到满意。然而，非常奇怪的是，这就是特罗洛普在维多利亚人有关绅士的概念中最接近于记录下的道德与行为举止、伦理与社会相互依靠的句子。特罗洛普在他的《自传》中还赞扬了萨克雷对一个"完美绅士纽曼上校"的描述，他说到这种性格的优雅，一个完美的绅士必须有许多性格上的品级，同时他还必须赋予这些品级一种超越艺术和情感趣味的优雅。

这种研究开始于安德森，结束于特罗洛普，通过这整个过程，笔者试图把绅士的文学形象与更为广阔的社会、教育、伦理争论等文化内涵联结在一起。比如在第一章中，笔者就把切斯特菲尔德勋爵的信与《观察者》中的小品文相联系，在第三章中，笔者就把自立的观念、当代维多利亚人的专业讨论和公立学校联系起来，在另外的章节中，笔者将忠实地再现一些主要的小说家，像萨克雷、狄更斯和特罗洛普。他们的著作中蕴含的绅士观念是他们这个时代最核心的想象。在广泛的意义上，笔者所追述的模式就是绅士观念从一个道德形象、社会关系、中产阶级扩张的一种武器，包含维多利亚中期的习俗，到它历来作为受到现代工业社会威胁的古老价值的最为精美的集中展示的一个发展过程。这个故事开始于艾迪生温情地向古老的托利党乡绅罗格·德·康物利先生告别，在中产阶级时代，这个老乡绅仅仅是他们的门房，它结束于罗格先生的重新回归，那时中产阶级革命似乎已经完成，一旦这种品级的基础扩大到几乎所有的人都可以成为绅士的程度时，那就只有他的邻居才会接受这样的绅士了。特罗洛普的"性格的优雅"也就消失了，作家们于是返回到更早期的形象去表达一种失去的礼仪和审慎的意识，罗格先生又重新乘上纽曼勋爵的声誉和特罗洛普那没有小孩的乡绅，他们注定要成为现代世界的牺牲品，但他们的形象仍然在 20 世纪福德·麦多克斯和爱物琳·韦琦的小说中被继承。

由于上述原因，在论文结束的时候，笔者仍然选择了特罗洛普。就像瓦尔特·艾伦所说的那样："他对生命的看法是有等级性的，他的每一个人物形象都有他既定的社会地位，特罗洛普也许在某种场合温和地讽刺过它，但他却像简·奥斯汀一样完全接受这种秩序，他也许是这样做的最后一个英国小说家。"特罗洛普作品中弥漫着土地贵族的等级秩序，每一处都承受着新的商业社会带来的压力，削弱了旧贵族制度的各种价值以及他们身上的绅士品格。在《公爵的孩子》中，当奥米纽公爵的女儿反对她所爱的男人是一个绅士时，她的父亲是这样回答的："作为我的私人秘书，在我们的办公室里，没有一个职员认为自己是一个绅士，教区里的助理牧师是绅士，是从布拉德斯托克来到这里的药剂师，绅士这个词是如此的意义含混，以至于它对于你的思考没有任何意义。"

"我不知道除此以外还有任何别的区分人的方法"，她说。

这也是特罗洛普的两难困境，不知道"任何别的区分人的方法"。他也怀疑绅士观念正逐步被稀释以至于陷入失去差别性的危险，所以他也如此准确地考察绅士观念在 19 世纪后期和 20 世纪早期的命运。托克维尔说："绅士的历史就是民主自身的历史。"绅士类型非常开放的历史表明它被越来越多的社会底层的人们所认可，并伴随着在公共学校对绅士品格的标准化进程，这个概念也逐渐失去它原有的形态和含义。特罗洛普是把绅士观与传统土地社会的根基联系在一起的最后一位英国小说家，笔者认为，他同时也是在他的作品中主要表现绅士观念的最后一位伟大小说家。后来的小说家如麦利迪斯、詹姆斯、吉辛和康拉德虽然清楚地表达了他们对绅士的兴趣，但除了吉辛外，其他的就很难被称为在他们的作品中的主题思想是表现绅士观念。因此有一种批评观点认为绅士问题的研究到特罗洛普那里结束，就像年表一样的整齐。

英国的绅士并没有消亡，而是被社会的急剧膨胀超越了，到20世纪时"绅士"和"绅士品格"这些词大部分已失去了他们在简·奥斯汀或萨克雷中的力量，并成为阶级意识的调节和反射的一部分，在爱德华·埃格先生的一封信里，他记录了1924年韦伯雷展览会上对粗俗的厌恶，同时表达了在草皮上发现了一支雏菊的信念。"除了雏菊外每样东西都觉得可恶，我将回到明智的、有益的或绅士的某种状态中去。"人们能够理解他在说什么，但是当绅士品格的品级与雏菊相提并论时，事情可能将引向错误，绅士的概念虽然也会因为一直受人嘲笑而变得粗俗不堪，困扰着维多利亚人的绅士观念中虽然有许多势利和荒唐的成分，但也有些重要的东西处于危机关头，就像这本书将要讨论的，关于绅士的理念中一些最美好的希望，也同样有维多利亚人最深刻的矛盾体验。除了势利因素外，还有一些谁能够而谁又不能够成为一个绅士的焦虑争论，以及与贵族阶层的特殊关系，就存在着中产阶级在其自身的文明化过程中的自我定义和自我价值认定的斗争，而这个过程就包含在小说家的亲近和同情中。维多利亚人对绅士的关注假如其重要性能够得到理解的话，它需要通过上下文的对照才能看到，即要联系维多利亚时代以外的时代，这就意味着要从18世纪开始。

注：本文译自 Robin Gilmour, *The Ideal of the Gentleman in the Victorian Novel* 序言。

浪漫主义的希腊主义

[英] 莱莫西·韦伯著　高伟光译

　　就像浪漫主义一样，浪漫主义的希腊主义也是一种普遍得到认可的文化和文学现象。然而，严格来说，它仍然由于诸多问题而变得难以定义，常常被人简单化和被歪曲；与一般的观念相反，浪漫主义的希腊主义表达了一种多样化的、矛盾的，甚至是自我矛盾的形式或观念，却从未表达出一种清晰的哲学观念，从未造就出能令爱好者标榜自己是一个浪漫主义的希腊主义者的流派，也从未有意识地或有计划地证明自己最具有创造性。还是像浪漫主义一样，浪漫主义的希腊主义是一种回顾式的标签，是为了历史叙述上的方便，以便把它们连接在一个更广阔的范围里，以显示它仍然是处在浪漫主义时期（实际上根据18世纪）的中心或周围。

　　在英国，浪漫主义的希腊主义是一种强有力的、不断变化的表达方式。由于它仅仅是一种倾向而不是一种可触摸的意识形态，因此它不能够引起争议或得到清晰的表达，但是雪莱还是在《海拉斯》的序言里对希腊主义作过具体的表述。在面对英国外交政策一再拖延希腊独立的情况下，他激愤地宣称"我们都是希腊人"。这种态度在他有关基督教的论述中，在他对古希腊雕刻的态度中，以及其他一些场合中对希腊主义也都有过表述。在英国诗人尤其是第二代浪漫主义诗人中间，雪莱是最为丰富和多样地表达希腊主义的诗人，这在他的前辈的想象世界里是无与伦比的，可以看出雪莱对希腊文学艺术作为范本的开放性和创造性情感，而不仅仅是个人兴趣。这种希腊主义却受到华兹华斯、柯勒律治、骚塞的强烈抵制，他们宁愿要北方式的基督教，也不要南方式的所谓异教。希腊主义同时也给那些爱国者的价值观念提出了一个挑战和靶子，因为在英国，它可能被看作对于传统寓言具有危险性的外来货，尽管它是用宗教符码、建筑和诗歌形式来表达的。希腊主义可能被用作紧急状态下的一种逃避或地位的一种承认或替代，或作为一种具有选择性价值的挑战性源泉。一些迹象表明，希腊主义包括古典形式的回复和联合，并且被一种被称作"新古典主义"的文艺现象所激励。然而，有这些观念的人并不把自己看作传统主义者或保守主义者，而只是感到一种"背叛的激情"……一些年以后，这种新古典主义与希腊主义联系在一起了，这个运动还献身于希腊政治独立的复苏；雪莱的《海拉斯》预言式地庆祝了这场"自由复兴的伟大运动"，在这种情况下拜伦的死又不可避免地导致了冲突。在建筑艺术上，也存在着一个诸如哥特式建筑风格共有的希腊艺术的复兴，但是到了1803年，希腊风格已成了建筑艺术的绝对标准，而且直到19世纪40年代，希腊风格还一直对公共建筑保持持续的影响。因此从某种程度上说，希腊主义是一种欧洲现象，虽然像法国、德国的观念不同于英国一样，存在着国家间的差异，但新的发现、观点和理论可以通过翻译互相交换和转化，最为明显和最具有说服力的也许就是一组具有创造性的作品：济慈的神话式诗歌，特别是《恩底弥翁》、《海佩里翁》、《拉米亚》和一些颂歌；拜伦的《恰尔德·哈洛尔德游记》第二章，《唐璜》和他的一些土耳其故事；雪莱《被缚的普罗米修斯》和《海拉斯》，他的神话诗特别是"阿特拉斯的女巫"与他翻译的《荷马史诗》和柏拉图的作品。艺术方面有约翰·弗兰克辛门的荷马和埃斯库罗斯的插图，以及托马斯·韦奇伍德的陶制品设计图案。

　　所有这些浪漫主义的希腊主义的共同事实是对希腊或希腊风格的一种兴趣，以及一种为了当前目的而鉴赏它的愿望，这种兴趣表现出积极的一面，也表现出消极的一面，有时是作为一种怀旧情绪而遁世，有时又作为对吸取过去经验教训的愿望而出现。但无论哪一种形式，都是与当代生活紧密相关：有时强调希腊与英国之间的差异，有时又强调它们的相似；有时说它是激进的，有时又说它是保守的；有时当作对雅典的羡慕，有时又作为清教品质的一种修养；有时把它作为地理现象予以说明，有时又通过一个风景和一个地方的趣味来进行疏远和意识形态化；有时作为对希腊传统的一种阻碍意识，有时又作为对伟大的古希腊文明的一种敬意；有时还作为一种创造性的批评参与分裂的传统中去解释、发展和修正这种传统。假如休谟为读者做了许多事情的话，那么他就是采取了许多希腊典范，对浪漫主义的希腊主义幻想存在于无穷无尽的多样性中，在这个范围内他提出了激进的反对意见，整个 18 世纪和 19 世纪早期，关于希腊及其成就的想象都不断地被定义、修改、驳斥和重新解释。

这样一个定义和重新定义的过程被当代作家们很好地认识到了，特别是当他们作为一个参与传统经典的翻译者、解释者或组织者的时候，他们确实希望与这些过去的著作发生创造性的关联，对于浪漫主义时期作家们的这种挑战并没有实质上的差异，他们也许在重新发现希腊时的兴奋和逐渐替代了罗马文明的最高权威方面更为接近一些。作为自由的另外一种表达形式，他们更倾向于记录这种平衡的更替，然后再去寻找能使之和谐的某种未知暗示。然而，尽管我们紧迫的联系也许会引起我们夸大问题和困难，阅读和理解的负担，或者作为我们对浪漫主义成就的解构，但是我们现在却更精确地记录了以前的争论并为此感到吃惊，由早期批评家所理解的浪漫主义的希腊主义的历史指的就是从浪漫主义到现代这段时期，无论是争论还是和解，都必须作为他们互相关联的事实被理解，这种积极的成就有时表现为更诚实地工作，那时怀疑、犹豫和矛盾都能坦诚地被认知。

像我们自己一样，浪漫主义的作家们也不得不面临着分裂的窘境，而且还面临着如何面对传统的急迫问题。对于所有那些表面上的亲密，也许会变成"意想不到的差异"，并表达出一种仍未被认知的价值体系。希腊神话包含着具有多种定义的文学经典，但它也包括更多的以艺术和建筑形式为主的文体类型，尤其是雪莱所说的"雕塑的大理石语言"（《伊斯兰起义》第 573 行）。还有像荷马、埃斯库罗斯、柏拉图、修斯底德，他们都服从于需要、传统的压力和相互解释。浪漫主义者所意识到的这种延伸的语言和翻译成为艺术形式的希腊神话，所有这些建设性的范本是最具有幻想性的。

首先，由德国艺术史家温克尔曼和他的翻译，瑞士艺术家和格言家亨利·福斯里提出了两个相反的事例，后者还是威廉·布莱克的朋友。温克尔曼（他的著作直接影响了布莱克和雪莱）是浪漫主义的希腊主义历史中最有意义的人物之一。通过他的作品《希腊绘画和雕刻的模仿》和《古代艺术史》，温克尔曼"为人类创造了一种新的精神"，这是黑格尔说的话。而歌德说他打开了一个新大陆，完全可以和哥伦布相媲美，他对分析性和诗性语言的融合创造出一种清新的理解规则。对于古希腊艺术的成就，尤其是雕塑方面的成就也表现出独有的观念，这种成就帮助扭转了欧洲趣味由罗马向希腊的转变。温克尔曼对希腊雕塑的感受受到他的环境理论的影响，这种理论强调了雅典的气候和民主制之间存在着一种联系。虽然他在情感上和理智上都认为希腊艺术是优越的，但他对希腊艺术家品质的重新发现使他受到了影响，并且在意大利他对这些事实还作了部分妥协。他那富有直觉和想象力的接近在他的《贝尔维德雷的躯干》中作了清晰的说明。在《古代艺术史》的结论中，他通过比较他自己和一位站在海边的女士，这位女士用泪眼送别她也许永远见不到的爱人，这种具有想象力的重构使他感到快乐和富有挑战性，这位艺术史家阿尼亚尼一样拥有他自己的读者和一大群渴望对经典传统进行类比的解释者，他们把焦点集中在祈愿补偿的人物身上："像那位热恋中的女士一样，我们除了具有我们所希望的东西的虚幻外形外，一无所有，但这种强烈的模糊性又更容易唤起人们对所失去东西的渴望，我们应该更留心地研究原文的复制品，而不是我们去掌握原文本身，这样我们才能充分地占有它们。"温克尔曼承认"古代的权威预先决定了我们的判断"，我们想象的计划也被当作与精神交流一样险恶的自我确证，我们鼓励我们自己去看我们没看到的东西。但是他最后声称，他总是建议自己去寻求更多通过观察得到的东西，所以，他的伟大历史是伴随着奇特的正走向死亡的秋天结束的……

就他所有的成果来说，与其说温克尔曼是一个有创造性的艺术家，倒不如说他是一个历史学家，这种可选择的观点是由福斯里用白垩和颜料的素描"艺术家在古代残片面前的失望"而提供的。在这里，福斯里表达了一种现代创造者错误无效的想象，而此时创造者正面临着陌生的、难于理解的完全传统的重压。和温克尔曼不同，艺术家福斯里并不受怀疑过去黄金时代的激励，相反，甚至是双性人也处于一种得不到安慰和受威胁的境地……也许这就是个人神经病的一个证据，但它也可被看作文化危机的症状，作家和艺术家们都体验到希腊在思想观念所取得的不可企及的成就，而且作为一个系统它仍然不能作为一个整体被理解。福斯里的艺术家体验，似乎显示出现代艺术家的艺术自我意识越来越多地在过去被证实的危机。这种危机也体现在济慈身上，没有哪里比在《海佩里安的没落》中表现出更伟大的存在的深刻性作品了，在那里，他沉思着，他要为他自身的一种不完整性而斗争，并把希腊神话转换成当代悲惨世界里的有效的诗歌形式，生命与死亡的对话被处理成一种使诗人相形见绌的神殿之阶梯，使他对自己诗人的身份感到难堪，这种使人恐惧的高大建筑物被那些描述和平的希腊神庙的人诸如克劳德和波辛看成是一个梦魇。济慈在别处把他们与"快乐的牧师"联系起来，并且在《希腊古瓮颂》中他立誓要在自己的精神中重构这座圣殿。

艰难地回想过去是济慈《希腊古瓮颂》的核心，这只古瓮是发掘出来的古希腊陶器艺术品，在西西里收藏，引起了人们极大的兴趣，它们在一些艺术家如德·汉卡维利、梯斯本、托马斯·琪克和亨利·莫里斯的作品里留下了印迹，通过弗兰克门的解释，这些花瓶被精明的商人佑瑟亚·维奇伍德广为传播并由此大赚了一笔。这些古瓮自身是一个沉寂的历史，诗人努力把它阐释成这一历史的传奇，济慈如此精细地描述这只古瓮的细节并没传达出具体的模式，但合成排列了各种各样的来历，包括济慈已经画过的花瓶。这种合成的美学似乎证实了 18 世纪的艺术实践，就像古瓮自身为读者或观察者所作的贡献一样。然而，就像更近的批评所揭示的那样，那低沉的声音似乎掩盖甚至取消了对于历史奥秘进行任何文体解释的可能性。初看起来，古诗的中心地带显示出对于困扰的遥远的寂静作出毫不犹豫的定位，这位"历史家"不能提供更多的证据，像所有的历史学家和历史一样，它必须留出更多的空间以便进行进一步解释。

在济慈的神话诗里，他也经常展示出极富想象力的才能，他重构了"这个王国/佛罗拉和老潘神"，或者是"成群的动物/穿过树林，发出瑟瑟的声音"，或者"酒神巴克斯轻轻的跃出/从他的四轮马车中"。然而这种愉快的表露是难以维持的，因为常涌现出"真实事物的感觉，它像一段浑浊的溪流，弥漫我的心灵，直至变得无物"（《睡眠与诗歌》）。济慈对这种不确定性的感觉以多种方式作出回应：在《恩底弥翁》的序言中，他表达出一种失败和不适应感，"我希望我不要在一天中太顺的时刻去碰触美丽的希腊神话，以免冲淡了它的光彩"。他越来越认识到"镶边传奇"的限度并企望一种纯粹的希腊方式（《希腊古瓷颂》）。这里人们不仅能感觉到他与自己的搏斗，而且能感觉到他从希腊方式向另一种方式的转变，他那种神话式的自我沉迷被埃里奇·马伯勒斯的艺术所代替，这是济慈在 1817 年的伦敦博物馆中首次看到，它们使他感到晕眩，"希腊的伟大中却混合着粗俗/过去纯粹是一种浪费"。

最后，通过与济慈的对比，就有了雪莱在庞贝的个案。雪莱对古希腊有许多保留意见，他清楚地意识到雅典民主制的局限，然而他也认识到希腊作为众多文明的基石，在西方文明中是最好的。"想象几乎不会拒绝伸向这光荣的存在，就像想象属于我们自己一样。"在他的《论古希腊的艺术类型》中，他同情地解释说，没有必要赞赏雅典社会中强烈的同性恋倾向，这对于理解柏拉图的著作来说是有意义的。特别是在《宴会》中，最近的翻译却把它用委婉的说法和遁词处理掉了，没有哪本书像《宴会》那样精确地展示希腊的原样，他们似乎都是在为孩子而写，出于担心，那些与我们目前的方式不一致的实践（同性恋）没有被提到，以免引起愤怒和暴力。浪漫主义的希腊主义的一种危险倾向就是把古希腊转换成我们自己时代的复制品，所以巴克莱从未意识到自己是基督徒和法兰西人。"而威兰特却珍惜许多政治偏见。"希腊作为他者必须被认识到，不管他们对这种合乎规范的言行有怎样的不安和震惊。巴勒顿时代的希腊语与我们是有很大不同的，迄今为止还没有哪位现代作家敢于去展现它的面貌，这不得不令人感到悲哀。虽然雪莱认识到在古希腊经典时代与现代欧洲之间有一种不可逾越的鸿沟，但他仍然相信古希腊在始终保持存在的统一性方面所取得的成就，这方面已经丧失了大部分，而且还是在基督教的影响下丧失的。

1819 年 1 月，当雪莱还住在那不勒斯的时候，他拜访了附近的庞贝城，这座城市是盖迪和基尔研究的主体，也是麦考莱 1819 年剑桥诗歌的主体，而且对歌德、夏多布里昂、史塔尔夫人及其他人都产生了强有力的影响，后来拉马丁和伦巴第也曾涉足过它。像一些有意义的浪漫主义的希腊主义者一样（包括温克尔曼和歌德），雪莱从来没有到过希腊，意大利的"全部事物的温文尔雅的体验强烈地影响了他对希腊经典的理解，帮助他构思了奇特而又色情的诗歌《心之灵》"，他对这座"挖掘出来的城市"的反应是受到他认为庞贝城是一个希腊人的居住地这样一个错误观念的影响，他通过想象把意大利转换成了希腊。"这个地方就是希腊人拥有的，他们自然和谐共处，这些高大柱子间的空隙就是入口，它似乎在允许使整个宇宙充满生机的美的精灵进入……如果这就是庞贝，那雅典是什么？"

虽然雪莱在《被缚的普罗米修斯》和《那不勒斯颂》中把那里的火山创造性地置于中心地位，但在这种情况下雪莱显然没有意识到他对希腊的讽刺，他的想象力并没有对他强烈地渴望使过去重新获得活力的想法提供帮助，特别在他接近古代废墟时并不是把庞贝城作为人类毁灭的象征，而是当作人类仍未充分展示出来的潜力的象征。所以在《伊斯兰起义》中，他的希腊英雄考恩就证实了这个伟大种族就居住于破碎的坟茔和断裂的圆柱之中，一个叫阿格里斯的种族仍然受着奥托曼的统治。这些废墟象征着这些人不仅曾经存在着，"也许还在生成，/是的，有一个比他们更聪明，更伟大，更温和的种族"。但是，就是在他有利用古代的教训来达到诗歌高潮的时候，他仍然把火山的废墟比作"含硫的山峰"。"它将燃烧/整个世界将充满清新的火焰。"在有关庞贝的信件中，雪莱以一种更为田园式的语气强调了和谐的环境，这或许是受到施莱格尔的对希腊戏剧表演充满热情的阐释，他说，古希腊戏剧的表演只能在无阻碍的天空下得到展示。

这假想的希腊城市之所以如此吸引雪莱，是因为它代表着一种光明的选择，由于烟雾成为许多现代城市的主要特征，尤其是臭名昭著的伦敦，它甚至为低级城市提供了一种参照（地狱就像伦敦这样的城市）。雪莱对希腊的重构从波利斯开始，这种景象鼓励他不把注意力集中在政治组织或雕塑的细节上，而是集中在和自然的关系上。我们想找到一个与制造出来的但已消失的城镇无任何共同点的城市是不容易的。像诺丁汉就是一个由于居民浪费而造成饥荒的城市，更令人惊讶的是，克斯韦克，这个具有可爱人民的作为国家的门面的城市竟然是那么的令人可憎。在克斯韦克这座被制造者们污染的城市却附着在和平的山谷中，它留下了人类深深的痕迹，从而毁坏了自然之爱。另外，基督教的天国（和地狱相对）对于我们来说并不是天堂，因为这种景象就是证明！在这里，正像雪莱常常表达的那样，由风景所暗示的可能性被人类目前的污染所否决和颠覆，相反，庞贝城却为我们追求和谐提供了足够的想象空间。华兹华斯却在伦敦的威斯敏斯特桥上看到这座城市仍然金光闪闪、清澈明亮，它是纯洁的，至少暂时是这样。由于现代资本主义社会在政治和社会上的病入膏肓，加上"贫穷，冷漠，甚至焦渴的人群"（柯勒律治语），它们却一起压向了社会领域，人们常抱怨雪莱没有这种意识是不公正的，从他的生活和作品中都表明雪莱的这种意识是充分和明晰的。然而，雪莱的希腊化倾向把他从 19 世纪的城市事实中推开，而一头钻进了象牙塔中，这是值得观察的，这些情况导致他生活在意大利的一些城市诸如比萨中。在《被缚的普罗米修斯》中，他为诗与哲学的共同创造物雅典共和国而庆祝，这种想象也激励他创造了《那不勒斯颂》，这首诗的写作就是建立在他对庞贝古城的幽灵会见时的积极体验之上的（庞贝古城作为希腊的基础被雪莱称为废弃了的天堂的首都），并且雪莱还通过对那不勒斯成立宪政的庆祝把现在注入过去和未来之中。

二

浪漫主义的希腊主义起源于与古典传统革命相联系的文艺复兴。虽然精确的起源很难认定，但希腊主义的繁盛获得了各种发现和再发现，其中最有意义的恐怕就是对希腊自身的认识，这与慢慢发展起来的对集中于罗马文化统治的权威提出挑战紧密联系在一起。这种文化力量的重新分配部分可以延续到17世纪晚期、18世纪早期的英法旅游者身上，他们对希腊的理解产生了新的冲击，而这种理解并不是通过观念和风景的抽象化获得的，而是通过地形学和社会的具体情况获得的。到了19世纪早期的希腊已不再像以前那样显得遥远和陌生了。拿破仑战争甚至使希腊更加吸引那些不能追求更为传统的旅行计划的人。拜伦的朋友霍伯豪斯说："阿提卡……吸引着大批游客，许多年以后也许它就能用时髦的小城中所有的积蓄来装饰戴洛依斯了。"而在1814年，布朗费尔德还匿名在《四季评论》中宣称："他们不能被称作旅游者，因为他们并没有去由洛塔斯洗澡，尝阿提卡的橄榄。"这种对到希腊进行帝王体验的强调达到了极点。在拜伦的人物中这种伟大的公众知名度也被强调，但拜伦的人物却似乎对托利党造成的痛苦而感到自豪，拜伦在表达他对希腊世界的认知时是坚持个性的，但面对具体情景时却常常是两面性的。而地形上的确信使他认为华兹华斯对希腊的描绘过于简单，就好像是"在复制出来的斑驳的天空下"醉鬼的田园式土地。拜伦过于严肃地意识到古希腊的誓约可以给不道德的商人提供感情上的爱国主义机会，他自己就曾经考虑过购买阿提卡岛，为马拉松的困境提供过大约900镑的资助，他对埃利根农场的毁灭的沉思和与英国艺术爱好者的合作在《米拉瓦的咒语》和《恰尔德·哈洛尔德游记》中作过充分的表述。在《恰尔德·哈洛尔德游记》第二章中，拜伦通过地图上的虚构旅行虚构了一个诗国中的首都，在这里或在土耳其的传说中他加进了具备历史感和地方色彩的异国情调，也对当时的政治现实作出了反应，这些诗要比他在希腊和莱温特所体验的第一手资料取得更为双重的名望，但是它们同样包括游记作家维廉·法尔科勒和地形学家维廉·盖尔在内的持续的传统，建筑学家和考古学家詹姆斯·史迪特、理查拉斯·莱温特奇迹般地描述了"雅典的古迹"。在古典建筑学研究中制造了一个新时代，在英国的教堂和公共建筑中留下了它的标记。

拜伦对事实的承诺也是他提醒他的读者要注意现代希腊语是罗马式的语言，他从罗马语中翻译了许多首诗，包括康斯坦丁的《战争之歌》，还包括一些爱国诗人和革命者的诗，他还在《恰尔德·哈洛尔德游记》的记事本中把现代希腊作家名字和翻译过来的典型的罗马作家排列在一起，这种对语言的强调使他能够利用古代和现代语言的差异。在《唐璜》第二章中，落难的英雄被冲向沙滩，并吸引了海德尔的注意，就像奥德修斯在荷马遇见哈西卡一样，这种平行排列用各种手段发展和进行对位，并不是拜伦想在外表上加强语气，也不是唐璜的语言困难，唐璜被告知在一个现代希腊却发一口爱奥尼亚口音，低沉而甜蜜。"他并不是希腊人"，因此唐璜并不理解，但是作为一个公共学校的学生，他一定会知道希腊人不仅意味着希腊人，而且还意指他是一个古典学者。这里，拜伦把我们带进了词的含混性和对于希腊语言的学术态度的迷糊性之间的游戏中了。坚持罗马语的结果之一就是把它放在一个社会可能摸到的狭窄的事件中，这个社会是一个当代社会而不是文学想象和抽象观念的社会，拜伦对希腊语言的解码是与他想把希腊神话非神秘化紧密相关的，两者都是坚持生活由直接的现时的体验为最高价值之哲学的一部分，而不是通过文学的构思，同时它还坚持本土的力量而不是外在力量为古典语言提供帮助。

关于荷马的许多书中标识的对真实性的追求是由可比较的人类学和对事实的直接调查中提供的，这些书接近于他诗歌中新的文本所生成的思想意识，苏格兰教授托马斯·布莱克威尔用人类学和社会学方法对它们进行了很好的阐释，他的《论休谟的生活和写作》讨论了希腊生活的自然性，认为它太粗俗以至不能成为社会效仿的对象，但它可为史诗性的作品提供一个完整的媒介。布莱克威尔的《质疑》强调了荷马社会的自然性和与之对立的精美形式的表达所产生的影响，假如现代诗人想取得同样结果的话，他们的雄心壮志就被迫要受到限制。"我们被迫采取一种更自然的方式，但它对我们来说是外在的，并且必须像植物一样垫床或在温室里培育。布莱克威尔的结论"我们也许从来都不是一个英雄诗的合适对象"开始了它继续对浪漫主义时期的诗人产生共鸣的疑问，这个观点恰好也在《抒情歌谣集》序言中发现这种共鸣。他的《质疑》甚至还带来了关于原始而残暴的认知趣味的转变，并且最终由此而拒绝了教皇关于《伊利亚特》和《奥德赛》的观点，以便支持乔治·恰泊门的翻译。这并不是因为恰泊门在措辞和韵律上取得了多大的成就，而仅仅是"所有最好的方式就是乳白色"。这样的解释依赖于对荷马的原始主义的接近和他的英雄式的价值符码，诗人们由于《伊利亚特》的战场背景而变得越来越尴尬，一些人试图颠覆战争与史诗之间的传统联系。罗伯特·骚塞对荷马作出的反应是不安的，1814年，他声称，"屠夫式的书一本接着一本，可是这种实用技巧的表演对目前的欧洲国家的思想来说是不合适的"，他推想"假如荷马生活在今天，他会写出完全不同的东西来"，并且将告诉他自己更多有关我们情感和思考的东西。这种回应不仅包括《伊利亚特》，而且包括《奥德赛》，他都认为是"奋拉着脑袋，血肉模糊的怪物"，因此必须通过像拿破仑式的战争的长期教育和像施莱格尔区分古代和现代的方式强调浪漫主义的对象性，从而使两种方式变得清晰起来。

这些观点代表了 18 世纪从这个时期到另外一个时期的看法。但是在英国，教皇的影响已经帮助他们划出了更清晰的边界，甚至威廉·库珀在严厉地批评"基督教教皇式的温顺"时也不能捕获荷马的聪明和尖刻。没有一个英国诗人或翻译家成功地领会了布莱克威尔的观点或罗伯特·伍德《论荷马的天才》作出了令人鼓舞的努力，从而使德国学者 F. A. 伍尔芙的划时代著作《荷马导论》终于能在 1795 年出现。两年以后，德国人约赫姆·沃斯翻译了《伊利亚特》，与布莱克威尔不同，罗伯特·伍德是从壮观的远景中靠近荷马的，在他的论文中，他部分集中于探讨荷马想象的真实性，部分又集中于探讨产生他诗歌的社会关系，像布莱克威尔一样，他并没有使荷马"文明化"，也没有为他"施洗礼"，荷马中大多数英雄在我们这个时代都要被判死刑，这在欧洲的任何国家都是如此。伍德和布莱克威尔相互相成的地方就是浪漫主义的希腊主义的大量存在，一个是集中于实验方法进行观察，而另一个是从阿伯丁的远景中观察希腊，然而在写作中他们又共同努力去解释荷马的成就，并且强调他作为吟游诗人和他者的地位，强调他与当代西欧社会的鸿沟，强调地理环境和社会环境对产生史诗的影响。

这种阐释的发展常常有各种个人创造，有时甚至是即席而作。许多人在研究中都是自娱自乐的，而不是一定要做出什么贡献，然而当我们再回过头来考虑时，人们清楚地明白对希腊和希腊传统的理解已在 18 世纪末期大大地改变了，并且在调整和重新调整的过程中由于增加了内容而变得更加丰富，原先过于狭窄地集中在出版商和古典学者的活动已经受到新的旅游者的挑战，地理学家、收集爱好者、科学的先锋们都将成为人类学者（他们中的一些还企图把实验观察法与传统的学术活动结合起来），虽然这里有许多推测和不准确的地方，但他们也给人一种直接感和清新感。在 19 世纪的转折期里，人们可能感觉到对希腊的认识要比弥尔顿和教皇的时代更多，因而感觉到一些自信。罗马文化上的霸权受到希腊的挑战，虽然罗马的第一代诗人还不能转换他们的寓言。雪莱和济慈毫不犹豫地选择了希腊，而拜伦虽然在政治上和情感上都屈从于希腊独立的观念，但他并不认为古希腊文学和神话是优秀的，也不能容忍柏拉图关于爱和"理智之美"的哲学，而这正是雪莱企图调和他的英国同胞的东西。拜伦的希腊主义作为对贺拉斯和维吉尔的回顾及奥古斯丁时期文学的参考而继续存在下去，但布莱克、雪莱、济慈不理会这些。这是浪漫主义的希腊主义的历史中另一个矛盾联合的状态。

这种对希腊理解的进展也在多种艺术现象中留有印记，它表现为在更大范围内发现、收集和学术重建方面的趣味产生了重要冲击。在这个过程中一个主要人物便是温克尔曼，他为人们研究古代提供了一个新的审美情趣，温克尔曼也许是艺术历史领域中的哥伦布，但他的原创性，他对希腊艺术的阅读却受到一种意识形态的制约，这种意识形态和古典主义规则的表达与浪漫主义的参与意识一样多。像他的同时代人一样，温克尔曼为希腊雕塑的表面白色深深地受到感染（它是在 19 世纪被粉刷上去的），这诱使了他强调希腊艺术的纯洁和古典的宁静，这也与他称赞希腊艺术为"在姿态和表现方面高贵的单纯和静穆的伟大"相一致。"海底充满和平而它的表面却波涛汹涌。一个希腊的伟大灵魂也把情感的冲突深深地埋葬于心底。"……虽然他很有意义地更换了接近的词，温克尔曼还是被18世纪的审美情趣所限，他对宁静的选择与约瑟夫·斯宾塞的爱好有些相同之处，他广泛地阅读了具有东方情调的浪漫作品和神话手册《神话集》，排除了地下世界花园中出现上帝的可能。令他感到高兴的是，温克尔曼更倾向于抑制或除去暴力和问题，这样，无论对读者、作家还是艺术家，希腊传统就意味着肃穆和宁静，而不是斗争和冲突。这种误解却激怒了尼采，他抱怨说："我们的古典主义者缺乏一种在暴力和力量面前体现的天才式快乐。"

温克尔曼批评的缺点和新古典主义的标准在英国的恩里奇的大理石雕刻品出现后受到详细的审察，在一个选举委员会听说在1816年国会为马波里斯花费了35000英镑后，在克鲁克雪克的纸板箱里就发生了一件事，在那里约翰·比尔被描画为"买了石头而其他数量众多的家庭却需要面包"。这件事还激起了海登的一番话："如果在一个有公众情感的地方使爱尔根·马波里斯丢失，如果牛顿不存在的话，那将在艺术和哲学之间产生一条伟大的鸿沟，作为他们为大理石雕刻品确立一个财政和艺术价值的标准，这个选举委员会选择了《阿波罗》、《弗守·贝尔维德尔》、《牢库恩》和《恩里奇的大理石雕刻品》。"但这个巨大而零碎的大理石雕刻品的出现使他们对先前估算的标准产生了怀疑，理查德潘恩·赖特，神话学家和趣味仲裁人，他向委员会提出了证据，体现了在挑战面前的各种标准，赖特是一个艺术鉴赏家，他赞助了斯丢特和卢拉尔的工作。1812年又支持了由吉尔主持的爱奥尼亚探险，以期他的研究最终有助于"国家趣味的增进"。他的观点受到另一个收藏家的支持，像他自己一样，这位收藏家也把他的收藏建立在新古典主义的原则之上。

这种对立并不足以证明是无效的，1816年，哈兹里特记录了大理石雕刻品的影响，并希望他们从自负和做作的兰波中提取更佳的艺术。

在那里，他们撒谎、摇滚、抖动、抓挠……他说："这些大理石雕刻品早已经在我们的艺术思维中产生了一场革命"，海登对《阿波罗》不满意，而弗莱克斯宣称阿波罗与忒修斯比较的话他会是一个舞蹈家。哈兹里特谴责阿波罗在言词上目空一切，而这种看法是在 18 世纪的法国古典主义的影响下形成的，"阿波罗是个活宝，一个戏剧性的自命不凡的、病态的家伙"。他还观察到作品没有头韵……这似乎表明阿波罗和奥古斯丁的英雄式对句与古典主义相一致。济慈第一次看到大理石雕刻品是在 1817 年，在海登热情奔放的陪伴下济慈写出了一首十四行诗，在诗里他告诉海登他首先不会说出这些伟大的事物，他也许已经克服了福斯勒的艺术家古老的压力，他后来更明确了他愿意在文学方面取得成就。《海佩里安》和《海佩里安的堕落》中的伟大形象也许就是部分在弥尔顿的时代主人公的感召下形成的，部分是斯格特式的感应而生的，部分是由济慈作为一个衣着时髦者在医院所遭受的痛苦体验所致。但最为关键的影响是恩里奇的大理石雕像群，济慈诗歌中的形象也几乎可以肯定是忒修斯雕像的总汇。当他在伦敦博物馆参观时，这些雕像他是一定要看的，这些想象混合着诸如克劳德、蒂坦等艺术家的建议。济慈在吸收这些影响时是有选择的。但是，由于没有希腊经典的直接体验，他后来的神话诗就有失丰满和疏离的胆怯感，就像这些诗里所显示的那样，济慈把他遇到的希腊艺术中的力量和权威内在化，但他也体验到自满逐渐被削弱的感觉，同时还庆祝自己作为一个身体矮小的诗人却与古典雕塑和谐相处的情景。

雪莱在艺术上比济慈更少好奇心，与济慈、哈兹里特和海登不同，雪莱处于伦敦的中心，他似乎坚定地靠近温克尔曼和新古典主义理念；与妻子马莉·雪莱不同，在他离开伦敦之前他并没有看过恩里奇的大理石雕像，但在意大利的体验却激发他去参观罗马、那不勒斯、佛罗伦萨的收藏，在那里他接触到了最值得一看的希腊经典雕塑，如阿波罗，以及一组使人目眩的维纳斯群雕，虽然有些雕像是罗马或希腊—罗马时期的复制品，它们却都体现了一种希腊精神，它们刺激着雪莱的鉴赏力，并受到温克尔曼分析性和诗性混合影响的感召和指引。这种在希腊雕塑和他自己在意大利的体验之间的富有暗示性联系，使他从罗马写给皮考克的一封信的内容变得清晰了，在信中他描述了看到这些雕像时产生的复杂反应："它们的四肢和仪态是那样的神圣和充满活力，在意大利蓝色的天空下浏览，或者穿越罗马的城市，却又被克里斯达尼喷泉中的灯光和音乐所包围，没有任何形式能够把它们联系起来。"雪莱对希腊雕像的特别反应追踪到他一系列短小的散文中，它也同样影响着他后来诗歌中的神话倾向。

这种对希腊神话用途的重新发现要比进行美学选择多得多，在皮考克等诗人中，希腊神话的使用更多地表现为装饰性、表面性和时髦，或者像施莱格尔所说的，它仅仅是古代凌乱的店铺。然而，对于雪莱和济慈来说，它却具有能量和创造性，并且常常能表达出他们内心最深处的东西，优秀希腊艺术的重新发现与受欢迎的希腊神话的各种小册子的出版密切相关，这对于一般读者来说也是可以得到的。这些书包括约翰·勒普里尔和约翰·贝尔用希腊文进行细致的解释和评论，特别是对托马斯·泰勒写的新柏拉图主义的书——《英语中的异教作品》等，这种在希腊神话方面的兴趣可以看作更广泛的依据于调查起源相联系的一部分，也可以把它当作认识到神话学的意义有关的东西。这些神话学家们的研究主要居于这样的前提，"在表面上似乎根本不同的古代神话宗教和历史传统的下面却隐藏着一种和谐的传统"，而结果常常是推测性的，如1774年出现的雅各比·布莱特的著作《新系统或古代神话分析》中，在把神话作为取得一致性的需要和顺应基督教对历史的解释之间常常存在着一种紧张关系，对于这种差异的认识是一种麻烦还是一件使人高兴的事情，这因人而异，一些调查者建议把经典的爱情故事放置在人与自然之间还未被认知的神秘力量中，比如潘恩·赖特为普莱普斯提供一个说明，他发现丰富多彩的过程要比压抑性的有组织的宗教更令人喜欢。

不是所有的诗人都能够意识到这些争论和研究的成果，但他们为浪漫主义的神话接受提供了一个重要的阅读文本，对一些诗人来说，希腊化强调了与英国传统的少许抗衡，所以约瑟夫·考特在1804年写的

《阿尔弗雷德》第二版序言中就宣称："一个时代的诗歌不情愿地集中在英语国家的英雄身上，在这些时代里不管是谁发现了希腊神话的结构，这样做都将是危险的。"在这个过程中，华兹华斯和科勒律治都抵抗住了这种诱惑，他们认识到自己的诗歌水平和所获理念都存在着危险。华兹华斯在《远游》里对希腊神话的起源表示了尊敬，但他那个时代不可想象和自私的商业主义有一次引起了他的激愤，他甚至愿意成为一个没有信仰的还在吃奶的异教徒。尽管有这种暗示，但他还是在家里对北方显示出比希腊这块"快乐的土地"更多的郁抑，他"心灵的牧场"的变化部分表现为对情感和风景的简单化的反应，也是对他所认为的南方奢华的异教徒的指责。科勒律治在学校时就了解到希腊影响可能产生诗性的话语，它有时是有固定格式的，有时又是转弯抹角的，而且还与国内的力量源泉相孤立。他更为深刻的认识是他和希伯来圣经比较时认识到希腊想象的有限性。他已经对当代由神学家和无神论者所操纵的神话趣味不抱任何同情，神话学家们对宗教的解释不是从命定的神圣性，而是从早期人类想象力的产物这样的角度进行的，他们的解释常常是字面上的、递减的和更为理性化的，神话想象中的多样性和创造性源于人类而不是神性，同样的现象反映在文化、宗教、个别诗人和神话创造者的视野中。像后期的布莱克一样，科勒律治在《圣经》中不仅找到了一种更优越、更令人满意的表达形式，这种基督教想象的结构在应用宗教情感方面允许有更大的自由，就像华兹华斯所最终唾弃的"异教拟人化"那样，所以科勒律治观察到希腊文化把观念转变成多种限制，并且把这种限制也"拟人化"，这种对形式的强调导致了雪莱和济慈后来所呈现的状况。但是，科勒律治在比较了基督教以后把希腊文化解释成有限度的忧郁，"对它们来说，形式就是结果，与之相反的就是基督教的自然结果，在那里满足精神的各种限制甚至是人类的形式必须是与无限在一起，成为对无限的一个事实上的象征。而且也必须考虑到它作为道德真理的代表，所以科勒律治宁愿要哥特艺术也不要希腊或希腊—罗马艺术。施莱格尔也同样羡慕哥特式教堂的神圣，"那里所有的区别都逃离人们的眼睛"。这一极端的观念在约克·米斯特和万神殿的比较中作了进一步探索。

科勒律治的评价和雪莱的选择之间这种精细的对立具有高度的建设性,用美学词语来说,雪莱的趣味也许更为保守,但其含义对科勒律治和华兹华斯所拥护的价值系统提出了挑战和威胁。雪莱宁愿要希腊—罗马庙堂而不要基督教教堂,就像他对希腊神话积极潜力的赞赏体现在雕塑和文学中一样,雪莱还叹息基督教的种种偏见,表现为基督教对希腊神话的破坏,就像他们不理解希腊哲学一样,甚至达到变形和出错的状况。雪莱对残暴的上帝感到恐惧,并在《麦布女王》中进行了攻击。他在酒神巴克斯和罗马主神麦丘利中发现了更有活力的神性,这对耶和华来说是个有吸引力的选择。对他来说,酒神巴克斯的雕像中的面部表情具有一种神圣和超自然的美,就像一个人无阻碍地走过这个世界一样,他看起来就像一个无意识中显现快乐和平和的人。雪莱的希腊上帝也展示了一种性的力量,这种力量与人们对身体和物质之爱的赞美密切相关,他的维纳斯—阿多尼斯就是一种不可灭绝的愿望之象征,她的笑容和欢乐的气息表达的是一种爱。雪莱也不错过对比的机会:"她就像一朵初开的梨花,像新娘,新娘玛丽也许就有这种美。啊哈!"

济慈也因为方法论和过度维护福音派基督教而遭到唾弃,比如哈那·莫尔的《便宜的储藏室》,这本书是为了抵消托马斯·潘恩的《理性的时代》的影响而写的。这本书在 1795 年第一版时就卖出了 200 万册。1816 年他写了一首"出于对迷信的厌恶"的十四行诗,生动地表达了人的精神是如何被束缚的感觉,而与之对立的潘神和阿波罗的优秀品质却下了更为清晰的定义和新的意愿。这些对立由雷奇·胡特列举出来。他是个具有神话倾向的激进诗人和旅行家,也是雪莱和济慈两人的朋友,"希腊文化沉浸于爱和奢侈之中,它源于自然的第一律令,目的是保持人类的生机……基督教沉浸于愤怒的争论、不宽容、失望的谴责、迫害、断交、战争和暗杀中,那里只有持久的、愤怒的、毁灭的人性"。济慈也同意施莱格尔认为希腊发明了"快乐的诗歌"的说法,他渐渐从中证实了希腊有"美丽的宗教,快乐的宗教"。雪莱强调了希腊众神的可笑和他们那"没有什么东西能毁灭的快乐",并且从荷马式赞美诗到主神麦丘利中发现，他翻译的一首诗中有"无限的普遍性"。在两位诗人的赞美诗和颂歌中，他们常常利用宗教仪式的模式来表达一种异端的价值观，并且有选择地遍及基督教的各种结构，在这两种情况下，希腊世界至少是通过它与基督教的消极关系来限定自身的，由于这种对立虽然被理解但并不能总是表达清楚，因为常处于一种紧张关系中。这对雪莱来说尤其真实，当雪莱反对基督教时，他对希腊文化的看法的意义就变得更加清晰，普拉克特勒斯与米开朗基罗对立，庞贝城和希腊神庙与哥特式对立，麦丘利和阿特拉斯的女巫与天父上帝对立，这种对立具有意识形态上的被支配性和潜在的颠覆性，对于许多当代人来说可以有许多证据来证明。华兹华斯对济慈《恩底弥翁》中对潘神的颂扬就作过这样的评论："一个异教主义的非常精美的碎片。"他对希腊思想的摒弃不仅使得一首诗与他自己诗人的严肃性毫无共同之处，而且还对基督教的对立加深了影响。

三

对古典文学特别是希腊语言的认识，不管是拥有它的或没有拥有它的，都是被广泛认可的标志。古典语言是与统治阶级的特权紧密联系在一起的，特别像希腊是由相对小的城邦所保护的。拜伦已经意识到了这点，他多次批评统治阶级狭隘的价值观念，然而，当这种观念符合他的要求时，他又利用它。所以他立刻写了一封感谢信以帮助陷入困境的济慈，没有希腊，他就没办法和后来的上帝交谈，很多情况下也就是为了说话。济慈明显的语病并没有很容易地被《四季》和《布莱克伍德》评论家所忘却，他们批评他闯入希腊神话世界，似乎它是一个社会性的错误。相反，尽管评论家们受到雪莱政治和道德问题的震动，他们还是准备承认他对经典的理解是具有传统可靠性的。假如雪莱来到意大利，他会由于有机会教希腊语和西班牙语而作出更为宽宏大量的反应。济慈在语法学校时一直学的是拉丁语而不是希腊语，但在 1818 年他给他的朋友雷诺兹的信中宣称他想学希腊语。济慈对希腊语的感情可以在他的《拉弥亚》对一场宴会的描写中体现出来："柔软的音乐声弥漫着天空/

流利的希腊语如元音般轻盈/一直在客人中间萦绕。"这里暗示出一种自由的音乐性,济慈通过夜莺吟唱"舒服的夏日"来证实,这种对"温暖的南方"的元音表达与盖里克语的含混和法兰西语的失效形成强烈对比,法语也许是最贫乏的语言,因为它发音含混不清。

通过这个不重要但具有建设性的细节,我们可以感到济慈想象的强烈和他对希腊古代世界的吸引力。许多人都确信不仅希腊语的地位是不公正的,人们相信它成了为保持永久地位而形成具有排他性和压抑性系统的一部分。这个问题可以追溯到18世纪,那时浪漫主义的希腊主义就已经扎下根了,与经典具有紧密关系的作品中排除的突出者影响着正在出现的笛福和理查生的小说。雪莱没有利用他的公学教育,拜伦虽然在伊顿和哈罗公学,但他都拒绝了这两个学校的伦理准则和他们所理解的古代影响。小说在中低级中产阶级有它的根基,看来这不是偶然的,他们中的大多数仅有有限的古典知识。由于小说坚持在创作中使用土语、即时性和可见的社会现实,使得小说远离那个时期的大多数诗人,而且它把自身定位于泊来的希腊传统中,其中还包括它的具体措辞,这种区别在18世纪显得特别清楚,因为大多数最好的诗都直接或间接地把自己定位为与经典作品相关联。菲尔丁是这些小说家中比较有名气的,因为他利用了他的经典诗歌和他对传统价值的意识,他提前诱导他的读者,为他在散文方面是时代的作家进行定位,并使之合法化。然而,菲尔丁的古典主义也是他对英国小说最有意义的贡献,而更为重要的意义在于他把妇女的地位放在中心位置,并且越来越成为小说发展和读者消费内容的重要力量。一些像伊丽莎白·卡特这样的名人就翻译了拉丁著作,因为大多数妇女都没有或只有一点拉丁语知识,也没几个人懂得希腊语知识,许多人都没有真正懂得它的系统价值,反对史诗的事件也由萨缪尔·理查森提出,他像笛福一样都强烈地反对《伊利亚特》和《奥德赛》的道德观念,并且把它们解释为与女性价值具有共同性。这成为他小说的中心内容。根据他的阅读,荷马和维吉尔的一些作品要对人类早期直到现在的野蛮精神负有很大责任,而这些战斗者,甚至比狮虎都更坏,他们祸害了地球,使它血流遍野。与那种家长制和以男子汉的品德为奖赏的军事社会不同，理查森宁愿探讨女性哲学的力量，它清晰的集中在国家生活和性行为复杂状态的尖锐冲突中。

那些批评经典的人中有托马斯·潘恩，他在《人的权利》中说，坚持经典是为了限制理智的好奇心，对希腊经典的不容置疑的尊敬是感知历史进步的障碍，我们把它放在这样高的地位上实际上是对自己的不公正。假如古代的雾气是可以驱散的，古希腊罗马可以找到的真正利益并不在他们之中，也不在它羡慕的现代人中，而在于别的方面。潘恩已经体验到影响的焦虑，但他宣称他的寓言并不是属于过去的系统，而是属于个人主义和主观性的需要，"我跟随着我心灵的指令，我既不读书，也不了解别人的观点，我为自己而思想"。从这里可以看出，卢梭式的心灵语言聪明而又蔑视地改造成为理智独立的宣言。

潘恩的朋友维廉·布莱克宣称一种不仅理智上而且是想象力上的独立："假如我们确信我们自己的想象力的话，那我们就既不需要希腊典范也不需要罗马典范。在《弥尔顿》序言中，他宣称，他不仅仅和作为英国史诗诗人的弥尔顿形成清新明朗的关系，也和古希腊罗马典范保持一种和谐关系，作为诗人想象力的原则，罗斯在《耶路撒冷》中抵制了也许是更内在的，但它在受到古典作品的巨大威胁时代表了当代诗人的反应。"我们必须创造一个体系，但却受到另一种人的奴役/我不能提出理由或作出比较，我的事业就是创造。"对布莱克来说，这场斗争有例外的复杂，因为它不仅仅包括艺术领域，还包括文学领域，在他的偶像威廉·哈利的影响下他开始学习希腊语。1803 年 1 月，他说他能够和牛津学者一样流利地阅读希腊文了，这表明他对希腊典范的偏爱，他还有计划地把与他作为一个艺术家的哲学联系起来。1799 年，他因为孤单就把乔治·科布兰当作朋友并和他生活在一起，以更新已逝去的希腊艺术。1800 年，他先知式地写信给科布兰："希腊文化的光芒和荣耀必将席卷整个欧洲。"他预言曾经愚蠢的伦敦佬也将进入希腊化的行列中，他作为一个艺术家的实践既受到希腊经典的影响，也受到他的朋友依莱克门的影响，他把希腊文化转换成简单的直线，这似乎又证实了温克尔曼和布莱克都清楚地说明过的新古典主义原则。

然而布莱克焦虑的气质和对传统与权威的模棱两可妨碍了他坚持镇静地接受经典的影响。与萨缪尔·理查森不同，他混淆了希腊罗马传统，并暗含着他所受的都是军国主义的影响。这种消极影响蔓延在英国文学中，莎士比亚和弥尔顿都被这普遍的疾病所控制或者受希腊—拉丁持剑奴隶的影响。布莱克有声有色的批评既包括政治的也包括美学的，"罗马或希腊人把艺术扫进了他们的胃里并毁灭它……希腊式是数学的形式，哥特式是生命的形式"。这种判断不仅倡导了一种错误的哲学，而且把它和没有想象力及机械地持守一种观念而导致的迟钝联系在一起。布莱克在《劳库》中进一步采用了警句式语言，这里他证实了古典世界的文化与艺术家及其想象力是对立的。这种强烈的谴责源于布莱克意识中的某种能量，在他生活中的这个阶段，他转向了《圣经》，声称《新约》和《旧约》都是艺术的伟大符码。现在，《圣经》被布莱克赋予了被他否定过的经典以想象力的品质，整部《圣经》都充满着想象力，到处都显示着灵光。柏拉图的希腊作品都缺乏这种优秀品德，高尚的道德在罪恶的谴责者中延续，拒绝古典影响的力量或否定它的存在，这种令人不安的企图暴露出布莱克所持有的不稳定性观念，但是他们也指出了更为严重的问题，那就是古典的权威，先在性和真实价值被许多当代人及其成功者体验到了，在希腊和拉丁的许多例子中，都认为是平等的、可以相互转化的，而且几乎是同义的。

令人吃惊的是，雪莱是第一个在斗争和经过长期的发现后获得对希腊的愉悦认知而取得成就的人，虽然雪莱阅读了戈德温的《探寻者》（1797），在作品中，戈德温提出了他在古典研究中语体上和道德上的看法，但雪莱对此印象并不深刻，1812年，当他告诉戈德温："从希腊或拉丁中得到的罪恶相应地会破坏利益平衡，这就是我的观点。"他的主要意见是政治性的："难道罗马共和国政府或大多数希腊政府在压迫、武断或操纵自由方面和现在的大英帝国有什么不同吗？从他们的诗人中我们要学习什么？正如你们所知道的那样，它除了保持这个臭名昭著的英雄种族永存于世界上外，理解别的都不合适。"这种对英雄原则的攻击使他与理查森和布莱克逐渐接近，他与希腊罗马的军国主义价值观的联系又使他和布莱克排在一起了。在希腊各国之间持久的侵略战争，甚至共和国的罗马都有征服的渴望，使地球成了荒凉一片。没有人像年轻的雪莱那样赞美着希腊文学的优点，"不是希腊文学改良了琼生的心灵吗？不是成千上万的心胸狭隘的顽固者在古典的花丛中受到教育的吗"？雪莱精神上所拥有的是一种规范的哲学，这种哲学在他给琼生的《英国语言学词典》序言中就表现出来了……正像奥列芬·史密斯指出的那样，琼生的论述表明了他对古典语言的无知，因为他对性道德和阶级区分的中断一无所知。与那些反对琼生的人不同，雪莱并不坚持有选择的民族性，也不坚持公众阅读的权威性，然而他绝对激进的政治妨碍了他认识文学"暴政"中的一系列知识系统的善变性，也不能认识自私和政治上的利己原则。

戈德温最终回答了这个问题，强调了它的价值和与古希腊罗马历史的相关性，然而他的认可并不能使人认识到这是有问题的，这种对历史的解释被作为秘密参与的议会报告进行了公开化的读解。1813年，国会暗示它已经注意到戈德温对希腊、法国、英国的历史都充满了民主的情感。"尽管对希腊的崇拜无论在法国革命还是在与人权相关的问题上并不总是暗含着同情的兴致，例如弗莱克辛门作为保守政治家在与希腊神话中的新古典主义人物进行和解时就丝毫没有困难，他的雕塑的冷漠性情和他在设计中装饰的单调并没有暗示出与混乱的革命活力有任何相似之处。托马斯·泰勒对柏拉图和新柏拉图主义者的翻译和评论帮助他形成了浪漫主义诗歌的理念和它具有丰富象征意味的叙述，他特别把他对潘神的看法与当代法兰西进行了对比，"一种无政府的、喧嚣的、放荡的自由和野蛮的愤怒，到处都是无神论的黑暗，到处都是民主力量的疯狂，特别是正如戈德温已经知道的那样，希腊文化为他们提供的东西，被大革命时期选择的解释是有针对性地反民主的"。

这样一种事实必然会影响雪莱，他并不准备接受戈德温把希腊和罗马同义的解释，与戈德温不同，雪莱没有充分接受罗马的品质，虽然他在《为诗辩护》中对它进行过很高的赞赏，他认为那些为罗马文明做出贡献的消极品质已经从本质上表达了他对古典传统的整体看法，他认为罗马文化要比希腊文化更低劣，因为罗马社会生活的行为方式似乎从未有完整的诗性元素。相反，正像他在《为诗辩护》中所分析和赞赏的那样，希腊社会体现了社会形式和想象力之间的观念平衡。雪莱对于希腊经典的解释在社会构成中占有一席很有意义的地位。"现代历史的研究就是研究那些国王、财政大臣、公务员和牧师，而古希腊的历史则是法官、哲学家和诗人的历史，以权利的历史来看，它是真正人的历史，希腊文化所呈现的是一种现实，而不是一种承诺。"

雪莱对希腊观念所作的情感和理智上的承诺仅仅是一种可能性，因为他已有能力解除希腊文化所包含的符码、系统、特权和来自经典的压抑，不管在历史中希腊文化有怎样的有限性和不完美性，希腊文化已深深地融汇在雪莱的精神世界中，就像许多其他浪漫主义的希腊主义者一样，它已成为一种自由的象征，这种象征不管是政治上的、文学上的还是智力上的。从某种程度上来说，这种对希腊历史的乌托邦式的解读已经被18世纪文学的结果所预见，这些作品包括萨缪尔·琼生的《特伦尼》、托马森的《自由》、格老佛的《莱尼达斯》，柯林斯的《自由颂》，威廉·杨的《雅典的精神》，以及瓦顿·格雷、凡尔克纳等作家写的诗。在所有这些作家中，唯有凡尔克纳了解希腊文化，在他们的解释中透露出的强烈自由气息是充满活力的，而丝毫没有被抽象的理念所阻碍。在雪莱的精神世界中，他设想着一个国家，也许是一座城市，它坐落在水晶般的海洋中，它是想象的，同时也是永恒的，这样就把一种抽象的观念转变成了一种力量和理智上的连续性，但是对自由的强调仅仅是为了区分更多的偶然政治因素，不管它是直接的还是通过暗示，它不仅会解读成希腊传统或希腊政治问题的公开身份，而且会当作对当前英国和欧洲政治的错位的评论和直接反应。

似乎明显的是，莱昂纳多在拿破仑统治期间的流行就是根据英国对希腊的解释所释放出的能量和把法国解释成为成功者，在马拉松战争中，希腊人赶走了帕西亚的侵略。根据米尔的解释，这场战斗产生了一种特殊的吸引力，它甚至被当作英国历史上的一个事件，而且最终要比哈斯丁战斗更重要。马拉松作为"希腊之岛"被凸显出来。拜伦对希腊爱国情感的最为震撼人心的表达却是讽刺性地通过"诗性口技的复杂活动"表达出来的，当它以一首"疯狂的修理工"式的诗人口吻讲这个话时，它至少部分地直接面对英国的政治，在《恰尔德·哈洛尔德游记》这样的土耳其故事中，总是与东西方之间的相邻或对立关系相联系，而且对英国读者来说，它具有含沙射影的意义。所以，在《伊斯兰的起义》中，找到评论家们正确地感知到雪莱的诗更为集中地与英国的政治和英国的道德水准联系在一起，这就毫不奇怪了。但它同时也体现出在主要线索的叙述中希腊与奥斯曼帝国之间的冲突。这里，就像浪漫主义的希腊主义更为有趣的事例一样，思想可以公开地引起解释和争论。尽管希腊文化具有表面的抽象性，但它仍然作为一种潜能被意识到了，它不仅作为读者和评论家的一个范本，而且可以当作当代人想象力驰骋的重要场所。

第六部分

海外华文文学研究

华人资本主义在泰国

资本主义是西方资产阶级通过资本的积累和运作而形成的一整套严密的经济、政治体系，并在此基础上形成与之相适应的生活方式和价值观念。在西方资产阶级长达 600 多年的殖民扩张和掠夺中，海外华人深深地受到西方资本主义生产方式和生活方式的影响，但海外华人并没有完全接受西方资本主义的文化体系和核心价值观，而是以自己独特的品格创造了不同于西方资本主义的华人资本主义模式。从 20 世纪 80 年代开始，华人在全球经济发展中所取得的成就和对全球经济发展所做的贡献，使得人们开始认同这个概念。早在 20 世纪 90 年代，英国社会学家 S. G. 雷登等人就对这个概念作过非常精彩的阐述，但对于什么是华人资本主义仍然还没有形成明确、统一的共识。台湾南华大学教授翟本瑞先生在其论文《华人资本主义的概念与意义》中认为，华人资本主义不是一个已经确定的概念，它实际上是一个仍然在形成中的、具有丰富内涵和弹性的概念。他侧重于从华人资本主义所取得的经济成就和它在全球资本主义的地位来理解这个概念，从而把这个概念延伸为"台商的管理、香港的股市、中国的市场，大中华经济黄金三角就成为全球最耀眼的经济体，华人资本主义就在此关系模式中产生"①。这种纯粹从经济角度来阐释的华人资本主义，虽然与当前华人经济发展的形势关系密切，但从与西方资本主义比较的角度来看，这种理解就显得过于单

---

① 翟本瑞：《华人资本主义的概念与意义》，2006 年台湾社会学年会提交论文。

纯。实际上，华人资本主义已经不仅仅是一个单纯的经济概念，而且是华人世界与西方世界相区别的社会文化概念。本文拟通过对华人在泰国所取得的经济成就和文化成就来阐述华人资本主义在泰国的基本属性及其发展前景。

一 华人资本主义在泰国的经济属性

华人在泰国的经济活动可以说有华人在泰国谋生的时候起就已经开始了，他们去泰国的主要目的就是谋生赚钱，但在很长一段时间里，泰国华人的经济活动仅限于商贩，也有一部分人从事手工业、农业和渔业，这样的经济活动基本没有剩余资金，况且大部分华人在泰国赚到一点钱后就要寄回中国，以赡养其在中国的父母家小，只有当华人的经济活动与泰国主流社会的经济活动发生紧密联系以后，泰国华人的经济力量才能达到资本运作的阶段。从泰国华人资本增长的特点和运作的属性来看，泰国华人资本主义的经济形态可以从以下三个阶段来分析。

第一，皇室垄断贸易阶段的华人资本主义。从泰国的素可泰王朝到曼谷王朝的拉玛五世时代（1238—1910），泰国社会都奉行萨迪纳制度，即封建领主制度，在延续几个世纪的封建领主制度的统治下，83%的农奴和平民都被徭役和捐税束缚在土地上，完全没有资金和时间从事商业活动。"而以国王为首的封建贵族，为了把剥削得来的实物地租变成更多的财富，获取更大的利益，实行了王室垄断贸易制度，对内和对外贸易都由王室控制买卖价格。"王室垄断对内和对外贸易需要有人征收、管理和经办，而华人在泰国封建领主制度下不属于任何封建主，他们作为外来移民享有完全的人身自由，这样就使得华人不仅有时间从事商业活动，而且有积累资金的条件。当时的泰国社会确实给华人创造了参加商业活动的环境和条件，故"商贾多中国人"。华人在商业活动中取得的经验和成就，使得泰国王室在王室垄断贸易中十分重视和重用华人。如大城王朝的泰沙王就曾经任命一名华人为王库昭披耶，掌管泰国的对外贸易大权。由于华人在王室垄断贸易时期的重要性，因此，华人往往被称为"王族商人"，由他们来经营王族直接控制的垄断贸易。

泰国王室在重用华人的同时，还给予他们许多西方人所没有的优惠待遇，如准许华人建造船只，占有土地、房宅，出口大米，自由在内地旅行等。此外，泰国王室还把部分专利权让与华人，包括租税征收权、运河开凿权、开采许可权、鸦片交易权和经营土产、渔业、赌局等90多种权利。因此，虽然这个时期泰国王室长期垄断国内和国外贸易，但华人却在泰国王室的庇荫下，经济力量获得较大发展，他们主要经营的行业包括：承包税收业务、内河航运业务、谷米业、锡矿业等行业，他们在这些行业中取得了很大的成绩，一些华人因从事这些行业获利丰厚而成为巨富。这些富豪虽然为数不多，但他们的成就却代表了早期华人资本主义的形态，即属于一种主要依靠王室获取特权的依附性华人资本主义。

第二，鲍宁条约签订后之华人资本主义。19世纪中期开始，随着西方资本主义、尤其是英国的资本主义的对外扩张，使得长期奉行封建领主制度的泰国社会也受到冲击。由于这个时期的泰国政府仍然沿袭着对商品贸易的垄断，致使商品价格不是按照市场规律波动，而是被随心所欲地抬高，这种情况使西方商人感到厌恶，并最终导致英国大使鲍宁与泰国政府签订了所谓的鲍宁条约。鲍宁条约的签订标志着泰国延续几百年的王室垄断贸易制度的终结。签订鲍宁条约虽然使泰国的主权受到一定程度的伤害，但也正是通过这个条约，让西方商人的进入来平衡华商由于利益的扩大而不断膨胀的势力。但实际上，商品垄断贸易制度的废除，并没有对华商的利益产生实质性的影响，"它只是撤销了个别拥有权势的从事垄断商品贸易活动的华商的特权而已"①，相反，由于华人在泰国社会的特殊地位，垄断贸易的废除使得中间阶层的华商有机会参与外国人的经济贸易活动，他们在所谓的洋行里充当中间商人或洋货代理商，一方面，他们可以把洋商的商品销售给消费者，另一方面，他

---

① ［泰］杨作为：《鲍宁条约签订后之泰国华人》，《泰国的潮州人》，泰国朱拉隆功大学亚洲研究所1991年版，第100页。

们又可以将农民的产品收购上来出售给洋商，华人这种以中间商人的身份谋求利益的属性，使他们在客观上处于泰国社会封建领主和庶民之间的中间阶层，这种特殊的社会地位给泰国华人资本主义的发展提供了充分的空间，华人正是利用了泰国社会中间阶层的空白，加上华人吃苦耐劳、艰苦奋斗的精神，利用鲍宁条约签定后泰国发展资本主义的机会，在与西方资本主义的矛盾斗争中得到蓬勃的发展，使华人资本主义在泰国的形态又有了新的特点，即由依靠特权进行垄断贸易转变为依靠华人在泰国的特殊地位而与西方资本主义进行竞争的自由资本主义形态。

第三，第二次世界大战后的华人资本主义。第二次世界大战以后，随着东南亚国家民族主义的增长和国内对海外华侨华人政策的改变，越来越多的华侨加入了泰国籍，实现了从"落叶归根"到"落地生根"、由"他乡变故乡"的身份转变，华人融入泰国社会的程度越来越深，这样，泰国的华人资本主义已经不仅仅是华人经济的组成部分，而且是泰国国民经济的有机组成部分，泰国华人的这种身份转变又一次给华人资本主义的发展带来机会。在泰国民族资本的旗帜下，泰国的华人资本在与西方强势资本的竞争中常常和泰国土著的贵族资本相互帮助、相互支持，从而形成华人资本与泰国贵族资本和谐共存、共同发展的良好局面。

第二次世界大战以后，为了适应国际经济全球化发展的新形势，增强华人资本的竞争力，华人资本主义的发展形态也有新的变化，主要表现在以下几个方面：（1）由家族制管理模式向现代经营管理模式转变。华人在泰国一方面不能得到祖籍国的有效保护，另一方面又在一定程度上受到泰国政府的限制，致使他们在长期的经济活动中形成了以"五缘"（血缘、地缘、善缘、业缘、文缘）为核心的家族式管理模式，这种家族式管理模式具有自身不可比拟的优越性，但在第二次世界大战后高速发展的跨国经济和高新技术经济的冲击下，家族式管理模式往往在一定程度上会阻碍经济实体的有效运作，于是，他们以董事会的形式组成经济实体，然后聘请有现代经营管理知识和经验的专业人员为其经营管理，把企业经营管理和企业所有权分开，这种经理人制度的实施使企业运作能有效适应现代经营管理的转变。华人企业这种经营管理模式的变化，是华人资本主动适应现代社会经济发展的结果。（2）由商业资本向产业资本、金融资本转变。旅泰华人一般都是因家庭贫困、自然灾害和战乱等原因来泰国谋生的，因而他们在泰国往往白手起家，积累了一部分资金后就开始经营商业，除少部分蒙受皇恩的华人在经济活动中牟取暴利，成为巨富外，大多数华人的经营资本都比较小；同时，华人还要把大部分的利润寄往中国的家乡，以赡养在中国的亲人，而一些巨富华人也不会把利润用于扩大再生产，而是在中国传统思想的影响下要么慷慨解囊、救济同胞和穷人，要么把大笔资金用于祖籍国的福利事业，以实现所谓"光宗耀祖"的愿望。第二次世界大战后，由于华人身份的转变，华人资本也开始以国家资本的身份展现在泰国的经济活动中，其资本流向也由商业资本向产业资本和金融资本转变，尤其值得注意的是泰国陈有汉的盘谷银行集团、谢国民的正大卜蜂集团，这些大财团的实力和经营模式都称得上是典型的现代化跨国企业集团。（3）资本投资向着以中华血缘为主体的国际化方向转变。泰国华人经济力量的增长虽然跟泰国民族经济的迅速发展壮大有密切的关系，但与以中华血缘为主体的华人商业网络的联系也是密不可分的。泰国华人从帆船贸易以来就注重同祖籍国中国的经贸联系，并通过这种特有的血缘优势获得泰国王室的恩宠和巨大的经济利益。随着中国改革开放的深入，越来越多的泰国华商来到其祖籍国，尤其是祖籍国的家乡投资兴业，这种投资方向既使中国大陆的经济得到大量的海外资金，促进中国经济的发展，同时，它也使泰国华商获得巨大的利润，从而保障了华商资本的安全。除中国大陆以外，泰国华商还与中国台湾、新加坡、马来西亚、印度尼西亚以及欧美等国家和地区的华人展开多种形式的投资与经贸合作，组成了以华人血缘为核心的国际化投资网络。

总之，泰国的华人资本主义是在西方资本主义的侵袭下，利用泰国社会发展民族经济的机会而得以初步形成和发展起来的，由于泰国自古以来对华人的友好政策和各种优待，泰国华人在经济活动中也持有更多的中国传统文化因素，这些中华因素最终成为泰国华人获得成功的法宝。

二　华人资本主义在泰国的社会文化属性

经过世世代代艰苦创业发展起来的泰国华人资本主义文化，不仅对泰国各个时代的社会创造了经济上的奇迹，而且也创造了辉煌的文化成就，这种文化除具有资本主义发展过程中所共同具备的艰苦奋斗、勤俭节约、自强不息和富有冒险精神等特点外，笔者认为泰国华人资本主义文化还由于其秉承的中国文化传统与泰文化的有机融合而具有自身的特点，它既是中华传统文化传播海外的具体表现，也是泰国华人为了适应环境、争取生存和发展而创造的一种新的资本主义文化。因此这种新型的资本主义文化与西方资本主义文化相比，具有许多不同的特点，主要表现在以下几个方面。

第一，"五缘"文化。中国人移民泰国有着悠久的历史，但历代统治者对移居海外的"自弃王教的化外之民"，采取不闻不问的态度，对于他们的生死，清朝乾隆皇帝表示，"莠民不惜背弃祖宗庐墓，出洋谋利，朝廷概不闻问"[1]。在这种情况下，移居泰国的华人只能依靠自己的力量来保护自己。他们成立了以"地缘"、"血缘"、"业缘"、"善缘"和"文缘"为主体的"五缘"组织，虽然历代泰国王室和人民对华人都很友善，但华人通过"五缘"组织团结在一起，形成一支民间的团队力量，既可保护已有的利益，又可以团结照顾后来的移民，并可以以此为基础，发展壮大华人在泰国的经济和社会力量，加强其与祖籍国的各种联系。事实证明，泰国华人的"五缘"文化不仅对团结泰国华人、促进泰国社会经济的发展起到积极的作用，而且对泰国华人的身份地位的提高也起到不可替代的作用。

第二，蒙恩文化。应该说，在所有出国到海外谋生的华人中，泰国华人与当地民族关系相处最为融洽和睦，虽然这种和谐关系是由各种因素综合而成的，但与泰国历代王室对华人所施予的特殊恩惠有更为密切的关系。从素可泰王朝、大城王朝、吞武里王朝一直到曼谷王朝，皇族

---

① 李长傅：《南洋华侨史》，商务印书馆 1934 年版，第 32 页。

都对移居到泰国的华人呵护有加，尤其是吞武里王朝时期的泰王郑信就有潮州人血统，加上泰王击退缅甸军队，恢复王朝的过程中受到华人的大力支持，因而泰王对华人倍加爱护，使华人享有许多泰人都没有的特殊待遇，被称为"皇族华人"。在王室的庇护下，泰国华人不受泰国封建制度的约束，"即无土地所有权，与此同时也不必征召为有知识有学问者报效劳动力，为高层人物耕种。所以，华人比起从 18 岁至 60 岁止得为官方和封建领主操纵之泰国老百姓来说更加自由"①。华人正是利用这种特殊的社会身份，依靠从中国带去的丰富的科技文化知识，艰苦创业、努力拼搏、积极进取，从无到有，创下自己的基业。一部分华人还在圣恩庇荫下从事王库财产销售的帆船贸易和朝贡贸易，掌管泰国的对外贸易大权，一些人由此变为巨富。同时，王室和泰国政府还充分利用华人从事商业的经验和能力，委任华人为各地的税务官和税务次官，替王室征收各种税款，华人利用这个机会在尽量做好本职工作的同时，也大大地增强了自己的经济实力。鲍宁条约签定以后，泰国社会经济实行资本主义制度，政府开始以征税来代替对商品贸易的垄断，华人经营垄断商品的特权也随之被撤销，但这并没有影响华人资本主义经济的发展，相反，它在削弱一部分特权华商利益的同时，给中间阶层的华商能够参与外国人的贸易活动的机会，并利用华人蒙受皇恩而在泰国社会积累下来的深厚根基，取得更为理想的经济效果。因此，泰国华人在早期取得的经济成就应该说与他们在不同时期都蒙受泰王室恩惠密切相关。

第三，报德文化。泰国华人在异国他乡的谋生过程中，始终坚持着中华民族传统文化的核心价值观念，义利并举、知恩图报、见义勇为成了泰国华人长期以来持守的人生信条。他们深知，华人不远万里来到泰国谋生，刚来泰国时所有华人几乎都是两手空空，是泰民族和泰国这块富饶土地收留了他们，并处处善待他们，给予他们以其他国家的人民不同的优惠待遇。泰国华人深知泰民族这种真正的兄弟民族情谊，因此，华人不仅对赐予恩惠的王室表示感恩外，还时刻想着为王室排忧解难。

---

① ［泰］林光辉：《初期华人在泰国对外贸易中所起的作用》，《泰中研究》第一辑，第46—47 页。

泰国历史上最感人的一幕就是，当泰国遭受外族侵略，都城被洗劫一空的危难时刻，华人子弟毅然组织武装，协助郑王收复失地。华人的见义勇为和真心诚意也赢得了王室和整个泰国社会对华人的尊重。同时，华人为了报答王室和泰民族的厚待，以善缘组织各种慈善机构，比较著名的有华侨报德善堂、泰京天华医院、玄辰善堂和泰国德教慈善总会等，这些民间组织以自发形式为国家排忧解难，为社会多做善事，主张有灾必救，有难必救。他们以善为本，积善成德，如华侨报德善堂发起创办的泰国华侨崇圣大学，高举崇圣报德的旗帜，为泰国的高等教育尽心尽力。虽然这些组织有一定程度的宗教色彩，但他们的义举和善意赢得了泰国人民的普遍好感。

　　泰国华人的报德意识不仅体现在对所居住国人民的感情上，还体现在对祖籍国的深情厚意上。华人虽然是因国内灾荒、战乱来到海外谋生，但他们仍然心系祖国，国家兴亡，匹夫有责，每当祖籍国有难，他们都以各种形式的义举来为祖国效力。抗日战争时期，泰国华人高举抗日救亡的旗帜，"有钱出钱，有力出力"，以各种形式进行募捐活动。更为重要的是，泰国华人在"抗联"的组织领导下，大批有为青年勇赴前线，参与抗日救国。其中有清迈侨领罗国英、华侨青年蔡文星、林雄时、林志昂、王学光和廖啸云等。这些华人的爱国壮举，体现了海外中华儿女的赤子之心。第二次世界大战以后，出现了世界性的粮荒问题，中国在第二次世界大战期间和战后的粮荒问题尤其严重，祖国和家乡发生特大粮荒的消息传来，激发了泰国华人的爱国思乡之情，他们发起"救济家乡"的运动，共募捐款项四千万泰铢，有效地缓解了祖国同胞的急难。1997年，中国发生了百年一遇的特大洪灾，泰国华人又一次捐献钱物，积极投身抗洪救灾的事业中。在北京申办奥运和申办成功后，泰国的华人社团和个人也以自己特有的方式捐款捐物，表达他们对百年奥运的支持。"5·12"汶川大地震后，泰国华人各界人士也纷纷捐款捐物，积极支援灾区重建家园。他们的报德行动赢得了祖籍国人民的高度赞扬。总之，泰国华人无论对居住国还是对祖籍国，都以中华民族秉承的知恩报德的优秀文化传统指导他们的社会经济活动，从而创造出泰国华人资本主义特有的文化形态。

第四，进贡文化。进贡文化原来指的是国家之间奉送贡品的一种国际关系，它是泰国为发展经济而形成的传统泰族文化。泰国自古以来都是重视发展与外国，尤其是与中国的关系，他们以定期进献礼品的方式表示对中国的臣服。自从泰国素可泰王朝于中国元朝承宗元年（1295）第一次入贡中国以来至清朝咸丰三年（1853）最后一次入贡为止，共计 500 多年的时间，中国历代统治者出于其"怀柔远人"的政治目的，对这种朝贡贸易都采取"薄来厚往"的原则，"加惠于远人"，中国封建朝廷每次对泰国国王和贡使回赐的厚礼往往超出贡品的价值，泰王室把这种朝贡贸易看作有利可图的经济贸易，因此才持续如此久远，形成了泰国传统文化的一项重要内容。

从比较宽泛的意义上来说，进贡文化也是中国传统文化的一项重要内容，它主要是指中国社会各个阶层都存在着以小辈向长辈进献礼品为表征的社会关系。通过这种方式建立起来的社会关系，不仅表达了晚辈对长辈的敬意，而且对个人对家庭来说都是一种福分。泰国华人在沿袭泰国传统文化的基础上，把中国传统文化的这部分内容有机地融合在一起，从而形成泰国华人资本主义的一个显著的文化特征。泰国华人的这种进贡文化，一方面可以理解为华人向皇亲国戚和官僚们进献礼品是为了达到商业上或其他方面的某种利益，另一方面，泰国华人的这种进贡行动，也是为了寻求个人和家庭乃至整个家族的吉祥如意。不管其性质如何，泰国华人通过这种方式建立起来的与皇亲国戚和官僚们的互济关系总是比西方商人有更多的有利条件，但这种进贡文化的效果也不仅仅是经济上的，还有政治和文化上的长远效果。

根据泰国方面的专家素帕叻·叻帕诺军的研究，曼谷王朝时期华人显贵家族都与王室成员和高官存在着深厚的社会关系，这种关系的建立使得这些华人有的获得许多经济上的特权，从而跃升为泰国社会的显贵家族，有的因为对王室的忠诚使得华人能跻身统治阶级的行列，同样成为泰国社会的显贵家族。前者如拉玛五世时代的梳帕诺隆家族，即"华人登"或"税官登"，他的发迹与他跟一位亲王的关系密切有关；

后者如拉玛四世时代的初滴甲沙天家族，即华人天，他的发迹则直接跟拉玛五世关系密切。① 他们开始都是从最底层的社会阶层做起，凭靠自己的艰苦奋斗和聪明才智才一步步走上泰国社会的显贵行列。期间不得不说是他们的进贡文化起了关键的作用。虽然这种进贡文化所产生的效果在泰国进入资本主义制度以后发生了一些改变，但泰国华人依然以各种不同方式灵活运用，其效果依然不可低估。

三　华人资本主义在泰国的发展前景

随着华人在泰国国籍问题的解决，第二次世界大战后泰国华人融入当地社会的速度进一步加快。由于泰王室和政府长期以来实行柔性同化政策，使得华人文化与泰文化的融合也进一步加深。这种融合既是泰文化同化华人文化的过程，也是华人文化逐步渗透泰文化并改变泰文化形态的过程，因此，作为一种独立于泰国社会和文化之外的华人文化已经不存在，华人文化只是作为泰文化的一个有机组成部分而存在。因此，我们讨论华人资本主义经济和文化就不能游离于泰国社会和文化之外，而是应该站在泰国社会和文化的视野上来讨论。在这种情况下，笔者认为，华人资本主义在泰国的发展前景依然非常广阔，主要从以下三个方面来进行讨论。

第一，华人资产阶级的参政意识不断增强。由于第二次世界大战以后华人在政治上和文化上融入泰国社会的程度都在加深，华人参与泰国政治进程也是理所当然。以前，历朝泰国王室和政府善待华人都是由于华人在政治上没有野心，不想参与国家事务，那是由于华人还没有在政治上和文化上认同所居住国，而是认同祖籍国，而且还把赚来的钱寄往中国的家乡，成为中国国民财富的一部分。如今的泰国华人不仅在政治上完全归属于泰国，在血缘上与泰人融为一体，在文化心理上也与泰文化融合在一起，华人资本也理所当然地成为泰国国家财富的组成部分。在这种情况下，华人资产阶级参与政治进程不仅仅是为了其经济利益，

---

① ［泰］素帕叻·叻帕诺军：《曼谷王朝时代政体改革前对华人的管理（1782—1892）》，《泰国的潮州人》，泰国朱拉隆功大学亚洲研究所1991年版。

也是他们政治意识增强和爱国主义的重要表现。许多华人资产阶级成为泰国各政党的积极支持者，泰国学者攀尼·磨勒认为："……（华人）资产阶级作为政党的支持者，它还推动着国家秩序和政治变化，可以说它已成为泰国社会变革的领导阶层。"① 部分华人政治家与大企业有着千丝万缕的联系，如他信总理曾经是电信业的大亨，曾任泰政府副总理的许敦茂是泰国盘谷银行的董事长。20 世纪 80 年代以后，泰国的三大政党泰国党、社会行动党和民主党越来越为大企业所控制。军政领导人在制定国家政策时，不得不向企业团体征求意见，这表明企业团体在国家政治中的地位越来越重要。从目前情况来看，随着泰国民主化进程的展开，华人在泰国的参政意识比以前要强得多，但在文化心理上传统意义上的泰人仍然有在政治上排斥华人的意识，许多以泰族沙文主义为主导的泰族官员担心华人在政治上获得优势将对国家安全构成威胁，如具有华人血统的前总理他信被军人推翻，就表现出泰人对华人的不信任和疑虑。因此，华人参政的进程不仅要取决于华人自身的努力，还要泰人在文化心理上逐步放弃排斥华人的参政愿望。但是，从总的来看，华人在泰国政治进程中所起的作用在明显增强。

第二，华人资本主义的民族性。第二次世界大战后海外华人社会发生了深刻的变化。华侨身份转变为华人身份后，华人在语言、文化和信仰习俗方面仍保持着中华民族的传统，与祖籍国仍保持着联系，这使他们具有中华性，同时东南亚各国的大多数华侨转变为居住国的公民而成为当地的一个民族后，在政治上认同居住国并选择居住国为效忠对象，华人的经济进一步融入居住国经济，这使他们又具有本土性。这样，华人社会因而日益深刻地受到居住国的政治、经济、语言、文化乃至宗教、教育的影响，从而加速了他们与当地民族认同与融合的过程，这种情况有利于他们更为主动地投入所在国的经济建设当中。20 世纪 70 年代以来，由于泰国政府对华族经济限制减少，致使华族新生企业集团迅速崛起，这些大企业不仅扩展经营规模和范围，而且进军流通和金融产

---

① 杨作为：《潮州座山的新陈代谢》，《东南亚研究》2002 年第 2 期。

业，成为泰国国民经济的有力支柱。据统计，到 20 世纪 90 年代后期，华族资本占泰国国家总资本的 32%。华族资本家还充分吸收本地资本，包括一部分皇室资本，从而有效地带动了泰国民族经济的发展和繁荣。华人资本主义所取得的长足进步表明，华人经济已经有效地融入泰国民族经济当中，并发挥着越来越重要的作用。

第三，华人资本主义的国际化。虽然华人经济的本土化越来越明显，但华人资本主义的发展也离不开华人经济圈，这是华人资本主义经济的一个重要表征。无论是西方资本主义还是华人资本主义，现代资本主义都是一种跨国资本主义经济，其国际化程度都相当高，从总体上说，西方资本主义主要是依靠制度和严密的组织来形成国际化的跨国集团，而华人资本主义则具有家长式的组织氛围，企业的国际化网络更多是依靠个人和企业核心人物在华人经济圈中的关系网来建立的。泰国的华人资本家在积极融入当地社会的同时，还依靠华人身份中特有的中华性，通过各种同乡会、宗亲会和中华商会等组织建立起与国际社会的商业联系，从而建立起具有中华特色的全球商业网络。当然，泰国华人资本的国际化虽然有利于扩大经营规模、化解资本风险，但是也不可避免地要受到国际经济形势的影响，亚洲金融风暴就曾使泰国的一些华商企业遭受巨大打击，其经营资本大幅缩水，业绩大幅缩减，泰国京华银行、京都银行和曼谷商业银行等几家华资银行因此失去了对公司的控制权，被政府接收。金融风暴以后，泰国的华人企业加大了开放的力度，通过引进外资、发行股票等措施，整合企业的资本结构，进一步淡化企业的家族色彩，使其更多地按照国际通行的企业规则办事，从而提高自己的国际竞争力。笔者相信，经过金融危机洗礼的华族经济，虽然历尽劫难，但它们犹如神话中的"不死鸟"，泰国华人资本主义一定会得到更大的发展。

中华传统文化在东南亚的传承与变异

东南亚是我国海外移民的主要聚居地。广大东南亚华侨在艰辛的海外谋生过程中，一方面为了保持自己的文化个性而积极地传承祖国的母体文化，另一方面又为了适应当地的社会文化发展而放弃中华民族的母体文化中的一些因素，从而使中华传统文化发生某种程度的变异。本文旨在研究东南亚华侨对中华传统文化的传承和发生变异的原因，从而探讨东南亚复兴中华传统文化的可能性。

一　中华传统文化在东南亚的传承

中国人向海外尤其是向东南亚迁徙的历史非常悠久，有明确史料记载，中国人之移居东南亚，始于唐代。① 宋元至明清时期，中国海外贸易不断发展，东南沿海地区向东南亚的移民，蔚为风尚。欧洲各国带来的全球贸易和东南亚殖民地的开发，激发了中国大规模的移民潮。然而，中国的海外移民大部分是一种被迫的、政治避难式的迁移活动。清朝末年，中国大地上爆发了历史上规模空前的太平天国运动，太平天国起义失败后，许多太平军将士为了逃避清军的迫害而迁往海外；此外，闽粤赣三角地区人口与土地的矛盾日益突出，这种矛盾最终导致了清代咸同年间的大规模“土客械斗”。当时西方列强为了发展他们的殖民地经济，需要大量的廉价劳动力，于是，西方列强的殖民当局与当地的邪

① 蔡永蒹：《西山杂记》“林蛮宫”条，泉州海交馆藏本。

恶势力相勾结，把械斗中俘获的客家人，作为"猪仔"贩卖至海外。当然，也有不少客家人是在土客械斗后因生活无着而自愿卖身为奴的。这些客家人迁徙的目的地主要是东南亚地区，也包括欧洲、非洲和美洲。他们迁出后从事的职业主要是商业和工业，也有少部分从事农业和种植业，无论他们所从事的是什么职业，他们都对居住国的社会发展作出了巨大的贡献。

由于中国人的海外迁徙是一种被迫的移民行为，他们移居居住国后的少数民族地位和被统治、被支配的现实处境，使他们无论在现实生活上还是在心理上都需要与自己的祖国保持一种身份上的认同，都需要有积极的母体文化来支撑自己的文化个性，以使自己无论走到哪里，走得多远，都有一种精神上的归属感。正是在这种精神的驱使下，尽管他们处于去国离乡的艰难困苦的处境，他们都还是努力保持和传承着中华民族的文化传统。

第一，海外华侨传承中华传统文化跟清朝政府对待海外移民的态度有关。在这之前，清朝政府把那些出国的老百姓看作"自弃王教的化外之民"，对这些出洋谋生的人，乾隆竟然表示："莠民不惜背弃祖宗庐墓，出洋谋利，朝廷概不闻问。"① 后来，由于中国经济的衰落和中国南方各地区的人口与土地矛盾的加剧，清朝政府不得不允许人民出国谋生，"借以弥内乱，广生计"。洋务运动兴起后，清朝政府为了进一步吸引东南亚华侨的资本，他们不仅取消了海禁，在东南沿海设立保商局，而且在东南亚各地卖官鬻爵，以拉拢南洋各地的华人富商。同时，为了明确中国移民的身份，清朝政府于 1909 年 3 月 28 日颁布了第一部国籍法，即《大清国籍条例》，它规定，凡是"生而父为中国人者"，或"生于父死以后，而父死时为中国人者"，或"母为中国人而父无可考或无国籍者"，不论是否在中国出生，都具有中国国籍。这种以血统主义为依据的国籍条例，对于增强身居海外的华人的中国人意识起到很大的凝聚作用。

_____

① 转引自李长傅《南洋华侨史》，商务印书馆 1934 年版，第 32 页。

第二，居住在东南亚的华侨与中国的家乡一直保持着密切的联系。他们要经常汇款赡养在家乡的父老兄弟，许多单身华侨在生活有了保障后就会回家娶妻生子，有些人则将在东南亚出生的子女送回中国，接受传统的中华文化教育。也就是说，他们只是将居住国当作暂时的旅居地，盼望在积累了一定数量的财富以后，衣锦还乡，光宗耀祖，即所谓"富贵不返乡如锦衣夜行"。由于这种"过客"心态，许多华侨不能在居住国安心下来，也就不可能与原住民实现真正的融合，这样，他们就有可能更多地保存中国传统文化的各种样式。使中华民族传统文化得以在华侨圈子内传承下来，并成为海外华侨认同于自己祖国的精神支柱。

第三，东南亚各殖民当局为了加强对华侨的管制，将华侨与其他民族隔离开来，对华侨采取特殊的政策。这是各地的所谓华人区或唐人街形成的重要原因之一，高度的聚居生活使大多数华侨得以长期保持中华文化。他们依血缘、地缘、语缘而分帮结派，在社会生活中重视祖先崇拜，表现出强烈的宗亲意识。他们讲信誉、谦虚、忍耐，表现出"与人为善"的处世原则。由于东南亚华侨的聚居程度比较高，他们的后裔一般都习惯于使用华语或家乡的方言，他们大多接受过中华传统文化教育，因而在家庭生活以及在华人社区的社会生活中，都不同程度地保持着中华传统的风俗习惯。在东南亚各地的城镇中，几乎都有华侨创办的华文学校、华文报刊和华人社团。这些都是维系华人社会、传承中华传统文化的有力纽带。

第四，对民族国家的政治认同使海外华侨表现出强烈的民族主义和爱国主义情感。晚清以前，海外华侨一般只知有家和家乡，而不知有政府和国家，他们的乡土意识、宗族意识要高于民族意识。但是，两次鸦片战争导致的民族危机震撼了朝野，这不仅使封建统治势力认识到民族国家的意义，对于身居海外的华侨也意识到"国家兴亡，匹夫有责"。于是，他们在国内各派政治势力的推动下，积极投身国内各派政治事务中，表现出对中国社会、文化、政治的全面认同与忠诚。康有为、梁启超是近代中国民族主义思潮的唤起者和推动者，他们对民族主义下的定义是"各地同种族、同语言、同宗教、同习俗之人，相视如同胞，务独立自治，组织完备之政府，以谋公益而御他族也"①。戊戌变法失败后，康、梁逃亡海外，除继续鼓吹变法图存主张外，还在海外发展了他的民族主义观。梁启超特别强调人们要养成国家思想，树立爱国心。他还把民权思想和民族主义思想联系起来，主张"民权兴，则国权兴，民权灭，则国权亡，故言爱国必自兴民权始"②。他融民权于民族主义之中，反对封建专制，主张建立君主立宪国家，这种主张在海外中上层华侨中很有吸引力。此外，康、梁还在各华埠创办《清议报》、《新民丛报》、《天南新报》等几十种报刊，鼓吹其变法图强、民族振兴、忠君爱国的主张。康、梁的努力在开启华侨民智、改善华埠风气、推动华侨对祖国的关注和认同、促进华侨民族主义的发展等方面都起到了巨大的作用。在孙中山领导的辛亥革命中，其主要的支持者就是海外华侨。孙中山自己就是华侨，他对海外侨情的认识也比较深刻。他认为，大部分华侨出国前在国内受欺压，在国外受排挤和歧视，这使华侨具有较强的反抗精神，孙中山曾说："凡我侨胞直接间接所受政治上之苦痛，罔不洞知。每思专制推翻，民治发达之后，稍尽保护之责，籍抒痛苦之情，耿耿此心，无时或息。"③ 同时，他还认识到华侨少保守，易接受新思想。正是出于对海外侨情的认识，孙中山在开展革命活动时得到了众多华侨的支持，在兴中会有名可查的 325 名会员中，华侨和在侨居地入会者占70%。1905 年秋，孙中山在东京创立中国同盟会，"凡华侨所到之地，几莫不有同盟会员之足迹"④。在他后来组织的几次武装起义中，也有很多海外华侨子弟参加，有的甚至为革命献出了宝贵的生命。

"九·一八"事变以后，中国的民族矛盾成为中国社会的主要矛盾，广大南洋华侨在陈嘉庚先生的领导下，高举爱国主义旗帜，组成抗日统一战线。他们不分帮派、阶层、地域，万众一心投入抗日救国的洪流中。他们的抗日救亡活动不再局限于捐款捐物，他们有的回国直

---

① 梁启超：《饮冰室合集》文集之 26，中华书局 1989 年版，第 20 页。
② 同上书，第 73 页。
③ 《孙中山全集》第五卷，中华书局 1981 年版，第 543 页。
④ 冯自由：《中华民国开国前革命史》第二册，中国文化服务社 1944 年版，第 42 页。

接参战,有的以机工身份参加后方支援活动,有的甚至深入敌占区刺探情报乃至从事暗杀、绑架等活动,为中国抗日持久战立下了不朽的功勋。他们对抗日的热情与献身精神与国内人民完全无二,不但认同于民族,而且认同于国家、政府和领袖,从而达到了海外华人爱国、爱乡的顶峰。

东南亚华侨对中国的文化和政治的全面认同,是他们在东南亚生存的必然选择。虽然这种认同是中国国内各派政治势力的推动所致,但广大华侨对中华传统文化的敬仰是他们表达对中国文化认同和忠诚的内在原因。他们在海外的边缘群体地位,使他们需要有积极的中华民族母体文化来支撑自己的文化个性,也需要这种母体文化来团结同胞,凝聚海外游子的人心,同时还需要在与主流族群的交往时,保持自己民族独特的文化个性,这样才能赢得当地原住民的尊重。因此,东南亚华侨对中国的文化和政治的认同,就是他们在新的历史时期、在新的地域对中华传统文化的继承和发扬,他们以自己的艰苦创业和身体力行为中华民族的文化传承作出了巨大的贡献。

二 中华传统文化在海外的变异

第二次世界大战以后,东南亚各国的民族主义运动空前高涨。获得独立的各国原住民政权相继采取同化华人——"东方外国人"的政策。新中国政府也从建国初期推行培养华侨国民意识的政策转变为鼓励华侨入籍、效忠于原住民政权的政策。东南亚华侨的认同随之发生根本的变化,从战前全面认同中国到逐渐认同当地社会,从而实现了他们从"落叶归根"到"落地生根"的根本转变。

由于原住民政权在实施对华侨的政治认同过程中,是通过各种规范来强制实施的,因此,在强迫华侨对所居住国表示绝对的政治效忠外,还试图竭力削弱华侨的"华人意识",提升其当地的民族认同。除新加坡以外,东南亚各国政府都强制或和缓地推行不同程度的同化华人政策,限制乃至禁止华文教育与传媒、参政权利、民间结社、海外华人移民及华人从事传统商贸行业。这些政策给华人造成了很大伤害,也在很大程度上迫使华人改变其作为华人的生活习性、语言使用乃至经济活动。排华的社会氛围长期存在于东南亚各地，迫使很多华人放弃华语的使用，放弃对华人传统习俗的遵循，减少与中国的联系，并在很大程度上改变了日常的交往对象和生活方式。这样必然使在东南亚地区的中华传统文化发生变异。同时，除了东南亚各国政府采用强迫手段实施对华人的同化外，东南亚各地的华人由于是少数民族，他们在与占大多数人口的原住民打交道时，必然要受到他们的行为和生活方式的影响，从而使得华人自己的生活方式发生改变。

在东南亚地区，印度尼西亚是公开对华人实施强制同化政策的国家，尽管印度尼西亚有 700 多万华人，是东南亚各国华裔公民绝对人数最多的国家。然而，印度尼西亚政府从未承认华人为少数民族。印度尼西亚共和国独立后，就对华侨原有的各类华文学校、华文报刊和华人社团活动，施加种种限制。在华侨加入印度尼西亚国籍之后，更是采取各种手段使他们尽快同化于原住民社会。华裔除了要效忠印度尼西亚政府外，还要放弃使用母语和使用母国文化，即消除华人的民族和文化特性。1965 年发生"九·三〇"事件后，印度尼西亚政府在中断与中华人民共和国外交关系的同时，下令关闭了所有华文学校和华文报刊，甚至禁止携带或邮寄在外国出版的华文印刷品入境，禁止华人商店使用华文招牌等，这一系列的政策措施使华人的中国传统文化认同遭受了重大打击。为了生存，印度尼西亚华侨逐渐放弃了对母国文化的全面认同，在对原住民政府实施全面的政治效忠的同时，在文化上也逐渐与原住民文化相融合。这种融合的直接结果就是出现了所谓的土生华人。土生华人大多是华人男子与原住民女子所生的后代，"他们的母亲、祖母和曾祖母都是印度尼西亚人。……尽管人们总是视土生华人为华人，但是他们回避不了印度尼西亚母亲的文化影响"①，这些土生华人虽然也自称为华人，但他们之中真正接受中国传统文化的人很少，他们中有很多人改信了基督教，也有信仰伊斯兰教的，虽然他们中也有人信仰孔教，但

---

① ［美］唐纳德·E. 威尔莫特：《三宝垄华人：印度尼西亚正在演变中的少数民族》，《印度尼西亚华人同化资料选编》，北京大学亚太研究中心 1996 年版，第 594 页。

这种孔教信仰与正统的儒家教诲发生了变异；在最具有中国文化特色的姓名使用上，土生华人也大多改用了原住民的姓名方式，只是在一定的华人圈子内还保留着中国式姓名；此外，这些土生华人大多数已不会讲汉语，只不过在他们的原住民语言中还保留着一些汉语词语。

在东南亚国家中，泰国的统治者一向主张对华侨实行同化政策，而不是排斥政策。第二次世界大战结束后，泰国政府强化了这一政策。依照泰国的国籍法，华侨在泰国所生的子女都是泰国国民，但仍属于华族，被称为华族泰籍人。他们的子女则改称泰族泰籍人，与泰国原住民已没有民族的区别。泰国政府对入籍的华人采取了一视同仁的政策。泰籍华人不仅享有同等的选举权和被选举权，而且同样可以担任政府官职，包括政府总理在内。因此，同东南亚其他国家相比，泰国华人落地生根的思想也比较牢固。同时，泰国当局还规定，华人兴办的学校必须用泰语为教学媒介，而华语只能作为外国语文来讲授，每周不得超过六课时。这样，泰国华人中40岁以下的大都已经不谙华语。华人与泰人之间的通婚现象日益普遍，他们的后裔逐渐丧失了华人的文化特征，而变成了所谓的泰国华族，泰国华族文化很大程度上同化于泰族文化，大部分华人只是在风俗习惯上（如祖先崇拜、华人传统节日）保持华人的传统而区别于泰族人。

马来西亚和新加坡是东南亚国家中保持中华民族传统文化最多的国家，但是，这些国家的华人也不是简单地继承中华民族传统文化的各种因素，而是在现实生活和政治斗争中发展了中华民族文化的精华。马来西亚和新加坡原来都是英国的殖民地，英国人的殖民统治不可避免地使他们受到西方文化的影响，具体表现在社会生活中，就是他们积极地参与当地的社会政治活动，积极主动地申请公民权，促使新、马华人扭转华人心态，致力于本地认同。因此，他们虽然主张保留和传承优良的中华传统文化，坚持兴办华文教育，提倡以华文为主要教学媒介的语言，但这种传承并非是对中华传统文化的简单继承，而是演变成为当地的一种社会政治力量，这与在第二次世界大战以前的华人社会圈子里那种拉帮结派的情形有质的不同。在马来西亚，中华总商会、马华公会等华人社团已不仅仅是传承中华民族传统文化的华人组织，而是一个积极推动华人申请公民权、推动选民登记、参与当地社会活动的政治团体。新加坡是华人人口比例最多的国家，但新加坡的华人组织如新加坡中华总商会并不以强调华人意识为目的，而是努力争取公民权，从而实现国家认同的根本转变。正如新加坡一位记者所评论的："从今天起，新加坡的华人应该把自己当作新加坡人，效忠于本邦，把新加坡当作自己的家乡。今后我们子子孙孙、世世代代，要在本邦繁衍下去，我们不能再像以前，把新加坡当成谋生发财的异邦。"① 即使后来华人政治团体取得了执政权力以后，也没有强化华人族群意识，而是以确立新加坡的国家认同为己任。1965 年新加坡刚从马来西亚独立出来时，总理李光耀就强调："我们的国家是一个复合民族国家，新加坡既不是华人之国。更不是印度人之国，我们不分人种、语言、宗教或文化上的差异，而将它们融汇一致。"

因此，经过东南亚各国政府的同化华人政策，如今的东南亚华人不仅在政治上认同于当地政府，而且在文化上也逐渐与中华传统文化渐行渐远。那种认为东南亚华人总是极其一致，凝聚力极强，甚至认为他们会在东南亚形成一个保持中华文化传统但在政治上有别于中国大陆和台湾的"第三中国"的说法是没有现实根据的。② 英国著名民族学家菲德曼就认为，统一的海外华人群体已不复存在，东南亚华人即使尚未完全融合于当地社会，也早已非中国化了。

三 余论：展望中华传统文化在东南亚的复兴

从东南亚各地华人族群认同的变化和发展趋势来看，无论是华族意识强烈的新马华人，还是华族意识相对较弱的其他东南亚国家华人，他们的文化和族群识别与中华传统文化已相去甚远。同时，由于中华传统文化传承工具的华文教育的式微，他们的文化生存和变化的营养更多地是吸取当地文化而不是立足中国本土的中华传统文化，因此，作为统一

---

① ［新］郑秀民：《掌握我们的命运》，《星洲日报》1957 年 11 月 1 日。
② C. P. figzerald, *The Third China: the Chinese Communities in Southeast*, Melboune, 1965.

的认同于中华民族的东南亚华族并不存在，"东南亚华族已非中华民族的组成部分，而是东南亚当地国家民族的组成部分"①，相应地，东南亚华族文化也不是与中华传统文化一脉相承的文化了，而是成了东南亚文化的有机组成部分。

然而，随着中国大陆经济和社会的发展以及它在国际上的地位的显著提高，中华传统文化的影响力也在不断地增强。正是在这种形势下，许多东南亚华人又重新开始关注中华传统文化及其价值体系。其目的一方面是加强与中国大陆的经济和文化联系，使其在与中国大陆进行的经贸交往中获得先机；另一方面是通过保持祖先崇拜、庆祝华人独有节日、讲方言、参与华人社团活动的方式，来实现作为华人的次族群认同（second ethnic identity）。虽然这种关注与著名学者廖建裕先生提出的东南亚华族"再中国化"相去甚远，他们更多的是通过学习华文和参与华人社团来实现其经济和商业目的，但这种对中华传统文化的兴趣无疑在现实功利和心理上对东南亚华人的族群认同和华人意识的保持和增强起着较大的推动作用。近年来，东南亚华人热衷于聘请华文教师或把自己的子女送回大陆接受各种教育，其中就包括接受中华传统文化教育，这是东南亚华人与中国大陆进行经贸往来的天然纽带。虽然他们是出于纯经济动机而产生的对中华传统文化的需求，但客观上却有助于东南亚华人的中华传统文化修养和华人意识的提高。

东南亚华人对中华传统文化的回归潮无疑也是我们重新在东南亚国家扩大中华传统文化影响的大好时机。在过去，中国的海外移民由于文化水平都普遍很低，他们在移居国只顾赚钱谋生，而忽视了中华传统文化向外族的传播，其传承范围只局限在华人圈内，这就使中华文化的影响力受到限制。同时，由于当时无论是中国大陆或华人族群本身，其经济和社会力量都相对较弱，因而使得东南亚华人的社会地位和各项权利不能得到应有的保障。如今，中国大陆经济持续高速增长，其经济和文化影响力都在不断上升。中国大陆在与西方国家进行经济交往的同时，

---

① 庄国土：《二战以后东南亚华族社会地位的变化》，厦门大学出版社 2003 年版，第 35 页。

就特别重视与他们进行丰富多彩的文化交流。一般来说，相对于欧美文化，中华文化不占优势，而相对于建国时间短、本土文化基础相对薄弱、外来文化具有复杂性和多样性的东南亚，中华文化则有自己的优势。东南亚华人还在长期的移民过程中传播了丰富多彩的中华传统文化，在东南亚留下了中华传统文化种子，从各方面看，中国与东南亚国家具有更多的文化姻缘。因此，我们应该在加强与东南亚国家经济联系、人员往来的同时，更加强与东南亚各国的文化交流，给东南亚华埠重新注入中华文化的新的因素和活力，在此基础上不断增强东南亚华人的中华传统文化素养与族群认同。虽然东南亚华人融入当地民族的趋势仍在发展中，但他们的东南亚华族意识也在不断增强，争取东南亚国家族群多样性的趋势也日益明显，只要我们加强与东南亚国家的各方面联系，在互惠互利的经济和文化交往中就有可能促进中华传统文化在东南亚的复兴。

中国民间传统文化与东南亚华人经济

近 30 年来，由于海外华人尤其是东南亚华人在经济上取得的令人欣喜的成就，人们很自然地把他们经济实力的增长与中国传统文化中的儒家文化联系起来，认为东南亚华人的经济发展是受到儒家文化的价值观念和处世方式的影响。这样的联系不能说没有道理。但是，儒家文化那种为统治阶级服务的标准和"重农抑商"、"重义轻利"的价值取向与东南亚华人的经济活动是格格不入的，东南亚华人的文化心理中虽然有儒家文化的遗传因子，但他们更多的是继承了中国民间传统文化中的价值理念，并在经济活动中把它发扬光大。本文拟就中国民间传统文化与东南亚华人经济的内在联系作深入探讨。

一 中国民间传统文化中的乡土情感与东南亚华人经济

中国人向海外，尤其是向东南亚地区的移民活动有着悠久的历史，特别是近代以来，中国向东南亚地区的移民急剧增多。这些移民的主要动机除了少数是政治避难和因犯罪逃避惩罚外，大部分都是为了经济利益。早期的东南亚移民大多都是单身出洋，在家乡留下妻儿老小，虽然他们身居异乡，心里却无时不在牵挂着故土乡亲，他们移民的目的并不是长久居住在异国他乡，而是为了发财回乡，光宗耀祖，因此无论在政治上还是在情感上都认同于中国。一旦他们获利，便携带巨额资本，以报答故土，造福乡里。这种强烈的乡土情感正是中国民间传统文化所孕育的一种对祖籍地的依恋和报答乡梓的情怀，它使得中国人无论走向何方，都被这种淳朴而又强烈的情感所左右。

第二次世界大战以后，由于东南亚各国政府采取强迫同化的政策以及中国政府对海外华侨政策的转变，东南亚华人逐渐完成了其政治认同的转向，即由战前的认同中国转变为效忠原住民政府。这种政治认同的转变使华侨逐渐融入当地社会中，并成为原住民社会的有机组成部分。但是，东南亚华人政治身份的转变并不能消除他们对祖籍地的情感依恋。事实上，华人的"爱乡"情结比过去更加深沉和执着。随着东南亚华人经济实力的不断增长和日益国际化，投资环境不断改善、拥有市场的祖籍地中国，自然成为东南亚华人资本扩张的首选目标之一。作为东南亚华人，他们与中华民族具有与生俱来的亲缘性，与中国，尤其是祖籍地的共同血缘、文化习俗，加上华人注重的家族、乡亲、乡土联系，不但使东南亚华人与祖籍地难舍旧情，也构成他们在中国发展的社会资本。由家庭、宗亲、祖籍地等构成的个人关系网，与其他外资投资商相比，成为他们在中国市场上发展的天然优势。

1978 年中国大陆实行改革开放以来，华侨华人和港澳台同胞成为中国大陆最重要的海外经济合作伙伴。邓小平同志在改革开放之初就把引进外资的目标设定为华侨华人和港澳台同胞，他解释在福建和广东两省设立经济特区的原因时说："那一年确定四个经济特区，主要是从地理条件考虑，深圳毗邻香港，珠海靠近澳门，汕头是因为东南亚国家潮人最多，厦门是因为闽南人在外国经商的很多。"① 这表明中国政府已经判断出华侨华人和港澳台同胞对中国大陆是有深厚的民族情感和乡土情感认同的。确实，无论是老一代的陈嘉庚、胡文虎，还是新一代的李嘉诚、霍英东、林绍良、曾宪梓，他们都是富甲一方的豪商，无论是他们在大陆投资办厂，还是捐资助学，他们对乡土的深情厚谊和同样深厚的民族情感，都是触动他们出资的根本动机之一。马来西亚侨领姚美良曾说："老一辈华侨华人对祖国有期待，对家乡有感情，这种投资有浓

---

① 《邓小平文选》，人民出版社 1993 年版，第 336 页。

厚的感情色彩，他们说，即使亏了，也是对家乡的报答。"①

仅就华侨华人的乡土情感而言，他们对家乡的情感要比他们对国家的情感更深厚，也更实在，这是东南亚华人对中国的情感认同的主要特征。正因为如此，许多华人大亨的对华投资不是在投资环境最好的中国大陆城市，而是集中在自己的祖籍地，在自己家乡的市县。如印度尼西亚林绍良集团、蔡云辉集团等在家乡福清市创立了大规模的工业园，先后投资达数亿美元。在福清投资的一位知名华商，在被问及为何不到上海等大城市投资时回答："正因为故乡贫穷落后，我才要来此投资，帮助故乡早日脱离贫困，况且故乡目前已具备一些良好的投资条件。"而对华投资的家乡情结最为典型的是印尼李文正集团，他旗下的香港力宝集团，在李文正的家乡莆田湄洲岛、忠门岛，投资长期开发项目，包括投资发电厂、港口、工业园等大型项目。李文正曾说："就严格的经济意义上而言，相对于莆田，上海是更好的投资地区……但在中国，最重要的是名声，福建是我的祖籍地。"② 这些华商巨贾向来执东南亚华人经济之牛耳，他们在投资兴业选址方面显然比一般人更具有敏感性、前瞻性，但在对华投资方面，他们却在家乡、宗亲观念的情感驱动下，主动放弃经济活动中的趋利原则，以中国民间的传统价值理念去进行他们的投资选择，这不能不说是东南亚华人对华投资过程中的一个奇观。

当然，东南亚华人和港澳台同胞对祖国的情感认同是他们投资兴业的主要动机，但利益的驱动也是他们投资首选中国大陆的原因之一。中国实行改革开放以来，尤其是 1992 年邓小平同志南方谈话以来，中国大陆的投资环境和政策有了很大的改变，许多华商正是看到了中国大陆的巨大市场和丰富的廉价劳动力所蕴含的潜在商机，90 年代初，新加坡资政李光耀就认为："单是投资规模和投资机会，中国是其他国家无法比拟的。"③ 李光耀对中国大陆投资环境的推崇，应该是就投资的收

---

① 晓雨：《华侨华人的投资梦——访问姚美良的专文报道》，《华人》（香港）1999 年第 4 期。

② 庄国土等：《二战以后东南亚华族社会地位的变化》，厦门大学出版社 2003 年版，第 432 页。

③ 朱震元：《谱写中新经贸合作新篇章》，《国际贸易》1994 年第 1 期。

益而言的。正是东南亚华人与中国大陆具有地缘、血缘等情感方面的天然优势，使得他们在与其他国家或民族的资本进行竞争时占尽了先机。因此，东南亚华人的家乡情结固然是他们投资家乡、造福乡梓的主要动机，但是对绝大多数东南亚华资而言，赢利始终是他们的另一重要动机。这种情感和利益的双向驱动，使中国大陆获得了大量的东南亚华资，为中国经济的持续高速发展提供了充足的资金保证，为中国的普通老百姓提供了数以千万计的就业机会，同时，他们的这种造福乡梓的行动也为自己获得了丰厚的回报。据不完全统计，在来华投资的东南亚华商中，绝大部分华商都是赢利的。他们通过与中国经济的密切联系，使自己的经济实力大大提高。

二 中国民间传统文化中的社团组织与东南亚华人经济

东南亚是海外华人最多而又最密集的地区，大大小小、名目繁多的华人社团分布在东南亚各地华人聚居的城镇。在历史上，这些华人社团对东南亚华侨社会的形成和发展，尤其是对东南亚华人经济的发展，都起到了十分重要的作用。

移居东南亚的中国移民，绝大部分是非政府的民间移民行为，他们常常以家族、村落等血缘、地缘的形式组织移民活动。在异域他乡，为了维持生存和维护本集团的利益，调解华人之间的各种纠纷，他们在东南亚以寺庙或宗祠为中心组成非政府的民间团体，这种团体就是华人社团的雏形。但这时的华人社团并不是以组织经济活动为主要目的，而是通过敬神拜佛、举办慈善福利事业、创立文化教育机构等形式来延续中华文化传统，从而达到团结东南亚华人，凝聚华人人心的目的。由于这个时期的中国移民不仅人数少，居住分散，而且单身男性普遍多于女性，为解乡愁和排遣寂寞，以血缘和地缘为纽带的宗亲社团便应运而生。除此目的以外，这种宗亲社团还起到接济刚刚来到东南亚的同乡、同宗的作用。由于早期中国移居东南亚的华侨，大多是一些贫苦的农民和手工业者，他们刚刚来到异国他乡，既身无分文，又没有专门的生产技术，他们只有联合起来以求自保。因此，早期东南亚华人社团实际上是中国人乡土意识的一种转换，华人对故土的眷恋转化成了一个可以整合东南亚华人社会的社团组织。

早期东南亚华人以宗亲、宗乡为纽带组织的华人社团具有明显的局限性。这主要是因为这种以亲缘、地缘为纽带的社团具有某些狭隘的宗族观念和地域观念，他们为了保护自身的利益，致使不同团体之间经常发生纷争，甚至发展成为大规模的械斗事件。随着东南亚华侨社团的增多和东南亚华侨民族意识的觉醒，他们强烈地意识到旧时以地缘和血缘组成的社团不利于中华民族在海外的团结，于是，一种以各阶层、各行业利益为代表的中华会馆和中华商会就在东南亚各国相继诞生，虽然这种会馆在相当长的时期内仍然以籍贯或方言为基础来分配席位，重大问题仍以各帮领导人协商决定。但是，中华会馆和中华商会的成立毕竟标志着代表全体华侨和华商利益的统一领导机构的诞生，这是东南亚经济发展和东南亚华侨在各行业发展的必然结果，它对华商之间的互助互利、维护华商之间的共同利益、促进华侨工商业的发展都具有重要的意义。许多东南亚华商就是在中华商会的帮助和扶持下得到发展的。

第二次世界大战以后，东南亚各国民族主义空前高涨，它们成为独立的民族国家以后，就相继采取了同化华人的政策，东南亚华侨由认同祖籍国转变为认同居住国。此后，保留中国国籍的华侨人数逐渐减少，而选择加入当地国籍的人数则逐渐增多。许多东南亚国家还规定，已经加入所在国国籍的华人，不得继续参加原有华侨社团的活动，这就自然对原来以中华民族为认同的中华会馆或中华商会的存在产生重大威胁，虽然在一些对华侨社团管制不十分严格的国家还保留着一些原有的华人社团，但是，这种华人社团并不是以民族意识为归属，而是回归到以血缘亲情和地缘为纽带的所谓宗亲会馆和宗乡会馆。这种会馆虽然保持着对中国的民族情感认同，但其对祖籍国的政治认同已大为减弱，只能说是对自己祖籍国的民间的情感认同。正是由于这种社团的民间特征在东南亚国家不仅没有受到限制，而且还由于东南亚华人经济活动范围的扩大，其规模反而随之扩大，由一乡一姓的范围扩大到一省多姓的范围，甚至在一个国家成立联合多个宗乡会馆和宗亲会馆的联合机构。最为典型的就是 1986 年 1 月成立的新加坡宗乡会馆联合总会，这个总会的宗旨是："发扬华族的文化传统，通过中华语文，认识和保持自己民族的根源；加强各宗乡和宗亲会馆之间的联系与合作，领导各宗乡会馆共同担负起新的社会任务；使新加坡人民对华族语文和传统有新的认识；协助年轻一代建立起国家意识和民族信念。"[1] 从这个总会的宗旨来看，它与原来的中华会馆或中华商会最大的不同点在于其政治认同发生了质的变化，即由认同祖籍国转变为认同所居住国。这一现象一方面反映了东南亚华人籍贯、地域观念的逐渐淡化，另一方面也是华侨加入当地国籍后形势发展的必然趋势。这就使得东南亚华人的宗乡会馆和宗亲会馆在功能上发生一些变化，主要表现在这些会馆已不是单纯的联谊组织和福利机构，而是以亲情乡谊为纽带，促进同乡、同宗华人之间开展商业上的合作，使之成为华人社会特有的经济合作组织。近年来，东南亚华人的宗亲和宗乡会馆与世界各地的同类组织建立了更为密切的联系，或进一步组成了世界性的联合组织，在世界华人的经济合作中发挥重要的作用。如世界各地的潮州会馆每两年都要举办一届国际潮州社团联谊会，大会的宗旨是"增进乡谊，弘扬文化，推广工商，繁荣社会"。在历届大会上，与会代表除了敦睦乡谊以外，还举行有关金融、投资和工商贸易的专题研讨会，以此促进各地潮州籍华人的经济合作。此外，福清、客家和海南籍华人也通过类似的联谊活动来促进经济上的合作与交流。更令人兴奋的是，在新加坡召开的世界华商大会已举办了六届，这是为了跨国经营和全球经营的需要而组织的华人世界性国际社团组织，是以地缘、亲缘、业缘为基础的华人社团的扩大和推进。通过世界华商大会，东南亚的华商网络与欧美华商网络，以及港台和中国大陆的商贸网络连接起来，这与经济全球化的发展趋势是一致的，它有利于加强世界华商的联系，也有利于提高东南亚华商在东南亚经贸活动中的地位和世界经济舞台上的作用。

---

[1]　梁英明：《战后东南亚华人社会变化研究》，昆仑出版社 2001 年版，第 210 页。

三 中华民间传统文化中蕴含的自强不息、开拓进取精神与东南亚华人经济

长期以来，中国古代社会占统治地位的文化是儒家思想所倡导的一套价值观念和行为准则，儒家思想中的价值观念和伦理准则对稳定封建社会秩序，创造和谐、稳定的社会环境是起过重大作用的，但儒家思想并不是为了处于被统治地位的下层劳动人民的利益服务的，而是为了统治阶级本身的长治久安。虽然儒家教化也培育了劳动人民温顺、忍耐和服从等品德，但劳动人民为了生存和繁衍后代等民间价值理念也同时孕育出他们艰苦奋斗、自强不息和积极进取的优秀品德，这些优秀的品德虽然是由儒家教化所导出，但从根本上说，它们是下层劳动人民在艰苦的社会环境中不甘心被统治、被奴役的地位所作出的生存选择，是他们在逆境中表现出来的一种顽强的生存意志，是属于中国民间传统文化中的精华。

从各个历史时期所显示的资料来看，中国向海外的移民大部分是破产农民、手工业者、小商贩或城镇贫民，他们中大部分是为了谋生而被迫背井离乡、漂洋过海的。这些早期移民既没有资金，又缺乏技术，且得不到本国政府的支持，只能靠出卖劳动力为生。但这些早年侨居海外的华侨，秉承着他们在国内的民间价值理念培育的文化传统，依靠他们辛劳的双手，坚韧不拔的精神意志和勤劳俭朴的美德，与当地原住民一道，艰苦奋斗，积极进取，为侨居国的经济发展和社会进步作出了巨大的贡献。中南半岛诸国水稻种植业的拓植，南洋群岛上的橡胶、蔗糖和咖啡等经济作物的开发，马来半岛的锡矿和东南亚国家各种矿产的开发，铁路、公路等交通设施的修建，以及港口、城市的建设，无不打上华侨辛勤劳作的印记。所有这些成就就连西方殖民者也不否认，英国驻马来西亚总督瑞天咸（F. Swettenham）就曾经说："从开始到现在，开采锡矿的全都是中国人，经他们的努力，全世界用锡的一大半是马来亚供应的。是中国人的精神和事业造就今日的马来亚。""在马来亚联邦的进步发展中，华工及其业绩产生了巨

大的决定性作用。"①

　　20世纪初至第二次世界大战前，东南亚华侨商人获得了良好的发展机遇，他们从小商贩、中间商和承包商中脱颖而出，开始以经营手工工场和小型厂矿为主，得到迅速发展以后，就以商业资本的形态控制着东南亚的大米、橡胶、砂糖等原料的生产和供应。在积累了丰厚利润的基础上，他们又向银行和其他金融部门发展，其资本遍及商业、农业种植园、采矿业、粮食与原料出口加工贸易、国内外交通运输、金融、服务和新闻出版事业等领域，并且出现了许多著名的华人企业家，如新加坡的陈嘉庚，缅甸的胡文虎、胡文豹兄弟，以及新马地区的李光前、黄仲涵等，都是这个时期在东南亚涌现出来的杰出华人代表，他们都是在没有本国政府有力的支持和保护的情况下，依靠自己的双手，在居住国白手起家、艰苦创业、勤俭诚信、开拓进取，同时他们又善于和勇于利用机遇，敢冒风险。正是由于这种精神的主导，才使他们在异域艰苦、险恶的环境中站稳脚跟，在机遇来临时，又不失时机地乘势而上，从而创造出海外华人事业的辉煌。

　　第二次世界大战以后，东南亚各国相继独立，民族国家纷纷建立，各国政府均推行不同程度的同化华侨政策，中华人民共和国政府也于1955年正式放弃"双重国籍"政策，鼓励华侨归化于当地。在这种情况下，东南亚华侨的政治认同也由效忠中国转变为效忠所居住的国家，这就使得大部分华侨加入当地国籍，作为华人成为所居住国国民。然而，入籍的华人虽然理论上同原住民享有同等的权利和法律地位，但实际上他们长期处于二等公民的地位。华人在政治上受排挤，只能尽量在经济上找出路，谋发展。这就使得华人即使在入籍后其处境仍是在逆境中求生存与发展。由于华人在战后的努力拼搏，其经济上所取得的成就，又进一步增强了华人与原住民的种族矛盾，一些国家的宗教极端分子和政治上的反对派利用这种情况，往往引发种族冲突，甚至发生针对华人社会的暴力事件，如1969年在马来西亚吉隆坡等地发生的"五一

---

① 杨庆南编著：《世界华侨华人历史纵横谈》，厦门大学出版社1994年版，第37页。

三事件"，1997 年东南亚金融风暴中印度尼西亚发生的大规模排华活动，都造成了华人经济和生命财产的损失。与此同时，东南亚各国政府为了缩小各种族集团之间的经济差距，缓和种族矛盾，他们采取了保护和扶植原住民工商企业的政策，这种政策对华人经济发展无疑是不利的。华人社会为了自己能更好地生存和发展，只有花费比原住民多得多的精力和智慧，在逆境中奋起，精打细算经营自己的事业。因此，尽管东南亚华人的经济实力要比原住民的强一些，但他们为这些成就所付出的代价却要比原住民大得多。要改变这种现状，东南亚华人唯有在政治生活中努力打拼，争取华人在国家政治生活和其他社会生活中的平等地位，才能使东南亚华人的经济地位和政治地位得到保护。

泰华文学与泰国华人的身份认同

　　泰国华文文学是居住在泰国的华人、华侨作家用汉语创作的文学作品，由于受中国传统文化观念和中国文学的影响，以及民族和血缘关系而产生的"乡愁"，泰国华文文学作品有着鲜明的中华性，这是泰国华文文学的共性，也是世界华文文学的共性。正因为泰华文学的这一特性，许多中国学者常常把它作为中国文学的组成部分，作为中国文学在海外的延伸。但是，我们应该看到，泰国华文文学虽然吸取的是中华民族传统文化的丰厚营养，但它仍然是开在泰国土壤上的异域花朵，因而有着自己鲜明的特色。泰华文学是否能在事实上成为泰国文学的组成部分也还有待时日，但从中可以看出，泰华文学存在着国籍身份和文化身份的双重表述。本文试图从泰华文学的发展轨迹入手，对其蕴含的身份问题作初步的探讨。

一　新中国成立前泰华文学的"华侨心"

　　泰华文学是在中国"五四"新文化、新文学运动的影响下产生的，因而其产生之初就与中国文学关系密切。这个时期泰华作家思想上深受"五四"新文化运动的影响，表现出反封建、反礼教、反八股文、提倡新文化的精神特质，开启了海外华侨华人作家用汉语进行创作的先河，由此开始了泰华新文学的拓荒时期。其主要形式是刊载中国现代文学作家的作品，学习中国作家加盟结社的做法，其中阵容较大的有彷徨学社、椒文学社等。这些文学社团不仅具有一支实力很强的创作队伍，而且在创作观方面积极倡导"为人生"的现实主义文学。作家郑开修就明确表示:"作品有没有社会价值,要看它对于现实之批判而定,只写身边琐事,与社会没有实际关联的个人主义作品,现在是被清算了。我们要努力的地方是:怎样用形象化和概括化的方法,来创造些能够表现出社会现实的内在矛盾的东西。"[①] 这种为人生的现实主义创作观,为泰华文学的存在和顺利发展指明了正确的方向,直至今日,泰华文学仍然沿着现实主义的创作道路前进。因此,这个时期的泰华作家不仅在文学创作上深受"五四"文学的影响,其精神内涵也与"五四"新文化一脉相承。其原因主要是处于拓荒时期的泰华作家虽然身居海外,但已经意识到中国国家主体精神的存在,并逐渐摆脱了先辈移民那种"只知有家(家乡)和官府,而鲜有国家和民族意识……对祖国则认同于家乡、亲族"[②] 的中国民间传统文化认同理念,从而意识到中国是一个整体,而不仅仅是闽南、潮州、广府、客家、海南等狭隘的地域和方言群体。他们开始以国家主人的精神态势,表现出一种鲜明的对祖籍国的国家认同。

受国内抗日救亡运动的影响,从 1936 年起,泰国华侨华人也踊跃投入抗日救亡运动,组织反帝大同盟,其中的"文化界抗日救国联合会"主要成员就是泰华作家队伍,他们主要负责抗日救亡的宣传工作。该会于 1936 年 11 月初在曼谷光华堂举行"追悼鲁迅先生大会",进一步张扬了现实主义大旗。同时,《华侨日报》发表题为《追悼鲁迅先生》的专论,号召文友们发扬鲁迅的现实主义精神,以笔作刀枪,投入抗日救亡斗争。

"七七"事变发生后,更激起了泰华作家的抗日救亡热情,其文学创作也呈现出前所未有的繁荣景象。许多社团在报纸上出版季刊,为文友们提供创作园地。据丘心婴 1938 年统计,当时泰华文学界出版的文艺专刊有 39 个,支持这些专刊的骨干作者有 100 多人。这些专刊几乎全是为抗日救亡而摇旗呐喊的。此时的泰华文学,从内容到形式都与中

---

① [泰] 年腊梅:《泰华写作人剪影》,八音出版社 1990 年版,第 58 页。
② 庄国土:《二战以后东南亚华族社会地位的变化》,厦门大学出版社 2003 年版,第 24 页。

国现代文学血脉相连，声息相通，可以说是中国文学在泰国社会的延伸和发展。20 世纪 30 年代后期随着中国抗日战争的全面展开，泰华文学也卷入了中国现代文学中关于"国防文学"与"民族革命战争的大众文学"的论战。同时，《华侨日报》、《国民日报》、《中华日报》、《时报》和《中原报》的文艺副刊也大面积刊登抗战文学作品。泰华作家的抗日爱国热情和他们在作品中的抗战主题表现出泰国华侨华人不仅在精神上，而且在行动上都体现出一种对祖籍国的深厚情感，尽管这个时期泰国政府从国籍和教育上都加强了对华侨华人的同化，但当时的中国国民党政府依然视海外华侨华人为中华民国的国民，旅居在泰国的华侨无论现实生活、社会关系还是情感基础，都还没有形成对所居住国的国家认同。因而，泰国华侨华人从政治认同和文化认同双重层面上都皈依于当时的中华民国。对他们而言，在祖国的危难关头，争取民族独立和自由是他们最急切的期盼。泰国华侨所唯一希望的，是有一个强盛的祖国，能够使生活安安定定，无论将来是荣归故里，还是继续在泰国繁衍、生存和发展，他们都希望中国强盛。天下太平，华侨们也可以在异国他乡自由体面地生活。随着新中国的建立，中华民国随即退居台湾，泰华作家对祖籍国的政治认同发生了严重的阻隔，其身份认同也发生危机和混乱，对祖籍国的情感呈现出心无所系的精神困惑。

二　建交前泰华文学的"中国心"

从 20 世纪 40 年代后期到 20 世纪 70 年代中期，这个时期是泰华文学与泰国社会文化的磨合时期。由于抗日战争的胜利，泰国的华文学校相继复校，华文报刊也伺机而动，或是复刊，或是创刊，他们的行动逐渐激活了沉寂的文坛，从而吸引了许多新老作家拿起笔来进行创作。这个时期的泰华作家群体，既包括本地土生土长的华裔，也有在泰国出生，后到中国或香港求学或工作而返回泰国的，也有因国内战争而南下定居者。这些作家群体的构成，为泰华文坛注入了新生力量，但也面临着新的挑战。新中国成立后，"以美国为首的西方集团对中国进行了经济军事封锁，而中国也开始了闭关锁国的时期"，"而这个时期，泰国也加入了西方阵营，反左派政策日渐雷厉风行"①。在这种政治形势下，泰华文坛发生了一场关于写什么的讨论。一些回归和南来的作家，强调泰华文学是中国文学运动的一个支流，文学创作应该"面向祖国"，表现对祖籍国的忠诚和思乡情结。另一些在泰国土生土长的华人作家，在进入 20 世纪 50 年代后已经成熟，加上这个时期中国华侨政策的调整，大部分华侨都陆续加入泰国国籍，因而他们在思想情感上和写作题材上都倾向于当地化，主张为适应时局形势和读者要求，文学应该更多地表现"此时此地"的生活。尽管双方都各抒己见各有所据，然而以怀乡思绪描绘故国风物为主要题材的"面向祖国"的文学已经不为主流社会所青睐。这样，经过一段时间的磨合，泰华文学开始立足本地，面向泰国的现实生活，从而获得了新的发展生机。这个时期的泰华文学由于植根于泰国的生活土壤，虽然其中也融合了中国文化的一些因素，但这个时期的泰华文学已经逐渐脱离了中国现代文学的影响，而开始逐渐形成了自己独特的文学情怀、文学风格和文学样式。这种文学样式虽然还是以汉语为写作手段，但其本质上应该成为泰国文学的一个有机组成部分。

1955 年 4 月在印度尼西亚万隆召开的亚非会议上，中泰两国外长就华侨双重国籍问题达成协议，国籍问题的解决为泰国华侨的生存提供了保障，也缓和了泰华关系。从 20 世纪 50 年代中期开始，泰国的经济就进入了恢复发展时期。虽然泰国政府几经更迭，但历届政府都极力维护经济改革的连贯性，使泰国的社会经济处于较为稳定的状态。而泰华文学经历了 20 世纪 50 年代初期的"面向祖国"和"此时此地"的讨论后，慎重地适应了这种形势的发展，对泰国政府的有关政策、措施选择了合作和支持的态度。加上一些土生土长的华人文学青年已经相继成熟，并在泰华文坛形成一支生力军。"这支生力军在思想情感上和写作题材上都倾向于当地化，这和以前中国南来文化人忆旧怀乡的华侨文艺有根本的差别。"② 如这个时期成熟起来的作家方思若、白翎、老羊、

---

① 犁青：《泰华文学的历史文化背景》，《泰华文学》，香港文学世界出版社 1991 年版，第 112 页。

② 陈贤茂：《五十年代泰华社会的一幅缩影》，《华文文学》1988 年第 1 期。

徐翮、司马攻、白令海、许静华、吴素臣、沈逸文等组成的一支生力军，他们同老作家一道，共同浇灌着泰华文学，从而促成了20世纪50年代后期泰华文学的活跃与繁荣。

1965年以后，由于泰国政府与美国结盟，支持越南战争，泰国华人在政治上受到一定程度的抑制。这个时期，官方禁止学习华语，因而在泰国的华文学校停课，一些华文报纸也被迫停刊，华文文学作品从此无处发表；也迫于由此导致的经济原因，许多华人作家只得弃笔从商，形成了泰华作家亦文亦商的特殊身份局面。如有"泰国阿信"著称的著名女作家梦莉就是从事中泰机电贸易的成功商人，虽然他们从事商业活动是迫于生计，但从泰华作家亦文亦商身份的背后，我们可以清楚地看到泰华作家和整个泰国华人身份认同的危机，他们由于国内外形势所迫，在政治上逐渐认同于所居住国，泰国政府也同时推行文化同化政策，强行关闭华校、禁止创办华文报刊、禁止华人学习汉语，以压制中华文化在泰国的增长。但在事实上，泰华作家的文化身份和民族身份却难以被泰国社会和文化所同化，他们虽然加入了泰国籍，其创作也更多地关注泰国社会和泰华社会的状况，但是他们仍然保持着中华民族的族群身份和文化身份，只不过由于政治的原因，他们最终只能通过从商来掩饰自己的文化身份，以保持自己内心中的那份恒久不变的"中国心"。只要时机来到，他们又会释放对祖籍国的思念和怀想，表达自己对祖籍国的身份认同。

三　建交后泰华文学的"中华心"

1975年7月，中泰两国建立了正式外交关系，由于两国都采取务实的外交政策，两国政治交往频繁，双边贸易也增长很快，政治经济关系开始有了长足进展，两国关系的改善给泰华文学的发展带来了新的希望。从泰国社会来看，20世纪70年代以后泰国国内的政治经济形势较为稳定，社会矛盾趋于缓和，对华文教育和华文报刊采取比较宽容的态度。尤其是外国投资的不断涌进，使泰国的各行各业都呈现出欣欣向荣的景象，人们的生活水平也有较大的提高。在泰国的7000万人口中，有华人血统的人约占 1/5。这些人虽然都以泰国人自居，但中华民族的文化传统在他们身上有着根深蒂固的影响。在他们的物质生活得到明显改善后，对华语和华文的需求也就提到日程上来，从而为泰华文学的复兴提供了广阔的生存空间。

就泰华作家自身来说，在经历了华侨华人在泰国社会的风云变迁之后，他们对现实政治层面的身份已经不再动摇，而其文化身份则表现出既对祖籍国文化和传统深深眷恋，又同样热爱自己为之挥洒血汗的泰国土地，体现出其文化认同的双重性。一方面，虽然泰华作家已经是几代以外的华人，但他们对中国传统文化怀有深厚的感情。对于一个曾经喝过黄河水，现在却侨居湄南河的岭南诗人来说，最让人纠缠不清的就是乡愁，几十年前离开故土，这思乡情结一直未能解开，难怪他还要写《乡愁是一杯浓浓的功夫茶》："乡愁是一杯浓浓的功夫茶/又苦又涩/过瘾，不如可乐/爽快，不如黑凉/明知啜后归来/就会失眠/又要挨一个漫漫的长夜/在我，总是戒不了/还是忍不住啜一杯接一杯/又苦又涩的/乡愁。"茶是中国传统文化的象征，把乡愁和茶作比较，既显示出岭南人构思的巧妙，又显示出诗人无限真挚的思乡之情。在浓浓的功夫茶里，浸泡着诗人对"根"的寻求，对"家"的渴望，对祖国的深深思念。

另一方面，泰华作家在文化上寻根的同时又坚持自己创作的独立性，正如泰华作家协会主席司马攻先生说的那样："泰华文学是中国文学的继承和重建，它的继承是立足于泰国的继承，并在现实基础上的重建。泰华文学要在泰国的土地上植根，就必须承认现实。承认泰华文学是泰国文学的一部分，而不是中国文学的支流，这好像湄南河一样，湄南河发源于中国，它的上游是澜沧江，流经泰国就成为湄南河，水源来自中国，而河流属于泰国。因此，泰华文学必须归纳在泰国文学之内，它是泰国文学的一部分。"① 泰华文学能否在事实上成为泰国文学的一部分，还受到政治环境、汉语普及推广、华文报刊兴盛和泰国文坛承认

---

① ［泰］司马攻：《桴鼓相应，将伯助予——八十年代泰华文学序》，（曼谷）《新中原报》1991 年 3 月 22 日。

等各方面的制约，但泰华文学从中国文学中独立出来，却使它一方面在现实层面上与中国文学产生了一种距离感，另一方面在精神层面上产生一种与中华文化的"遥性相契"，即精神上与中华文化的更紧密联系。司马攻先生就以他的散文《明月水中来》表达出他与中华文化的这种深层联系，作者从一把宜兴出产的小茶壶上的五个字"明月水中来"写起，展示了祖父、"我"、儿子三代人对潮汕功夫茶的态度和感情，这种眷恋和热爱，就是三代人心中维系着的故乡明月，小茶壶已成为民族文化的象征。作者在担忧茶壶能否传递下去时，实际上就是在担忧中华民族文化在泰国的命运。作者在展现思乡怀旧的同时，也表现了继承和弘扬中华文化的民族情感。在充满诗韵的"明月水中来"的意境中传递出漂泊在外的游子们共有的"中华心"。《水仙，你为什么不开花》表现的也是司马攻先生有关中华传统文化传承的主题，作品描写"花朵有纯洁的白，和淡淡的黄"的水仙在故乡长得那么茁壮，它的花开得那么美丽，那么快乐，但它被移植到异国时，"我"的女儿却将它当成蒜头。令人失望的是，这颗水仙虽然叶子长的又长又密，它的花蕾也含苞欲放，但就是开不了花。当"我"看到水仙一天天枯萎下去，"我"禁不住在心底问道："水仙啊！你为什么不开花？这里不适宜你生长么？还是你太固执！"作者本来是想水仙开花以后证明给女儿看，这不是蒜头，但最终还是没有让"我"如愿。作品表面上写的是借水仙抒发对故乡的怀念之情，实际上表现的是年轻一代与中华传统文化的隔膜。在《明月水中来》里，"我"还看到了儿子在偷偷地用祖父留下的茶壶泡功夫茶，而在《水仙！你为什么不开花？》中，留下的却是一种人生的失落感和遗憾，表现出作者对中华传统文化在海外的存在与生长的忧思。

泰华作家曾心先生的许多作品也有怀念故土的内容，流露出对中华传统文化在泰国年轻一代华人身上失去的忧虑，但他的思维路径和得出的结论与司马攻先生截然不同。曾心先生的许多作品是以弘扬中华民族的核心价值、传播中华文化为主题的，其《蓝眼睛》是作者从家庭角度关注中华传统文化传承的佳作。作品中"我"的儿子考上美国的哈佛大学，全家人都很高兴，但妻子担心儿子会娶个"红毛妻子"回家。几年后，儿子果真娶了个洋妞回家，她头发是黑的，眼睛是蓝的，这让"我"的妻子伤心极了。但是，这个洋妞有一个中国名字，博士学位论文写的是中国近代史中有关太平天国运动的历史，讲的是普通话，并且会唱中国歌《龙的传人》，这一切使得妻子转悲为喜，赠送红宝石戒指，接纳了这个洋媳妇。虽然人种的纯正是维护民族核心价值的重要前提，但中国传统文化的维护更重要的在于这种传统文化是否被当今的社会和人所持守，现在虽然有的民族人种还在，但自己的民族文化特征却再也找不到了。而《蓝眼睛》的价值在于它提出了一个很有远见的问题，即中华民族文化特征的维护不一定要通过人种的纯正来维护，即不一定仅仅依靠中国人自己来维护，而是需要越来越多的人持守着中华民族文化的核心价值，不管其肤色和种族如何，只要他认同并传扬中华民族文化的核心价值，就能够使中华民族文化在全球化浪潮中占有自己的一席之地，并通过世界各族人民对中国传统文化的热爱把它发扬光大。

20世纪80年代以后的泰华作家在加强与祖籍国中国的密切联系的同时，坚持了自己创作身份的独立性和自主性。泰华作家的这种身份定位不仅没有使自己游离于中华传统文化之外，反而使之与中华传统文化的联系更为深入和执着。特别是这些泰华作家在国籍身份上认同于所居住国，因而在思考中华传统文化在海内外的传播和继承上与身处国内的中国人相比较，在某种程度上其创作视野和思维方式要更为开阔，也具有更为切身的体会。因此，身居泰国的华人无论其国籍身份如何改变，其精神上所持有的民族认同和文化身份是不会改变的。而且由于这种文化身份的跨国性，越来越多的世界其他民族也受到中华传统文化潜移默化的影响，从而使中华传统文化在异族中得到很好的传播。因此，从泰国华人作家的身份意识中可以看到中华传统文化在海外的继承和传播的辉煌前景。

四　结论

从泰华文学将近90年的发展历程中可以看出，首先，泰华文学中展现的华人身份问题不是一个简单的、平面的身份认同问题，而是贯穿在中泰两国交往的整个现代历史过程中。在不同的历史时期，呈现出与时代相符的身份认同态度。其次，泰国华人身份的认同具有多层面的特点，在不同的历史时期对中国的政治和文化认同与对泰国的政治和文化认同表现出灵活性。其中有因为中国的政治社会形势导致的身份认同的变化，也有由于泰国政治社会形势的变化导致泰国华人身份地位的变化，但无论何种变化，持守中华传统文化的主力军的泰华作家们都能执着地坚持自己的民族信念，他们像是"拖着破车的老牛，在崎岖而泥泞的小道上迈步，向前、向前，不管明天有多远，也不管山穷水尽之后有没有柳暗花明，他们还是要写下去"①，这是泰华作家在异域复杂多变的土地上持守中华文化的心灵写照，从这个域外华人作家群体的侧面，我们可以看出中华民族的顽强生存意志和中华民族传统文化在海外旺盛的生命力。

---

① ［泰］方思若：《泰国华文文艺的回顾与前瞻》，泰国华文作家协会文集 1991 年版，第 29 页。

泰华作家亦文亦商现象探析

泰华文学是世界华文文学的有机组成部分，它与其他海外华文文学相比，既有共通的属性又有自己独特的发展历程。本文试图从泰华作家长期坚持以商养文，亦文亦商的方式促进泰华文学发展和繁荣的现象进行深入探析，以期对泰华文学的独特性有一个较为全面的理解。

一　泰华作家亦文亦商现象产生的原因

在泰华作家群体中，大多数作家早年都曾在中国居住或到中国接受华文教育，而在中国传统文化的道德理念里，经商属于"唯利是图"之徒，即使是在中国新时代的道德观念中经商的人仍然是从事物质和经济活动的"中产阶层"，而作家则是"人类灵魂工程师"，是令人尊敬的职业群体。这种道德理念同样被南来的泰华作家们带回泰国，并深深扎根在他们的思维和创作活动中。泰华作协会长司马攻先生在《湄江消夏录》中叙述道："在泰华文坛，亦商亦文的占大多数，他们也大都和我一样，忌说'本行'，不敢说出自身是做什么的。这可能认为做生意和写作是格格不入的事，写文章是清高而且宜于人的，做生意是庸俗且自私的，因此不想提到自己的本行。"既然大家都有这种顾虑心理，那么为什么偏偏泰华作家又是出身于经商的多呢？这必须从社会制度的不同谈起。在新中国，作家是由国家供养的专业创作队伍，他们可以享受薪资，并由国家提供给他们下乡体验生活的经费开支和补助。所以，他们不用为自己及家人的生计担忧，可以全身心地投入写作，即使是业余作者，他们也同样有一份本职工作的薪资，如果是农民，也有乡村文化馆给他们发创作补贴。也就是说，他们的生活是基本有保障的。而在泰国，其基本的政治体制是君主立宪式的资本主义制度，除了民生最重要的几大企业水、电、邮政、交通是国家拥有外，其他一切企业都由民间自行经营，社会成员除小部分在国立学校、医院及政府机关单位工作外，其他社会成员都是自谋生路。而社会成员中懂中文的华人、华裔由于其国籍和华族血统的原因很少能挤进政府公务部门工作，因此，泰国的华人也和东南亚及其他海外华人一样要以经商为主，这样才能取得基本的生存权利。

　　泰华作家必须以经商谋生的另一原因是，过去泰国政府对华文教育和华文报刊曾数度压制，使得中文教育和华文文化的传播不能像邻国新加坡等一样具有连贯性，而从事华文教育和新闻界的文人也是爱莫能助，这就必然导致泰华文学作品的创作不可能形成一个持续的文化市场，以供养专门从事写作为生的作家，这样，泰国的华文作家只能扎根于商场，他们不得不从事自己并不喜欢，但能养家糊口的职业。哪怕是对文学创作有多么痴迷，进入成家立业期后，不是父辈逼迫就是现实生活逼迫着去经商、办企业或从事其他谋利行业。面对这种生存问题，智高者能两者兼顾，但商场如战场，创业阶段，从事商业者必须全力以赴，否则，投进的资金将付之东流。如果是自存资金、哪怕投进再多，败了就是一无所有；如果是贷款来的资金，败了将使其和家人都陷入恶性循环的旋涡中。基于此种原因，办工厂与做生意，在未进入顺利的轨道之前，经营者都得投入百分之百的时间与精力。因此，许多原来对文学创作兴趣很浓的人，都不得不割爱放下文学创作，专心投身于商海，待事业有成并稳定下来后，再回归创作队伍中，拿起心爱的笔，继续他们的创作生涯。

　　虽然这些泰华作家们为了生计而驰骋商海，但他们与一般的商人仍然有天壤之别。文人从商，在职业道德上他们的认识另有一番高度，他们深知市场规则，更懂得做人的道理。"君子爱财，取之有道"，诚信经商、正大光明往往是他们从商的准则，如泰华著名女作家梦莉曾为了打开中国机电产品在泰国的市场而努力工作，她往来于中泰两国的机电行业，不辞辛劳，因之有"泰国阿信"的称号。这些作家在成功经商之余，还沉浸于写作的乐趣中，他们往往生活得"有滋有味"，不但努力写出质量高的作品，而且为促进泰华文学创作和世界华文文学繁荣出钱出力。这些精英作家如方思若（经营房地产、报业等）、司马攻（经营珠宝、纺织业）、梦莉（经营船务、水上运输业）、马凡（经营建筑、制药业）、曾心（医生、经营建筑业）、刘助桥（经营灯具生产业）、胡惠南（经营钢管配件、文教业）、赖锦延（经营进出口业）、征夫（经营代理电线、电器、保险箱业）、郑若瑟（经营珠宝业）、姚宗伟（经营房地产、建筑业）、张仲木（经营中西药业）、黎毅（经营大米业）、林牧（经营印务业）等，这些人都是亦文亦商的佼佼者。本来，商业活动和文人的文学创作活动之间并没有多少内在关联，但在泰华作家身上却能够有机地融合在一起，泰华作家商业上的成功与磨练，不仅为他们的文学活动提供了经济和物质保障，而且为他们的创作积累了丰富多彩、形象生动的生活素材，实际上在更深的层面促进了泰华文学的繁荣和发展。

既然泰华作家要为自己的生计担忧，要以商为业争取自己的生存权利，那他们为什么又对不能带来任何直接利润的文学创作如此割舍不下，甚至达到近乎痴迷的程度呢？这主要有两个方面的原因，第一是从泰国华人在整个泰国的社会地位来看，可以说，泰国华人在东南亚甚至整个海外华人群体中，由于历史渊源、文化习俗等的相似性，泰国华人与所在国关系是最为融洽的。近年来，随着泰国华人融入泰国主流社会的程度越来越深，泰国华人积极主动地参政意识也逐步增强。但即使是这样，泰国政府的"泰人中心"意识依然强烈，对泰国华人的种族压制和心理防范也依然存在。第二是从泰国华人的精神归属方面来看，泰国华人虽然把泰国当作自己的第二故乡，且大多数华人都已加入泰国国籍，但他们仍然难以获得文化和精神上的归属感，他们虽然身在泰国，但精神上找不到自己的安身之地，在这种情况下，他们只能把自己的文化归属倾向于自己的祖籍国文化，从而得到心灵的安慰。而在异国他乡能够留住自己的文化之根的最主要方式，就是留存和继续使用自己的语言文字。泰国华人在经商之余拿起笔来书写社会现实和生活感受，抒发自己的思乡情怀，就成为他们获得精神寄托和心灵安慰的重要手段。泰华作家之所以不计报酬，一心痴迷于文学事业，在文学创作上热衷于故国情怀、离愁别绪、异乡漂泊等主题，其根本原因正是那割舍不下的文化之根在不断地驱使、推动。

二　泰华作家以商养文与泰华文学的生存和发展

虽然泰华作家进行文学创作的内在动力是文化寻根，但在实际运作中要使泰华文学得以生存发展，并不是一件很容易的事情，他们的文学创作得不到政府的任何支持，完全是依靠作家们在商业上的成功来推动泰华文学的发展。在泰华文学的作家群里，他们主要用两种方式坚持着以商养文的艰难事业，一类是一直守在文化阵营里坚持以商养文，他们主要以创办报纸和经营报业为生，并以此为阵地，为泰华作家提供发表园地，积极扶持和帮助年轻一代作家的成长。他们几十年如一日默默地耕耘在这块贫瘠的土地上，鞠躬尽瘁。而他们长期赖以生存的泰华文化界又因政治原因几经沉浮，因此他们与其他泰华作家"几乎同一命运"。报业在，他们就有相对稳定的收入，报业停，他们又得重新谋求生计，尽管在泰华文化界工作曾经是那么飘摇不定，但他们还是那么坚定执着。这正如泰华报业界资深老前辈魏亚屏先生在《认真走过——怀念和赞美朱律彬先生》一文中所描述的："多少才气横溢的精英，多少勤劳而与人无争的谦谦君子，多少把心血浇灌在海外文化领域的无名人氏。曾遗爱在人间未为人知而悄悄走了的好人，他们像春蚕吐尽了丝，本能地贡献了力所能及的光和热然后死去。"他们的生活状况有些是"一贫如洗"，例如《泰国古今史》的作者陈棠花（半个世纪前——30—50年代，棠花这个名字曾经十分响亮），生前曾写过约30本著作，可到晚年潦倒到最终连藏书也都当旧纸卖了。这些"伤心泪尽的悲剧"，促使泰华文化人必须去考虑对经营不感兴趣的商业。由于经商较灵活，办企业相对要把人"锁"住一辈子。因此通过经商他们可以基本满足生活的需要，且能筑起一个优雅的居家环境静心写作，同时还能在必要时有能力助人一臂之力。如文化人原泰国奇石馆主人周镇荣先生（曾在报业界，后经营织造业，收藏奇石无数，独资成立奇石馆）在得知《泰国古今史》一书的出版经费有问题时，竟"慨然如数囊助"。当然，像周镇荣先生有"及时雨"般义举、热衷弘扬中华文化的仁人君子也不乏圈外人士，但"求人如吞三尺剑"，能自己经商积累经济基础总是潇洒些。

另外还有一类人，他们不是直接在文化阵营里支持泰华作家的创作事业，而是用他们经营企业或贸易赚来的收入支持泰华文学的生存与发展。如泰华作家协会主席司马攻先生充分利用自己在商业上积累的财富和人脉，不仅积极扶持泰华新人的文学创作，举办各种评奖活动鼓励他们创作，为他们作品的出版提供有利条件，而且积极推动泰华文学与中国和其他国家华文文学的交流和互访，以扩大泰华文学在泰国及本土以外地区的影响；再如泰华文坛另一位主将曾心先生，他在从医和搞建筑的过程中积累的经济实力，没有后顾之忧，加上他在文学上有深厚的文学理论基础，使他能潇洒地驾起泰华文学的"三套马车"，在文学创作和文学批评的道路上迎来自己精神生命的升华。他不仅自己著述颇丰，而且能积极推动泰华文学向前发展。2007年6月，他在自家庭院的小红楼凉亭上与诗友成立"小诗磨坊"，迎来中国驻泰王国大使馆张九恒大使莅临小诗磨坊喝茶谈诗，"小诗磨坊"象征"八仙过海、各显神通"的成员岭南人、博夫、今石、杨玲、苦觉、蓝焰、林焕章都神采飞扬。由于泰国华人的文学事业得不到政府的任何帮助，泰华文学的生存和发展正是得力于这些在文化界和商界取得成功的"文学爱好者"。

泰华作家对泰华文学事业的支持，没有任何的现实利益，而是纯粹的付出和奉献，是作家自身心灵的驱使。每当泰华文学需要支持的时候，他们常常根据自身的能力以"认捐"的方式慷慨解囊、主动承担责任。经济能力稍差的作家，或少捐，或出力，只要主动参与，有这份心意，就是对泰华文学的一份贡献。正是泰华作家的这份慷慨和无私，才造就了泰华文学上百年的辉煌。

三 泰华作家亦文亦商对作家创作的激励和影响

泰华作家亦文亦商的特殊身份，不仅有助于推动泰华文学的繁荣，也为他们日后的文学创作充实了阅历，积累了众多的生活素材，提升了他们的写作水平。它们是诗中的小鸟、散文中的杨柳，更是小说中主人公的题材来源。正因为有了酸、甜、苦、辣的亲身经历，他们的文学作品才有了活生生的血和肉。这正似下之琳写的"你站在桥上看风景／看风景的人在楼上看你／明月装饰了你的窗子／你装饰了别人的梦"（《断章》）。如果不是生活给了泰华作家那么多不如意、那么多艰难曲折、那么多凄风苦雨，他们的创作题材就不会那么丰富和深广，泰华文学也就不会充满生命力和感染力，也就不会这样引人注目。比如泰华作家刘助桥先生，如果不"曾专心致志地投入商海"，就不能创作出像《捷径》、《约会清盛》、《感受非典》、《路灯》和《换钱记》等一系列反映"自己商务活动的体验和价值取向"（刘助桥先生原话）的作品。再如泰华作家谭真，如果他没有在商界任职的丰富经验，细心观察泰国华人艰苦创业的真实过程，深入体会华人与泰国人民之间的血肉联系和鱼水情意，他就不可能写出反映泰国华侨华人努力拼搏的创业发家史和守成史的《一个坤銮的故事》及《座山成之家》。而像司马攻、梦莉、岭南人和曾心等作家，他们创作的大部分作品似乎看不到自己从商经历的痕迹，他们大多是以自己的故乡山水、人物风情、情感体验为创作题材，但实际上正是这种从商时所体验到的人生哲学和丰富多彩的商海阅历，使他们对世俗人生有了深刻理解和情感升华，甚至有的作家还深入宗教层面去获得一种更高境界的人生参悟。如泰华作家协会主席司马攻先生的许多作品就属于这一类，他的《心壶》主要展示了一个具有佛教博大情怀和传统的牺牲精神的巴空大师的灵魂。作品中无偿赠送五把名贵小茶壶的情节，只是一种"情境"，作品的核心是表现巴空大师的心境———一个高尚的灵魂。作品的结尾，司马攻这样写道："我离开了佛寺，心中想着：'得失只在一念之间，失去的可能就是得到的。我虽然有不少古董，而永远留在我心中的是那五把小茶壶。"这个结尾寓意很深，它概括出平常生活中的哲理：不求得，只求失，即是无私奉献。再如曾心先生有关佛教题材的诗歌创作《佛》："在半闭半开的佛眼前/我一无所求//从心灵的书架上/掏出珍藏的佛经/——念诵再念诵//我也是一尊佛。"还有他的《入定》："盘腿静坐/做到肌肤/骨骼躯干/五脏六腑/归于无/空。"诗人以佛心写诗，又以诗心去修炼佛心，在短诗中达到了诗与佛的高度统一。这就是生活的艰难竭蹶给文学艺术创作者带来的创作灵感与作品非凡的穿透力量，这穿透力能穿越时空，穿越国界，穿进读者的心房，使其文学作品成为海外华人文学的艺术精品，成为人类不朽的精神财富。

从以上分析可以看出，泰华作家之所以能够取得丰硕的成果，跟他们亦文亦商的"特殊"身份密不可分。亦文亦商是泰华作家在没有外力扶持下所走的一条自生自长的发展和繁荣之路，通过以商养文，中华文化在这块"微笑的国土"上，得到更好的传承与发扬。勤劳的泰华作家们像不辞辛劳的园丁，勤奋耕耘，他们惺惺相惜、相知相怜、互相勉励、共同培育出湄南河畔的奇葩，在泰国这片肥沃的土地上顺利成长。虽然在这条华文创作的道路上步履艰辛、充满凄沧迷茫，也曾有风云突变，但他们依然毫无畏惧，前赴后继、自觉地撑起泰华文学创作的一片天。虽然这支队伍里的许多作家都如夕阳，到了人生暮年，但是他们还是捧着当年第一届泰华写作人协会会长方思若先生提倡的精神："我们是拖着破车的老牛，在崎岖而泥泞的小道上迈步，向前、向前、不管明天有多远，也不管'山穷水尽'继之有没有一个'柳暗花明'。我们还是要写下去，还是要不断壮大我们的行列，我们要尽我们这一代人最后的努力。"这就是他们这一代作家的坚定信念，也是泰华作家人性光辉的闪现。不管自己有多少光和热，都能够勇敢地挑起传承中华民族文化的重担，负起揭露社会阴暗面的责任，以自己手中的笔启发民众、鞭励同仁、教育后代。笔者相信，在雨过天晴的春天，泰华文坛的作家们，一定能更好地运用以商养文、亦商亦文的方式繁荣泰华文学的创作事业，为促进汉语在泰国的普及和推广，中华优秀文化在泰国的传播作出新贡献。

后　记

　　本书收集的论文主要是几十年来有关比较文学、欧美文学和海外华文文学研究的一些成果，其中有些论文已经发表在相关的刊物上，也有些是积下多年未发表的论文，在研究方向上都与上述三类一致。这样收集起来的论文集多少能够反映我的学术兴趣。

　　第一部分到第四部分收集的是从古希腊文学到西方现代主义文学的研究成果，其中既有最近发表的论文，也有我十几年前发表或未发表的论文，内容并非是对欧美文学史的简单重复，而是针对各个时代的文学提出了我关注的问题，并试图对这些问题作出我的个人解读，希望这些解读能够对业内同行有所裨益。

　　第五部分是比较文学理论研究，也仅有一篇是我对比较文学学科发展的反思，这篇论文虽发表时间较早，但观点依然没有失效；另一篇是我刚完成的国家课题中绪论部分的节选；其余两篇是我完成课题时的翻译作品，分别译自英国学者罗宾·吉尔莫的《维多利亚小说的绅士观念》（绪论部分）和英国学者莱莫西·韦伯的《浪漫主义的希腊主义》，因本人不是外文专业出身，其中翻译的准确性自然存在不足，不过还算通俗易懂，能够聊且一阅矣！

　　第六部分收集的是我关于海外华文文学的一些研究心得，主要内容都是我在泰国任教期间写成的，但论文又不局限于泰华文学研究，而是包括经济和文化研究。

　　以上研究成果有的受到江西省社科规划办和江西省教育厅的资助，

有的是福建省社科规划办和国家社科规划办的研究成果，感谢这些机构的帮助和鼓励！

因论文集里已经在各类刊物发表的论文都没有注明出处，因此在这里一并对他们表示感谢。

在此还要感谢福建师范大学文学院的李小荣院长和其他领导，正是由于他们的帮助和鼓励，才使这本集子得以出版。

最后还要感谢的是出版社的熊瑞编辑，感谢她和她的同事们为出版此书付出的辛勤劳动。

2017 年 12 月记于福州市大学城教师公寓